架橋としての文学

日本・朝鮮文学の交叉路

川村　湊
Kawamura Minato

対抗言論叢書◎2

法政大学出版局

架橋としての文学——日本・朝鮮文学の交叉路◉目次

序章　架橋としての文学

1　〝他者〟としての朝鮮

私がはじめて〝他者の文学〟に出会ったのは、釜山にある東亜大学校の図書館の片隅だった。妻と、幼な子二人の家族とともに、ほとんど着の身着のまま、日本語講師として釜山に赴任した私は、日本語の活字に飢えていた（周りはハングルの森だった）。そのため図書館で「日帝時代（イルチェシデ）」（一九一〇年から一九四五年の、日本が朝鮮を植民地支配していた時代。日本強占期ともいう）の古い日本語の書物を探していたのである。『文章』とか『三千里』とか『人文評論』といった、古い雑誌があった。それのなかにはハングルと日本語の両方のページがあるものがあった。また、「京城府」で出版された「牧洋」の『静かな嵐』という小説の単行本があった。「牧洋」というのが、朝鮮人作家・李石薫（イソクフン）（一九〇七〜五〇）の「創氏改名」の名前であることを、私はその後に知ることになる。金鍾漢（キムジョンハン）（一九一四〜四四）という詩人は、日本語で詩を書いていた。日帝時代の末期、彼らは「親日文学者」とよばれ、〝（朝鮮）民族の裏切り者〟として糾弾される対象としてあった。当時、一種のタブーとしてあった「親日文学」。私はその「日本（語）文学」とも「朝鮮文学」とも定義することのできない文学テキストを読みながら、それが私にとってまさに〝他者〟であり、〝他者〟であり続ける文学だと思わざるをえなかったのである。

朝鮮文学は、私にとってはもとより「外国文学」だった。隣国の「外国語」による「外国人」の文学。だが、その後、朝鮮の近代文学史を少し学ぶうちに、私はそれが日本の近代文学と深い関わりを持つことを知ることになった。朝鮮近代文学の〝父祖〟といわれる李光洙（イグァンス）（一八九二～一九五〇）は、その最初の作品「愛か」を日本語で書き、日本で発表した。また彼は「香山光郎」という創氏名で、日本の植民地主義、皇国主義、軍国主義を鼓吹し、追従し、称賛する言動を行った。「最大の親日派」と呼ばれる由縁である。この時、日本文学と朝鮮文学は、ある意味では〝共犯関係〟にあるのであって、それを「外国文学」の問題として等閑視するわけにはゆかないことに思い至った。

もちろん、「親日文学」は、私にとって、内容的にも思想的にも、共感できるものでも、共鳴できるものでもなかった。だが、それが日本語の文学テキストとして書かれている以上、それを無視することは日本語文学の批評家としての私にはできないと思った。日本文学は私にとって〝身内〟のもので、朝鮮文学は〝他人〟のものだ。だが、「親日文学」は、〝他者〟として、つまり、「私」と真正面に向き合い、「私」というものの鏡像として、自分を客観的に観察するための媒介項として存在すると思われた。自分を〝他者〟に反映させて見ないことには、自分を知ることはできない。それは日本近代文学の〝歪んだ自画像〟として在る。「他人」として切り離すこともできず、〝身内〟として自分のなかに抱え込むこともできない〝他者〟の存在。〝私―他者〟の関わりこそ、私が見つけた、異様な日本語文学のテキスト――「親日（チニル）（派（パ））文学」、あるいは「親日文学」と呼ばれるものだったのである。

私のこうした考えには、二つの文章からの影響がある。一つは、鶴見俊輔（一九二二～二〇一五）の「朝鮮人の登場する小説」であり、もう一つは金允植（キムユンシク）（一九三六～二〇一八）の『韓日文学の関連様相』（一志社〔ソウル〕、一九七四年）(1)である。

鶴見俊輔は、「準拠集団」ということをいい、「ある個人あるいは集団が、自己の状況を評価するさいに、その比較の相手方として用いる集団のことである」といっている。私は、朝鮮文学の中――とりわけ親日文学――に〝自己の状況を評価する相手方〟を見つけ出し、自分がそのような場合だったら――強制的に外国語による創作活動を強いられたら――どうする（できる）だろうかと顧みざるをえなかった。親日文学が、「私」とは無関係な「他人」ではなく、〝他者〟であるというのは、そういう意味だ。

鶴見俊輔は、日本人の書いた小説のなかで朝鮮人が登場する作品を博捜し、小説のなかの朝鮮人が日本人を相対化する視点を見出し、金允植は、田中英光や金史良の作品世界における朝鮮と日本の関わりや絡み合いを、インターテクスチュアルに浮かび上がらせてみせた。

これまで日本近代文学は、一般的には西欧人を「準拠集団」として、その社会や個人の在り方を自己の在り方の基準、準拠としてきた。しかし、西欧人は、本質的に「他人―外国人」だった。他者として、「私（日本人）」の比較対象となるべきなのは、まずはむしろ朝鮮人であり、中国人など東アジアの人々であるべきではないか。

鶴見俊輔や金允植は、朝鮮人や朝鮮社会を一種の範型として、日本人や日本社会を振り返るという観方を教えてくれた。朝鮮と日本が抜き差しならない隣人関係であることは――昔の朝鮮通信使の時代から――明白なことだった。だからこそ、〝兄弟（けいてい）、墻（かき）にせめぐ〟ような諍いが、この隣国同士でしばしば引き起こされた。しかし、そのたびにその関係を修復し、復興させるものは、やはり「文化」の交流の力だった。古来、朝鮮半島からは仏像や仏画、高麗楽や百済戯、陶磁器や印刷物が到来した。(2)近代には、学問、芸術、法制度、教育制度、そして「近代文学」が、日本を経由して朝鮮半島に流入した。現代では小説、音楽、演劇、映画、TVドラマなどのエンターテインメントは、まさに活発に半島と列島の間を往復し、朝鮮と日本の両岸を架橋している。[3]

朝鮮文学にとって、日本文学こそ「準拠集団」の最たるものだろう。とりわけ、「近代文学」は、林和（一九〇八～五三）が朝鮮文学は「移植文学」であると語ったように、その思想的な背景、文体、表現方法などのほとんどすべてが、明治以降の日本の「近代文学」の運動とその成果を朝鮮の地に〝移植〟したものだった（これは、古代に倭国が、先進国であった朝鮮半島（百済（ペクチェ）・新羅（シルラ）・高句麗（コグリョ）から万葉集や古事記、日本書紀、風土記などに用いる文字や文章、そして文学の〝輸入〟を得たことと対照的だ）。ただ、これを朝鮮側の一方的な〝輸入超過〟と考えることは、表層的に過ぎる（古代における倭国側の〝輸入超過〟も）。朝鮮の文学者は、日本の文学者との〝合わせ鏡〟の幻像であって、お互いにその姿を自分の写し鏡に反映させながら、「近代文学・現代文学」というものを構築していったのではないか。

もちろん、日本の側の文学者にそうした意識があまり鮮明でなかったことは確かである。鶴見俊輔の「朝鮮人の登場する小説」や、朴春日（一九三三～）の『近代日本文学における朝鮮像』や、磯貝治良（一九三七～）の『戦後日本文学のなかの朝鮮韓国』には、日本人文学者（および在日コリアン文学者）が書いた「朝鮮・韓国人」や「朝鮮・韓国像」が多数挙げられているが、真の意味で、隣国人や隣国社会を正面のテーマに据えて書かれた文学テキストは、そう多くはない。それに引き換え、朝鮮文学では、「親日的」であれ、「反日的・抗日的」であれ、日本文学を範型にし、モデルとした作品は少なくない。古くは『金色夜叉』と『長恨夢』の例があり、〝村上春樹世代〟の、韓国の若い世代の作家たちがそうである。だが、そうした非対称性は、表面的なものにとどまるのであって、本質的に「日本」は、「朝鮮半島」を歴史的にも、政治的にも、常に自らの行く先の参照例として注視してこざるをえなかったのである。

「蒙古（高麗）襲来」、「壬申倭乱（イムジンウェラン）」、「征韓論」、「日清・日露戦争」、「韓国併合」、「三一運動（サミルウンドン）」、「朝鮮戦争」など、古代から中世、中世から近世、近世から近代、近代から現代への変遷という、日本史の劃期となり、節目となる時代の変化は、朝鮮絡みの社会変動を契機としている。[4] それは単なる時代の転換というだけではなく、世相の変化を伴い、その後の日本人の生活全般、社会全体が大きく変化してゆく転機となった。言語、衣・食・住の生活文化、風俗や食生活まで、それは根源的、根本的な変化を蒙ったのである。

2 「親日文学」と「転向文学」

朝鮮での「親日文学」の猖獗と呼応して、日本文学で流行したのが、社会主義・共産主義思想からの「転向文学」だった。明治期の自由民権運動から、大正デモクラシーの時期を経て、日本の若い文学世代には、プロレタリア文学を主流とする社会主義・共産主義への傾倒が顕在化した。芥川龍之介（一八九二〜一九二七）のような近代文学作家が、「ぼんやりとした不安」を口にして自殺したことが象徴しているように、時代は左傾すると同時に、その反動としての日本の軍国主義、皇国主義、帝国主義への雪崩を打つような右傾化も、また顕在化するようになる。左翼勢力への圧迫は、プロレタリア文学の驍将・小林多喜二（一九〇三〜三三）を特高警察が虐殺するのを契機に、過酷、苛烈を極め、〝転向作家〟は続出し、「転向文学」の時代が押し寄せることになったのだ。太宰治（一九〇九〜四八）、高見順（一九〇七〜六五）、中野重治（一九〇二〜七九）、林房雄（一九〇三〜七五）、島木健作（一九〇三〜四五）、葉山嘉樹（一八九四〜一九四五）、佐多稲子（一九〇四〜九八）などの文学者が、次々とその左翼イデオロギーの放棄を表明し、日本の軍国主義・皇国主義の体勢に屈していかざるをえなかったのである。

日本帝国主義によって植民地化された朝鮮半島にとっても、右翼化、反動的な軍国・皇国主義は高まり、「親日文学」の運動が高揚していったことは、歴史に徴して明らかである。つまり、朝鮮における「親日文学」は、日本における「転向文学」と対になる動きであって、金龍済（キムヨンジェ）（一九〇九～九四）や林和のように、その双方に足を掛ける文学者の存在も見られた(5)。

「転向文学」は、日本の近代史の一時期だけに見られる現象ではない。先にあげた〝転向作家〟の例でもわかるように、彼らは日本の軍国主義・皇国主義の敗北後、再転向を繰り返したり、「偽装転向」を表明したり、転向したことを隠蔽したまま解放後も生き抜こうとしていた。〝親日作家〟たちが、朝鮮半島の解放後に、文学者としてはほとんど生き抜くことができなかったことと、それは対照的なのである。

私が、「親日文学」を〝他者の文学〟とするのは、こうした理由である。つまり、精神の「転向」ということはいつの時代にもあり、戦後においても、朝鮮戦争の勃発によって、経済の高度成長のきっかけを摑んだ日本社会が、ひたすら高度成長経済に邁進することによって、いわゆる戦後民主主義は形骸化し、学生・市民運動としての「六〇年安保」や「全共闘運動」が熾烈化し、そして衰滅化してゆく過程は、多くの〝転向者〟を生み出していった。強制力によって、人の考えや思想を変え、それを承服させる。思考や思想の自由を奪い、自立した発想や自由な連想を縛り上げる。それは自分にとって、〝心にもない〟言葉を口にし表現することによって、そうした言葉、表現に拘束され、しばしば自分の考えや思いを裏切るような事態となってしまうことを意味している。それが、「親日文学」であり、「転向文学」なのである。

村上春樹（一九四九～）の代表作、『ノルウェイの森』が、韓国では「喪失の時代」（ユ・ユジョン訳、文学思想社［ソウル］）という題名で翻訳され、ベストセラー、ロングセラーとなったのは、一九九〇年代のことだった。それは村上春樹のこの小説が、現代の「転向小説」として読まれたことを意味している。大学紛争に至る前に、はやばやと死んでしまった若者たちを追憶するこの小説は、信じられたイデオロギーがもはや信じられなくなった、「私」の崩壊、喪失の時代を象徴するものであって――太宰治の文学のように――、それによって村上春樹は、日本の（アジア太平洋戦争の）敗戦後に生まれた世代の代表的な文学者となったのである。それは、私にとって、〝身内〟でもなく（私は村上春樹の文学に一点の疑問を持たざるをえない）、〝他人〟でもなく（私は彼の文学に無関心ではいられない）、〝他者の文学〟として遇さざるをえないものである。

現在にあてはめてみよう。チョ・ナムジュ（一九七九〜）の『82年生まれ、キム・ジヨン』（斎藤真理子訳、筑摩書房、二〇一八年）という韓国小説が、現在日本でもベストセラーとなっている。これはきわめて珍しい現象だ。日・韓の文学交流の歴史は、それなりに長期間にわたっているが、これまで韓国文学が日本語に翻訳され、それが日本の読者に広く受け入れられるということは、まったくといっていいほど、なかった（政治的な絡みもあって、キム・ジハ（金芝河）の詩集がいくらか売れたことはあったが）。政治絡みでもなく、在日関係でもなく、純粋に文学として日本の読者に迎えられたのは、この『82年生まれ、キム・ジヨン』が初めてだろう。一九八二年生まれだから、主人公のキム・ジヨンは、二〇二〇年代初めの現在では三〇年代前半の妻でもあり、母でもある女性である。ごく一般的な韓国女性といっていいだろう。こうした女性を主人公とした小説が、どうして日本の読者に受けたのか（同年齢層の女性が主な読者だといわれる）。それは私にいわせると、読者の「私」には、自分と比較の対象として見られる〝他者〟としてキム・ジヨンが存在しているからだ。

同世代の女性であっても、日本人の読者にとって彼女は外国人であり、一般的にはこれからも何の関わりを持ちそうもない〝他人〟だ。李良枝（一九五五～九二）の書いた由熙のように、韓国に〝帰って〟〝身内〟のようなオンニ（お姉さん）に出会うということはありうる。しかし、それは由熙が在日コリアンだからだ。ジヨンが〝他者〟であるのは、彼女を〝準拠〟として、「私」のなかに彼女を見出しているからだ。

もちろん、ジヨンに全面的に自己移入している傾きもあるが、それも実は自己を〝他者〟として客観視する契機となっているのだ。つまり、彼女たち（日本の読者）は、韓国の平凡な登場人物の女性に、身内でも、まったくの他人でもない、〝我が身を振り返させる〟客観的な「他者」を見出したのである。

これは〝キム・ジヨン〟に限ったことではない。たとえば、ハン・ガン（漢江、一九七〇～）の『菜食主義者』（きむふな訳、クオン、二〇一一年）は、韓国の若い世代の女性小説家を日本に紹介する牽引車となった作品だが、そこに登場する韓国の平凡な女性のヨンヘは、ある日から肉食を絶ち、〝菜食主義者〟となる。牛肉や牛骨、牛のしっぽ（ソッコリ）や、牛の血（ソンジ）まで食材とする韓国料理で、肉食を拒否することは、家庭内外での調理や食卓の団欒を拒絶する、主婦としての（嫁としての、妻としての、母としての）家事放棄に等しい。とりわけ、先祖の法事（祭祀）を執り行う長男（「家」の相続者）の嫁の場合には、祭壇には必ず肉料理が供えられ、直会の席でも肉料理は欠かせない。つまり、肉食を拒否することは、韓国の女性としての伝統的な役割、ジェンダーの特性や、文化的属性をすべて投げ出すことと同義なのだ。

摂食というきわめて個人的な行為も、社会的、伝統的、文化的しがらみの中でがんじがらめに縛られている。ヨンヘはそれに抵抗するのだが、結果はただ個人的に身体的な衰弱を招き寄せるだけだ。韓国のフェミニズムは、女性たちの精神だけではなく、身体をも拘束している、ソフトな〝鉄の処女〟のような拘束衣を明示してみせた。そして、そうしたキム・ジヨンやヨンヘの纏っている衣装は、日本の女性たちも共有している。つまり、日本の女性にとって、韓国のそうした世代の女性は、〝他者〟でありながら自分であり、自画像でありながら〃他者〃として、自らの身体のあり方や心の中を顧みさせるものにほかならないからだ。

昔から今に至るまで、朝鮮と日本の間で根強く共通しているのは、女性（特に、若い世代の）の〃生き難さ〃だ。「私」が「私」であることが、外的な状況によって阻害される。キム・ジヨンやヨンヘは、「ジヨン」や「ヨンヘ」という個人ではなく、両親にとって娘、きょうだいにとって姉や妹、夫にとって妻であり、娘や息子にとって母である。これは、朝鮮に限らず日本においてもほぼ同様の〃女性〃の立場だ（それは封建制度下の理想的な女性像、孝女と貞女の理想タイプを描いた、パンソリ辞説（サソル）の『春香伝（チュニャンジョン）』や『沈（シム）清伝（チョンジョン）』の昔から連綿として続いている）。

だから、ジヨンは「私」という一つの統一された人格ではなく、母や祖母に憑依するような〃多重人格〃となってしまわざるをえない。多くの女の運命がジヨンの一身に〃重ね〃合わされているからだ（それはまるで、『怪談累ヶ淵』の「累」の運命のようだ）。「私」と〃他者〃の境界の輪郭が曖昧となり、不確かになって、統合失調症的な病にジヨンは苦しまなければならない。彼女がそのような、分裂した自己という病から回復の兆しを見せるのは、主人公の「私」が〃キム・ジヨン〃という固有名を持つ個人であることをはっきりと表現することができたからだ。外界からの圧力や強制力によって「私」の本質的な在り方が横領され、簒奪され、アイデンティティから疎外されることが、「親日文学」や「転向文学」の共通した要素だ。「男」にとって、「女」は向き合うべき「他者」だ（トランス・ジェンダーなどの場合はさらに複雑なものとなるが）。日本（人、文化）にとって、朝鮮（人、文化）がそうであるように。そうした距離や乖離のあることの自覚から始めなければならない。

「私」と「他者」との客観的な間合いや距離を取ることが、「私」をしっかりと保持することにつながる。

「私」と「他者」とを架橋することは、そのまま国家間の関係にスライドさせることができる。つまり、朝鮮（韓国）と日本の乖離や懸隔を架橋することと同義的と考えられるのだ。そして、互いの文学の交流が、その役割を果たすことができると、私は信じる。朝鮮文学と日本文学のなかに、互いの〝他者〟を見出し、それを自分（＝私）の客観的な肖像として見直すこと。これが本書の出発点であり、結論なのである[7]。

ここで一言、注記しておきたいのは、私がここで論じた「他者」は、ノーベル文学賞を受賞したトニ・モリスン（一九三一～二〇一九）が『「他者」の起源――ノーベル賞作家のハーバード連続公演講演録』（荒このみ訳、集英社新書、二〇一九年）で語った「他者（Others）」とは背馳するものであることだ。そこでは「科学的人種主義の目的の一つは、「よそ者」を定義することによって自分自身を定義すること。さらに、「他者化されたもの」として分類された差異に対して、何ら不面目を感じることもなく、自己の差異を維持（享受さえ）することである」と述べられている。「よそ者」「他者化」という言葉から分かるように、この場合の「他者」は、人種差別主義、レイシズム、ヘイト運動に見られるような、「自分（たち）」以外の人間をカテゴリーとして差別し、区別するための理由の原拠にあたるもので、差別や排除、攻撃や追放や（時には）絶滅・殲滅の対象とするものである。それは同書で解説の森本あんり（一九五六～）が記している「他者化とは、他者をその総体において、つまり自分の認識能力を凌駕する何らかの名付けがたい他者であるままにその存在を承認する、ということではな」く（引用者註――ここで言う「他者」の方が、私のいっている「他者」に近い）、私の言い方では、「他者」というより「他人（よそ者）」というべき、冷たく否定的な意味を持つものだ。「他者は地獄だ」というサルトル（一九〇五～八〇）の戯曲の言葉から発する、植民地帝国主義による「他者性」「他者化」であって、自己を再定義し、自己省察するための単なるよすがとしての、認識すべき「他人」の意味合いに近い。「他者」という言い方にはそうした両義性が備わっていることを予め断っておく。

註

(1) 日本語訳が、大村益夫訳『傷痕と克服――韓国の文学者と日本』(朝日新聞社、一九七五年)として出版されている。ただし、韓国語版の全訳ではない。本書では主に、この日本語訳と解説を参照した。

(2) もちろん、文化の流入、移動は人の移動を伴っている。唐津焼、伊万里焼、薩摩焼などの陶磁器文化の日本での展開には、朝鮮の陶工を徴発、拉致するなどの非人道的な手段によるものも少なくなく、書籍、彫刻・絵画などの美術品も略奪、強奪、詐取によるものもある(司馬遼太郎『故郷忘じがたく候』参照)。ただし、江戸時代の朝鮮通信使の場合のように、平和裡に行われた文化交流が盛んな時期もあった。

(3) オリンピックやスポーツ競技の国際試合や文化イベントの開催に合わせて、日韓の文化交流が〝ブーム〟的に、間歇的に盛り上がることはあった。直近のそれは〝韓流〟ブームと呼ばれた。

(4) 島尾敏雄(一九一七~八六)は、日本の国家が大きく変動する時代には、列島の〝南〟の方から変化が起こると指摘している。黒船来航や廃藩置県、沖縄決戦や反米軍基地闘争などが思い浮かべられる。それよりも、日本人、日本文化が変化する時は、朝鮮半島との関わりが非常に重大である。日朝関係史が日本史の重要なファクターとならなければならない。

(5) カップ(KAPF)に集まった多くの朝鮮人文学者は、日帝時代の総督府政治からの弾圧によって「転向」を強いられた。金基鎮(キムギジン)(八峰(パルボン))(一九〇三~八五)や金龍済などである(第10章参照)。彼らの一部は過剰な皇国主義、軍国主義を標榜する「親日文学」の主唱者となり、日鮮同祖論に基づく朝鮮民族の民族的解消論を唱えた。

（6）「由熙」は、李良枝（イヤンジ）の芥川賞受賞作『由熙』（講談社、一九八九年）の主人公。在日コリアンの彼女は、韓国に留学に行き、「オンニ（お姉さん）」と呼ぶことになる韓国人女性と親しくなる。「オンニ 언니」は、妹の立場から姉を呼ぶ言い方で、弟の場合は普通「ヌナ 누나（ヌニム）」となる。これは男性が年上の女性を呼ぶ言い方である。朝鮮社会では、友人同士はしばしば擬似兄弟（義兄弟）や擬似家族の関係となる。

（7）こうした日本と朝鮮との文学（史）的関わりを金允植は「関連様相 관련양상」という用語で表わし、ナヨン・エイミー・クォンは「接触領域（コンタクト・ゾーン）」として捉えた。私が「交叉路」と比喩的に呼ぶものはそれらの概念に近く、テーマや表現の異同や差違、影響や模倣関係などを考究する、比較文学的な分野にとどまるものではない。

第1章　移植文学から始まる

1　近代的文体の誕生

日本の近代文学の出発点として二葉亭四迷（一八六四〜一九〇九）の小説『浮雲』を挙げることは定説となっている。これは近代的な自我に目覚めたインテリの「内海文三」を主人公として、社会との関わりを描いているという内容もそうだが、言文一致体の文章や、内面描写といった文体の面でも、「近代文学」の嚆矢としての資格を持っていた(1)。

もちろん、日本には近代文学以前にも上田秋成の読本（よみほん）や曲亭馬琴の戯作（稗史小説）の伝統があり、「小説」の歴史も決して短いものではなく、江戸時代の草双紙や読本、明治のボール紙表紙本のような前近代的な小説も少なくなかった。坪内逍遙（一八五九〜一九三五）や二葉亭四迷のような「近代文学」の導入者、創始者は、西欧近代文学の圧倒的な影響を受けながら、こうした前近代の日本の「小説」を改良し、改変しながら、日本に近代文学なるものを根付かせていった。

文体についていえば、『浮雲』のような言文一致体の文章が、三遊亭円朝（一八三八〜一九〇〇）のような噺家の速記本を範としていることはよく知られている。『怪談牡丹灯籠』や『真景累ヶ淵』などの噺（はなし）の速記本の出版が、速記術や印刷・出版業の進展によって可能となり、大量に流通するようになったのが、近代文学誕生直前の状況だった。いや、近代・近世文学の研究者だった越智治雄（一九二九〜八三）の言い方を真似れば、円朝そのものが近代文学だった。です・ます体の東京言葉（江戸弁）を漢字かな混じり文として筆録した「本（冊子）」は、和紙・糸綴じの和本から、洋紙・洋装の活字本となり、やがて日本の近代文学を成立させることとなったのである。

　朝鮮には古代以来の漢文小説とは別に、ハングルによるパンソリの辞説（サソル）（語り物芸能としてのパンソリの台本）本や、『洪吉童伝（ホンギルドンジョン）』や『壬申録（イムジンロク）』のような物語本（イヤギチェク 이야기 책）、タクチ本（タクチ 딱지、すなわちメンコの絵のような粗悪な色刷り表紙の小説本[2]）のような娯楽品としての小説本もあったのだが、日本の小説が近代西欧文学の流入によって「近代小説」へと変貌していったように、朝鮮でもこれらの前近代的な漢文小説やハングル小説（旧小説）は、いったんは文学史の表舞台からは姿を消すことになった。それはこうしたパンソリの辞説本やハングル小説に対して、漢字・漢文原理主義の守旧派である士大夫、知識人の根強い蔑視、偏見があったからだ。

　日本で言文一致の文体が工夫され、二葉亭四迷が、ツルネーゲフの小説などのロシア語の翻訳文体から言文一致の近代的文体を苦心惨憺しながら作り出していったように、朝鮮文学は、漢文体から漢字ハングル混じり文（国漢文）、ハングル文体（国文）へと近代的散文の確立へと模索を続けることになった。開化期の李樹廷（イスジョン）（一八四二〜一八八六）や兪吉濬（ユギルジュン）（一八五六〜一九一四）は、漢文体からの脱却を目指したが、漢文脈の文語文体を試みただけにしかすぎず、次代の李人稙（イインチク）（一八六二〜一九一六）や李海朝（イヘチョ）（一八六九〜一九二七）、李光洙や崔南善（チェナムソン）（一八九〇〜一九五七）の近代的散文による小説の創作を待たなければならなかった。これは、新聞や啓蒙雑誌、朝鮮語訳の聖書の文体などの影響を受けた「国漢文」（地の文）と、口語のハングル文（国文＝会話）を組み合わせたもので、朝鮮文学における言文一致体の濫觴（らんしょう）として見てよいものだ。

近代的文体の創設と、近代的な文学思想の確立とは、必ずしも同時的なものではない。李人稙の『鬼の聲』、『血の涙』、李海朝の『自由の鐘』、『昭陽亭』などのいわゆる「新小説」や、李光洙の『無情』には、近代文学以前のパンソリ辞説風の修辞法や、タクチ本的な表現法が見られることは否定できない。新しい酒と新しい革袋とは、いつも同時に用意されるとは限らないのだ。そして、これらの近代的散文の創設や、口語文体（俗語文）の確立は、少なくとも東アジアの「近代」にとっては、若干の時間差はあっても、ほぼ同時代的に引き起こされた。とりわけ、日本と朝鮮においては、中国の漢文という文字、文章の圧倒的な影響と、朝鮮語、日本語の近縁性ということもあって、古代的な民族語の「文（文字）」の創製（万葉仮名と郷札（ヒャンチャル）と吏読（イドゥ））と、そして表音的文字の発明――日本の場合はカナ・かな文字、朝鮮の場合は画期的なハングル（訓民正音）――と続き、近代的な「文章・文体」の創造や表記体系の整理という点において、きわめて似通った過程を経てきた。そこには両民族の悠久の歴史における、文化的、言語的な相互の交通と協調があった。圧倒的な漢字・漢文至上主義の事大主義に抵抗して、朝鮮語を文字として表記し、文体として成立させようとする努力は、時代を亘って営々と行われた。吏読、郷札は万葉仮名のように、漢字を用いて朝鮮語を表わそうとする試みであり、懸吐文（ヒョントムン）はいわゆる漢文訓読の試みだった。日本の漢文読み下し文に類似した口訣（クギョル）、朝鮮語の訓読みといえる諺解（オムヘ）は、和漢混淆文のような、新しい朝鮮語主体の文体を創りあげる可能性を示していた。[3]

しかし、それらは『龍飛御天歌』や漢詩の諺解、詩調（シジョ）のような韻文の世界にとどまり、近代的散文の確立に至る前に、近代化に一歩だけ先んじていた日本によって、日本語、日本文の影響を受けざるをえなかった（『釋譜詳節』や『月印千江之曲』などの仏教関係文献の朝鮮語の翻訳もあった）。

そうした近代的文体の創造過程において、開化期の朝鮮知識人や、日本への朝鮮人留学生としての文学者などが、「近代化」をどのように認識して、実現していったかということは重要である。それは一方では、朝鮮独自の問題として一国的な視野のなかだけでとらえられ、一方では日本からの影響や輸入や干渉という枠内で考えられてきた。しかし、それはあくまでも相互的な交流と相関関係の現場の出来事としてとらえるべきであり、東アジアの近代化という視界のなかでとらえられねばならない。朝鮮と日本の「近代文学」の交流と関連様相との歴史は、そこから書かれるべきなのである。

2　最初のハングル新聞

ところで、朝鮮の近代文化の推進や展開の一種のメルクマールとなった「漢字ハングル混じり文（国漢文）」が、日本の「漢字かな混じり文」の影響の下に形成されてきたということが言われている。本当だろうか。朝鮮の近代的な意味での新聞（官報）は、一八八三年に創刊された『漢城旬報』（発行元は朝鮮政府内の博文局）がその嚆矢とされているが、これは漢文によって書かれていた。その後継紙として一八八六年に『漢城周報』が発刊されるのだが、この紙面において初めて漢字ハングル混じりの文章が登場することとなった（これは、日本語と同じように縦書きである）。この『漢城周報』の編集・発行人の一人である日本人の井上角五郎（一八六〇～一九三八）は、「福澤先生の朝鮮御経営と現代朝鮮の文化とに就いて[4]」という回想的な文章において、こんな風に書いている。

先生は別に朝鮮諺文の活字を築地活版所に註文して居られました。この活字に就いて先生の御気象思ひ付いたら遣らずに居られぬ御性質が能く顕れて居ります。

福澤先生は予て支那に我が仮名交り文の如き普通の文体がないので、下層社会の教育が出来ず、これを文明に導くことが容易でないと云つて居られました。しかるに朝鮮には諺文がある。丁度日本の「いろは」の如くに用ゐられると知られて、先生はこれさへあれば朝鮮も開化の仲間に入れることが出来ると喜んで居られました。

そこで先生は碌々他人に相談もなく諺文活字を註文せられました。一行の人々は後でこれを知つて、新に新聞を起すことさへ朝鮮では世間に反対が多いと思つて心配して居るのに、諺文を使用しては上流社会が全く読んで呉れぬこととなるかも知れぬ。当分は是非見合わせて戴きたいと頼んだので、先生は「よろしい。鋳造費は自分で支払つて置いて、之を用ゐる時の来るまで待たう。」

と答へられたのであります。この諺文活字は私が後年買ひ受けたものであつて、私が朝鮮で最初にしようとした諺文活字となつたのであります。

「先生」とは、福澤諭吉（一八三五～一九〇一）のことであり、その書生として仕え、慶応義塾生だった井上角五郎は、福澤門下としてその命を受けて朝鮮に渡り、甲申政変に関わるなど、朝鮮の開化運動や啓蒙運動にコミットしようとしていた。つまり、これは福澤諭吉が、金玉均（キムオクギュン）（一八五一～一八九四）や朴泳孝（パクヨンヒョ）（一八六一～一九三九）のような開化派と組んで、朝鮮の開化を実行しようとした頃のことであって、啓蒙思想家としての福澤諭吉が、朝鮮においても日本の漢字かな混じりの文体のような、上流階級や知識階級だけを対象とするのではなく庶民層にも普及が可能な〝新しい〟文章、すなわち漢字ハングル（＝諺文（オンムン））文による活字文化を広めようというアイデアを持っていたことを証明するものである。

啓蒙思想家としての福澤諭吉は、その著書『学問のすゝめ』の冒頭にあるように、「天ハ人ノ上ニ人ヲ作ラズ、人ノ下ニ人ヲ作ラズ」という天賦人権的な平等意識を持っていた（福沢諭吉自身の文体は、口語体に近い、崩れた和漢混交文といってよい）。しかし、現実に人の身分や階層に上下の隔たりがあるのは、なぜか。それを福澤諭吉は「学問」の有る無しによると説いている。学問、文化とは、「文」を「学ぶ」こと、すなわち「文学」の有無によるものであって、人は須らく「文学」を行うべきであると諭吉は説いた。そのためには、「文」はもっと学びやすく、理解しやすいものでなくてはならない。漢字かな混じり文と、言文一致体の文体の発明は、日本社会の文明開化には必須のものであり、活字印刷の発達と並んで、近代文化そのものを生み出す重要な揺籃であったのだ。福澤諭吉は、そうした信念に基づいて『時事新報』を発行した（文章は、漢字カナ・かな混じり文が用いられた）。

しかし、朝鮮では、一八八四年の開化派である独立党による政権奪取クーデターの甲申政変（一八八四）が、保守派である閔妃（一八五一～一八九五）や、その政敵である大院君（一八二一～一八九八）を中心とする宮中の事大党（と清の干渉）の巻き返しにあって蹉跌してしまったように、最初の新聞『漢城旬報』は文化的保守層の強い反対にあって、その文章は「真書」（日本式にいえば「仮名」に対しての「真名」）としての純漢文のものとなり、せっかく福澤諭吉が注文して作らせた最初のハングル活字はお蔵入りとなってしまう。諺文、あるいは女文字、または厠文字として、長い間、朝鮮の支配階層の為政者や文人たちから軽蔑、軽視、あるいは否定されてきたハングルの使用を強要することは、旧套墨守の儒学者たちはむろんのこと、開化派と見なされる知識階級の人間たちにも拒絶感を抱かせることになりかねなかった。

『漢城旬報』は三十九号において発行が中断された後、再び渡韓した井上角五郎などの尽力によってその後継紙『漢城周報』が一八八六年に創刊されるのだが、そこにおいてハングル活字はようやく活かされることとなった。それにはもちろん、朝鮮政府の実力者たちへの井上角五郎の根回しがあった。その後、現在にもつながる、純ハングル体による『独立新聞』が、一八九六年にアメリカ帰りの徐載弼（ソジェピル）（一八六四〜一九五一）によって創刊されることになる（これは縦書きの純ハングル文で分かち書きをし、句読点や記号などを使用していない――開化期の新聞は読むものというより、詠み上げるものだった）。

こうした事情や経緯からして、朝鮮語自体を理解しなかった福澤諭吉を、漢字ハングル混じり文の創始者や発明者に擬することはできない。彼が漢字ハングル混じり文のアイデアを提供したというだけのことであり、それは兪吉濬などの朝鮮人の開化派の文化人たちとの交流の中から生み出されてきたアイデアであったことは疑えないだろう。井上角五郎はそうした福澤諭吉の啓蒙的なアイデアと、ハングル活字の鋳造という実践的な行動を受け継ぎ、漢字ハングル混じり文の実践、その文体による「近代的文章」の確立に一臂の力を貸したといえる。

そもそも、単に漢字とハングルを混ぜ合わせて表記するだけのことならば、近代以前の朝鮮にもその試みは継続されていた。高麗末の儒者・吉再（キルジェ）（一三五三〜一四一九）のこんな詩調（シジョ）がある。

五百年 都邑地를 匹馬로 돌아드니
山川은 依舊한데 人傑은 간데없네
어즈버 太平烟月이 꿈이런가 하노라

五百年の都、匹馬で駆ける

山川に面影あれど　人傑は無し
嗚呼、泰平の歳月は、いずこに行きしか

漢字をハングルに入れ替えれば（五百年 都邑地→오백년 도읍지、匹馬→필마、山川→산천、依舊→의구、人傑→인걸、太平烟月→태평연월）、簡単に純ハングル文になることはあきらかだろう。この程度の漢字語ならば、同音異義語の心配もほとんどないだろう。純ハングルの文をもう一つ。

뿌리가 깊은 나무는 바람에 흔들리지 아니하므로 꽃이 많이 피고 열매가 많이 열리느니라
근원이 깊은 물은 가뭄에도 마르지 않고 샘물이 되어 마침내 바다로 흘러 가느니라

有名な『龍飛御天歌』の第二歌、漢文で表わせば「根深之木風亦不抗　有灼其華有蕡其實　源遠之水旱不　流斯為川于海必達」となる。ハングル部分は現代語訳したものである。日本語にすれば、「根の深い木は風に揺られず　花美しく　実は多い／源遠い泉は旱に乾くことなく　川と流れて　海にいたる」となろうか。世宗（一三九七～一四五〇）の指揮によってハングル（訓民正音）が作られた十五世紀に、すでに純ハングルの文体が成立していたのである。

仏教書や、杜甫の漢詩などが、すでに「諺解」されていた。「諺解」とは、漢詩漢文を、〝諺文〟（ハングルのこと）で翻訳した文章のことであり、もちろん純ハングル文体となる（朝鮮（韓国）語学者の野間秀樹（一九五三～）風にいえば、「正音エクリチュール」）。それらが近代化の波にいったん飲み込まれてしまった後に、井上角五郎たちの漢字ハングル混じり文が推奨されることになる。そこには井上角五郎の協力者あるいは朝鮮語の師匠としての姜瑋（カンウィ）のような伝統的な知識人としての儒学者や、金玉均、朴泳孝、兪吉濬などの開化派の政治家や文化人、そして『漢城周報』の発行元だった博文局の印刷・出版の技術者や実務者などの朝鮮人の力があったことを逸することはできない。

つまり、漢字ハングル混じり文を「近代的散文」として、新聞活字として使おうというアイデアだけが、井上角五郎（や、その師の福澤諭吉）という日本人の功績に帰するのであって、そこには、日韓の政治家、文化人の共通する〝国民の啓蒙〟という目的・目標に対する協働の結果があったというべきなのだ(5)。

近代日本の漢字かな混じり文の「近代的散文」が、朝鮮の漢字ハングル混じりの「散文」として〝移植〟され、それが旧来の漢文体、漢字・漢文の文学からの離脱を、朝鮮近代文学に図らせる結果となった。それは朝鮮の新文学、すなわち、朝鮮近代文学の産声といえるものだった。もちろん、ハングル活字が導入され、漢字ハングル混じり文が活版印刷に付されるということだけで、近代的な散文の文体が誕生したという安易な考え方は退けられねばならない。朝鮮の近代文学、近代小説の成立は、その後も紆余曲折を経ながら、一歩ずつ、その歩みを印してゆくことになる。

註

（1）ただし、『浮雲』第一篇の発表時には、「春の屋おぼろ＝坪内逍遥」との共作とされていて、戯作的文体の色彩が濃い。これは逍遥の手が入ったものと思われる。言文一致運動のもう一人の立役者に山田美妙がいるが、後世に対する影響力は薄い。

（2）これらのタクチ本は、ソウルの元締めの本屋（印刷所）で印刷、制作され（版元は明記されていても、著者の名前はないのが普通)、近年まで、祭日の路上で露天商たちによって売られていた。これは、日本の講談や浪曲の速記本の流行の影響を受けて近代に発生したものと思われる。

(3) 吏読(イドゥ)とは、朝鮮語を漢字の表音記号的な性格を利用して書き表わしたもの。日本の万葉仮名と類似する。新羅時代の碑文などには、やはり固有語を漢字で表記した郷札(ヒャンチャル)が用いられている。懸吐文(ヒョントムン)、口訣(クギョル)、諺解(オムヘ)などの朝鮮語文の表記については、野間秀樹の『新版 ハングルの誕生』(平凡社ライブラリー、二〇二一年)を参照した。なお、カタカナの発明には、口訣の大きな影響があるという論点には共感できるし、万葉仮名、ひらがな、カタカナの発明は、朝鮮からの渡来人の功績によるものと私は考えている。

(4) 「福澤先生の朝鮮御経営と現代朝鮮の文化とに就いて」は、韓国学文献研究所編『旧韓末日帝侵略史叢書Ⅶ』(亜細亜文化社[ソウル]、一九八四年)に収録されている。

(5) 『漢城旬報』『漢城周報』の漢文体、国文体の文体と井上角五郎の関与については、稲葉継雄(一九四七〜)「井上角五郎と『漢城旬報』『漢城周報』」(『文藝言語研究・言語篇』筑波大学文藝・言語学系、一九八七年)の論文がある。

第2章　歪んだ鏡——李光洙と日本語

1　李光洙の「文体」

朝鮮語による近代的散文（小説）の嚆矢は、李人稙の小説『鬼の聲』や『血の涙』とされる。金台俊（キムテジュン）（一九〇四?〜四九）の『朝鮮小説史』（安宇植訳、東洋文庫、一九七五年）では、「(李人稙）は決然としてあらゆる因習をふりきってしまい、言文一致のあらたな文体をつくりあげたのであった。したがって、その内容と形式において、よく朝鮮の新しい小説の始祖となるのである」とされている。「新小説」の誕生である。だが、「新小説」はたしかに「旧小説」の殻を剝いたものではあっても、「近代小説」とはまだ一歩の違いがあった。一般的に近代小説の出発点とされるのは、李光洙の『無情』である。現在的な眼で見れば、李人稙の「新小説」は、内容は写実的ではあっても演説調の、情熱的で主観的な主題を持つ作品であって、その分だけ「旧小説」の尾っぽを付けていると感じられる。それに対して李光洙の『無情』は、言文一致の文体と、近代的ヒューマニズムを理念とするもので、朝鮮総督府の御用新聞といわれた『毎日申報』に掲載されたものだ。一九一七年一月から始まり、半年ほど連載された。近代的メディアとしての新聞小説の濫觴である。二葉亭四迷の『浮雲』が発表されたのは一八八七年から八九年だから、朝鮮近代小説の出発は、日本に遅れること約二十年ということになる。

『無情』が発表される一年前の一九一六年には、夏目漱石（一八六七〜一九一六）が死去している。漱石の代表的な作品『それから』や『道草』や『彼岸過迄』などが新聞連載小説であったことを思えば、李光洙の『無情』の新聞小説としての成功は、漱石の衣鉢を継ぐものといえるかもしれない。

李光洙（イグァンス）（一八八二〜一九五〇）、本名（幼名）は李寶鏡（イボギョン）、創氏改名の行われたいわゆる日帝時代には、香山（かやま）光郎（みつろう）という日本名を名乗った。一八八二年に生まれ、一九五〇年、朝鮮戦争の際に北朝鮮の人民軍に拉致され、〝北〟に押送され、そこで死んだとされている。

当時の朝鮮人の多くがそうであったように、生涯に三つ、あるいはその読み方も含めれば五つ以上の名前を持ったことになるかもしれない（李光洙は、り・こうしゅ、イ・グァンス、李寶鏡は、り・ほうきょう、イ・ボギョン）。さらに、朝鮮では春園（チュノン）という雅号が使われる場合が多いから、春園（李光洙）も別名とすれば、その呼び名はとても複雑になる。

その呼び方に準じて、彼の文学者としての性格や人となりも、かなり異なってくると感じられる。幼名の李寶鏡で呼ぶ人は幼い頃からの知人、友人であろうし、李光洙（りこうしゅ）と呼ぶのはもっぱら日本人、イ・グァンスであれば、韓国人の研究者や読者、リ・グァンスならば北朝鮮系の呼び方となり、香山光郎は、彼のいわゆる「親日作家」の時代だけに通用する特殊な呼び方ということになるだろう。

李光洙は、朝鮮近代文学の〝父祖〟（確立者）である。こうした評価は、おそらく今後とも大きく変わることはないだろう。彼は、朝鮮文学史上、最初の近代的な長篇小説『無情』を書いた。そして、その後も、多くの長篇小説、短篇小説、評論やエッセイを書いて、朝鮮文学の創始者、開拓者、大御所として存在していた。「親日派作家・香山光郎」として、その晩節を汚さなければ、だが。

朝鮮の近代文学は、日本を通して西洋から移植され、環境に応じて発展した〈移植文学〉であると、詩人であり批評家である林和（イムファ）（一九〇八～五六）は語る。それは、二葉亭四迷や坪内逍遙が確立したとされる日本の近代文学（の文体）が、西欧近代文学との交渉や葛藤や闘争のなかで生み出されたのに対し、それをさらに日本から朝鮮に〈移植〉したもの（〝準拠したもの〟と言い換えることも可能だろう）が朝鮮近代文学の始まりという意味である。明治維新以降の日本の「近代小説」の文体が、そのまま朝鮮の近代小説の文体に〝移植〟された。それは近代に至る前の朝鮮において孜孜（しし）として試みられてきた、ハングルによる朝鮮語、朝鮮語文の試行からはいったん切れたところから出発した。その最初の〈移植者〉が李光洙にほかならなかった。

李光洙の書いた最初の小説、それは現在では明治学院中等部を卒業するときに書いた「愛か」という短篇小説であることが知られているが、それは日本語によって書かれた。朝鮮人・李光洙が初めて書いた小説は日本の近代小説の影響をもろに受けたものであり、そこに見られるロシア文学や西欧の近代文学の影響や反映は、日本経由のものであると指摘することができる。

しかし、単に西洋の草花を日本の土で栽培し、それをさらに朝鮮の土地に移植したという意味での〈移植文学〉であるというなら、それは文学史の表面的な事実を反映しているだけにしかすぎない。〈移植〉の過程において、その種や苗や根は、その土地の〝土壌〟に、立ち枯れせずに、本当に根付くものなのか。また、それは移し替えられた土地の影響によって、元のものとは違った〝変種〟になってしまわないかどうか。さらに、その〝土壌〟自体が、移植による本質的な変化を蒙ることがなかったかを検証せねばならないのではないだろうか。そこには、日本から朝鮮へという一方的な方向性だけがあったわけではない。

日本と朝鮮との間に波紋が広がるような、同心円があり、大きな流れとはいえないが、朝鮮から日本へ向かっての波もあったはずで、どんなものが受け入れられ、どんなものが受け入れがたいかという選択もなされたはずだ。朝鮮人文学者と日本人文学者との間に文学的な交渉や交流があったことも確かなのだ。

もっと具体的に述べれば、李光洙は、レフ・トルストイ（一八一七〜七五）流のヒューマニズム（による近代文学の理念）を、明治学院普通学部時代の同級生、山崎俊夫（一八九一〜一九七九）らとの交友によって学んだと証言している。これは逆に、山崎俊夫たちが、李光洙から学んだものでもあったのではないか。李光洙が李寶鏡（りほうきょう）という名前で、学内機関誌の『白金学報』（一九〇九年十二月）に書いた小説「愛か」は、同級生だった山崎たち日本人学生との交流や影響のもとで書かれたものといえる（李光洙は、『モダン日本』朝鮮版（一九三九年）に「わが交友録」という文章を書き、そこで山崎俊夫などの級友からの影響によって、トルストイなどの西欧文学を読むようになったと証言している）。

「愛か」という作品は、李光洙が日本語で書いた最初の小説というだけではなく、朝鮮人が最初に書いた近代文学作品として特筆されるべき位置にある。[1]「東京に留学」に来た文吉（「ぶんきち」とルビが振られている）が、中学校で同学の操という少年の下宿している部屋を訪ねるだけの短い小説だが（四百字詰め原稿用紙で十四枚程度）、その心のときめき具合を書いており、文吉が操に寄せる気持は、同性愛的な恋愛感情といってよいものであるように思える。しかし、作者の李光洙としては、これは単なる同性的な恋慕ではなく、民族的な差違や性差を超えた普遍的な「愛」を主題化しようとしたものではなかったかと考えられる。

この作品のなかで文吉は朝鮮人であるとは明確にされていないが、「東京に留学」とか「明日帰国する」という言葉があるので、文吉がムンギル 문길 と呼びうる朝鮮人であることは黙示（もくし）されていると考えてよ

い。「文吉は十一の時に父母に死なれて、隻身世の辛酸を嘗めた」とか「彼は聡明な方（中略）友人より書籍を借りて読み、順序ある学校教育は受けることができなかった。けれども彼の年輩の少年に負は取らなかった」とか「ある高官の世話で東京に留学することになった」といった記述は、明らかに作者の李寶鏡、すなわち李光洙の経歴を反映しており、「愛か」を一種の私小説と考えることも不可能ではない。つまり、李光洙は、自らの境遇を「文吉」という少年に移し換えて「愛か」という小説を書き、そこで朝鮮人と日本人という民族の差違や、同性であるというハンディ（？）を乗り越えて成立するような普遍的な人間愛の葛藤を描こうとしたと考えることができる。「愛か」という、いささか坐りの悪い題名も、そのことを示していると思われる。

2　李光洙の文章論

「愛か」が、日本語で書かれた習作的な作品であるとすれば、『無情』は李光洙が職業的な小説家として登場した、記念碑的な作品であったといえる。ただし、若き日の李光洙は「愛か」を日本語で書く前に、朝鮮語による文章の創作を模索していたと考えられる。「愛か」を『白金学報』に掲載する前に、李寶鏡の名前で初めて活字化された彼の文章は、「国文と漢文の過渡時代」という論説文で、『太極学報』（二一号、一九〇八年五月）に発表された。この論文は、「国民の精髄たる国語を他国の文字の漢文で表したことが今日の大韓帝国の惨憺たる状況をうみだす一因であったとし、すべてが過渡期にある現在、文字も漢文も全廃して国文を専用にすべきである」という主張を行っていると、李光洙の研究家である波田野節子（一九五〇〜）は紹介している。「弱冠十六歳の少年の書いたものとしてはよくまとまっており、内容的にも当時の李光洙がすでに文学に志し、文章行為に手を染めているということを推測させる文章だ」と彼女は評価する。

この二年後に書かれた「今日我韓国用文について」（『皇城新聞』一九一〇年七月）では、こうした主張をもっと現実的に、具体的に主張している。やはり波田野節子の研究書から引用する。

> 現在の新聞雑誌が用いている文章は国漢文とは名ばかりで、その実は純漢文にハングルで送り仮名をつけたものにすぎないと非難し、自分としてはすべての表記を一挙に純ハングル文にすべきであり、またそれは可能だと思っているが、新思想が流入している現在、このような改革は混乱をもたらす怖れがあるので、今は過渡期的な措置として、ハングルで表記できない「固有名詞、漢文に由来する名詞と形容詞と動詞など」最小限を漢文で書いて、そのほかはすべてハングルで書こうと主張している。
>
> （波田野節子『韓国近代作家たちの日本留学』白帝社）

つまり、『漢城週報』などのような国漢文と呼ばれる文章は、日本の漢文読み下し文のような「純漢文にハングルで送り仮名をつけた」ものにすぎないのであり、朝鮮語の新しい文章、文体とはいえないものだと批判しているのだ。だが、本来外国語である漢文から、一挙に純ハングル文に至りつくまでには、現実的に無理がある。地名、人名などをハングルだけで表記することには抵抗があっただろうし（日本と同じように、漢字名こそ正式の名前として意識されていた）、漢字語に由来する形容詞や動詞や接続詞は、その語源的なものが忘れられ、造語力を極端に失うこととなる。つまり、漢字漢文をハングル文に置き換えようということは、朝鮮語の〝新しい文体〟を作り上げることと不可分なのであり、ましてや近代文学の文章は、その模範となる散文の文体を必要としたのである。

もちろん、カッコなどの記号や句読点、さらに分かち書きのような工夫によってそうしたマイナスを補い、純ハングル文を創設することは可能と思われるが、過渡期的に、漢字ハングル混じり文を、識字能力のまだ低かった一般の朝鮮国民に普及させるほうを選択しなければならないと李光洙は考えたのだ。

だが、『無情』そのものは、純ハングル文で書かれた。しかし、そうした文体が一朝一夕で作られたものでないことは明らかだ。李光洙は、漢文作成の能力を前提として、創作の前に、漢字ハングル混じりで論説的な散文を書き、さらに日本語で「愛か」を書いて、木下尚江（一八六九〜一九三七）や夏目漱石や田山花袋（一八七二〜一九三〇）などの近代日本語文学の文章の骨法を自分のものとし、それを朝鮮語の文章に書き換える（一語一句ずつ〝移植〟する）ことによって、朝鮮語による近代小説の文体を創始したのだ。それは、二葉亭四迷が、ツルゲーネフの「あひびき」を翻訳するときに、行数や句読点の位置はおろか、シラブルの数や息継ぎの位置さえまでも、原文のロシア語文と一致させようと苦心したことと重ね合わせられるだろう。そのような、愚直とも思えるようなマニエリスム的な文章の彫心鏤骨がなければ、〝新しい文体〟は生み出せなかったのである。

李光洙の日本語小説は、会話部分をカギ括弧で括り、口語的文章を多用し、地の文は日本の「だ体」「である体」、あるいは過去形の「た体」に近い終止形文で文末を止めている。これは、日本の近代文学の言文一致体に倣ったもので、四迷が創始し、漱石、花袋などが完成させた日本の近代小説の文体を、朝鮮に〈移植〉したものといえる。「愛か」の日本語の文章は、その学習の過程を示すものであったと考えられる。

つまり、李光洙という文学者は、漢文（中国文）―漢字かな混じり文（日本文）―漢字ハングル混じり文

（朝鮮文）――純ハングル文という文章・文体の変遷を一身に体験した作家なのである。

3　『無情』の三角関係

文体的には、漱石や花袋などの言文一致体の近代小説に倣ったと思われる『無情』だが、内容的にも、尾崎紅葉（一八六八〜一九〇三）の一世を風靡したベストセラー小説『金色夜叉』や、徳富蘆花（一八六八〜一九二七）の『不如帰』などの、大衆性、通俗性の色濃い、当時の新聞連載小説の影響を強く受けたものと考えられる。それは端的にいうと、文明開化の社会で自我に目覚めた個人が、恋愛において封建的な家族制度や旧体制の価値観と衝突し、その葛藤に悩むという「恋愛小説」といってよい。

波田野節子の研究では、李光洙が日本留学時代に読んだ小説のリストのなかに、蘆花はあっても、紅葉はない。しかし、紅葉の『金色夜叉』は『読売新聞』に連載され、空前絶後といわれる成功を収めたベストセラー（ロングセラー）の小説であり、一九一三年には、それを翻案した趙重桓（チョジュンハン）（一八六三〜一九四四）の『長恨夢（チャンハンモン）』が『毎日申報』に連載されている。四年後に同紙に連載小説を書くことになる李光洙が、この近代朝鮮文学の世界で初めてのベストセラーとなった新小説（革新団によって新派悲劇として芝居化され、映画化もされた。ダイジェスト版もタクチ本として広く出回った）を読んでいなかった（知らなかった）ということはありえないだろう。読者の心をつかむ方法をこうした新小説から学んだということは、十分に推測される。

あるいは、そうした小説の通俗性や娯楽性に反撥することによって『無情』を書いたとすれば、それも一種の影響圏にあったことを示しているだろう。少なくとも間接的に『金色夜叉』（＝『長恨夢』）は、『無情』に影響を与えていると考えることができるのだ。

もちろん、『金色夜叉』から『無情』への単純な影響関係ということではない。『無情』は、ごく簡単にいうと、主人公・李亨植（イヒョンシク）と二人の女性、朴英采（パクヨンチェ）と金善馨（キムソニョン）との三角関係ともいえる「恋愛」の過程を物語った小説である。京城中学校の英語教師であるヒョンシクは、大金持ちの金長老の美貌の一人娘ソニョンの家庭教師となる。しかし、ヒョンシクには、大恩のあるパク進士の娘・ヨンチェという、許嫁ともいえる女性がいた。彼女は家のため妓生（キーセン）（芸妓）となっている。ソニョンに心を傾けているヒョンシクを見て、ヨンチェは希望を失い、自殺するために平壌へ行く。夜汽車に乗ってヨンチェを追うヒョンシク。しかし、その心はヨンチェへの義理と、ソニョンへの恋慕によって引き裂かれていた。ヨンチェは東京の留学生ピョンウクによって自殺を思いとどまるが、彼女が死んだと思ったヒョンシクは、京城へ戻る。ソニョンとの結婚話があり、二人は米国に留学することになる。その途中に、彼らは東京に行くヨンチェとピョンウクと偶然に出会う。三人三様の精神的な葛藤を抱えたまま、汽車は大団円の舞台となる三浪津に近づく。ここでヒョンシクは、個人的な内面の葛藤を越えて、民族的共同性に目覚める。

富と出世を約束する美貌の婚約者と、義理と恩と人情のしがらみに縛られた許嫁との間で板挟みにあった主人公のインテリ男性としてのヒョンシク。いわば、封建制の古臭い価値観と、近代的な個人の幸福を追求する価値観との衝突がこの小説の主題であって、それは『金色夜叉』の主人公の間（はざま）貫一や、『浮雲』の内海文三の苦悩と類似している。

しかし、富と義理（人情）との板挟みになって悩むのは、『金色夜叉』では鴫澤宮のほうであって、間貫一（義理、人情）と富山唯継（富）という二者の間で思い、迷うのだ（結果的に彼女は富山を選ぶこととなる）。

だから、三角関係とはいうものの、『無情』と『金色夜叉』とは男女の関係は逆になっており、漢字で表すと「嬲る」（一人の女に男二人）と「嫐る」（男一人に女二人）ということになる。二葉亭四迷の『浮雲』も『金色夜叉』も、日本の小説は女一人に対して男が二人だが、『無情』では男一人に対して女二人だ。主人公が男性であることに変わりはないが、日本の小説はさらに夏目漱石の代表的な三角関係を描いた『こころ』にしても『それから』にしても、一人の女をめぐる男二人の物語なのだ。

間貫一や内海文三は、他の男と比較され、女の側から〝選ばれなかった〟男の悲劇だ。『こころ』の「先生」は逆に他の男と較べられて〝選ばれてしまった〟男の懊悩だ。だが、『無情』のヒョンシクは、二人の女のどちらかを〝選ぶ〟男としての悩みだった。

このことは、単なる偶然や物語的なご都合主義とは思われない。朝鮮の伝統的なイヤギ本としての『春香伝』や『沈清伝』は女性を中心とした物語であり、『金色夜叉』を粉本とした『長恨夢』で原作と大きく異なっているのは、李守一（＝間貫一）と沈順愛（＝鴫澤宮）とが最後に結ばれてハッピーエンドとなることである。つまり、李光洙の『無情』は、日本の近代小説（『浮雲』や『金色夜叉』や『こころ』など）の三角関係の結末とも、伝統的な朝鮮の物語や新小説ともまったく違った結末を持ってくることによって、朝鮮近代小説という新しい〝物語〟の範型を作り出したのである。俗的にいえば、それは富と出世という近代的な個人の価値観への全面的な肯定であり、前近代的な義理や人情からの脱出であり、さらにそうした個人的な幸福追求の道が、民族や国家の自彊につながるという、きわめてナショナリスティックな〝新思想〟なのだ。

李光洙は、近代的自我に目覚めた登場人物たちの心理的描写のために、精神分析やベルグソン（一八五九～一九四一）風の意識の流れや、進化論的な言説などのさまざまな思想的な意匠を動員している。しかし、

『無情』という小説自体は、近代的個人が、社会的に発展し、繁栄を求めるという進歩史観的な価値観や世界観を啓蒙する役割を果たすものであって、李光洙が文学的影響を受けたという夏目漱石のような近代文明に対する本質的な懐疑心は、存在しないように思える。ヒョンシクの富と立身の道への選択は、結果的に肯定されているといわざるをえないのだ。李光洙の文学は、思想上は「近代文明」や「近代」についてきわめて肯定感の強いものであって、そういう意味では、政治的な敗北感、社会的な疎外感から出発した日本の近代文学（近代小説）とはもともと背馳する傾向を持っていたといわざるをえない。

4　李寶鏡という主人公

ところで、李寶鏡の「愛か」については、実は、日本人側からこれに呼応する作品が書かれている。山崎俊夫の「耶蘇降誕祭前夜（クリスマス・イヴ）」である。[2] 山崎俊夫は、耽美主義的な作風で、一部に熱狂的な愛読者を持つ異端的な作家として知られていたが、その代表作の一つが「耶蘇降誕祭前夜」なのだ。それは、山崎俊夫自身の出身校である明治学院初等科に在学中の出来事を書いたものと思われるが、「李寶鏡」という朝鮮人の留学生と、日本人学生の「わたし」との友情をテーマとしたものだ（山崎俊夫は、やはり当時日本に留学していた洪命憙（ホンミョンフィ）（一八八八〜一九六八）とも知り合っていたが、彼については具体的な回想などは残していない[3]）。

「白金の宗教学院」に通う西洋的な特異な容貌を持つ李寶鏡は、「わたしたち」日本人の学生からも、朝鮮からの留学生からも「爪弾き」にされている。それは彼が人を寄せ付けないような雰囲気を持っていることと、「わたし」の学友が憧れている混血児の「おはんなさん」が、彼に思いを寄せているという噂があるからだ。「わたし」はそれに軽い嫉妬を感じている。「おはんなさん」に対するものではなく、李寶鏡に対しての嫉妬だ。そこには、無意識的な同性愛の雰囲気が漂っている。

稲垣足穂（一九〇〇～七七）にとって青春のバイブルだったというフランク・ヴェデキント（一八六四～一九一八）の『春のめざめ』や、壇一雄（一九一二～七六）の『花筐（はながたみ）』のように、思春期の男子学生たちの学校生活（寮生活）には、どこか同性愛的な友情（交情）が醸し出されることがある。「耶蘇降誕祭前夜」にも、「わたし」本人は意識していないとしても、ホモセクシュアルな雰囲気が濃厚となっている。校庭の隅に立っている古ぼけた木馬の側での「わたし」と李寶鏡の出会いは、密会めいた雰囲気を醸し出しているし、真実を告白させようと迫る「わたし」は、李寶鏡の愛の告白を聞きたがっているようにも思える。また、舞台となっている明治学院がミッション系スクールであることからもわかるように、この作品にはまた異国的、異教的な雰囲気も漂っており（それは北原白秋の『邪宗門』や日夏耿之介のような南蛮趣味とも重なる）、ホモセクシュアルとエキゾチシズムが、山崎俊夫の小説の特徴といえるかもしれない。

それはともかく、この「李寶鏡」という登場人物が、実在の人物、李光洙をモデルとしていることは間違いない。李光洙が日本の明治学院に在学していた当時の本名が李寶鏡であり、山崎俊夫とはまさにその学校での同窓生だったことは、「李寶鏡の思い出」と副題のついた彼の回想文に記されている。

とすると、「李寶鏡」と「わたし」の関係は、若き日の李光洙と山崎俊夫との関係にそのままスライドすることができるだろうか。いや、それはある程度の限定を設けられなければならないことだろう。

「耶蘇降誕祭前夜」が『帝国文学』に発表されたのは一九一四（大正三）年であり、山崎俊夫二十三歳の時のことであって、明治学院時代からはかなり時期の隔たった時だ。小説の基になる出来事があったにせよ、それはすでに作家の心のうちに甘美な思い出として虚構化されていたかもしれないし、ノスタルジックな物語化が、この作品を書いた直接的な動機といえるかもしれない。そもそも山崎俊夫の作風自体がリアリズム小説ではなく、ロマンチックで耽美主義的なものだ。少年時代の思い出はロマンチックにデフォルメされていると考えたほうが実情に近いだろう。

そしてそうした学院時代の思い出を芯に「耶蘇降誕祭前夜」という作品を書くときに、山崎俊夫が参照し、プレ・テキストとしたのが、ほかでもなく李光洙の「愛か」そのものだった。一九〇九年に明治学院の学内誌に発表された「愛か」を、同級生であり文学者志望だった山崎俊夫が読んでいないはずはない。山崎俊夫は、李寶鏡という明治学院の中学時代の友人を回想する小説を書こうとしたときに、「李寶鏡」自身が書いた小説を参考にし、それを換骨奪胎したのではないか。

つまり、西欧の近代文学を〈移植〉した日本の近代小説を模倣して創作された李寶鏡の「愛か」という習作を、日本の作家・山崎俊夫が日本と朝鮮の間の〝合わせ鏡〟として用いて作品を書いたのであり、奇妙に乱反射する文学世界が、そこに出現したといってもいいのではないか。

5　「金髪青眼」コンプレックス

しかし、ここで私が示したいのは、朝鮮と日本の小説家の作品の、単なるコラボレーションの実例ということではない。山崎俊夫が、異民族の李寶鏡という人物をその小説のなかで形象化したとき、それは現実の「李寶鏡（イボギョン）」、すなわち実在の李光洙をかなりデフォルメして描いているのではないかということだ。

たとえば、次のように。

李寶鏡は金髪青眼の背の高い少年で、皮膚の色さへ黄色人種とは異つて居るので、常に「混血児」といふ陰口が李寶鏡の身辺につき纏つて居た。殊にその鼻の著しく露西亜風の曲線を帯びたところが、わたしをしてすら容易く、露西亜の青年士官と朝鮮の薄命な娘との薄幸な恋物語をまのあたりに彷彿せしめるには、あまりあるものであつた。けれども李寶鏡は何時でもさう人に言はれる毎に、飽くまで手強く否定するのが常であつた。

作中で李寶鏡が何度も否定するように、李光洙が混血児であったという事実は存在しない。「金髪青眼」も「皮膚の色さへ黄色人種とは異つて居る」というのも、現実の李光洙を表現したものとは思われない。もちろん、異民族であり、「異人種」（当時の「人種の違い」は、現在の「民族グループの違い」というレベルと同じと見てよいだろう）である李寶鏡という存在は、日本人の山崎俊夫の目には、ことさらにエキゾチックな人物として見えていたのであり、「金髪青眼」は、そうした異民族性を強調する象徴的な記号として作中に置かれていると考えてもよい。しかし、本人が何度も否定しているにもかかわらず「真実」を語れと、混血児としてのアイデンティティを認めさせようとする「耶蘇降誕祭前夜」の「わたし」の行動には、やや過剰なものを感じざるをえないのであり、そこでは山崎俊夫が李寶鏡という一人の生身の人間を見ているのではなく、朝鮮人という「亡国の民」を前にして、李寶鏡の、むしろ朝鮮人離れした風貌や個性を強調しようとしているように思われるのだ。

「わたし」は「平素から朝鮮人風情と口を交す事さへ、快からぬやうに思つて居た」し、また、「わたし」の友人は「恋人を朝鮮のしかも混血児なんかに横奪されるのは、日本人として恥辱ぢやないか」というような差別的言辞を平気で口にする（時代的な制約はもちろんあるが）。日本は宗主国として朝鮮を併合し、植民地支配を行った。その結果「亡国の民」となった朝鮮人を、「わたし」たち日本人の学生は蔑んだ視線で見ており、それは朝鮮の早婚の慣習などを批判的に取り上げた会話などを見ても明らかだ。そして、それは単に山崎俊夫（と友人たち）だけではなく、韓国併合後の「亡国の歌」を歌わざるをえない朝鮮人を、日本人が一般的にどのような視線で見ていたかを実証しているものと思われる。作中の李寶鏡が自虐的とも思えるほどに自民族を卑下しているように思えるのも、山崎俊夫の意識化されない朝鮮人差別（それは当時、自然であり、当然なものとしてあったのだ！）の反映だったのである。

「耶蘇降誕祭前夜」という作品に、西洋的なものへの憧憬や、白人的な身体への変身願望があることは、題名そのものや、「宗教学院（ミッションスクウル）」という舞台設定、キリスト教的な語彙やルビの多用ということを見ても明らかだろう。朝鮮人を差別する言辞とともに「この李寶鏡に対してむしろ自分のきたならしい黄色の皮膚が慚愧（はづか）しいやうに思はれて」などという文章があり、「白人種」の白い皮膚に対する「黄色人種」としてのコンプレックスが正直に告白されている。つまり、李寶鏡を「金髪青眼」であり「皮膚の色さへ黄色人種とは異つて居る」と設定したのは、西洋崇拝、肌の色の白さを願望する、まさに鹿鳴館的な価値意識が作品世界に働いているからなのだ。

そこでは李寶鏡という登場人物は、朝鮮人としては日本人の「わたし」よりも劣位の立場にいながら、白人種との混血であること、その容貌が「金髪青眼」の白人であることによって、今度は「わたし」よりも優位の立場に立つ。それは「わたし」、すなわち山崎俊夫が、朝鮮人としての李寶鏡をいかに被差別的な立場から救抜しようかと腐心していることを示しているものと思われる。同性愛にも似た親密性を感じる対象に対し、その劣位の象徴性としての「朝鮮人」という規定からいかに彼を救い出すことができるか。それが「金髪青眼」と白い肌という外貌だったのであり、それは事実と背馳してでも設定しなければならない重要な要素だったのだろう。

もちろん、それは実在の朝鮮人としての李寶鏡、ひいては李光洙という一人の朝鮮人をまともに、真っ向から描くことを回避したということだ。「亡国の民」「亡国の歌」という言葉を李寶鏡に言わせているが、それは感傷的で、詠嘆的なものであって、柳宗悦（一八八九〜一九六一）の朝鮮文化論がそうであるように、まさに「悲哀の美」に朝鮮の知識人や教養人を安住させることを目的としているようにしか見えない。少なくともそこには、民族や祖国の独立や解放を志向する、後世のことばでいえば「不逞鮮人」のような朝鮮民族の姿は、まったく目に入ってこないのである。

ここに奇妙な転倒性があると考えることは、不自然ではないだろう。いわば、模倣し、移植している側の朝鮮のほうが、模倣（移植）されている日本よりも、オリジナルな西欧的なものに近いのであって、それが優越性となって、日本人である山崎俊夫をして「自分のきたならしい黄色の皮膚が慚愧しいやうに思」わせるのだ。

いずれにしても、「耶蘇降誕祭前夜」の「わたし」の李寶鏡に対する「異民族愛」や「人類愛」がとても屈折したものであり、観念的で、上滑りのものであることは間違いないだろう。「耶蘇降誕祭前夜」にしても「愛か」にしても、その人間関係はきわめて観念的、概念的であり、民族や性差を捨象した抽象的な「愛」についての観念に基づくものといわざるをえない。それはおそらく西欧の近代文学に学んだ「愛」の観念であり、現実性や具体性を欠いたきわめて理想主義的な普遍的な人間愛という観念に色濃く染まったものにほかならないのである。「耶蘇降誕祭前夜」と「愛か」は、民族的な支配関係、宗主国—植民地の差違を観念的に昇華することによって、西欧文学に近い作品を作り上げようとしたものなのであり、日本近代文学も、朝鮮近代文学も、ともに〈移植文学〉という誹りを免れえないものとしてあった。

6　「香山光郎」との再会

山崎俊夫と李光洙（李寶鏡）は、明治学院の中学生時代以降にも、少なくとも一度（二度）は再会している。[4]「京城の空の下」という山崎俊夫のエッセイに、「李寶鏡の思い出」という副題が付されていることは前述したが、そこには二人が昭和十七（一九四二）年に東京で再会したことが書かれている。きっかけは、大東亜文学者大会という官製の会合が東京で開催されるという報道を新聞で読んだ山崎俊夫が、その出席者のなかに朝鮮の文学者代表として李光洙の名前があるのを見て、ホテル宛てに彼に逢いたいという旨の手紙を書いたのである。「フミミタダイイチホテルニイル／アスアサ九ジオイデマツ／カヤマミツロー」という電報が届いたのは、数日後の朝のことだった。

カヤマミツロー、すなわち香山光郎は、当時の李光洙のいわゆる創氏名である。朝鮮半島の植民地支配を強化した朝鮮総督府は、朝鮮人の氏名を日本式に改名させる創氏改名の政策を行い、それを朝鮮人の有力者たちには率先して行わせた。朝鮮を代表する小説家と目されていた李光洙が、「天の香具山」からとった「香山」を姓とし、名前を本名の「光」の一字をとって「光郎」としたのは、こうした植民地政策への迎合、あるいは追従、さらにいえば屈従といえるものだった。だが、山崎俊夫は、こう書いている。

香山光郎と云うのは勿論李光洙の日本名である。彼はまた名前を変えたのである。だがわたしにとってはやっぱり一番最初の名前李宝鏡でなければ彼らしくない。今度逢えたにしても、香山君などと云うのはおかしいとわたしは思った。

第一ホテルに出かけた山崎俊夫は、そこで李光洙とすれ違いとなり、大東亜文学者大会の会場である、当時の大東亜会館（現在の東京会舘）で彼と再会を果たすことになる。[5] 大会の後、歌舞妓座で歌舞伎見物の招待があるという彼を無理に銀座に連れ出し、三十三年ぶりの再会の祝杯を二人は挙げたのである。その後、山崎俊夫は、自宅に李光洙を招き、妻の手料理で旧友をもてなすことになるのだが、これで都合、明治学院で別れて以来、二度の再会を果たしたことになる（東京駅で彼の退京を見送ったのだから、逢ったのは三度だが、これは勘定に入れなくてもよいだろう）。このエッセイ自体は、再会当時の昭和十七年頃に書かれたものではなく、日本の敗戦後、すなわち朝鮮の解放後の昭和三十一（一九五六）年に書かれている。だから、締めくくりに近い文章には、こう書いてある。

あれからまた十何年という月日が流れた。敗戦という爪跡がまたわたしから李宝鏡を奪い去ってしまった。（中略）それらの異郷の人々の名前はわたしの念頭を去らない。しかしやっぱり一番早く逢いたいのは京城の空の下に今でもいるであろうところの李宝鏡である。彼は三たびその名を変えた。今また別の名を名乗っているかも知れない。

「三たびその名を変えた」というのは、本名の「李寶鏡」からペンネームの「李光洙」に、さらに日本名の「香山光郎」に、そして植民地支配からの解放後の韓国社会において「李光洙」に再び戻ったのだろうという推測である。いずれにしても、山崎俊夫の感覚でいえば、そういった変わった彼の名前は「彼らしくな」く、「香山君などと云うのはおかしい」と思っている。もっとも、これは昔通りの「り・ほうきょう」君というのが彼にとってもっともふさわしい名前であり、それ以外は山崎俊夫にとって馴染みのないものということ以外ではない。決して彼は、「李寶鏡＝李光洙」を、「香山光郎」などという日本名に〝変えさせる〟ことをした「創氏改名」の政策を批判しているのでもなく、強制されて名前を変えざるをえなかった「李寶鏡＝李光洙」の内心を思いやっていたのではないのだ。「彼は三たびその名を変えた」という文章のなかには、名前を変えたことに対しての非難的な口吻があることを見逃すわけにはゆかないだろう。そもそも、それは「彼は・変えた」であって、政治権力によって「変えさせられた」とは、山崎俊夫がまったく思っていないということの無理解さを示しているのである。

つまり、山崎俊夫は、自分の青春時代前期に記憶に残っている「李寶鏡」を「り・ほうきょう」として懐かしがっているだけであって、その「三たび（以上）」の改名が、必ずしもこの朝鮮人の旧友の本心や自発性から出てきたものではなく、まさに時代と歴史に翻弄されたところから已む無く選択されたものであったことをまったく見ていなかった（理解していなかった）。そして本人自体が否定する混血説を相手に押しつけるように、まるで〝善意〟であるかのように日本名や皇国臣民であることを「朝鮮人」の彼に強制したのが、山崎俊夫自身も含む「日本人」であったことをも、すっかり忘れ去っていたのである。

ここで山崎俊夫が語っているのは、李光洙が、「三たび」の改名のたびに、三種三様の顔を持って彼の前に現れたということだ。李寶鏡として、李光洙として、香山光郎として。そのたびに彼は旧友の「李寶鏡」と別の顔で面会することになる。西洋人に近い容貌の、普遍的なヒューマニストとしての「李寶鏡」、民族独立の宣言を掲げる、民族運動の指導者としての「李光洙」、そして率先して皇道主義を唱え、惟神（かんながら）の道を邁進しようとする「香山光郎」。ここに共通しているものがあるとすれば、それは常に民族の先頭に立って、遅れた、愚かで、貧しい同胞たちを導き、兄弟・姉妹たちを鼓舞し、啓蒙しようとする長兄であり、〝家長〟である姿なのである。

李光洙、あるいは香山光郎について、別の日本人が書いた文章がある。いわゆる日帝時代に、京城府の中学校の「国語」教師として教鞭を執っていた日本人の宮崎清太郎（一九〇四～八七）が、その〝京城時代〟を回顧して書いたと思われる私小説的な短編「二人の友（オモニ）」（『猿蟹合戦』所収）のなかにある文章である。(6)

7　〝美しい〟人

李泰俊、兪鎮午、李孝石など、若い流行作家については、時に、ずいぶん思い切った悪口を言う黄君も、李光洙氏だけは「敬愛」どころか、尊崇、畏敬――聖者とも神人とも、あがめているようだった。「李光洙さんは、街を歩いていて乞食に遇うと、ポロポロ涙をお流しになる。ポケットに手を突っ込み、一円あれば一円、十円あれば十円、頭をさげて乞食にお与えになる。」話の真偽、事の是非を、私は穿さくしたり、論ったりする気になれぬ。純情な黄君が、自分も涙ぐみながら語ると、私もいつか、素直な、やさしい心になり、そんな李光洙氏を、そんな黄君をいいなア、美しいなァと思う。

宮崎清太郎は「李光洙」と書いているが、この小説は、彼が日本へ帰国してから十数年後に書かれたものと推定されるから、「李光洙→香山光郎→李光洙」へと改名の変遷をたどった後のものと考えられる。宮崎清太郎が「黄君」からこのエピソードをリアルタイムで聞いたときに、「黄君」は、李光洙氏といったのだろうか、それとも香山光郎氏と呼んだのか、はっきりとしたことは分からない。いずれにしても、李光洙が、朝鮮近代文学の〝父〟として尊崇されているだけではなく、トルストイ流の人道主義の実践者として、きわめて高邁な人格と美徳を持った人物と観じられているのである。

もう一つの証言を引いておこう。

やがて、香山さんも兪鎮午さんも酔っ払ってきて、最近帰って来たばかりであった大東亜文学大会の印象を話し出したが、二人とも内地の自然や古蹟や人心の美しさを本気で感動してきたらしかった。……やがて香山さんが、もう二、三年つけていられる日記を見せて下さった。……もう全部、歌日記であると言っていい位、短歌ばかりに満ちていた。少し観念的過ぎて、いい歌ばかりと思えなかったが、驚いたことにはその辺の大半が、大君の、という枕言葉で始まっていた。

しかも、驚いたことには、と言って、驚くぼくのほうがいけないのであるが、香山さんはそうした歌が出て来る頃になると、端座されていままでの酔態をピタリと改められたのだった。勿論、兪鎮午さんもぼくも膝を正しくして、香山さんの読む愛国歌を拝聴した。昔の志士は酔って尊皇愛国につき悲憤慷慨したと言う。

そんなことをぼくは想い出し、ぼくは香山さんの姿勢を正しくした酔態を美しいと思った。

戦前・戦中の朝鮮に在住経験のある田中英光（一九一三〜四九）が書いた「朝鮮の作家」というエッセイのなかの一節である。[7] 同じように、日本の小説家が、「李光洙＝香山光郎」を「美しい」と感嘆する文章である。もちろん、私は、宮崎清太郎と田中英光が、李光洙＝香山光郎を「美しい」と感嘆したことを疑っているわけではない。一方は伝聞で、一方は実見だが、彼らの李光洙に対するリスペクトは、「本気」であり「本当」であると思ってよい。一方は、キリスト教的な貧しい者に対する同情や共感という、トルストイ流のヒューマニストとしての李光洙、一方はファナチックな皇国主義、天皇主義者としての親日派・香山光郎の姿であるが、それは一見すると、相離反したものであるように思えるが、必ずしも統合、統一されないものでもないと思われる。つまり、普遍的なヒューマニズムとナショナリズム（ファナチズム）だが、これは見かけほどには違ったものではないのではないかということだ。

少なくとも、李光洙にとっては、そうした西洋風の人道主義にしても、日本的な皇国臣民的な〝愛国思想〟にしても、やはり〈移植〉された、意匠（衣装）としての〝借り物〟のイデオロギーの上着にしか過ぎなかったからである（もちろん、借りの上着だからといって、簡単に着脱できるとは限らないが）。

宮崎清太郎が書いた、乞食にポロポロと涙を流しながら金を与える李光洙も、田中英光が筆に残した、「大君の」で始まる歌を朗唱するたびに居住まいを正す香山光郎も、双方とも異様に〝演劇〟的であると思わざるをえない。不自然なまでに、といってもいい。トルストイ的にキリスト教的な善行を施すならば、それは、ひっそりと他人に見られないところでするべきものであり、衆人環視のもとで乞食に金を与えるのは、もちろん〝周りの眼〟を気にしての行為である。香山光郎の振る舞いについては、偽善的で、演技がかっていて、むしろ滑稽なほどだ。田中英光がそれに同調した〝フリ〟をしてみせるのも、わざとらしく嫌みである。たとえ、宮崎清太郎や田中英光が、衷心から李光洙＝香山光郎の振る舞いを「美しい」と感動したとしても、文学者としてそうした彼の内面の複雑さや自己演技性に思い至らなかったとしたら、人間をその内面から描き、その心を捉えようとする文学者＝小説家として失格といわざるをえない。

宮崎清太郎も田中英光も、李光洙＝香山光郎という朝鮮人文学者を〝鏡〟として、素朴なヒューマニスト（＝宮崎清太郎）たる「自分」の肖像、もしくは演技的な天皇主義者としてのそれを映し出しているに過ぎない。そこには、優れた文学者や知識人は、その民族・国民に対する指導者であり、模範となるべき存在でなければならないという、近代的な思い込みがある（「文学」が「戯作」であった時代には、「作者」にそんな役割は期待されていなかった）。民衆を指導し、啓蒙し、民族の精神を改造して、「近代的国民」へと導いてゆくこと。李光洙という文学者は、そんな日本人の文学者（知識人）にとって、恰好の、そしていささか〝歪んだ鏡〟だったのである。

8　鏡のなかの李光洙

一九四二（昭和十七）年十一月四日、東京会館から大東亜会館と改称された建物で開催された第一回大東亜文学者大会で、朝鮮代表として参加した李光洙の発言は、こんなものだった。

自己の総てを　天皇に捧げまつることを日本精神といふのであります。また　天皇におかせられて慈悲を行はせ給ふことを皇道と申すのであります。大君におかせられては皇道、われわれ臣民においては、これが臣道であります。自分を捧げ、自分を捨てるこの精神こそは、人類の生きる道の中で、最も気高い、また最も完全な真理に近い道であると存じます。何故ならば、われわれの目標、日本人としてのわれわれの目標は、米英のやうに国の強大を計るのでなく、この世界人類を救ふにある。それは歴史を通じて諭らないことです。そしてこの目的の達成がわれわれの目的であるが、その目標を達成するのは、われわれ個人ではなしに、　天皇であらせられる。われわれはこの　天皇を翼賛申し上げながら死ぬものである。私はこの自分を完全に捨て、自分を総て捧げるといふ精神こそは、大東亜精神の基本でなければならないと存じます。

（引用者註——天皇という言葉の前の一字分は闕字）

現在においてはいかにもそらぞらしい、無内容な発言（無惨ともいうべき）であるが、おそらく発言された当時においても、あまりにも大仰な、時代におもねった発言として、さほど評価されたとは思えない。「私はこの自分を完全に捨て、自分を総て捧げるといふ精神こそは、大東亜精神の基本でなければならないと存じます」といった発言は、大東亜精神を鼓吹しようとする日本側にとっても、もてあましかねない、「大東亜」からの〝奴隷的な声〟であったに違いない。

この李光洙の発言のあった当時は、また朝鮮半島には徴兵令は布かれておらず、志願兵制度があるのみだった。これは一九三八年に成立した朝鮮人学徒に対しての特別志願兵制度だが、日本の戦争と日本の天皇のために生命まで捧げよという、李光洙の発言に籠められた「大東亜精神」は、むろん多くの朝鮮人の若者の心に届くわけがなく、志願する者は多くなかった。そのため、一九四三年十一月、志願兵制度の窓口になっていた「朝鮮奨学会」は、朝鮮人青年（大学生）の志願兵勧誘のために、多くの留学生がいる日本内地に李光洙と崔南善（チェナムソン）（一八九〇〜一九五七）を「日本留学生勧誘団」として派遣し、勧誘の演説に当たらせることにした。李、崔の知名度を最大限に使用しようとしたのだ。

十一月十四日と十九日、明治大学講堂で李光洙は、講演会を行った。その時の講演の際、当時、日本へ留学生として滞日していて講演会に駆り出された留学生の一人は、演壇上の李光洙に対し、こんな言葉を吐いたという。

李光洙先輩、私は失望しました。完全に裏切られたからです。あなたが現在の情勢下で、内鮮同祖同根論や日本の戦争目的を賛美するのは仕方ない。われわれに日本軍に参加して勇敢に戦えと激励するのも仕方ない。しかし、それだからといって自分の祖国を汚辱してもらいたくなかった。

もちろん、こうした発言をした若者は、その発言を終える間もなく、会場に潜り込んでいた私服刑事にその場で拘束されたのはいうまでもない。

これは在日コリアンのミステリー作家・麗羅（一九二四～二〇〇一）の小説『山河哀号』（集英社、一九七九）の一場面であるから、本当にそんな場面が現実に展開されたのかどうかの確証はない[8]。しかし、李光洙と崔南善が「日本留学勧誘団」として訪日したのは事実であり、志願兵勧誘の演説会を行っていたことは間違いない。解放後、「親日活動」をした親日派は数多くいたのに、彼ら二人だけが「民族反逆行為処罰法」によって収監されたのは、単なる「親日行為」だけではなく、朝鮮人の多くの有為の若者たちを戦場に送り、死に追いやったという、直接的な〝罪業〟によるものと考えられなくもない（起訴はされなかったが）。『山河哀号』の主人公は、李光洙たちの講演を聞き、心のなかでこう叫ぶ。「あなたは魂までも売ったのか！　あなたはぼくたちに、そんなことを言うために玄界灘を渡って来たのか！」と。そして前述の言葉を壇上の李光洙に向かってぶつけるのだ。

東京で朝鮮国の「独立宣言」を起草して、日帝下の独立運動の指導者として日本の官憲に弾圧されていた李光洙が、同じ東京で日本軍国主義への協力を同胞の朝鮮人学生に鼓吹する。これが、反日独立運動への裏切り行為とみなされたのは当然のことだった。

李光洙＝香山光郎は、自分の「大東亜文学者大会」での発言、「日本留学生勧誘団」での講演について、直接的には何も語っていない。それが、どんなつもりで、どんな情勢下で、どんな強制や脅迫下に行われたも、一切語っていない。『私の告白』という弁明書的な本が出されているが、具体的なことはほとんど書かれていないのである。

しかし、この当時の李光洙の内面をわずかにだがうかがわせる文章が、大東亜文学者大会に台湾代表として同じく参加した日本人作家の浜田隼雄（一九〇九〜七三）によって書かれている。それは、こんなものだ。

奈良ホテルの第二夜だつた。寒いのでバーに行つたら、昨夜も来てゐた河上徹太郎氏がゐた。傍に李光洙氏と草野心平氏とが座つてゐた。

何気なく入つていつたのだが、昨夜とは空気が違うなと思つたとたんに、草野氏の李光洙氏に対する腹の底からの声が聞こえてきた。それは李光洙氏への激しい非難であり、しかも涙を流しての激しさであつた。

私は気まづくなり去らうとしたが河上氏にすすめられて椅子を寄せ黙つてきいてゐた。

李氏に草野氏と河上氏とが批判をぶつつけてゐたのだ。前の事は知らぬが、半島の作家としての苦しさをひよいと洩らした事から、そんな苦しさを云ひ立てる事が何になる。文学の苦しみつてそんな事ではないと叱咤してゐるのらしかつた。

私はここにその議論を書かうとは思はぬ。ただ朝鮮文学の創始者である李光洙氏と評論家の河上氏と、詩人であり南京政府の文化工作にたづさはる草野氏とが本気になつて自分をぶちまけてゐる真剣さに打たれた事を告白したいのである。

『文藝台湾』の一九四二年十二月に掲載された「大会の印象」という文章の一節である。[9]李光洙と草野心平（一九〇三～八八）と河上徹太郎（一九〇二～八〇）との間で交わされた「議論」の中味が書かれていないのだから、具体的な議論はほとんど何も分からないともいえるのだが、「前の事は知らぬが、半島の作家としての苦しさをひよいと洩らした事から、そんな苦しさを云ひ立てる事が何になる。文学の苦しみってそんな事ではないと叱咤してゐるのらしかつた」というところから、同じ旅の同行者として〝気を許した〟李光洙が、「ひょい」と洩らした愚痴やうちあけ話が〝議論〟のきっかけのようだ。「半島の作家としての苦しさ」、それを日本人である前に文学者である草野心平や河上徹太郎に〝洩らした〟ところ、思いがけない激しい叱咤を、李光洙は受けた。このとき、李光洙は五十歳、草野心平は十一歳年下の三十九歳である（河上徹太郎は草野とほぼ同年、一歳年上）。

十歳年下の日本人が、十歳年上の朝鮮人文学者を〝激しく叱咤している〟。見る人によっては「聖者」や「神人」とも敬われる「朝鮮文学の創始者」を、南京政府で文化工作をしている文化的スパイとしての草野心平が〝そんな苦しさを云ひ立てる事が何になる〟と叱りつけ、怒っているという、やや倒錯した場面のように思える。

憶測は慎まなければならないが、草野心平や河上徹太郎にとって、この場の李光洙、大東亜文学者大会なるものにおいてまさに植民地支配された朝鮮人として〝奴隷の言葉〟を吐かなければならなかった李光洙は、軍国主義や皇国主義に頭から抑えつけられた自分たちの弱みや弱点、泣き言を「ひょい」と洩らしてしまった〝弱者〟として見えてしまったということではないか。彼はこの時、「香山光郎」という〝仮面〟を、文学者同士という狎れ合いのなかで、はずしてしまったのである。

国民や民族に対しての文化的指導者、嚮導者としての役割を果たさなければならない李光洙のような人物が、「転向作家」「親日作家」としての〝弱音〟を吐くことは許されない。それはたとえ、軍人や政治家や官僚がいない、いわば〝本音〟が出て来る、文学者たちのくつろいだ雰囲気のなかでも、当時は許されることではなかった。

この時に、草野心平や河上徹太郎は、李光洙のどんな言葉に過剰な反応を示したのだろうか。それは単に「半島の作家としての苦しさ」についての愚痴にしか過ぎないものだったろう。しかし、実は、それこそが〝それを言ってはお終い〟なのだ。日本人の詩人も評論家も、それを言わないことによって、〝黙って事変に堪えている〟(小林秀雄の言葉)。ましてや、朝鮮民族の指導者であり、「内鮮一体」や「創氏改名」や「八紘一宇」の聖戦の先導(扇動)者としての重責を担っているはずの李光洙が、インフォーマルな席であっても(インフォーマルな席であるからこそ)決して口走ってはいけないことだったのである。

さらにいってみれば、李光洙の強いられた「奴隷の言葉」は、日本と朝鮮の近代文学が規範とした「己れに正直(誠実)たれ」という西欧の近代文学の基となる個人としての自我の確立や、個人主義的な告白の真率性に悖(もと)るものであり、近代文学の根本的な倫理そのものと背馳するものなのだ。ここに、日本と植民地朝鮮の近代文学者の置かれた条件と立場の格差があり、李光洙はそれを「朝鮮の作家」、〝民族の家長〟としての苦しさとして〝洩らした〟のではないか。ここには、いわゆる「親日文学」と「転向文学」の同質性がある。強いられた「内面」の表現を維持することは軍国主義下、帝国主義下にあっても日本の文学者にとって、譲ることのできない根本的な条件であり、基本的立場だったのであるが、それを表明することは許されなかったのである。どちらの憂悶が深かったかは、ここで問うことはできない。戦争期の近代文学者として、この桎梏から逃れていた者は日本にも朝鮮にも少なかった。

日本人が、日本人の文学者の側が、朝鮮人作家としての李光洙の「苦しみ」をどのように受け入れ、どのように遇したかは、もはや語るまでもない。民族主義者、独立運動家、近代文学者、人道主義者、天皇（皇国）主義者、親日作家……それらは、日本人が李光洙という少し〝歪んだ鏡〟に映し出された自分たちの肖像だったのである。

9 「香山光郎」の日本語小説

李光洙には、前述した「愛か」のような日本語によって書かれた作品があるが、そのときの筆名は本名の李寶鏡であり、『無情』で文壇的成功を収めたときは李光洙、そして、いわゆる日帝時代には香山光郎という創氏名で日本語の小説や評論を多く書いた。親日派文学者の代表的存在として、解放後（戦後）に厳しく糾弾された曰くつきの作品群である。ただ、「加川校長」や「大東亜」といった短篇以外に小説はあまり数は多くない。現在までに知られているのは、数編の短篇ぐらいなものである（ただし、これはあくまでも「小説」作品に限ってのことで、評論をはじめ、講演や座談会への出席など、親日文学への関与は著しい）。

このことは、李光洙が積極的に「親日文学」に打ち込み、日本語小説を書いたわけではないことを、いささか消極的にだが証明しているものといえるかもしれない。第一回大東亜文学者大会では、無惨な「皇国臣民」としての演説を行って、後悔か悔し涙かを日本人の文学者に見せた彼であり、朝鮮人留学生に対する志願兵制度への応募を奨励する彼であったが、その内面にはそうした「親日行為」に忸怩たるものを持ち、決して心から納得して「親日派」として振る舞っていたとは考えにくいのである。田中英光の前で見せた、日本人よりも日本人的なパフォーマンスは、あくまでも他者に見られていることを意識した演技的なものにほかならなかった。つまり、近代文学の倫理を仮構し、装ってみせたのである（しかし、そうした偽装が内面化されてしまうという機微が理解されていたかどうかが問題だ）。

それは、公の場所での演説や、観客あるいは監視の眼を意識してのパフォーマンスにおいてだけではなく、作品のなかでも実行されていたと考えることができる。

たとえば、『半島作家短篇集』（朝鮮図書出版、一九四四）に収録された「蠅」という短篇がある。主人公は「私」で、作者の香山光郎とほぼ等身大の人物としてあり、私小説的なものである。[10] 五十歳過ぎの「私」は、近所の町内会の人たちといっしょに「勤労奉仕」をしようとしても、むしろ足手まといになるばかりで、道路の修繕工事に行くかわりに、町内（班）の蠅を取ることを引き受ける。「私」の蠅タタキをもっての〝蠅撲滅〟運動が始まる。「私」は、「班長の家から、馬子の龍三さん、力持の寅成の家、寡婦男の鄭さんの部屋といふ風に十軒十三世帯を廻つて」、汗びっしょりとなり、手も足も綿のように疲れたあげく、「遺棄屍体総計七千八百九十五匹の蠅を叩き殺」すという〝戦果〟を上げたのである（蠅を叩き殺すよりも、数えるほうにもっと時間がかかるだろう）。

「大東亜戦争」の赫々たる戦果が、大本営発表としてラジオや新聞によって報道されていた当時である（戦後には、それが誇大であるか、虚偽であったことが判明する）。「遺棄屍体云々」は、そうした戦果報道のパロディー的表現であるが、それは敗戦の可能性が押し迫ってきた時期において、無邪気な「戦果発表」や「職域奉公」の表現を離れて、不謹慎な揶揄や当てこすりとして受け止められる危険性もなくはなかった。

しかし、作者の意図は明らかだ。「勤労奉仕」に出られない分、「私」は、町内会（班）の班員にアピールし、見せつけるために蝿殺しに〝志願〟したのであって、そのことをユーモラスに描くことによって、悪意のない親日派文学者としての「香山光郎」を日本に、総督府政治の側にもアピールするという二重の作戦だった。

『新半島文学選集　第一輯』（人文社、一九四四）に収録された「加川校長」も、作者の意図と、読者の受け取り方に屈折が予想されるような複雑さを持った作品である。日本人の「加川校長」は、Kという田舎の中学校に率先して赴任してきた校長であり、朝鮮人の学生を「皆一人前の日本人に作り上げたい」という教育的信念を持つ、教育熱心な教師である。その校長の教育方針に同調する父兄を持つ「木村太郎」が、京城の中学校への編入試験を受けようとしている。父親の病気で、やむなく京城に転居し、転校せざるをえないということなのだ。

ただでさえ、学生の質が落ち、経済的にも恵まれないK中学校から優秀な学生がいなくなってしまう。「加川校長」は、自分の教育理想と現実の学校の事情との齟齬に悩むというストーリーである。この作品のなかに、ちょっと気になる表現がある。こんなものだ。

> 木村は見たところ、悧発な子ではない。むしろ愚直を思はせる眼付だ。それが、限りなく加川の気に入る。加川の持論では、世の中を腐らせるのは、悧巧者だといふのである。ことに朝鮮人がさうで、朝鮮人の子供には、あまり悧巧さうな奴が多い。加川には馬鹿面が欲しいのである。

これはかなり屈折した言い方であるといえるだろう。一般的な日本人による朝鮮人に対する差別は、文字通り朝鮮人を〝馬鹿にする〟もの、その愚昧さ、愚鈍さを笑うものであって、〝あまり悧巧さうな奴が多い〃という加川校長の印象は、一般的なものではない。これを作者の「香山光郎＝李光洙」の「持論」と考えてもよいが、これが「加川校長」の人物や性格をきわめて雄弁に物語っている考え方だとすると、作者の思想との安易な重ね合わせは避けなければならない。

朝鮮総督府が、朝鮮人の子供（成人）たちに対して取った教育政策は、「愚民政策」だといってよい。「我等ハ皇国臣民ナリ　忠誠以テ君国ニ報ゼン」という皇国臣民の誓詞を暗唱させる総督府が、自分の頭で考え、判断することができるような自主的で聡明（賢明）な殖民人を育てようとするはずがない。朝鮮人の子供たちを「馬鹿面」の朝鮮人の大人にすることが、植民地教育の目的であって、それ以外のものではなかったはずだ（一部の人間に高等教育を施し、植民地人による植民地支配を手助けさせる目的以外には）。

この加川校長の言葉は、二重三重に屈折し、屈曲している。それは、ぐるっと一回りして、朝鮮人を愚昧の民に留め、植民地支配に抵抗することのない殖民人を養成しようとする植民地権力の側の施策に棹さすものとなるからだ。

これは、戦後に小林秀雄（一九〇二～八三）が「利口な奴はたんと反省すればよい」と、戦争に対する反省や戦争犯罪に対する糾弾が盛んになった時に口走った言葉と似たようなニュアンスのものである。「世の中を腐らせるのは、悧巧者だ」という考え方が、「加川校長（李光洙）」や小林秀雄にはあるのだが、しかし、世間的には彼らこそが「悧巧者」に分類され、「知識人」「文人」であることは紛れもないことだ。自分を愚者の側に置く彼らの発言は、決してそのままの形で受け止められはしない。

春園・李光洙（春園は李光洙の雅号）は、李寶鏡（イボギョン）、李寶鏡（りほうきょう）、香山光郎、イ・グァンスというようにその名前の表記と読みを変えた。それに応じて、彼の文章・文体は次々と変化・変遷した。そして日帝時代末期には、彼は香山光郎として漢字かな混じりの日本語文、和歌などの文体を選ばなければならなかった。

純ハングル文での朝鮮文学の創作の可能性を追求していたはずの李光洙の、日本語での創作という、こうした惨めな言語的な敗北は、もちろん強いられたものであり、時代の変転とともに移り変わらなければならないものだった。彼の文章の変異の系譜は、だから、日朝（韓）文学の絡み合いのもとでの〝歪んだ〟鏡像なのであり、その悲劇の象徴といわざるをえないのである。[11]

註

（1）「愛か」（『白金学報』一九〇九年十二月）。ただし、ここでは大村益夫『近代朝鮮と日本』に復刻されたものを基に、黒川創編『〈外地〉の日本語文学選3　朝鮮』（一九九六年三月、新宿書房）所収の本文を参照した。

（2）山崎俊夫「耶蘇降誕祭前夜」は、『美童　山崎俊夫作品集　上巻』（一九八七年、奢灞都館）に収録されている。なお、李光洙と山崎俊夫との交友関係、作品間の影響については、金允植、波田野節子、李承信による考察がある。

（3）洪命憙（ホンミョンフィ）は、長編小説『林巨正（イムコジョン）』の作者。北朝鮮で朝鮮労働党政府の幹部を務める大物政治家となったが、李光洙と同時期に日本に留学し、山崎俊夫との交流があった。

（4）山崎俊夫の李光洙についての回想として「京城の空の下（李宝鏡の思い出）」「けいべつ（李宝鏡の思い出）」（『古き手帖より　山崎俊夫作品集　補巻二』奢灞都館）の二編がある。

（5）第一回の大東亜文学者大会は、一九四二年十一月に東京で開催された。日本の植民地支配下にあった朝鮮、台湾、満洲、中国（南京政府）などの文学者の代表が集まり、〝大東亜文学〟の樹立を画策したのである。第二回は一九四三年八月に東京で、第三回は一九四四年十一月に南京で開かれた。四回目は京城開催が予定されていたが、実現されなかった。

(6) 宮崎清太郎(本名・児玉金吾)は、京城中学校の国語(日本語)教師として勤務し、「父の足をさげて」などの短篇小説を発表した。戦後は日本に帰国し、朝鮮時代を回想した作品集『さらば朝鮮』『猿蟹合戦』を自家版として刊行した。歌集に『青い顔』がある。

(7) 田中英光は、横浜ゴムの京城支店に勤務しながら、朝鮮人文学者との交流があった。戦後、『酔いどれ船』を書いて、朝鮮時代を回想しているが、この作品は虚実を織り交ぜたもので、現実とは異なる点が多い。拙著『〈酔いどれ船〉の青春』(インパクト出版会、二〇〇〇年)参照。

(8) 『山河哀号』はミステリー小説だが、作家麗羅の自伝的エピソードが要所要所にあると考えられる。李光洙が日本内地に留学中の朝鮮人学生のための志願兵募集のプロパガンダの講演会を各地で行ったことは事実である。

(9) 『文藝台湾』は、植民地下の台湾で発行された日本語による文芸雑誌。西川満が主宰し、浜田隼雄などの在台湾の日本人作家と龍瑛宗のような台湾人作家が寄稿した。若き日の邱永漢(邱炳南)、まど・みちお(石田道雄)もこの雑誌に詩を寄稿している。

(10) 李光洙の日本語小説は、最初期の「愛か」に始まり、日帝時代下の親日文学として「萬爺の死」や「加川校長」や「蠅」などがあるが、これまで論評や研究の対象とされたことはほとんどない。

(11) 李光洙は解放後、『わが告白』などで親日行為に対する弁明を行っているが、韓国ではほとんど黙殺され、親日文学の代表者という評価が覆ることはなかった。

第3章　崔載瑞と近代批評の誕生

1　佐藤清と崔載瑞

李光洙や洪命憙のように日本語や日本文学を仲介させての〈移植〉ではなく、直接的、現実的に西欧近代文学の理念や理想を実現しようとする世代が、次に現れてくるのは必然だった。朝鮮近代文学の発展の過程においては、一九三〇年以降に、日本経由ではなく、直接的に西欧近代文学に学ぼうとする文学者・研究者が現れるようになった。英文学の研究者であり、朝鮮の最初期の文芸評論家といわれた崔載瑞（チェジェソ）がその人である。彼は、京城帝国大学英文科の第三回生として卒業し、ロンドン大学に留学してイギリスの象徴主義、新古典主義の文学理論を現地で学び、朝鮮文学の世界に西欧近代文学の理論に学んだ〝文芸理論〟〝文芸評論〟を確立しようとした。それはアカデミズムの世界にとどまらず、その頃ようやく朝鮮の社会に生まれてきたジャーナリズムの世界にも波及するものだった。(1)

だが、後に詳述するように、崔載瑞の英文学研究にも、いわば直輸入の自家栽培ものとはいえない部分がある。彼が最初に学んだ京城帝国大学法文学部英文科が、そもそも植民地朝鮮における植民地主義的アカデミズムの牙城にほかならず、彼にもっとも大きな影響を与えたと見られる英文学研究者は、佐藤清（一八八五～一九六〇）という日本人教師だった。つまり、崔載瑞は、〈移植文学〉からの脱却を目指したのだが、植民地朝鮮というその絶対的な環境を大きく変えるまでには至らなかった。植民地における最高級の文化人という彼の立場は、学者・文学者としての彼の生涯において幾度も躓きのもととなったと思われる。

崔載瑞もまた、いくつかの名前と顔を持っている。本名の崔載瑞では、朝鮮での英文学の草分け的研究者として知られており、また朝鮮近代文学の最初期の文芸評論家として名高いが、「崔載瑞」の筆名は一九三〇年代と、一九四〇年代後半以後に使われた。彼の号は「石耕牛」、不毛の石だらけの土地を耕作する牛の意味だろうか。英語のカルチャー（文化）に縁のある名前だろう。そして、「石田耕造」は、日本植民地支配下の創氏改名時代の日本名であり、『国民文学』の編集者にして親日派の文学者としての名前であり、石田耕人は「民族の結婚」などの小説の作者としての筆名だった。

チェジェソ 최재서、サイサイズイ、イシダコーゾー、イシダコージン、そして再びチェジェソと変化した彼の呼び名は、朝鮮人の英文学者、気鋭の文芸評論家、「親日派」の文芸評論家、「皇民文学」を鼓吹する文芸雑誌の編集者、歴史小説作者、そして再び英文学者としてのアカデミズム世界の住人を示しており、その生涯に何度かの転身と変貌を繰り返してきた。それは朝鮮王国（李氏朝鮮）、大韓帝国、大日本帝国、大韓民国・朝鮮民主主義人民共和国と国号と所属を変化させてきた朝鮮半島の近代的な変貌と相俟っているのかもしれない。

歴史の変転のなかで変節と転身を繰り返してきた彼の生涯は、近代朝鮮の知識人の立場をいわば象徴するものといってよい。自ら進んでのものであれ、あるいは強いられたものであれ、「君子豹変」の好例とされ、時には変節漢、裏切者、背信者の悪罵を投げつけられてきた。しかし、彼が朝鮮の近代文学、とりわけ文学評論と文学研究の礎石を文学史の上に置いたことは誰にも否定できないだろう。京城帝国大学英文科の講師として、日本の植民地支配下にあった朝鮮において、朝鮮人として望みうる最高の学者としての位置にあったのである。彼に匹敵するのは、小説家で政治学者だった兪鎮午（一九〇六～八七）ぐらいなものだろうか。(2)

一九〇八年二月十一日に黄海道の海州で生まれた崔載瑞は、その前半生を大日本帝国の植民地としての朝鮮で過ごし、後半生を大韓民国で過ごした。現在は北朝鮮に位置する黄海道地方の大地主の家に生まれた彼は、天賦の才能というべき優秀な頭脳と勉強好きで、倦むことなく努力する根気の良さを持っていた。第二高等普通学校から京城帝国大学英文科へと進んだ彼は、『京城帝大英文学会会報』などにシェリー（一七九二～一八二二）やワーズワース（一七七〇～一八五〇）などについての論考を積極的に発表し、英文学者としての頭角を現した。学部卒業後は大学研究室を経てロンドン大学へ留学、帰国後は京城帝大講師や普成専門学校教授を務めるなど、当時の〝大志を抱く〟朝鮮人学生にとっては希望の星だったといえる。(3)

京城帝大には、きわめて厳しく選ばれた少数の入学者で成立した予科があり、従って文学部へ来る学生は少数であっても英文科へ集まる学生は一番多い方で、秀才も少なくなかった。殊に、朝鮮人学生の優秀なものが集まったのは、帝大の名にあこがれたというよりも、外国文学への彼らの渇をいやしてくれるものが帝大の中にあったからで、二十年も朝鮮学生と親しく交わっている間に、いかに彼らが民族の解放と自由とを外国文学の研究に見出さんとしていたかを知って撃たれざるをえなかったのである。

これは崔載瑞の英文学の師であった佐藤清が、朝鮮を離れて遙か後の一九五九（昭和三十四）年に書いた

「京城帝大文科伝統と学風」(4)という文章の一節だが、「いかに彼らが民族の解放と自由とを外国文学の研究に見出さんとしていたかを知って撃たれざるをえなかった」という感慨は、朝鮮の独立・解放、朝鮮戦争の勃発など、その後の歴史過程のなかで佐藤清が抱くようになったものであって、京城帝大に在職していた当時に、彼らの「民族の解放と自由」に彼が関心や理解を持っていたということではなかっただろうと思われる。いわば、歴史の後知恵にしか過ぎない。

しかし、京城帝大の法文学部英文科(法文学部には、法学科、哲学科、史学科、文学科があり、「外国文学講座」は実質的に「英文学講座」だった。他に朝鮮語・朝鮮文学科があった)に進学してくる朝鮮人学生のなかに、明らかに「民族の解放と自由」を理念としていた者がいたのは確かだろう。もちろん、実際に独立運動や解放運動に関わることは、すぐさま刑死さえも覚悟しなければならない状況にあって、帝国大学生として実践活動に携わることが多かったとはあまり思えないが、学問に〝目覚めた〟朝鮮人のエリートたちが、日本帝国主義による植民地支配を何の疑問もなしに受け入れたとは到底考えられない。外国文学を研究することは、とりもなおさず、ヨーロッパ風の人権思想や合理的思考、自由主義や社会思想を学び取ることであり、それは民族解放や民族自立の思想を学ぶことにほかならなかった。英文学研究は、そのために京城帝大に進学してきた朝鮮人学生の多くが専攻することとなったのである。崔載瑞と同じく、京城帝国大学英文科に入学した趙容萬(チョヨンマン)は、自分が入学した文科Bクラスは全四十名のうち、朝鮮人学生は九名だったと回想している。日本人学生とはあまり交流せず、朝鮮人学生だけで文友会を作り、機関誌『文友』を発行していたというが、これは上部の指示で解散させられたという。(5)

2　故郷となった京城

崔載瑞の生涯において、京城帝国大学で師の佐藤清と出会ったことは、きわめて重大なことだったと思われる。彼は詩人であり学者であった佐藤清に「すごく可愛が」られ、いわゆる愛弟子となった。

そういう経験の一例をいうと、崔載瑞という学生がいて、英文学を専攻しておりましたが、この男は佐藤清君――これは英文学の教授で滞英中の話に出て来た人ですが、イギリスでは同じ下宿にいたり、大変厄介になりました。京城へ行ってからも教授会などでガンガンとやっつける詩人肌の男、いや事実有名な詩人であったのですが、佐藤君はこの崔君をすごく可愛がっていました。

卒業後は講師になったりして、私のところへもよく遊びに来て、学生時代は親日派と見られて朝鮮人の学生から殴られたことがあるほどです。ところがこの崔君がある正月の休暇にビール瓶を二、三本ぶらさげて、ものすごい形相で夜更けに私のところへ訪ねて来て、「先生たちはどんなに威張ったって僕達朝鮮人の魂を奪うことはできないよ！」というような凄文句を並べて、またフラフラと出て行ったことがある。彼が酒癖が悪かったからだと言えばそれまでの話だが、私にはそうばかりとは思われない。つまり私が十四年間意識し続けたといった民族意識も、裏がえしてみるとやっぱりこういうものじゃないかと思います。

これは、佐藤清と京城帝国大学の文科で同僚だった国文学者の高木市之助（一八八八〜一九七四）の回想録にある一節だ。[6]崔載瑞の学生時代の一面と、当時の京城帝国大学の朝鮮人学生の複雑な立場と心理とを表したものだろう。「親日派」——これは単に日本や日本人に親しみを持っているということではなく、民族の裏切者、民族的反逆者というニュアンスが強い。そうした「親日派」として見られていた崔載瑞も、朝鮮人としての自分のアイデンティティを奪うことはできないと、日本人の教師に心情を吐露する瞬間があったのだ（もちろん、これは簡単には日本人に打ち明けてはならない本音だった）。

師の佐藤清は、一九一〇年に東京帝国大学文科を卒業すると、東京学院、水戸中学校を経て、関西学院で英語、英文学の教師となった。一九一七年には関西学院の派遣で二年間英国に留学し、東京女子高等師範学校の教授を経て、一九二六年に京城帝国大学教授となり、京城に赴任した。四十二歳の時である。以降、一九四五年に定年で同大を辞めるまで、約二十年間の京城暮らし、朝鮮生活を送ったのである。この間、朝鮮詩人協会の顧問、朝鮮文人報国会の理事などを歴任した。敗戦前に日本に戻り、戦後は東洋大学、青山学院大学で、英文学教授として教鞭を取った。詩集としては『西灘より』『愛と音楽』『海の詩集』『雲に鳥』『碧霊集』『聖徳太子』などがあり、多くの英文学関係の研究論文、研究書、翻訳がある。それらの文業は、『佐藤清全集』全三巻として、没後の一九六三年から六四年にかけて詩声社から刊行された。[7]

佐藤清が京城帝大英文科に在職していた当時のスタッフは、英語学担当がL・ハワースと中島文雄（一九〇四〜九九）であり、英文学が佐藤清と寺井邦男（英語学および英国小説）（一九二九〜?）だった。中島文雄は、後に東京大学の英語学の教授となり、戦後の英語学界の重鎮・権威となるのだが、この日本の国語学・国文学が時枝誠記（一九〇〇〜六七）、高木市之助、麻生磯次（一八九六〜一九七九）など京城帝大にいた〝植民地帰り〟のグループによって担われたのと同様、日本の戦後の「英語・英文学」アカデミズムも、植民地としての朝鮮や台湾で新鋭の研究者としての経歴を積んだ〝植民地帰り〟の学者たち（植民地主義者！）

によって形成されたといっても過言ではない。なお、京城帝国大学英文科には、後に終戦後に日本に渡り、学習院の教師を務めるとともに、昭和天皇の「人間宣言」の草稿に関与した英国人学者レジナルド・ブライス（一八九八〜一九六四）もいた。彼は俳句、川柳の研究家として著名だった。[8]

佐藤清にとって、京城あるいは朝鮮とはいったい何だったのか。英文学者と同時に詩人でもあった彼には、京城時代に書かれた詩集と、愛弟子の崔載瑞がその主宰する出版社・人文社から刊行を取り計らった詩集『碧霊集』（ここでは『佐藤清全集2』をテキストとした）がある。そこに収録された詩篇のほとんどが朝鮮で書かれたものであり、京城や仁川といった朝鮮の街を舞台としている。そのなかに「雪」という一篇がある。

わきばらをえぐる寒さを
（かんかんと澄みきり）
知らん顔の京城の空、
十五年、
其の同じ顔を見つめてきたが、
たうとう顔色に異変がおきた。
繰りかへし、繰りかへし、
繰りかへされる大雪の日よ、夜よ、
しづかにあける木立木立に、
ふりつもる大雪の音のない足音よ、

小犬にたはむれるまっ白い大鴉、
雪片を茶に染めて鳴き合ふ小鳥たち、
うれしまぎれに鋪道を走り、
いくたびか足をさらはれる人たちよ、
少年の日のやうに、京城は今こそ
全くわたしの故郷になった。

「少年の日のやうに、京城は今こそ／全くわたしの故郷になった」という詩句をどのように読むかという問題はあるが、佐藤清の十五年間の京城生活がこの詩に凝縮されていると見ることは一概に否定できないだろう。『碧霊集』のあとがきには「朝鮮に来て、自分の過去を回想するとき、それは殆ど夢の如き感じがする。寒気の真髄は朝鮮にある。朝鮮に来なければ真にこれを味はふことが出来ない。寒冷の美はこの徹底した寒気のうちに於てのみ感得されるやうに思ふのである」と書いている。

東北は宮城県仙台市に生まれた佐藤清は、日本においては北方人といってよい。しかし、彼は朝鮮に来て、始めて「寒気の真髄」と「寒冷の美」を感得したといっているのだ。もちろん、「寒気」の対極には日光があり、彼は朝鮮の青い空（「碧すぎる」！）をまた讃美している。「寒さ」「日光」「碧空」（それに「風雨」）を佐藤清は朝鮮の三種の要素として挙げ、これらの「エレメンタルなもの」が「朝鮮に存在してゐるすべての芸術的なものを決定するものであり、又同時に根本的な詩題でなければならぬと思ふ」と書いた。ここには、一九一〇年から一九四五年の三十五年間（足掛け三十六年間！）、日本によって植民地支配された朝鮮という政治的、歴史的な情況はまったくなく、また、具体的な朝鮮人の存在や生活にもほとんど触れられることがない。自然と建築物と陶磁器などの美が、その詩のモチーフのすべてなのである。これは一人、佐藤清のみにいえることではない。柳宗悦（一八八九～一九六一）や安倍能成（一八八三～一九六四）などのように、朝鮮に理解を示したとされる日本の文化人に共通するものであり、そこには生きた朝鮮の文化や生活に対する感覚や朝鮮人の実在感覚は多かれ少なかれ欠け落ちていた。ただし、佐藤清はそのことには自覚的であったらしく、寺本喜一、杉本長夫などの京城大英文科の弟子筋の詩人たちとの座談会「詩壇の根本問題」（『国民文学』一九四三年二月号）で『碧霊集』が「朝鮮の自然は歌つてゐるが朝鮮の人間についいては一言も言つてゐない」と朝鮮人からの批判があったことを述べている。

3　「崔よ、金よ、李よ」

崔載瑞が佐藤清から学んだものの一つは、「文学は実践である」ということだろう。「私は大学の外国文学というものは、美術学校や音楽学校のようなところがなければならぬと思っておりまして、文学的な創作や批評の方面に働く人々のためにも準備しなければならないと考えておりまして、いつもそういう心構えをもってやってきたのであります。外国文学のための外国文学ではなく、自国文学のための外国文学という考えでやってきたのであります」と佐藤清は書いている。これはもちろん、彼自身が詩人として創作活動の実践をしていたということに裏打ちされた言葉だが、崔載瑞もこの師の言葉を拳拳服膺して、英文学者としてだけではなく、批評家、小説家の道を歩んだことはその後の経歴を見れば明らかなことである。

ただし、崔載瑞の場合の「自国文学」はもちろん「朝鮮文学」ということにほかならない。彼は新聞紙上で文芸評論の筆を執り、また朝鮮文学史上でもっとも早い時期に『文学と知性』という評論集を上梓している（一九三八年六月）。その意味で彼は、師の佐藤清の教えを実践している。

もう一つは専門領域に関わることだが、崔載瑞の英文学研究は、とりわけその初期においては、佐藤清の専門とした分野を大きくはみ出したものとはなっていない。もちろん、英文学という枠組みがあるのだからそれは当然だろうが、私が注目したいのは、アイルランド文学に関する研究あるいは言及についてだ。佐藤清は二度英国に留学しているが、二度目の留学中にアイルランドを旅行したことは、「アイルランド紀行」という文章が残っていることから明らかだ。また不完全な彼の全集のなかでも、「英文学評論」篇には「戦時中の愛蘭の叛乱と愛蘭詩人の群」という論文があり、一九二二（大正十一）年には研究社から『愛蘭文学研究』（『英文学研究』別冊第一）という研究書を出してもいる。彼がアイルランド文学に対する関心や興味を持っていたことは明らかだ。[9]

これには、大正初年代当時、「イエーツを中心に、ちょっとしたアイルランド文学ブームがあったが、日本の大方の作家に影響をあたえることはなかった。だが、菊池寛（一八五九〜一九三五）は当時、京都大学の英文科教授であった上田敏（一八七四〜一九一六）から劇作家ジョン・ミリントン・シング（一八七一〜一九〇三）の講義を受けたのをきっかけに、英文科研究室に豊富にあったアイルランド作家たちの作品を殆ど渉猟してしまう。卒論もイギリス文学とアイルランド文学に関するものであった[10]」という事情が背景として伏在していた。菊池寛の〝植民地〟での叛乱を描いた戯曲作品「暴徒の子」はアイルランドの文学者であるグレゴリー夫人（オーガスタ・グレゴリー、一八五二〜一九三二）の「牢獄の門」という一幕ものの戯曲にヒントを得て書かれたといわれているが（第6章において後述）、この時のアイルランド文学の小ブームは、菊池寛や芥川龍之介（一八九二〜一九二七）といった小さな文学青年のグループの中だけのものでしかなかったかもしれないものの、上田敏や松村みね子（＝片山廣子、一八七八〜一九五七）が本格的にアイルランド文学の翻訳に乗り出すなど（これには菊池寛の慫慂が大きな役割を果たしたと考えられる）、J・M・シングやウィリアム・ブレーク（一七五七〜一八二七）、マクラオド（ウィリアム・シャープ、一八五五〜一九〇五）やロード・ダンセイニ（一八七八〜一九五七）やW・B・イェーツ（一八六五〜一九三九）やジェームズ・ジョイス（一八八二〜一九四一）など、持続的で息の長いアイルランド文学への関心が日本の文学の世界に生まれたことも確かなのである。佐藤清のアイルランド文学への関心もこうした流れに棹さしている。[11]

だが、不思議なことは、アイルランドの詩人たちがイギリスとの関係において、その宗主国―植民地という布置のなかで苦悩していたことが言及されているのに、そこに宗主国としての日本、植民地としての朝鮮というきわめて見やすい〝見立て〟が、佐藤清の内部においてまったく行われなかったということだ。むろん、佐藤清のアイルランド旅行やアイルランド詩人についての論文は、京城帝国大学赴任前のものであり、その時点において彼が朝鮮や京城について考えなければならない理由はあまり存在しなかったと考えることも可能である。だが、彼の二度目の英国行は、京城帝大への赴任を前提としての留学であり、アイルランドへの旅行には、イギリスの植民地を実地に見聞するという意味があったことは疑えない。そこで赴任すべき朝鮮とアイルランドとが重なって見えるということは、当然ありうるものと思われるのだが。[12]

菊池寛や松村みね子ら、日本の近代文学史上においてアイルランド文学に関心を持った文学者たちにおいて、その関心の背景に英国―アイルランド＝日本―朝鮮、すなわち宗主国―植民地という図式があったと考えられることを思い合わせれば、佐藤清のその政治音痴ぶり（あるいは意図的な韜晦か）は、当時においても際立っていたといわざるをえない。アイルランド問題と朝鮮問題とは地続きであるという考え方は、当時においても決して特殊なものではなかった。ノンフィクション作家の猪瀬直樹（一九四六〜）は、菊池寛とその部下だった朝鮮人の馬海松（マヘソン）（一九〇五〜六六。『文藝春秋』の社員。のち『モダン日本』の発行人――「第6章　異邦人の〝モダン日本〟」を参照）との関係などを考慮に入れ、イギリスとアイルランドの関係を東京と京都の関係に重ねて見ていた菊池寛が、それを日本と朝鮮という図式にシフトさせていったという見解を示している（『こころの王国　菊池寛と文藝春秋の誕生』文藝春秋、二〇〇四年）。馬海松や金史良（キムサリャン）（一九一四〜五〇？）などの在日朝鮮人に対する菊池寛の好意的な態度を見ても、菊池寛が〈イギリス／アイルランド〉と〈日本／朝鮮〉の図式を重ねて考えていたことは明らかであると思われる。

佐藤清には「朝鮮の友だちを思ふ」という詩がある。

高城から海金剛への空の
したたるようなみどりは忘れられない、
かれすすきが水につかって、そよいでゐた
鉄原の高地の雪は忘れられない、
京城の市街も灰燼になったとか、
崔よ、金よ、李よ、わかい。なつかしい、
顔々は今も目にあるが、君たちは、今、
どこにゐるか、――生きてゐるか。
歴史百年の必然が君たちの
あたまの上で爆裂したのだ、
しかし未来百年の世界の闘争は

またもわれわれの国土を襲ふだらう、
――そのとき、われわれには玉虫厨子がある、
そのとき、われわれには山背大兄がある。

（十二月三日）

ここで「崔よ」と最初に呼びかけられているのが、具体的には崔載瑞であると考えてもそれほど不都合はないだろう。「わかく、なつかしい」愛弟子の顔が、朝鮮を回顧する佐藤清の頭の中に浮かんでくるのは当然であり、自然だからだ。この詩は「昭和二十七年十二月三日」に書かれた。南北に分かれて同一民族が戦った朝鮮戦争がたけなわの頃であり、まさしく「歴史百年の必然が君たちの／あたまの上で爆裂した」時のことだ。自分の学生だった、若く、懐かしい朝鮮人のことを気遣い、呼びかけるこの老教師の感情にもちろん嘘や偽りや誇張があるわけではない。

しかし、「歴史百年の必然」とか、最終連の「そのとき、われわれには玉虫厨子がある、／そのとき、われわれには山背大兄がある」という「日本主義」的な詩句には呆れるというか、驚くよりほかはないだろう。日本の朝鮮植民地支配を反省せよとか、謝罪、贖罪せよとはいわないまでも、朝鮮戦争、すなわち朝鮮の南北分断に、日本の植民地支配が一定の責任を有していることは明白であり、それを「歴史」の「必然」ととらえることは、的を大きくはずしている。京城〝帝国主義〟大学の植民地主義の一端を担い、「皇国主義」を鼓吹した者としての自身の責任をまったく感じていない様子には、疑問を抱かざるをえない。「朝鮮文人報国会」の会員や理事となった責任は問わないにしても、『国民文学』を通じて皇国主義、皇民化運動に資する作品や文章を多く書いた責任は、彼にあったはずである。佐藤清にとって「全くわた

しの故郷になった」朝鮮とは、いったい何だったのだろうか。

4 文学と知性

崔載瑞の英文学研究が佐藤清から教えを受けたことから出発しているのはいうまでもないが、むろんそこには単なる脱・佐藤清というだけではない、微妙な差違があるのは当然のことだろう。佐藤清が「自国文学のための外国文学」と言うのと、同じように崔載瑞が言ったとしても、そこの差違は歴然としている。佐藤清にとって「自国文学」とは日本文学のことだが、崔載瑞にとってはそうではないからだ。しかし、「そうではない」と言って簡単に否定することもできない。朝鮮文学を「自国文学」とは言ってはいけないという強制が、植民地朝鮮では強まっていったからである。

崔載瑞は、英文学における文芸批評を中心に専門的な研究を行ったのだが、T・S・エリオットなどの批評の系譜を継ぐ「主智主義」を主張した。それは当時流行したプロレタリア文学などの左翼的、社会主義的な文学理論を排斥しながら、文学と文学理論の自立性を求めることであったとまとめることができる。一九三八年に出した評論集『文学と知性』（人文社）は、同年に出た金文輯（キムムンチプ）の『批評文学』（青色紙社）と並んで、朝鮮近代文学史において単行本として出た文芸評論書の嚆矢となるものだが、その巻頭論文「現代主智主義文学理論」（とその続編「批評と科学」）において、T・E・ヒューム（一八八三～一九一七）、T・S・エリオット（一八八八～一九四五）、I・A・リチャーズ（一八九三～一九七九）などの文学や芸術の理論を紹介しながら、その主智主義の文学理論を開陳し、展開している。そこでヒュームの倫理思想やエリオットの伝統論を援用しながら語られているのは、ロマンティシズムの個人主義と、古典主義の伝統重視の文学理論との対立であり、その対立をいかに一つの文学理論として統合的にとらえてゆくことができるかということだった。

『文学と知性』に収録された「現代主智主義文学理論」のなかで、彼はヒュームの「浪漫主義と古典主義」をこんなふうに説明している。

つまり、「浪漫主義」とは、「すなわち、個人は無限の可能性を持っている」ということであり、「万一、われわれの環境を改造できるのであれば、個人の可能性は活動する機会を得て、そこに進歩を見出すのだ」というのである。それに対し、古典主義的見解は逆であり、「すなわち、人間というものは非常に固定され、制限された動物であり、その本性は永久に不変」のものであり、「したがって、人間として、より以上に大きな価値あるものを期待しようとすれば、伝統と組織化によることで、これを訓練するよりほかない」というのである。

しかし、こうしたロマンティシズム的な個人主義と、古典主義的な伝統理論の対立は、そのどちらか一方を選択することによって解決されるものではない。崔載瑞は、こうしたヒュームの二項対立的な論理の後に、エリオットの「詩と宣言」のなかのこんなことばを引き出してくる。すなわち「自己の個人的なものが非個人的であり、一般的なものに融合して完成することによって個人的なものが死滅してしまうということではなく、かえって豊富に拡大し、進展して、より一層個人的なものではなくなることによって、さらに一層個人的なものとなる」ということだ、と。

ここで崔載瑞が試みようとしているのは、ロマンティシズム文学の持つ個人主義的な考え方と、古典主義の伝統重視の考え方との橋渡しをすることである。それはワーズワースやキーツ、ブレークなどの英文学のロマンティシズムの詩人たちの文学理論に基づくものと、T・S・エリオットの新古典主義的な批評理論とを架橋するということにほかならない。もちろん、エリオットの新古典主義自体が英文学の「浪漫主義」の流れから出てきたものであり、その根本的なところには個人主義的な「文学趣味」があることも確かなのだ。崔載瑞は、やはり『文学と知性』に収録された「趣味論」でこう主張している。

人は批評する前に趣味を持っている。精神発達上から見れば、人はまず趣味を持ち、その後に批評精神が生じてくる。また、作品を読む時には、先ず趣味が発動して、その後に批評となってくる。これは批評が趣味の合理化であるためだ。人は作品に接する時、趣味によってその好き嫌いを直覚的に判断する。そうしてたとえこの直覚的判断が正確であろうとなかろうと、それだけでは批評となることはできない。批評は合理的発言であるためだ。批評は好き嫌いの理由を説明しなければならず、また趣味が直覚裡において行う比較と弁別の過程を合理的に例示しなければならないからだ。それだけではなく、その合理化が体系となり、その人の全体の人生観と関連を持たなければならず、また世界の実在図式と秩序を持たなければならないのだ。（原文朝鮮語、引用者試訳）

「文（文体）は人なり」というのと同じように、「批評は人なり」ということを語っているもののように思える。これは、文芸批評、文学理論の土台のところに「個人」の「趣味」を置くものであって、文学理論とは社会の上部構造についての科学であり社会科学の一部であるとするプロレタリア文学陣営の科学主義と真っ向から対立するものだろう。

一言でいえば、それは詩人の霊感や趣味や神秘性を重んじる「個人主義」的な文学観であって、いかに整然たる合理的な理論体系や宇宙観を持っていようと、その根本的なところには個人の「主観」というものが据えられているのだ。「趣味が批評の出発点ないしは中核となっているという事実は変わることはない。批評家自身の告白の如何を問わず、趣味のない批評は、そもそも成立しないのだ。趣味というのは文学的批評の本質をなしている直覚的判断力それ自体だから」と崔載瑞は、前出の文章に続けている。この「趣味」がきわめて個人的なものであって、理論的に合理的に解析できないものであることは自明だろう。理論的に解析できない直覚的判断力の総体を、彼は「趣味」と呼んでいるのだから。

しかし、この「趣味」や「直覚的判断力」にはまた「伝統」と深い関係があることも否定することができない。一国の、あるいは一民族言語の「文学的趣味」は、文学史的な「伝統」と切り離すことができないのだ。日本で「個人主義」を唱えた英文学者の夏目金之助（もちろん、漱石のことだが）は、また「趣味の遺伝」ということを言った。個人的な「趣味」が、個人だけにはとどまらず、個人を超えたものであることもまた確かであると思われてきたのである。きわめて個人主義的なものと思われている「趣味」も、「伝統」のなかで選択され、洗練されてきたものにほかならない。それでなければ、文学や芸術において「古典的」なものが生まれてくるはずもないのだ。

崔載瑞は、一九三〇年代から四〇年代にかけて、『朝鮮日報』などの新聞や『人文評論』などの雑誌を媒体として、旺盛に評論家活動を続ける。それは「自国文学のための外国文学」であり、「文学は実践」という佐藤清の教えを拳拳服膺したものともいえるが、朝鮮文学の「伝統」を確立させようという彼の民族主義的な情熱がそれを後押ししていたことも間違いないだろう。それは個人主義的な文学の営みと、朝鮮文学の伝統性とをいかに架橋させるかという彼の試みだった（あるいは、朝鮮文学の「伝統」を新たに作り出すということの実践だった）。彼は、朴泰遠（パクテウォン）（一九一〇～八六）の「川辺の風景」や李箱（イサン）（一九一〇～三七）の「翼」、李泰俊（イテジュン）（一九〇四～七〇）の「福徳房」など、同時代作家たちのどちらかといえばモダニズム系の小説を評価し、積極的に論評し、それらの作品の批評を通じて、朝鮮近代文学の発展と伝統の形成に一臂を貸そうとした。近代の文学者たちの「個人」と朝鮮文学の「伝統」との間を行き来し、交流させることが、彼の文学研究の実践だったのである。[13]

さらに、実家の不動産を処分した財産を資本として『人文評論』という文芸雑誌を創刊し、その主宰者となり、その発行元として「人文社」という出版社を経営するという彼のジャーナリストとしての活動は、まさに「文学は実践」であるという考え方を社会的に還元しようとしたものといえる。

しかし、この時すでに「朝鮮文学」は、その「自国文学」としての独立性を奪われようとしていた。日本文学に対しての朝鮮文学の独立性や独自性は、「内鮮一体」化政策が朝鮮総督府によって進められる過程において、危機を迎えていたからだ。朝鮮の民族的な文化や芸術の「伝統」を無視する、日本への「同化」政策が進められていたのである。

5　転換期の「朝鮮文学」

一九四二年十一月、それまで朝鮮語の文芸雑誌として刊行されていた『人文評論』や『文章』（李泰俊が主宰していた）は、一誌に統合されて『国民文学』（当初はハングル版が刊行されていたが、すぐに廃止され、日本語版のみとなる）として生まれ変わる。それまで『人文評論』の編集と発行とを引き受けてきた崔載瑞が、その『国民文学』の編集・発行を受け持つこととなった。[14]『国民文学』という誌名には、もちろん日本や朝鮮における「国民文学」運動が背景となっている。中国との戦争に加えて、米英蘭との戦争が始まり、戦争完遂のための国民意識の統合による総動員体制が敷かれるようになったのである（だから、この場合の「国民」とは、「日本国民」というより「皇国民」であろう）。「国民文学」の運動は論議や論争の対象ではなく、ただ、いかに「実践」するかの問題として提起されていた。文壇新体制運動と朝鮮文学転換論がジャーナリズム上で語られ、「国民文学」というバスに乗り遅れれば、文学者として生き残ることができない〝非常時〟がやってきたのだ。崔載瑞の二冊目の文芸評論集『転換期の朝鮮文学』は、一九四三年四月に出された。著作者兼発行者は崔載瑞である（まだ創氏名の石田耕造とはなっていない）。これは『文学と知性』が朝鮮語で書かれたのに対し、日本語で書かれている。

この第二評論集の議論の特徴は、彼自身の処女評論集である『文学と知性』が重視していた「個人主義」的な文学を否定しているということだ。彼は、自らの主張していた文学の現実社会や社会運動からの相対的な独立性を否定して、「個人主義」（の文学）に対する攻撃の姿勢を明確にした。

> 私も、文学の新体制化にはどうしても個人主義——就中末期個人主義の清算が前提になると考へるものであります。今日の文学が朝鮮と云はず内地と云はず、又東洋と云はず西洋と云はず、個人主義的芸術の一部門であることは今更云ふまでもありません。
> 然しながら近代精神の先駆者としての初期個人主義と今日の所謂個人主義との間には、真に質的な相違のあることを知らねばなりません。（中略）
> 新体制下に於ける文学の任務を六ケ敷く考へる必要はありません。要するに作家は個人意識の旧い殻を破つて国民生活の中に飛び込んでゆく、さうして身を以て国民意識を獲得するのであります。それが国家のお役に立つ道であると同時に、又自己の芸術を生かす道でもあるのであります。国民と共に歩み、

国民と共に苦難と感激を分つ——そこから国民全体に依つて歌はれ、国民全体に依つて読まれる偉大な文学が生まれて来るのであります。

こうした崔載瑞の言葉を、面従腹背の虚偽の言葉と読むことも可能だろうし、また、圧政に屈服した奴隷の屈従の言葉として読むことも可能である。いずれにしても、この文章が、自らの文学理論である『文学と知性』の個人主義と伝統とを架橋することを基盤とした主智主義を否定し、そこからいわば百八十度の〝転換（転向）〟を行おうとしていることは確かだろう。主智主義の文学理論を掲げ、「個人主義」と「伝統主義」との交流のなかにこそ独創的な文学作品を創作しうるという文学理論家、文芸批評家としての崔載瑞の、これは明らかな転向であり、変節であり、現実の朝鮮の植民地的社会状況への屈服にほかならなかった。それは朝鮮語から日本語へという使用言語の変化からも明らかなのである。

もちろん、それを彼の人間的な弱さ、植民地のインテリゲンチャとしての「知性」の底の浅さとして指摘するのは簡単なことだろう。しかし、それはまた彼の文学理論、批評原理の矛盾や誤謬から来たものだと考えることも可能であり、むしろ、そのほうが文芸批評の問題としても稔りのある議論となると思う。

つまり、崔載瑞の文学理論において、英文学から持ち越された主智主義的な「個人主義」の文学という観念と、朝鮮語による「朝鮮文学」の「伝統」の確立という「民族主義」とは、やはり矛盾し、背馳するものとしてあったのであり、その二つの「個人主義」と「民族主義」とを両立させるという隘路をあえて無視したところで、彼はその文学理論体系を作ろうとしていたのではないかということだ。

植民地朝鮮における近代文学の確立。それは政治権力のような現実の力とどのように関わってゆくかという文学者のまさに「個人」的な決意に関わっている。その点では、崔載瑞が「朝鮮文学」に賭けようとする決意は脆弱なものだった、といわざるをえない。

> 謂ふ所の国民文学的体制とは何か？　半島の作家も内地の作家と共通の理想と目標の下に、同じ国語を用ひて、この時代を生き抜かうと云ふのがこの言葉のこゝで持つ端的な意義である。殊に用語の問題は決定的である。そこで朝鮮文学のあり方が色々と問題になるのである。

崔載瑞は「朝鮮文学のあり方」として、いったいどんな「あり方」を想定していたのだろうか。「日本文学と対立して朝鮮文学があるのではない」と彼はいう。「日本文学の一環として朝鮮文学があるのである。只その朝鮮文学は充分独創性を持つた文学であるべきだから、将来と雖も朝鮮文学としての一部門を確保するであらう」と続ける。

しかし、朝鮮文学者が「国語」としての日本語を使い、「日本文学の一環として」の朝鮮文学を創作しようとしても、それはいずれ「独創性」を失い、日本文学（の亜流）に堕してゆくのは火を見るよりも明らかだ。つまり、そこでは朝鮮文学は最初から日本文学に飲み込まれているのであり、同化されてしまっている。しかし崔載瑞は、こうした朝鮮文学のあり方を、イギリス文学に対するスコットランド文学を例に持ち出して、自らのいわんとするところを補強してみせようとする。

> 将来と雖も朝鮮の文学はこれらの現実や生活感情をその素材とする訳であるから、内地で生産される文学とは可成り違つた文学が出来上がるであらう。強ひて例を求めるならば、それは英吉利文学に於ける蘇格蘭文学の如きものではなからうか。それは英文学の一部門ではあるが、蘇格蘭的性格を堅持して、

幾多の貢献をなしてゐるのである。尚ほ言語問題が喧しかつた時分、よく朝鮮文学を愛蘭文学に準へる向きもあつたやうであるが、それは危険である。愛蘭文学は成程英語を用ひてはあるが、精神は初めから反英的であり、英吉利からの離脱がその目標であつたのである。

アイルランド文学が、宗主国としてのイギリス（イングランド）からの民族の独立や植民地からの離脱を目指す文学の謂いであることは明らかだった。だから崔載瑞は、わざわざアイルランド文学ではなく、スコットランド文学と朝鮮文学の並行性を語ってみせた。それは宗主国の文学としてのイギリス文学（日本文学）に刃向かうものではなく、結果的にその下位にあって統括される概念だからである。

ここで佐藤清が、アイルランド紀行において語っていたことを思い出してもよいだろう。ダブリンの街を散策中に逢った一人の男は「今われわれは「アイルランド自由国」といっても、ほんとうの自由はない。自由国政府はイギリス政府の道具にすぎない。今は小康を保っているけれど、早晩、機をうかがって絶対独立を叫んで立つものがあらわれるだろう。この平和は永続するものではないと」。佐藤清は、通りすがりの日本人に演説したこのアイルランド完全独立論者のことばに百パーセント共感して自分の文章のなかに引用したわけではないだろう。だが、半独立国でしかない「アイルランド自由国」が「ほんとうの独立」を希求する情熱は感じることができたはずだ。近代のアイルランド文学には、反英ナショナリズムが横溢していたのであり、それは植民地の政治的、軍事的、文化的支配に対する抵抗精神の表われにほかならなかった。

崔載瑞はしかし、その師のように無邪気に、あるいは自分とはまったく無関係にアイルランド文学を論じたり、独立運動や反英運動に関わったアイルランド詩人たちについて筆を執ることはできなかった。隣の島国によって植民地化されている朝鮮において、アイルランド独立運動に共感したりアイルランドの詩人たちに同情したりすれば、それは朝鮮独立・解放の思想や運動の〝隠れ蓑〟と見なされざるをえなくなってきたからである。日本人の帝大教授の佐藤清ならばともかく、朝鮮人の崔載瑞がアイルランドやアイルランド文学を論じることは、別の次元のシークレット・メッセージを隠しているものであることを、朝鮮総督府のよく鼻の効く検閲官が見逃すはずがなかったからだ（そこには京城帝大の文科出身者たちも官僚として勤務していたのである）。

崔載瑞と同じく京城帝大で英文学を学んだ小説家の李孝石（イヒョソク）（一九〇七〜四二）は、卒業論文でアイルランドの文学者シングを研究対象としたが、もちろんアイルランドの文学や文学者を語ることによって朝鮮文学の情況を示そうとしたのである。[15] その〝精神は初めから反日的であり、日本からの離脱（独立）がその目標であった〟からだ。また、李光洙が京城帝大英文科の佐藤清の講義を聴講しようとしていたという話があるが、それも彼のアイルランド文学についての講義だったかもしれない。崔載瑞がアイルランドやアイルランド文学に言及しなかったのは、まさに彼自身の自粛によるものだろう。彼の精神は反日的ではなく、彼には「日本からの離脱がその目標であった」のではなかった。そこに彼の保身を見ることはおそらく間違っていない。朝鮮文学の「スコットランド文学」化は、負け犬の遠吠えどころか、負け犬の自慰に過ぎないものだったからだ。

6　「まつろふ文学」と小説

石田耕造の「まつろふ文学」は、『国民文学』一九四四年四月号に掲載された。「まつろふ文学は、天皇に仕へ奉る文学である」と書き出されたこの評論は、皇国主義を全面的に肯定し、それを讃美する文章として「親日文学」のなかでも記念碑的なものとなっている。筆者は創氏名、石田耕造こと崔載瑞であり、自身が編集兼発行人となっている『国民文学』誌、一九四四年四月号の巻頭に掲げたのである。

「まつろふ文学とは何であるか?」と石田耕造は自問し、「昭和十九年」の二月に朝鮮神宮に参拝したことを書いている。そこで深々と首を垂れた瞬間、彼は「清々しい大気の中に吸ひ上げられ、総ての疑問から解き放たれたやうな気がした」という。そこで彼が直覚したのは「日本人とは、天皇に仕へ奉る国民であると」ということだった。

天皇の大御心を心とすると云ふことは、一面から云へば、さかしらなる私心を持たぬことであり、他面から云へば国民生活の中に、万世揺ぎなき大中心の備つたことを意味する。一人一人の国民がこの大中心にしつかり結び付けられる時、国家生活の上に絶対に間違ひはないのである。国家生活の上にさしたる紛乱のない以上、その紛乱を抑制せんとする道徳説の生れぬのも蓋し自然と云へよう。

第一評論集『文学と知性』から、第二評論集の『転換期の朝鮮文学』までは屈曲した道程であったが、『転換期の朝鮮文学』から「まつろふ文学」までは一瀉千里だった。いわば〝毒喰わば、皿まで〟の意識が石田耕造(=崔載瑞)にはあったのだろうか。そこには「朝鮮文学」や「朝鮮人」といった意識はなく(少なくとも表面上には)、日本文学や日本思想、そしてそれの源となっている皇国文学の伝統に拝跪し、帰依している神懸かり風の人物がいるだけである。「まつろふ文学」にはエピグラフとして本居宣長の祝詞のような文章が引かれている。「いにしへの大御世には、しもがしもまで、たゞ天皇の大御心を心として、ひたぶるに大命をかしこみゐやひまつろひて、おほみうつくしみの御蔭にかくろひて……」といった調子である。むろん、ここにあるのは論理でも意味のある文章でもなく、単なる呪文であり、天皇の権威に恐懼する臣下の者の鸚鵡返しの異言にほかならない。

日本人ならともかく、朝鮮人である崔載瑞がなぜここまで追い詰められなければならなかったのか。そこに総督府政治、日本の軍国主義、皇国主義のたゆまぬ暴力的な強制力があったことは明白だが、しかしそれは崔載瑞が「まつろふ文学は、天皇に仕へ奉る文学である」とまでいわなければならなくなった必然性を十全に説明するものではない。それは彼が『文学と知性』における「知性」の根拠としての「個人主義」という考え方を完全に放棄し、〝転換〟した（転向した）ことから必然的に胚胎するものであった。「作家は個人意識の旧い殻を破つて国民生活の中に飛び込んでゆく、さうして身を以て国民意識を獲得するのであります」という『転換期の朝鮮文学』の次元から、「日本国民」の、まさに「統合の象徴」（これは戦後の日本国憲法の言葉だが）である「天皇」への帰依は、ただ一歩だけ前に進めるだけでよかったのである。個人主義の克服から「国民主義」という全体主義へ。ヨーロッパならばファシズムへ進む道程が、日本の支配下の朝鮮では極端な日本主義、神懸かった皇国主義、皇民主義へと転じていったのである。

しかし、そこでも崔載瑞は、〝三つ子の魂百まで〟のように、英文学者であった自分を忘れることなくT・S・エリオットを引き合いに出してくる。こんなふうに。

今日の欧羅巴智識階級は例外なく、この個人主義の被害者な訳であるが、中にはその害を知つてそれから逃れ出ようともがいてゐる人間が絶無な訳ではない。仏蘭西に於けるシャルル・モーラスの一派、西米利加に於けるバビットの一派、英吉利に於けるエリオットの一派。彼等は何れも自覚せる少数者の一人である。就中エリオットは彼自身鋭敏なる詩人であると同時に、犀利な批評家でもあるので、彼の作品は世紀の症病とそれが克服への努力とを痛々しい程に具現してゐる。

崔載瑞はここで、「最初巴里好みのモダーニズム」から出発して、「一時バビットの古典的ヒューマニズム」に心酔したエリオットが、カトリシズムに回帰した精神的軌跡を語っている。これは「過剰なる個性からの脱却」であり、「巌の如く安定なるものへの帰依」であると彼は述べている。「私はこゝでエリオットを詳しく論ずるつもりはない。たゞ欧羅巴の個人主義文学が今日どう云ふ状態に立到つたかを示すために、その最も敏感なる一人の患者を示したまでゞある」というのである。

崔載瑞は、自らの「親日派」への完全な転向を、エリオットになぞらえて語っていると私には思われる。エリオットがアングロ・カソリックに回帰したように、彼は絶対的な帰依の対象として「天皇」を持ち出したのである。もちろん、その伝統性の底の浅さや、何よりも「国民」ではあっても日本人ではない自分の民族的アイデンティティを裏切ることによって獲得した擬態としての「天皇主義」であることを隠蔽して。

それは保田與重郎（一九一〇〜八二）などの日本浪曼派の面々が語ったような「イロニイ」と受け取られることを、彼は心の底のどこかで期待していたのだろうか。それとも、衷心から彼は「天皇の大御心」という絶対性に賭けようとしたのだろうか（それは偽装の「伝統」である）。そこには彼自身にも分明ではない、屈折し、屈曲した精神の迷路があったのである。

7 「志願」と「結婚」

崔載瑞が、「崔載瑞」「石田耕造」「石田耕人」の筆名で『国民文学』に書いた小説は、都合四篇が知られている。「報道演習班」、「燧石(ひうちいし)」、「非時(ときじく)の花」、「民族の結婚」の各篇である。(16) このうち、「燧石」は人文社から刊行された作品集『新半島文学選集 第二輯』(一九四四年十二月)に収録されている。「報道演習班」は、朝鮮軍が報道機関の人間を動員して行った報道演習班に参加した体験を小説として書いたもので、『国民文学』の編集後記では「評論といふ形式では志を述べるのに間に合はなくなつたとみえて、文学の既成形態の一歩手前で吐瀉したやうな小説である」と評されている。評者はたぶん、『国民文学』の編集者だった金鍾漢だろう――彼は編集長である崔載瑞の「親日派」ぶりには冷ややかな眼を向けていたと思われる。(17)

お世辞にもうまい小説とはいえないのだが、「まつろふ文学」にまで行き着かねばならなかった彼の評論活動の行く末を考えれば、小説というジャンルに〝逃げ場〟を求めるという選択があったことは、一種の救いだったかもしれない。崔載瑞の下で『国民文学』の編集者として仕事をしながら、自身も詩人として活動した金鍾漢の詩や、『国民文学』に連載されていた金史良の長篇小説『太白山脈』が、見方によっては「親日文学」とも「抵抗の文学」とも読めるという両面性(二重人格性)を持っていたように、詩や小説という創作は、ストレートに思想やイデオロギーを露出しなければならない評論よりもずっと曖昧化や神秘化が可能なジャンルであり、金子光晴(一八九五～一九七五)の『鮫』のような反戦詩集が戦時下にも書き継がれることが可能だったのは、象徴主義という〝目眩まし〟の手段があったからである。

もっとも、崔載瑞の小説のなかに、隠されたメッセージとしての反日や抗日の意識を探り当てようとしても無駄だろう。重い銃を持って行軍したり、不慣れな射撃訓練や演習作戦でオタオタしている自分を憐れんでいるとしても、宋永秀（崔載瑞と等身大の主人公）は演習への参加を自ら決定しており、それを肯定的にとらえていることは明らかだからだ。行軍中に軍歌をみんなと協調して歌えなかった彼も、歌詞が一巡してやってくるうちに、声を出して歌えるようになる。

　不思議な程だつた。歌つてゐる中に宋永秀は疲労も空腹も不審も、肩の重ささへ忘れて本当に楽しい気持で行軍することが出来た。もはや彼は一人ぽつちでなかつた。一つの意思に依つて動いてゐる全体の一人であつた。彼の一歩々々は全体の一歩々々と完全に一致した。疲労を感じ、空腹を覚え不満に悩まされる彼自身はどこへと飛んでしまつて、全体と共に歌ひ共に進む新しい彼がそこにあつた。

　個人主義を排して「全体」への帰依へという道筋は、まさに全体主義の讃美であり、「まつろふ文学」の結論とも同調するものだ。これはインテリとしての自分の非行動性や個人主義を克服するための〝聖地巡礼〟（この場合は日本〝内地〟の伊勢神宮や靖国神社などを参拝すること）や、特別志願兵の督促などに出かけてゆくなどのいわゆる親日派文学者たちの作品の主調低音とも重なるものである(18)。

「燧石」は、まさに特別志願兵の勧誘のために、浦項から慶州を経て大邱へと向かう旅の列車のなかでの出来事が中心となっている。戦争がたけなわとなって物資が乏しくなり、日用品も事欠くようになって、古いものが復活してきた。配給マッチが欠乏し、燧石が再び使われるようになったというのである。鉄砲撃ちだったという老爺は、燧石についての蘊蓄を語り、猪猟について語る。それを聞いている「私」は、慶州の仏国寺に伝わる熊にまつわる神話や伝説を思い出す。すっかり意気投合した老爺は「私」に慶州で泊まっていけという。しかし、「私」には学生たちを特別志願させるという重要な役割があった。老爺も、実は孫の専門学校生を特別志願させるように説得（強談判）のために、娘の家に行ってきたところだという。「どうもかうもねえ。いきなり入つて行つて布団をめくり、どうぢや判を押すかどうかとねぢ込みやした。するとあいつ、フ、、、神妙に頭を下げながら、祖父さん、悪かつた、押しますつてんだ」。むろん、押すのは特別志願兵への志願票に印鑑を押すということだ。

志願といいながら、半ば以上強制だった朝鮮人学生の特別志願兵制度の実態が、期せずして明らかになっているといえる。京城帝国大学の教授たちは、自分たちが教えている朝鮮人学生が志願するようにと、あの手この手で勧誘し、督促し、時には恫喝に近い手段によって、自分たちに与えられたノルマをこなそうとした（それは明確に義務として課せられたものでもないのに）。京城帝大の社会学教室の秋葉隆（一八八八〜一九五四）教授は、ラジオ放送に出演し、故郷に帰るといって行方をくらました学生を実名を呼びながら志願するように説得したという。それが「老教授」の学生のことを思う美談として新聞記事にもなったのである(19)。

崔載瑞が「燧石」を書くことによって目的としたのも、この特別志願兵制度のプロパガンダにほかならない。ただし、仏国寺にまつわる金大城の伝説などが、こうしたテーマといかに有機的に結びつくかがよく見えてこない。単に小説としてのつくり方の未熟さでしかないのかもしれないが、民族のトーテムとしての熊の伝説とエピソードだけが、作品のなかから妙に浮き上がって見えるだけである。

「非時の花」と「民族の結婚」は、統一新羅時代前期の歴史小説である。作品の扱っている時代と発表の順番とは逆の順序だが、金庾信（キムユシン）と金春秋（キムチュンジュ）（文武王）の友人関係と、庾信の妹の文姫の結婚のことをテーマとした「民族の結婚」と、庾信の息子である元述（ウォンスル）と南海公主（ナメコンジュ）の秘められた恋を描いた「非時の花」とは、連続した歴史的な素材を扱っている。高句麗、百済、そして唐といった敵国と新羅は戦争を繰り返しながら、三韓統一を実現してゆく。その統一新羅の英雄として花郎出身の金庾信、金春秋、庾信の息子である元述たちのドラマが描かれている。[20]

この二つの歴史小説は、統一新羅建国までの苦闘を描くという意味で、朝鮮民族のナショナリズムを鼓吹しようとしているといってもよい。異民族としての唐や日本の派遣軍を撃退するところに力点を置けば、外勢の侵略に対する「文学的抵抗」を試みたものという評価もまんざら不可能ではないだろう。だが、駕洛国（金官伽耶）の王族の子孫である金庾信の妹の文姫と、新羅王族の金春秋との「民族」を超えての結婚をテーマであると見れば、それは「内鮮一体」の内鮮婚の奨励や宣伝にしか見えないし、元述がたび重なる戦争と戦闘に疲れ果て、「もう放浪にも疲れましたし、どこかへ落ち着いて、静かに本でも読みたいのです。丁度義湘上人が太白山に浮石寺を開山されましたから、そちらへ身を寄せて仏道に縋らせて戴かうかとも考へたりしています」と南海公主の問いに答えているのを読めば、作者である崔載瑞の厭戦的な気分を表現しているとも考えられる。

いずれにしても、崔載瑞が石田耕人という名前で歴史小説を書こうとしたのは、「まつろふ文学」で文芸批評、文学理論のどん詰まりまで到達してしまった文学者の崔載瑞が、シェークスピア史劇流の「運命」そのもののドラマとして「歴史」を再創造しようとした試みということができるだろう。個人の運命は歴史に還元される。民族の歴史もまた一つのドラマにほかならない。崔載瑞の目の前には、もはや「個人」を否定した、歴史に流されてゆく人間の宿命や運命しか見えていなかったのである。

8　敗戦直後の朝鮮文壇

大日本帝国の敗戦は、彼ら、すなわち朝鮮半島の一般的な朝鮮人にとっては唐突だった。京城在住の日本人の小説家、宮崎清太郎にもそのニュースは晴天の霹靂だったが、まだ、自分以外（日本人以外）の他人のことを思い遣ったり考えたりする余裕があったようだ。早晩、戦争は終わるはずであり、その時は〝負け戦さ〟だろうという覚悟は、日本人のなかには徐々に醸し出されていたのだ。

「朝鮮の文壇も、作家の交代があるだろうと私は言う。日本語で「内鮮一体」の小説を書いていた李××・趙××、「八紘一宇」・「滅私報国」・「聖戦完遂」などを歌った詩人金××、韓××、日語の文芸雑誌を編集していた評論の崔××――彼らはどうするだろうと聞くと、さあ、としばらく黙っていたが、崔さんもいろいろ煩悶していた、他の連中にはまだ遇わぬと言った」というのは、宮崎清太郎の小説「御真影奉焼」のなかの一節である。[21]

敗戦直後、中学校の国語教師だった宮崎清太郎と、朝鮮人の友人である文学者が話し込んでいる場面である。それまで「親日派」として活躍していた朝鮮人文学者が右往左往している、あるいは茫然自失している様子がうかがわれる。宮崎清太郎は、『城大文学』の同人誌を通じて、京城帝大の文科関係の情報に詳しかったのと同時に、日本人、朝鮮人の混在した「京城文壇」にもネットワークを持っていたと思われる。日本人のなかでは、もっとも朝鮮人文学者たちの動向に詳しい事情通であったのだろう。

ここで挙げられている名前を復元してみれば、「日本語で「内鮮一体」の小説を書いていた」のは、『静かな嵐』や『蓬島物語』を書いた李石薫（イソクフン）であり、「趙××」とは、趙容萬（チョヨンマン）のことだろう。「「八紘一宇」・

「滅私報国」・「聖戦完遂」などを歌った詩人」は、『亜細亜詩集』を出した金龍済（キムヨンジェ）、「韓」は韓植（ハンシク）、そして「日語の文芸雑誌を編集していた評論の崔」とは、紛れもなく崔載瑞のことに違いない。「崔さんもいろいろ煩悶していた」とは、彼が日本の敗戦がこんなにも早く、朝鮮の解放・独立がこんなにも唐突にやってくるとは予想もしていなかったからに違いない。彼らは、朝鮮総督府（大日本帝国）の「内鮮一体」や「八紘一宇」、「滅私奉公」や「聖戦完遂」というスローガンに呼応して、日本風に創氏改名した名前で、日本語（当時は「国語」）によっていわゆる「親日文学」作品を書いた。『人文評論』という文芸雑誌を編集していた崔載瑞は、その朝鮮語による雑誌を、日本語主体の『国民文学』と衣替えし、自らの名前も「石田耕造」として、「まつろふ文学」という皇国主義的文学論をその誌上で展開した。「いろいろと煩悶」する当然の理由が彼らにはあったのである。

　しかし、こうした「親日派」の文学者たちの「煩悶」をよそに、いち早く、「朝鮮の文壇」のヘゲモニー争いは始まっていた。趙演鉉（チョヨンヒョン）による『解放文学20年』（韓国文人協会編〔ソウル〕、一九六六年）の「概説」は、こう書き出されている（引用者試訳）。

> 八・一五の解放となるやいなや、どんな社会団体や政治団体よりも、いち早く看板を掲げたのは文化団体だった。八月十八日、韓青ビルディングに「文学建設本部」という看板が掲げられた。その看板はしかるべき会合や組織的な過程があって掲げられたものではなく、林和が独断で文学者を集結させたものだった。事情をよく知らない当時の文学者たちは別段に懐疑を抱くことなく、その看板の下に集まった。たちまち「音楽建設総本部」「美術建設総本部」「映画建設総本部」の看板が、「文学建設総本部」と並んで掲げられることになったのである。これらすべては林和の策動によるものであり、林和はこの

ようにして芸術活動の全般的な支配権を掌握しようとした。林和が全芸術界の支配権を掌握しようとしたのは、彼の個人的な野心が作用したものだが、韓国の全芸術界を共産党に隷属させようとする政治的な伏線があったためでもあった。

幸いというべきか、日本の植民地支配下でプロレタリア文学陣営の文学者たちは弾圧され、特高警察の監視、要注意の下にあった。転向宣言も偽装と見なされ、金龍済のように左翼思想から右翼思想への百八十度の転換がなければ新聞や雑誌に原稿を書かせてもらうこともできなかったのである。林和などの左翼系文学者が、八月十八日にはもうソウルの目抜き通りの韓青ビルに「文学建設総本部」の看板を掲げることができたのは、彼らが日本帝国主義時代に虐げられてきたからである。その意味ではその時代に甘い汁を吸っていた「親日派」の文学者たちは、今度は徹底的に糾弾される側に廻るべきものだったのだ。

この後、趙演鉉は、林和のこうした一方通行的なやり方に反撥する動きも出てきたと述べている。一つには林和の政治的傾向を拒否してきた民族主義、または自由主義の文学者であり、もう一つは、もともと共産主義の文化理念の表現に熱心だった分子であり、彼らは林和の「文学建設総同盟」が「民族文化建設」を掲げたのに対し、明瞭に「プロレタリア文学同盟」の看板を掲げ、「文建（文学建設同盟）」と「芸盟（全国プロレタリア芸術同盟）」との対立が明白となってきたというのである。

李泰俊の「解放前後――ある作家の手記」（『現代朝鮮文学選2』創土社）によれば、極端な親日活動から距離を取っていた文学者を中心に「朝鮮文化建設中央協議会」（文協）が作られ、文化政策のヘゲモニーを握ろうとしたが、これは必ずしも左翼系文学者のみの参加ではなかった。北朝鮮側を支持する別の左翼グループは「文協」に対立して「プロレタリア芸術連盟」（プロ芸盟）を作った。左翼系、親日派、中

間派が入り乱れて混乱したありさまが李泰俊の作品には描かれている。(22)

解放後、韓国社会は「親日派」糾弾のために「反民族行為処罰法」を作り、植民地時代に親日活動を行った人々を罰することにした。だが、アメリカ軍政のもとに行政組織の立て直しが最優先され、警察機構や行政機構ではいち早くに朝鮮総督府に関わっていた人々が復権し、復活する事態が見られるようになったのだ。文学者のなかでは、最も目立った活動、朝鮮人の志願兵を募集するためにわざわざ日本にまで講演旅行に行き、多くの朝鮮人留学生を志願へと追いやった李光洙と崔南善（チェナムソン）の二人だけが収監されたのだが、その「反民族行為」を取り締まる委員会の委員そのものが警察に逮捕され、「親日派」を摘発し処罰する法律は実質的に骨抜きとされてしまい、香山光郎の創氏名で親日的な小説、和歌、随筆を日本語で書きまくっていた李光洙や崔南善も、一か月ほどですぐに釈放されるという展開となったのである。(23)

京城帝国大学では、一九四五年八月十六日には大学内の朝鮮人職員によって「京城大学自治委員会」が結成され、これに朝鮮人学生も参加した。彼らは京城帝大最後の山家信次総長に学内の警備や文化財の保管責任の委譲を要求し、学内の鍵の引き渡しを求めた。翌日には、大学本部の表札に「京城大学」と書いた紙が張られ、医学部の表札からは「帝国」の二文字が抹消された。

十月中旬には「京城帝国大学」は正式に解散し、アメリカ軍政の指導の下に新たに「ソウル大学」が発足することになった。新任の総長は、アメリカ軍のクロフド海軍大尉だった。同年十月には医学部、十一月には理工学部、十二月には法文学部の講座と教授の陣容が整った。日本人教授の残留は一人もなく、すべて朝鮮人教授に変った。朝鮮史の李丙燾（イビョンス）、朝鮮語の李熙昇（イヒスン）、朝鮮文学の李崇寧（イスンニョン）（一九〇八～九四）、倫理学の金斗憲（キムドゥホン）、西洋史の白楽濬（ペクナクジュン）など、すべて日本植民地支配下では反日、抗日分子として弾圧されたり、圧迫されていた民族派の学者たちである。英文学の教授は崔斑宇（チェヨンウ）であり、もとより崔載瑞が呼ばれることなどありえなかった。京城帝大英文科きっての秀才だった崔載瑞は、新生ソウル大学が目の仇として抹殺しようとしていた「帝国（大学）」の二文字にもっとも泥んだ朝鮮人だったからである（一九四六年九月、「国立ソウル大学校」が軍政庁から発案され、他の専門学校を包括して総合大学として発足することとなった）[24]。

崔載瑞は、「反民族行為処罰法」で収監されることは免れたものの、文芸ジャーナリズムの世界に復帰することはなかった。「いろいろ煩悶」した末に、学究として生きることを選択したようである。延世大学、東国大学、漢陽大学といった私立大学の英文学教授の職を歴任し、東国大学でシェークスピア研究によって英文学博士号を取得し、もっぱらアカデミズムの世界で地味な研究と教育活動を続けた。解放後の著書には『文学原論』（一九六〇年、春秋社）、『シェークスピア芸術論』（一九六三年、乙酉文化社〔ソウル〕）があり、その死後（崔載瑞は一九六四年に死去した）の一九六五年には、英文の *Shakespeare's Art as Order of life* が出版された。

崔載瑞の研究者である三原芳秋（一九七四〜）は、この崔載瑞のライフワークであるシェークスピア研究における「Order」というキーワードに注目する[25]。この「Order of life」にもっとも適合する日本語は何だろうか。「召命」とか「生の秩序」などと無理矢理に訳すより、私は「宿命」や「運命」ということばがむしろふさわしいのではないかと思う。崔載瑞は、現実や歴史から〝下りた〟自分が、「宿命」という舞台に乗っていたということを強く思い知ったのではないだろうか。彼が英文学から学んだ「個人」や「伝統」を超えるものとは、秩序や命令を超えた、天賦の摂理のようなものであり、シェークスピアの悲劇や喜劇や史劇を貫いている「宿命」であり、「運命」のイタズラやアソビにほかならなかったものではないか。

英文学から出発した崔載瑞の文学は、英文学へと再び戻っていった。大きな迂回路、あるいは大きな迷路を辿って。その迷路のなかに立ち尽くしたまま、彼は、文学批評の世界には二度と戻ってこなかった。むろん、文学の世界から彼を呼び戻そうとする声がなかったこともまた確かなのである。

註

（1）近代朝鮮の文芸評論家としては、日本帰りの金文輯と崔載瑞が一九三〇年代のほぼ同時期に登場し、新聞、雑誌上で活躍した。なお、現在まで続く文芸出版社「文学と知性」社は、長らく『文学と知性』という文芸雑誌を刊行していたが（のち『文学と社会』と改題）、この崔載瑞の著書から命名したと思われる。

（2）兪鎮午は作家、学者、政治家。小説作品に「滄浪亭記」「金講師とT教授」などがある。大韓民国の憲法を起草した。

（3）崔載瑞の略歴は、『韓国文学大事典』（一九八一年三月、教育出版公社［ソウル］）の金允植執筆「崔載瑞」の項目に拠った。

（4）「京城帝大文科伝統と学風」は、『佐藤清全集3』（一九六四年十一月、詩声社）所収のものをテキストとした。

（5）趙容萬『京城夜話』（一九九二年七月、図書出版窓［ソウル］）の記述に拠る。

（6）高木市之助は、日本の古代文学の研究者。自伝的回想録として岩波新書の『国文学五十年』（一九六七年一月、岩波書店）がある。

（7）『佐藤清全集』一～三巻は、詩声社から一九六三年八月～十一月に刊行された。

（8）日本の植民地には、京城帝国大学（一九二四～四六）と台北帝国大学（一九二八～四五）が設立された。日本人の教授陣、日本人の学生が大半であり、植民地を管理、運営する人材の育成が目的だった。なお、ブライスは朝鮮の解放後、学習院大学の英語教師として皇太子・昭仁に英語を教授したといわれている。また、GHQに協力して日本の占領政策に寄与した。いわゆる昭和天皇の「人間宣言」にはブライスの手が入っているとされる。「他民族に優越して……架空の観念に基づくものにあらず」といった天皇の人間宣言の思想的背景には、ブライスの「朝鮮」体験があったのかもしれない。

(9) 「アイルランド紀行」は、『佐藤清全集3』(一九六四年十一月)に拠った。

(10) 片山宏行「菊池寛を恋愛で解く」(『文學界』二〇〇四年七月号、文藝春秋)、一二八頁。

(11) 松村みね子と菊池寛のアイルランドや朝鮮との関わりは前註の片山論考、および、拙著『物語の娘——宗瑛を探して』(講談社、二〇〇五年五月)を参照のこと。

(12) ただし、『愛蘭文学研究』の「序」には「ただ本書を(一)貫してゐる精神がそれとなく読者(の)脳裡に示唆されたら、それこそ私が本書に於て仕遂げようとした目的の一切であることを告白しなくてはならない」という意味ありげな文が書かれている。これをイギリスなどの「植民地主義」への抵抗精神と、読めば読めないことはないようにも思われる。

(13) 崔載瑞が同時代の朝鮮文学に触れた評論は、「『翼』と『川辺の風景』に関して」「故李箱の芸術」(ともに『文学と知性』所収)などである。

(14) 総督府の文化行政によって、多くの新聞、雑誌が統合され、朝鮮語の使用は圧迫された。『国民文学』は日本語版と朝鮮語版が作られるはずだったが、朝鮮語版は実際にはほとんど刊行されなかった。

(15) 李孝石は、朝鮮近代文学においてきわめて重要な作家の一人。「蕎麦の花を咲く頃」などの短篇小説で知られる。

(16) 石田耕造名義の小説作品は、「報道演習班」が『国民文学』一九四三年七月号、「燧石」が一九四四年一月号、「非時の花」が同年五月号~八月号、「民族の結婚」が一九四五年一月号~二月号。ただし、ここでは緑蔭書房(一九九八年四月)による『日本植民地文化運動資料11　人文社編　国民文学』全十二巻に拠った。

（17）崔載瑞と金鍾漢は、『国民文学』編集部のなかで上司と部下の関係にあったが、崔載瑞の「親日」への傾倒は、金鍾漢にとってあまり気持ちのよいものではなかったようだ。

（18）当時の著名な「親日派」作家には、牧洋（李石薫）や鄭人澤（チョンインテク）（一八〇九〜一九五二）などがいる。

（19）姜徳相（カンドクサン）『朝鮮人学徒出陣』（一九九七年四月、岩波書店）に、秋葉隆のエピソードが書かれている。なお、ここには佐藤清による朝鮮人学徒の志願兵への激励詩「学徒出陣」「朝鮮学徒出陣賦」も引用されている。なお、秋葉隆などの人類学教室の助手として、志願兵督促に協力したのが泉靖一（一九一五〜七〇）で、彼はそのため戦後は研究のフィールドを朝鮮（済州島）から南米へと移さざるをえなかったといわれる（藤本英夫『泉靖一伝　アンデスから済州島へ』平凡社、一九九四年）。

（20）金庾信は、『三国史記』に登場する新羅の名将。慶州の郊外には、金庾信の墓といわれる大きな円墳がある。

（21）引用は「御真影奉焼」（『さらば朝鮮』一九七五年五月、栄光出版社）。

（22）林和の解放前後の足跡については、松本清張（一九〇九〜九二）が『北の詩人』（中公文庫）で、当時の社会状況を含めて描いているが、これは後（朝鮮戦争以後）に北朝鮮に〝越北〟して、南労党一派として、朴（パク）憲永（ホニョン）（一九〇〇〜五六）、李承燁（イスンヨプ）（一九〇五〜五四）などの党幹部とともに粛清された彼を米帝国主義のスパイ（行為を行った）と断定している点など、多くの疑問点がある。

松本清張は、主に北朝鮮での裁判記録に依拠して本作を創作したと思われるが、裁判そのものが金日成一派による南労党壊滅に向けてのパファーマンスにほかならず、また松本が朝鮮総連を通じて、資料の日本語訳を提供された経緯があったと考えられる。松本清張には、朝鮮の滞在経験（兵卒として）があり、朝鮮に対するある程度の知識は有していたと思われるが、『北の詩人』で描かれているほどに、朝鮮の文学世界（朝鮮文壇）の情勢に詳しかったとは信じられない。ゴーストライターか、あるいは大幅な資料提供者がいたと考えられる。

（23）「反民族行為処罰法」は、日帝時代の「親日派」糾弾、断罪のために作られたが、日帝時代からの既得権所有者や「親日派」のために骨抜きにされ、見るべきほどの成果をあげられずに終わった。

(24) これらの記述は「敗戦当時の京城帝国大学」(『京城帝国大学創立五十周年記念誌　紺碧遙かに』一九七四年十月、京城帝国大学同窓会)に拠った。

(25) 三原芳秋「崔載瑞のOrder」(『사이 間 SAI』第四号、国際韓国文学文化学会、二〇〇八年)を参照した。

第4章　抵抗と屈従——金史良と張赫宙

1　「天馬」と玄龍

この文章は金史良（キムサリャン）と張赫宙（チャンヒョクチュ）という、日本で活躍した二人の朝鮮人作家を比較対照することを目的としているものではない。金史良が幾多の屈折の後、朝鮮人としての民族意識を強固に守り育て（ということは、密かであれ日本への抵抗精神を忘れずにいたということである）、祖国の解放後はいち早く朝鮮民主主義人民共和国（北朝鮮）に帰って活動を開始したのに対し、張赫宙は民族意識を喪失し、日本帝国主義に屈服して、日本の敗戦後に帰化して、野口赫宙という朝鮮系日本人となった（といわれる）。その軌跡は、植民地支配下にある朝鮮人の現状や立場を日本語によって広く訴えようとするところから文学活動を始めたという意味では同じ出発点を持つのだが、その到達点は大きく異なっていた。この二人を植民地人の「抵抗」と「屈従」の代表例として取り上げることは、わかりやすい二項対立の図式を作り上げるためには便利かもしれない。しかし、そうした手軽な対立項の設定ほど、リアルというよりもむしろ観念的なものはない。一方を黒とし、他方を白とする二元論的な割り切りは、人間の精神や心をとり扱う場合にはマイナスにはなっても決してプラスとはならない。「抵抗」から「屈従」までの間には、彼らの精神の大きな振幅があり、それは白から黒までの膨大な灰色の明度の領域を含むものである。ここではそうした彼らの心の振れ幅を彼ら自身の言葉、文学作品によって追究してみることとしよう。

金史良は、一九四〇年の『文藝春秋』六月号に小説「天馬」を発表している。前年上半期の芥川賞を寒川光太郎（一九〇八～七七）の「密猟者」と争って惜しくも落選した金史良の「光の中に」は、『文藝春秋』の前年二月号に掲載された。芥川賞という登竜門を昇ることにはいったん失敗したが、日本語による朝鮮人作家として、金史良は日本の文壇への登壇を果たしたのである。この「天馬」という小説は、日帝時代（イルチェシデ）（日本帝国主義による支配期、具体的には一九一〇年の日韓併合から一九四五年の〝光復〟まで）末期の「京城」の文学世界（文壇）を舞台とした一種の諧謔小説といえるものだが、そこでは玄龍という、ほとんど性格破綻者の朝鮮人文学者が主人公であり、〝玄の上龍之介〟と創氏改名した彼が、もはや「鮮人（ヨボ）」ではなく、日本人であることを認めてもらおうとして騒ぎ立て、日本から来た文学者や京城在住の日本人文学者（京城文壇の黒幕）に哀訴、哀願するという酩酊と悪夢と戯画の世界を描いたものなのだ。

玄龍は朝鮮人文学者の会合では「貴様こそ朝鮮文化の怖ろしいだにだ！」と罵られ、街では暴行、恐喝、猥雑な行為を働きながら、虎の威を借る狐として総督府権力とつながった日本人を後ろ盾とし、「京城」のジャーナリズム世界を遊泳している文学者くずれの軽薄才子であり、無頼漢である。作者は玄龍についてこう書いている。

> 性根は至つて弱い臆病者で、文学の才能にもいささかは恵まれてゐた。ただ長い間のどうすることも出来ない窮乏や孤独や絶望が、彼の頭を攪乱してしまつた。それに今は朝鮮といふ特殊な社会が彼を

益々混迷にぶち込んだのである。一種の性格破綻から父や兄には勘当され、学業はならず生活費のあてとてなかつた。東京での十五年間の生活といふものは、それこそ哀れな野良犬同様だつた。（中略）或る年、女を斬りつけた罪で送還を余儀なくされ、つひに破れかぶれの気持で朝鮮へ引上げたのである。それからは朝鮮語で奇を衒ふやうな、或は淫靡を極めたやうな文章を綴つては低俗な雑誌へ方々売り込みに歩いた。信玄袋にはいつも原稿を入れて担いで廻り、バーやカフヱーを荒しては巡査に捕へられ職を訊かれると、得意になつて文士の玄龍だと云ひ放つた。

親日派文学者の悲惨で滑稽な実情をカリカチュアとして描いたものといえるのだが、金史良はそれを突き放した、客観的な立場で書いているのではない。「「天馬」も又私は書いたというより、寧ろ書かせられたやうな気がする。この作品の中では私は主人公とそれを追ふもう一人の自分と、三巴になつて血みどろに格闘した感がある」と自ら小説集『光の中に』のあとがきの中で書いている。玄龍のような「かくも憎むべき主人公をよくよく横行させる社会」を彼は呪い、「さういふ人物をみて朝鮮人全般を兎や角云つて貰つては困るといふことをも暗示したかつた」のがこの小説の執筆の動機であり、それは金史良にとって「否定的な面にのみ執拗に喰ひ下がつた傾きはあるが、それでも已むに已まれぬ気持で」（「朝鮮文化通信」）書いたものというのである。

やはり本文中に、若い評論家の李明植と玄龍とが対立する場面がある。朝鮮人文学者たちの集まった会合で、李明植はこんなことをいう。朝鮮語でなければ文学ができないということではない。しかし、何百年という漢学の重圧のもとで文化の光を拝むことのできなかった朝鮮人も、自分たちの尊い文字文化（ハングル文化）に目覚めて来た。近代化以来朝鮮人は朝鮮文字を打ち樹てるためにどれ程の努力をして来たか。朝鮮人の八割が「文盲」であり、しかも文字を解する者の九割が朝鮮文字（ハングル）しか読めないという事実がある以上、朝鮮語によって著述するというのは当然のことではないか。自分は日本語で書くことに反対しているのではない。日本語で書ける人は自分たちの生活や心や芸術を広く伝えるために大いに書いて貰いたい。また書きたくない者、書けない者は、日本人の文化人の支持と後援のもとで、どしどし翻訳機関でも設けて紹介して貰うといい。日本語か、さもなければ筆を折るべきだというのは、言語道断の言説である、と。

これに対して玄龍は「朝鮮語か」と一言であしらい、せせら笑って、怒った李明植に皿をぶつけられるのだが、この李明植の言葉は、大略において金史良が書いた「朝鮮文学風月録」や「朝鮮文化通信」などの文章の主旨をアレンジしたものと思われる。そこでは金史良は大体次のようなことをいっている。すなわち「われわれは朝鮮語の感覚でのみ、うれしさを知り悲しみを覚え、怒りを感じて来た。勿論われわれの一部の者は内地語で自分の意志発表は出来るであらう。しかし感覚や感情の表現は出来ない。私は今まで嘗て感覚と感情を無視した所に文学があるといふことを知らない」と。つまり、朝鮮語による創作の正当性を主張している。また「朝鮮には朝鮮文字しか読めない民衆が何百万もゐる」のであり、そのためにも朝鮮語で書くことは必須であること、さらに「現在の所朝鮮の作家に出来ない相談を持ちかけて、内地語で書けと云ふのは何と云つても無理である」から「朝鮮文字を翻訳するやうな組織を作つて、朝鮮文学が真に朝鮮語で書かねばならない所以を告示すべきであらう」という。金史良は李明植の口を借りて、日本語の押しつけに対して朝鮮語を守ること、そして朝鮮文学を広めるためには翻訳機関を設ければいいことなどを語っているのだ(1)。

しかし、こうした主張そのものが、金史良のいいたいことを百パーセントそのまま語っているとは思われない。「自分達の手で朝鮮の文化を打ち樹てそしてその独自性を伸張させるべきで、そのことは又結局は全日本文化への寄与でもあり、又ひいては東洋文化のため世界文化のためでもある」と語る李明植の仲間たちの論議は、むろん現実の日本支配、日本語強制に対するぎりぎりの抵抗であっても、朝鮮語をローカルな方言と同じ次元に落とし、ようやくその存続を認めてもらうといった屈辱的な部分を含んでいる。朝鮮語を守るためには、「又結局は全日本文化への寄与」といったアリバイ工作のための言葉がそこでは〝奴隷の言葉〟として混じらざるをえない。李明植の苛立ちはそのまま金史良のものだったと思ってよい。だからこそ、李明植は「朝鮮語なんか糞食らへです。だつてそれは滅亡の呪符ですからね」などといっている玄龍が許せなかったのである。逆説的にいえば、李明植は日本語か朝鮮語かという二者択一をあっさりと飛び越えてしまった玄龍に嫉妬し、自分の不徹底さについて苛立っているのである。

金史良もまた、自分が「日本語」で小説を書くことに苛立ちを感じていないはずはなかっただろう。「朝鮮文学のルネツサンスを築かなくてはならぬ」という彼自身が、日本語で小説を書き、日本の文壇で活躍しているという矛盾。林房雄のような「ですから朝鮮の作家はどんぐ〳〵内地語で書けばいいんです。そうでないといくら書いたんでも読者がなくなる。なかつたら飯が食へないんです」（「朝鮮文化の将来」後述）という恫喝的な日本人文学者の言葉と、それに同調する張赫宙のような朝鮮人文学者の言説。そうした外圧と内圧の間で金史良の「日本語」による創作が、彼の内面ですっきりと割り切れたものとしてあったとは考えられない。在日朝鮮人文学の研究者である林浩治（一九五六～）は、金史良にとって「天馬」という作品は「日本語創作していくうえで必要な悪気ばらいだった」（「金史良論」）といっている。つまり、玄龍という存在は金史良にとって客観的な憎悪や嫌悪の対象というより、自分自身の中にある「追いすがり悩ませる醜悪そのもの」（林浩治）だった。[2] だからこそ、玄龍は単に「俗物」「親日派」ということだけではなく、ある意味では「十字架を負へるキリスト」のような「殉教者的な悲痛な運命」を持ち、「朝鮮人の苦悶や悲哀を一身に背負つて立つた」者として「天馬」の中では描かれる。もちろん、それはあくまでもマイナスの意味での「殉教者」であり、否定的な意味での「十字架を負へるキリスト」にほかならない。金史良は、こうした〝醜悪〟な犠牲者、殉教者としての朝鮮人の姿を描き出すことによって、自分の中の植民地人としての醜悪さや卑屈さや悲惨さ、頽廃と絶望と諦念とに対して「血みどろに格闘した」のである。

2 花豚という鴉

韓国近代文学の研究家であり批評家である金允植の『韓日文学の関連様相』によれば、「天馬」は実在の人物をモデルとしたモデル小説ということになる。玄龍（玄の上龍之介）は、大江龍之介という創氏名を持った金文輯[3]であり、「東京文壇の作家田中」は京城駐在のゴム会社社員で小説家の田中英光、「U誌の大村」は『緑旗』誌と緑旗連盟の責任者の津田剛、「官立専門学校教授の角井」は、延禧専門学校校長の辛島驍、また金允植のこの論文では指摘されていないが、女流詩人の「文素玉」は盧天命（ノチョンミョン）（一九一二〜五七）、「東京の或る知名な作家尾形」は林房雄（一九〇三〜七五）というふうに、それぞれモデルを特定することができる[4]。

金允植は「無気力な一九三六年の韓国評壇には、一匹の鴉が現われた」とその金文輯論の冒頭に書いた（「印象的批評文体」『韓国近代作家論攷』所収）。その言動によって破天荒のスキャンダルを引き起こした一匹（一羽？）の〝日本帰りの鴉〟。これが現在までも朝鮮近代文学の道化、無頼漢、性格破綻者、パフォーマーとして記憶されている金文輯のカリカチュア的肖像画なのである。もっとも、本人自身は自ら〈花豚〉と称した。崔載瑞の『文学と知性』(人文社)と並んで朝鮮近代文学の最初の評論集という栄誉を担う『批評文学』(青色紙社〔ソウル〕、一九三八年)の跋文として、李光洙はこんな戯文を書いている。「花豚言論汪汪洋洋此土評壇燦然其光誉之非之正正堂堂抑之揚之不失其常豈無他人言多猖狂厲声叱咤澶不可当諷譏諧謔刺而無傷有時満満覇気桁揚離形去知其言安詳安詳之言能入心腸花豚花豚文運久長去私秉公無冠帝王」と。「花豚花豚」と李光洙に親しげに呼びかけられ、「無冠帝王」と称賛された金文輯。彼が一九三〇年代後半の朝鮮文壇(京城文壇)で、流行評論家であったことは誰も否定できない。金文輯自身も後年の回想としてこの時について、こう書いている。

年に一、二篇の割で小説だけを書いた筈の僕は京城駅頭に降り立ったその日から、ぶっ通し、評論家の暖簾で飯を食わされた。しかもそこの文壇バスは日に日にこの似非評論家に借り切られて行く観があった。滑稽な話だが、朝鮮語の丸で下手糞な僕には小説は書けと云われても手が出ない、という事情にも由る。

その文学的価値は僕の知る所ではない。しかし前代未聞のあの書きまくりようというものは、底を割って見れば、自分の手で滅茶滅茶に搔き廻し叩きこわして来た東京舞台に向っての面当て、というより、てれかくしのようなものでもあった、ということは事実に近い。

(『ありらん峠』第二書房版「あとがき」)

ここに書かれている「評論家時代」が一九三六年のことと考えられるから、一九〇九年生まれの彼は当時、満二十六歳ということになる。東京留学から帰ってきた彼は、新しい文学批評の方法論を身につけた若い評論家として、『東亜日報』の学芸欄を中心にめざましい活動を行った。これは、『東亜日報』と対立関係にあった『朝鮮日報』で崔載瑞が主智主義文学論を展開していたのに対し、『東亜日報』側が金文輯を盛りたてようとしたというジャーナリズムの対立関係による事情も影響しているのだろう（金允植・前掲論文参照）。後年の金文輯の回想は一九五八年のものだから、彼はすでに四十八歳になっていた。スキャンダルによって逃げるように朝鮮半島から日本にやってきて、祖国の解放、独立を横目で見つめながら二〇代の疾風怒濤のような評論家時代、〝京城時代〟を回想しているのである（この第二書房の『ありらん峠』は、「京城鍾路二街」の博文書館から出された『ありらん峠』と重複した内容を持っていたと考えられる。博文書館版のものは未見。ただし、青色紙社版『批評文学』の後ページに広告があって、目次内容が紹介されている）。

金文輯の疾風怒濤の時代、京城における評論家時代の一断面が、金史良によって「天馬」として描かれていることは今更いうまでもない。朝鮮の京城文壇は、「この似非評論家に借り切られて」いった。彼は日本での横光利一や小林秀雄などの著名な文学者たちとの交流を背景に、また朝鮮においては、緑旗連盟の津田剛、京城帝大教授、延禧専門学校校長を歴任した辛島驍といった「京城文壇の黒幕」をバックに持つことによって、京城文壇の寵児となったのである（ただし、横光利一や小林秀雄との交流といっても、金文輯の側からの一方的な押しかけのようなものだったらしい。『三田文學』などに小説を寄稿したりしたことは事実である）。

もっとも、彼の全盛期は短かった。龍になろうとし、天馬として空を駆けようとした彼は、所詮は豚であり鴉であるにしか過ぎなかった。この場合の〝龍〟や〝天馬〟になるということを単に日本人化ととることは、彼にとっても残酷過ぎる。彼は朝鮮語による文学者としての龍、民族的な文士という天馬になろうとしたのであり、そして俗物としての豚であり、似非日本人としての鴉でしかない自分を植民地都市・京城の淫売窟のゴミ溜めの中に見出さざるをえなかった。

金文輯はその『批評文学』の巻頭の一篇「言語と文学個性」の中で、「朝鮮の個性とは何か？ それは朝鮮的全内容である。朝鮮的全内容とは何か？ それはほかでもなく血の花としての朝鮮語の総和だ！」と主張している。「文学はこの記号の総和であり、朝鮮文学は朝鮮語の記号の総和だ」といい、「言語を研け。言語の朝鮮を磨け。言語を研き、言葉を磨くこの作業において朝鮮文学は終始する」とも彼はいう。(5) そこで語られているのは、上擦った熱に冒されたような朝鮮文学＝朝鮮語の主張である。しかし、こうした主張を声高に行えば行うほど、彼自身は、そうした「朝鮮の個性」であり「朝鮮的全内容」であり「朝鮮文学」そのものである「朝鮮語」から自らが疎外されるという逆説的な現象が引き起こされるのである。それは「朝鮮語が丸で下手糞な僕」という彼の言語的な資質ということのほかに、金文輯という「似非文学者」は、そうした言語（朝鮮語であれ日本語であれ）によって表現すべき文学的なモチーフ、文学的主題の切実性をほとんど持たなかったということに起因するものであると思われる。

金文輯は一九三九（昭和十四）年の『文學界』一月号で行われた「朝鮮文化の将来」という座談会においても、おそらく最も民族語としての朝鮮語にこだわった発言をしている。この座談会自体は、林房雄が「満洲」へ行くついでに京城で当時の朝鮮人文学者と日本人文学者を集めて行った放談会に近い座談会にほかならず、そこで林房雄は「吾々としては朝鮮の諸君に申し上げますが、作品は総て内地語でやって貰ひたい」と脅迫的な意見を朝鮮人文学者に吐いている。そうした中で張赫宙が「過去の朝鮮、現在の朝鮮を題材にした戯曲を内地の劇界で上演することゝもう一つ、朝鮮語のものを内地語に翻訳したり脚色したりして、内地人に紹介する、この二つのことは、われわれが是非やるべきだと思ひます」と発言したのに対し、金文輯は「翻訳にしたら三文の価値もないのです」とにべもなく答えている。「内地訳にしては

「春香伝」が違ふのです」といい、「内地でやつて受けても京城ではどうでせうか、村山先生、「春香伝」は決して感じは現はれないと思ひます」といい、村山知義（一九〇一～七七）の「言葉の持つ面白味はわからないとしても「春香伝」のエスプリは伝へ得たと思ひます」という反論に対しても、「それは時局の関係だと思ひますな」と切り返している。(6)

これだけを見ていると、朝鮮語の独自の価値を主張しているのは金文輯であって、「内地語」で書くことを奨励している日本人文学者はもとより、翻訳によって朝鮮文学を紹介しようという張赫宙の発言などは、民族主義の立場から見れば朝鮮文学の「内地」化（同化）に迎合するものという評価となるだろう。朝鮮文化＝朝鮮語というナショナリズム文化論は、金文輯のような東京帰りの観念的な〝民族主義者〟によって声高に主張されたのだが、そこには金史良のような「日本語」やナショナリズムという思想との「血みどろな格闘」はなく、ただ「時局」の変化に伴って極端から極端へと移り替わってゆくだけであるかのようである。

博文館版と第二書房版の『ありらん峠』では、「ありらん峠」「理毛師」「四ん這の恋」という三つの短篇小説が重複しているが、これらには女性の毛髪（陰毛）収集癖のある男の話であるとか、陰毛、脇毛の手入れを行う理髪師ならぬ理毛師の物語であるとか、身体障害者の異常な性欲を主題としたものといった、フェティシズムというべき倒錯的な異常性欲の世界が描かれている。(7)それは金文輯の倒錯的な性癖、嗜好、趣味を表したものではあっても、朝鮮や朝鮮人、朝鮮語それ自体の命運とは無縁のところにある個人的な妄想や怨念の世界の物語であって、これらの彼の創作と、彼の朝鮮語、朝鮮文学に関わる批評的な言辞とはほとんど無縁のものと断定することができる。

つまり、朝鮮語が〝滅びゆく言語〟であり「滅亡の呪符」であるという以前に、金文輯の文学そのものが民族の言語の運命や民族主義の行方とは無関係な〝滅びゆく〟個人的な妄想の文学にほかならず、「滅茶滅茶に掻き廻し叩きこわして来た東京舞台に向っての面当て、というより、てれかくし」という、まさに個人的なルサンチマンの横溢した「滅亡の呪符」以外の何物でもないのである。そこには張赫宙が「餓鬼道」を、金史良が「光の中に」を日本語で書いて日本文壇において発表したという〝日本語で書くこと〟についての真剣で深刻な葛藤もなく、ただ時流や時局に追随し、流されるという俗的な処世術に近い文壇遊泳術があるだけにしか過ぎない。彼は「民族性」や「民族語」について語る前に、すでに人間性や人格そのものの解体の危機に瀕していたというべきなのだ。そこから、朝鮮語の否定、朝鮮民族の〝発展的〟解消の提言まで、ほんの一歩というべきなのである。

朝鮮人の生きる道というのは何通りあるだろうか。最初の道は自立の道であり、満足の道であり、最後の道は皇国臣民としての再生の道である。この三つの道以外に、もっと別な道は我々の知識と想像力からも設定することができないのである。（中略）

こうしてみると、これからの我々に残された唯一の道は肉体的にも精神的にも内地人と同族になって、一体の義務と権利を同一にすることを目指すという皇国臣民への道なのである。（中略）

結論を先に掲げてまず一言いえば、朝鮮人が日本人になるということは、朴家が崔家になるということではなく、勝手気ままに私は朴家だ、私は崔家だといっていた二つの本当の兄弟が、彼らの共同の父の姓氏である黄家に帰合するということにほかならないのである。

（「朝鮮民族の発展的解消論序説——上古への帰還」『朝光』一九三九年九月号。原文朝鮮語、引用者試訳）

金文輯にとって問題は、民族や民族語の問題ではなく、いかに自分の個人的なマイナスを穴埋めするかということだった。朝鮮人であることがマイナスであり、朝鮮語がマイナスの言語であるならば、彼はためらいなくそれを擲（なげう）つことができたのである。〝日鮮同祖論〟はその場合の恰好の論理だった。東洋的な根源への帰一。もちろん、それを極端にまで押し詰めれば、各言語はバベルの塔まで遡るし、人類はジャワ猿人（あるいはアフリカのルーシー）までの共通祖先に至るだろう。民族という概念自体が極めて政治的であるように、民族の解消、合一というのも政治的なものにほかならない。金文輯の民族語、民族性へのこだわりは、東京あるいは日本文壇への反発という反動的な個人的なルサンチマンから生じたものであって、それは彼の中の文壇的なもの、文学的世界への劣等感が解消されれば容易に解体するものにほかならなかった。彼はまさに天馬の翼をつけた豚として、滅亡へと向かう末期の「京城文壇」のバスの中で騒ぎ回っていたのである。

3 日本語か朝鮮語か

日本植民地支配下における朝鮮の文学世界で、作品を朝鮮語で書くか日本語で書くかは、文学者にとって大きな問題だった。これは張赫宙や金史良のように、はじめから日本文壇に日本語作家としてデビューした朝鮮人作家にとってももちろん小さな問題ではなかった。張赫宙は自分が日本語小説「餓鬼道」によって日本文壇へデビューしたことについて、「朝鮮の民族ほど悲惨な民族は世界にも少（ママ）でせう。私はこの実状をどうかして世界へ訴へたい。それには朝鮮語では範囲が狭少である。その点、外国語に翻訳される機会も多いから、どうしても日本の文壇に出なくてはならないと思ひました」と語っている。いわば彼は朝鮮人を支配する日本語という宗主国言語を逆手に使うことによって、植民地朝鮮の〝悲惨な実状〟を広くアッピールしようとしたのである。張赫宙の「餓鬼道」や「追はれる人々」、あるいはその張赫宙の紹介によって『文藝首都』に発表された金史良の「光の中に」や「土城廊」などの作品は、まさに被植民地朝鮮の悲惨な暗黒面を描き出すことによって、中西伊之助（一八八七〜一九五八）の「赭土の芽ぐむもの」や、伊藤永之介（一九〇三〜五九）の「万宝山」、前田河広一郎（一八八八〜一九五七）の「セムガ」、黒島伝治（一八九八〜一九四三）の「穴」といった朝鮮人を登場人物とした日本側のプロレタリア文学と呼応する形で、日本帝国主義による植民地支配の圧政を暴き出したのである。

しかし、「内鮮一体」化、朝鮮人の皇国臣民化という植民地政策は、民族語としての朝鮮語圧殺の方針を強化してきた。日本の文壇において朝鮮文学が一種のブーム的現象を見せるに従い、林房雄や田中英光、さらに津田剛や辛島驍のような日本人が、朝鮮文学者に「内地語」で書くことを強要する文章や発言を公にし、それに呼応する李光洙、崔載瑞、朴英熙、李石薫、金龍済などこれまで民族主義者、あるいはプロレタリア文学者として知られてきた朝鮮人文学者が、「国民文学」という名前の「皇国文学」創作の列に馳せ参ずるというナダレ現象が引き起こされたのである。こうした「国語常用」や「内地語」による「国民文学」運動について、金史良はこう書いている。

ところが此の頃頓に言語に関する問題が喧しくなり、朝鮮の作家も悉く内地語で書くべきではないかといふ議論が起つて、或る一部の人の間では朝鮮文学は今こそ受難期だと云はれてゐるやうであるけれどわれわれはこの問題に際して、左程神経質にならなくてもいいと思ふ。あらゆる言語学者や文学史家の証言を借りるまでもなく、又歴史発展の証明を通して、民族語の存続についてとやかく悲観するのは当たらない。又そればかりか、朝鮮における解字者は殆どが朝鮮文字しか読めない現状において、いきなり朝鮮の作家が悉く朝鮮語を捨てて内地語で書き出すといふことは、文化を愛する所以でもないのである。要するに自明なことを実情に照らして、朝鮮文学者の立場から虚心坦懐に説明を試みることである。だが朝鮮語で述作することが非愛国的なりといふが如き一派の言に対しては、われわれは決して黙過することは出来ない。

もちろん、これは民族語としての朝鮮語によって文学活動を行うことを擁護するための文章である。「本質的な意味から考へてみれば、やはり朝鮮文学は朝鮮の作家が朝鮮語でもつて書くことに依り、始めて成立すべきことは明らかである」と金史良は続けていっている。朝鮮語による文学活動が封殺されようとしている時期、「朝鮮語で述作すること」は「非愛国的なり」と朝鮮人の文学者自身が民族語抹殺の片棒を担ぐということは、金史良には醜悪で陰惨なこととしか思えなかった。しかもそれを言ったのは、朝鮮文化＝朝鮮語といった観念的なナショナリズムの言をついこの間まで弄していた金文輯のような変わり身の早い「似非文学者」「似非民族主義者」たちだったのである。

「朝鮮語で述作することが非愛国的なり」というのであれば、朝鮮人にとって「朝鮮語で述作すること」は、反日本的であり、そのまま民族主義的であるということになるだろうか。あるいは逆にいえば、朝鮮人が「日本語で述作すること」は、ただちに「愛国的（日本にとって）」であり、すなわちそれは親日的な文学ということになるだろうか。金史良の日帝時代末期の作品「ムルオリ島」や長篇小説『太白山脈』についての評価が金史良を高く評価する論者の間でも微妙に揺れ動いているのは、こうした〝書かれた〟言語についてのこだわりがそこに働いているからではないだろうか。在日朝鮮人詩人の金時鐘（キムシジョン）（一九二九

〜）は『太白山脈』についてこう書く。

「とりわけ『太白山脈』について「さいごの芸術的、民族的抵抗をこころみ」たという安宇植の評価には大きく首をかしげざるをえない。作品というよりは講談と見まがう筆致、語り口からして、弛みきった創造意欲の低迷さを見せつけられる思いであり、それだけに余計行きつくところのなかった金史良の、無残な民族作家像のおびえをいだかざるをえないのだ」と。[8]

むろん、これは『太白山脈』という作品全体にわたっての印象、感想であって、この作品が日本語で書かれ、いわゆる御用雑誌『国民文学』に連載されたということのみで否定的な評価を下しているとは思われない。しかし、そのこととまったく無縁であるとも言い切れないのは、やはり「日本語か」「朝鮮語か」ということが、在日朝鮮人文学者には大きな問題とならざるをえないからだ。小説家の金石範（一九二五〜）はこういう。「私は「ムルオリ島」を読みながら奇妙な気持の中で揺れている自分を感じたのだった。何かだまされていてそれが真実であるような、いわば芸術というものはそのような機能を持つのだろうが、それともやや違う割りきれなさの中にいた。「ムルオリ島」に登場する人物たちは当時の生活においても現実には朝鮮語でしかしゃべらない農民たちなのだが、ここではじかに日本語でしゃべっている。金史良がこの作品を書いたのはおそらく朝鮮でであり、日常生活ではほとんど朝鮮語しかしゃべらない人々のあいだに自分を置きながら書いたにちがいない、そのあいだのプロセスのことが私を妙な気持にさそう」のであると。[9]

また中国文学者の竹内実（一九二三〜二〇一三）は「なぜなら、『太白山脈』について、わたしが否定的な心象をもったのは、このわたしが（今のこのわたしが）好きになれなかつた、という好悪の情がまずはたらいていることを、認めるものであるからである」といい、「日本語を朝鮮語で裏うちすると、――というより、朝鮮語の基底のうえに日本語をかぶせていくと、この両者がどのように透かされ混濁されて、このような不思議な味わいになるのか、おそらく、そこの解明からしか、金史良の〈挫折〉、あるいは〈転向〉はとらえることができないのではないだろうか」というのである。この三者の間に共通しているのは、日帝末期に日本語が強制されていた時期の日本語雑誌に、金史良が日本語の小説を書いたことへの〝違和感〟である。彼が民族的文学者であったとすれば、あるいは抵抗の文学者であったとしたら、〝奴隷の言葉〟としての日本語で書くことは、少なくともこの時期においてはありえてはならないことだった。彼はむしろ日本語を捨てて、朝鮮語で書くべきではなかったのか。あるいは強制された日本語をよしとせずに、筆を折って沈黙を守るべきではなかったのか。しかし、作家は日本語で唯一ともいえる長篇小説『太白山脈』を書いたのだ（長篇としては『尹氏の一族』の第一部に当たる『落照』があるが、これは朝鮮語作品である）。そこに金史良の「転向」（あるいは偽装転向）という問題が提出されるのである。

4 『太白山脈』の世界

では、『太白山脈』とは一体どんな作品なのか。時代は金玉均、朴泳孝など開化派（急進党、独立党）が守旧派である閔氏一族などの「事大党」を排除しようとした宮廷革命（いわゆる甲申政変）が開化派の敗北に終わった李朝末期である。急進党の指導者の一人、尹天一は、日童、月童という名の二人の息子を連れ、追っ手の剣難を逃れて、太白山脈の山中、火田民と呼ばれる焼畑農業に従事する山中放浪民の集落の中へと紛れ込んで行く。平地から追われてきた者たちが隠れ棲む、落人部落としての山中の桃源郷。しかし、実際は飢餓や寒さ、嵐や盗賊や山火に悩まされる苦難の多い山民生活なのだ。尹天一は、山民たちがみだりに山に火をつけ、森や野を焼き払ったことが山神の怒りを呼び、そのために天震地動の災害が人々に襲いかかってくることを知る。彼は息子二人を出発させ、山民たちが山や森を焼かずとも暮らして行ける〝安住の地〟を求め、尋ねさせる。

長男の日童は出発に際して、集落の人々に対してその理想を語る。「――だが、ここには凡ゆる国の人々が集まつてゐるのです。高句麗の民も、新羅の民、百済の民も。われわれの歴史において、曾つてかやうなことがいつのことあつたでせう? 諸国から追はれたもの同士、しかもこのわれわれの共同生活の中から、実に新しい朝鮮人が生れでるのです。驚くべき悦びではありますまいか。私達兄弟は命をかけても、きつときつと安住の地を探してみせます!」と。[10]

こうした「新しい朝鮮人」の「安住の地」を求めるという主題そのものが、金史良が当時感じていた自民族のアイデンティティの危機感に基づくものであることは明らかだろう。彼は平地を離れ、峻険な山の中に理想郷を求めようとする。むろん、それは異民族に植民地支配された土地を逃れて、自分たちだけの新天地を尋ね当てようという解放、独立の希望や夢を語ってみせたものにほかならない。尹天一は長男の日童の率いる梨木洞と虎岩洞の移住民が辿り着いた、山神に祝福された土地、山神峰、剣峰、ガルミ峰、アリラン峠に囲まれた盆地で死去する。そこで物語の第一部は終わり、日童、月童の兄弟が太白山中とソウル(京)とにそれぞれ分かれて活躍する第二部が継続されるはずだった。だが、この第二部は金史良が北京を経由して、中国共産党の根拠地である延安地区に脱出することで、ついに未完のままに終わったのである。[11]

『太白山脈』が金史良の〝見果てぬ夢〟としてのユートピア小説であり、史実と空想とを入り混じらせた空想時代小説であることは明らかである。そこに彼の民族主義的な理想が描かれているということに異議をさしはさむ者はほとんどいないと思われる。しかし、だからこそ、金史良のその民族主義の中味が問題視されることがありうるのだ。開化派、金玉均の宮廷革命的な政治変革に近代朝鮮の革命を夢見ていたという点。また、平地の世界から逃れ、山中の神域に「新しい朝鮮人」の「安住の地」を求めるということは、現実の帝国主義支配体制からの観念的な逃亡ではなかったかという点。尹天一と日童、月童という父子、兄弟が封建的な旧支配層のイメージをそのまま持った人物像であって、草の根のナショナリズムとしての東学に対してきわめて厳しい見方をしていたという点。これらの点は、『太白山脈』という作品の民族主義的思想を問う時にはやはり問題とされざるをえないものだろう。つまり、そこには日本の帝国主義支配に本当に対抗しうるだけの朝鮮ナショナリズムの思想的な力強さが欠けているともいえるのである。

だが、『太白山脈』における金史良のナショナリズムが、つけ焼刃的なものや単に小説の物語的展開の中から導き出されたものではなく、彼の到達した民族主義的な思想の表現であったということを疑うわけにはゆかない。『太白山脈』の中に現れている山神信仰は、朝鮮の土俗信仰の根としてあるものだが、金史良の小説だけではなく紀行文も含めた作品群の中に、この山中の細民、火田民といわれる平地の諸国から「追はれたもの」たちの精神の基底にある信仰、宗教心への関心が一貫して流れていることに気が付かずにはいられないのだ。早くに『文藝首都』に連載された文章、「火田地帯を行く」は、江原道の奥山地帯へ入り、火田民部落を調査しようとしたフィールド・ワークの旅の紀行文なのだが、そこで「部落民」の純朴さや虐げられた状況とともに、彼らの信仰が語られている。それは酌婦として働いている火田民出身の少女の身の上話としてあるもので、山神としての神木のそばに祖父の遺骸を埋めた少女の父母は、山の掟で命を奪われ、少女自身も山から逃げ下りてきたというのだ（この火田民部落探訪の体験は、短篇「草深し」にも活かされている)[12]。

ここには、原始的で素朴な宗教心でありながら、清浄な地を瀆すことについての強固な禁忌の感覚が保存されている。もちろん、これは『太白山脈』の尹天一が山神の怒りを恐れ、「山に火をつけ森を焼き払つた」ことの懲罰を免れるために「禁火の掟」を作り、そのための「安住の地」を山神の啓示によって求めようとした『太白山脈』そのものの主題と深く関連している。山神は自然神であり、峻烈な父性的な神であると同時に、その自然の懐に人を抱く包容力のある神である。普通は神仙図や虎の像として具象化される山神は、古来の信仰においては女神であり、母神であったともいう。いずれにしても、それは人々の祖霊的な性格を持った神なのである。金史良は、朝鮮の山民であり漂泊民である火田民のそうした山神信仰に、朝鮮土着の革命思想、ユートピア思想を見ようとしていたといっていい。もちろん彼は山神信仰を絶対的なものとして提出しようとはしなかった。「山の神々」と題された短篇小説では、西朝鮮にある温泉が舞台で、主人公の〈私〉はその温泉場にある山神堂に集まる人物たち――子供が欲しくて山神(産神でもある)に祈願する信者たち、祭祀を行う巫女(巫堂という)、堂前で乞食をする老坊主、温泉宿の番台の男など――の滑稽で卑猥な人間喜劇を観察しているのだが、そこには山神信仰をめぐる朝鮮の庶民、奥山の田舎に住む人々の土着的な、仏教やキリスト教、マルクス主義といった〝高等宗教〟から見れば淫祠邪教と罵られるような低俗で淫猥な民間信仰や通俗的な信仰者の有り様が描かれているのである[13]。

しかし、金史良がそうした山神信仰という精神の形態に〝民族的なもの〟の基底的な原型を見出そうとしていたことは確かであると思われる。「草深し」には作者自身の分身と思われる大学生・仁植が出てくるが、「性来極く素朴な感動性に富む年若い仁植においては、調査といふ役目よりも寧ろ追はれて行く火田民と共に哭くといふ或は感傷的な気持が、余計先走つてゐたかも知れなかつた」のである。朝鮮人の若いエリートであり、民族の指導者層とならなければならなかった大学生、あるいは留学生。だが、金史良の視線は、そうした悲惨な朝鮮の細民、山民を指導し、救済しようという積極的な前衛あるいは指導者的な意識よりも、もっと〝民族的なもの〟の根に触れたいという欲求があったものと思われるのである。

何といふそれは悲惨な郷国の姿であらう。却つてそれを知ることがおぞましいやうな気さへする。われわれの生活を先づ知らねばならないと共鳴しついて来た彼ではないか。だが今日のやうにまた凡そ悲劇的な光景を見せつけられると、いよいよ自分までが哀れな山民達の群の中へ追ひ立てられるやうだつた。彼は自分のさうした気持を詮索する余裕は持たない。でもやはり一種の諦観に通ずる感傷と云はうか、ただ単に打ちひしがれて貧窮の中に喘ぐ火田民の中に入りさへすれば、自分は気持だけでも軽くなると考へるのだつた。自分がそれでいざ彼等をどうすることが出来るといふのでもない。ただ自分もその中の一人だと考へる時、もう自分は救はれるのだと思ふのである。(14)

金史良にとって植民地支配された朝鮮の〝民族的なもの〟は、それまでの朝鮮史の支配者層であった王宮や両班と呼ばれていた貴族、士族階級の伝統的な儀礼や文化や信仰にあったのではなく、最も底辺の層としての山民の、目に一丁字もない(朝鮮式にいえば、鎌が目の前にあっても、ㄱ(キヨク)の字も知らない)〝無識〟層の生活や精神の中にあったのである。因習や迷信や貧困の中で生きる人々。彼らは漢文や日本文はおろか、朝鮮文字さえも満足に読むことのできない人々にほかならなかった。金史良が「自分もその中の一人だと考」え、そこでこそ「自分は救はれるのだ」と思ったのは、そうした火田民、山民の中でだった。文字以前の朝鮮語。彼にとって〝民族的なもの〟はそこまで遡ってゆくものであり、それは「日本語」で書くか「朝鮮語」で書くかというインテリ層の文学者たちの問題設定とはかなり乖離したものにほかならない。「民族語の存続」において彼は「悲観」していない。教育によって日本語、日本文字の教育は行えても、〝無識〟な山民たちからその言葉を奪うことはできないだろう。彼は言葉を保守することではなく、言葉を生み出し、それを必要に応じて使う言葉以前の民族の魂を信頼していたというべきなのである。

もちろん、こうした金史良の到達点を、植民地の言語や精神的統治によって追い詰められた最後の砦と称することは可能である。経歴的なことだけを問題にすれば、彼は日本帝国主義への協力姿勢を強め、『海への歌』を書き、そして中国へと脱出した。言葉と民族的なものとのぎりぎりのところまでを考えた彼の思考の最終地点を知ることは誰にもできないことなのである。

5　張赫宙の場合

張赫宙[15]が「内鮮一体の必要性と必然性を論じ、国語使用を論じた」のは、一九三九年の『文藝』二月号に発表した「朝鮮の知識人に訴ふ」であるとされている。[16]すなわちこの時期が、民族派の文学者から親日派の文学者への彼の「転折時点とみなければならない」のである（林鍾国『親日文学論』）。張赫宙のこの論文は「国語使用」について朝鮮人文学者の間に大きな論議を呼び起こした。金史良が「朝鮮文学風月録」や「朝鮮文化通信」などの文章を書いたのも、直接的にこの張赫宙の文章に刺激されたものだろうし、一九四〇年七月号の『文藝』で朝鮮文学特集が編まれた時、その編集後記には「張赫宙氏は、一昨年二月の本誌に「朝鮮の知識人に訴ふ」という一文を寄せ、朝鮮作家が今後国語で創作することを提案したが、それに対しては当時朝鮮全土から反響があつた」と書いている。いわば朝鮮における「国語使用」の水路を開削した文章といえるのだ。

だが、事態は諸君の望む通りにはならないのだ。朝鮮統治は日に〳〵革められてゆくだけなのだ。既に学校令が変り、警察令も変つた。次にくるものは、義務教育と徴兵令の実施である。

ここで、文人に直接問題になるのは、この義務教育である。今年これが実行されれば二十年後には朝鮮語の勢力は今日の半分に減退する。更に三十年後には？（中略）

ここで、文人諸氏は益々朝鮮語にかぢりつくであらう。それを私は壮とする。けれども、それと同時に、内地語に進出することも、必ずしも排撃することはないと思ふが何うであらう。

日本語は益々東洋の国際語たらむとしつゝある。[17]

いわば、朝鮮文学の「国語」への転向声明といえるものだが、しかし張赫宙にとってはこれは、従来の彼の主張とそれほど論理的に変転していたのではないのではないか。ここで書かれているのは、朝鮮語は衰亡し、日本語は勢力を増すという功利的な言語観というべきものだろう。だが、張赫宙が最初に日本文壇にデビューした際、「朝鮮語では範囲が狭小」だから「外国語に翻訳される機会も多い」日本文壇に出なくてはならないと考えたのも、また功利的な言語観にほかならないのではないか。ただ、その目的として初期の張赫宙は「朝鮮民族の悲惨な実情」を世界へ訴えたいという、民族主義的な動機を持っていたのに対し、「転折」後のそれは朝鮮文学のマーケットの問題として専ら論じられているという違いがあるだけである。

文学者は誰でも自分の作品がより多くの人に読まれることを願い、文筆業者はより多く売れることを望む。これは職業的な生理であって、そのこと自体を批判しても始まらない。張赫宙の場合、日本語で書くことは、日本語が朝鮮語よりも広い範囲の読者を持ち、国際語としても勢力が強かったからである。「滅退」し、衰亡する朝鮮語を棄て、日本語に乗り換えようという彼の言葉に含まれている思想は、「餓鬼道」を発表した時と本質的な違いはないと見るべきなのだ（彼自身は最初から日本語作家だったのだが）。彼はもともと朝鮮と日本という地域的、民族的、文化的差異の中にこそ、自分の居場所を見出していた。それは近代化され、開化された日本社会に対しての〝遅れた〟朝鮮社会（そこには近代社会としての朝鮮人社会の〝遅れ〟や、封建的道徳に縛られた前近代的な悪徳や迷信、因循姑息な精神性も含まれている）という乖離であり、近代的自我を確立しようとした日本人に対しての、頑迷で頑固な朝鮮人という対比をその作品構造の底部に常に持っていたのである。

張赫宙の文学は、いわば〝為替差益〟のように、日本と朝鮮という国家的、民族的、社会的な差異や落差において生じるものであって、そこに朝鮮人の直接的な「民族主義」を見ようとしても結果的にないものねだりに終わってしまうだろう。任展慧はその「張赫宙論」において、「「餓鬼道」は、植民地朝鮮の農民を幾重にも搾取する地主階級と日本帝国主義を、正面から告発した怒りの文学である」と定義している。(18)そこでは張赫宙は日本の植民地主義に抗する「民族主義者」の風貌を持っているといってよいだろう。だが、張赫宙は「転向」（林鍾国の言葉では「転折」）する。「日本帝国主義イデオローグたちによって操作された朝鮮人蔑視政策は、張赫宙自身の内部にはね返り、張赫宙の民族的コンプレックスは一層強められていった。張赫宙は、民族的コンプレックスの払拭を、日本人化の道に求めた。それは、とりもなおさず日本帝国主義の植民地政策――「内鮮一体」「民族同化」と軌を一にすることであった」と、任展慧はその「張赫宙論」で書いている。張赫宙が「日本人化」したこと、日本の植民地支配に屈従したことの証拠は、『加藤清正』という小説を書いたことに極まっている。任展慧は先の文章に続けて、こう書く。

日本帝国主義への張赫宙の最初の忠誠は、『加藤清正』(一九三一年一月『文藝』)によってあかしだてられた。自国への侵略者「加藤清正」を英雄として描き賛美することは、まさに二十世紀の「加藤清正」に膝を屈することであった。自民族の抑圧者を、英雄として描きだすことをいとわぬ作家――人間と文学とにとってこれ以上の恥ずべき堕落がまたとあろうか。このような人間性の恐ろしい破壊は、張赫宙の内部で、虚ろな音高く急速度にすすめられていった。

こうした「恥ずべき堕落」「人間性の恐ろしい破壊」といった最大級の批判を浴びた張赫宙という「呪われるべき文学者」のイメージは現在までも継続されていて、たとえば林浩治の「張赫宙論」では、「それは豊臣秀吉の朝鮮侵略を、朝鮮人である張赫宙が無批判に受け止めることによって、軍国日本にたいする忠誠心を示そうとしたものであった。この段階にいたると、張赫宙はもはや帝国主義戦争に反対するどんな思想的基盤も持っていなかった。朝鮮人としての民族的立場さえ放棄してしまった彼が、唯一抱きしめていたのは、強大な軍国主義ファッショ権力に対する恐怖のみであった[19]」と述べられている[20]。

しかし、張赫宙の「転向」よりも、継続性を見ようとする私の立場からすれば、彼の非朝鮮人化(それは非人間化のように最大限に批判されている)の過程よりも、それでもそこに残存する彼の朝鮮人性(民族性）を見てみたいと思うのだ。そもそも張赫宙の小説『加藤清正』は、「自国への侵略者「加藤清正」を英雄として描き賛美する」作品なのだろうか。それは「二十世紀の「加藤清正」に膝を屈すること」であり、また「豊臣秀吉の朝鮮侵略を、朝鮮人である張赫宙が無批判に受け止めることによって、軍国日本にたいする忠誠心を示そうとしたもの」であるのだろうか。確かに『加藤清正』は、豊臣秀吉の明征服の野望によって引き起こされた「朝鮮征伐」、日本側からいえば文禄・慶長の役、朝鮮側からいえば壬申倭乱（イムジンウェラン）をテーマとした歴史小説である。主な主人公は「朝鮮征伐」に抜群の軍功を立てた熊本の武将加藤清正であることは紛れもない。だが、それは、加藤清正を英雄として顕彰することよりも、当時の朝鮮がなぜ容易に加藤清正に「朝鮮征伐」の勲功を挙げさせたのか、という疑問の解明に向かっていると思われるのだ。

たとえば、加藤清正に面会を求める帰順した朝鮮側の城内の長老は、清正の「貴国の兵、意外に弱し。如何ぞや」という質問に対し、こう答える。「然り、弱きこと猫の如し。我国方今政乱れ、民又文弱に陥る。朝廷日をついで党争に没し、王位の争奪、乱臣の跋扈、誠に慨嘆に堪えず。民又酒奢に耽り、淫乱の風その極に達す。文化の爛熟、その末路や哀れなり、倭軍来襲の報相踵いて至るも、官再に意を介せず、軍備を名に、民財を没収し、苦役を強ふ。民怨天に漲る。幾ぞ戦ひに勝たんや[21]」と。

これは消極的ではあるが、なぜ日本軍がたやすく漢城（ソウル）、開城、平壌までも陥落させ、さながら無人の荒野を行くが如く朝鮮半島を蹂躪することができたかということを証言しているだろう。李朝の党争、軍事力（武）の軽視、官の民への苛斂誅求、身分制度による民の階層分離と経済的疲弊、上下の階層間の葛藤が、異民族の侵略にたやすく国を奪われてしまった要因なのである。つまり、張赫宙の『加藤清正』は日本軍が勝利した戦記ではなく、朝鮮軍が敗退した戦記なのであり、いってみればなぜ朝鮮が日本に負けたのかを主題とした小説なのである。小説『加藤清正』では、王城（ソウル）陥落の場面をこのように描いている。

二十八日、国王の都落ちの報が坊間に伝はると、残留の賊民は皆、常民階級以下の賤民共であつた。彼等は商か工か農を生業としてゐるが、数百年間の制度の力に圧されて、屠殺や製靴を業とする白丁や、巫女や両班の家に隷属してゐる奴婢達と共に、両班階級の政治に苦しんでゐたのだつた。（中略）

常民や奴婢達は、雨を冒して坊々（まちまち）に溢れ出た。彼等は群れを成して泥濘の中を駈けずり廻り、ただ訳もなく同じ路地を出入りしながら絶望し呶鳴り合ふのだつた。激昂した声は愈々彼等を絶望に追ひやり、倭の軍勢の跫音が城壁近くに聞えるといふ流言は、彼等を恐怖のどん底へたたき落すのだつた。彼等は坊々に集り、辻に寄り合つて自分達を見捨てていつた主人や官人を呪ふのだつた。ある者は闘はうと言ひ、あるものは倭軍に命乞ひをしようと主張した。遂に彼等の怒りは、彼等の主人や特権の人々へ向け荒れ狂ふのだつた。誰かが彼等の身分証明書を保管してある掌隷院を焼かうと言ひ出した。（中略）

最初に掌隷院が焼けた。火焔は爆音をたてて燃えしきつた。文書の焼ける臭ひが鼻をついた。それを見て、乱民共は喊声を上げ、益々狂暴になりながら景福宮に押して行くのだつた。内裏にはいれた昂奮はあたりにみちあふれる蘭麝の香に煽られて、珊瑚の台上に泥足をふみつけ、錦羅の帳りをむざんに引き裂き、丹青の欄干をばらばらに蹴やぶて、金銀の細工ものや玉鏡や宝衣を手当り次第につかみ出して、珍鳥や奇花や妖草の生茂る宮園を跡形もなくしながら、狼藉の限りをつくすのだつた。（中略）

三日目の夜、火焔のさ中へ東から行長軍勢が城内に殺到したのだ。城門は乱民によつて開けられた、だが、闇と昂奮は兵士達の心を暗くして、乱民の哀訴をきく際もなく、逃げゆく乱民を追ひまくり、斃れる屍体をふみこえて、兵士達は坊々谷々へなだれこむのだつた。(22)

この落城シーン以外にも、張赫宙は朝鮮社会の弱体化が、外敵の侵略の前に国が奪い取られた最大の要因となったことを繰り返し書いている。辺境に流された一族が王朝を怨みに思い、加藤清正軍を手引きした例、逆に士民たちが徹底して倭軍に抵抗し、苦しめた例。また官軍に対して士民が叛乱して、結果的に倭軍の助力となった例。この場合は「士民達が何んなに官軍を憎んでゐたかを理解すれば何の不思議もない、「この辺にも私共同様、官軍を亡ぼして自由にならうとする者が多い」と、日本側に寝返った朝鮮人はいうのである。

朝鮮王朝は、日本軍に敗北するだけの社会的な敗因があった。これは日本軍に抵抗し、ついに侵略を撃退したのが、正規の官軍であるよりも各地の義兵、現代風にいうならば抗日のゲリラ部隊であったことが逆証明しているといえるだろう。張赫宙は単に日本の武将・加藤清正と朝鮮王朝との戦いではなく、民衆を巻き込み、民衆の動向によって勝敗の決まる「戦争」そのものを『加藤清正』（改造社、一九三九年）という小説によって書こうとしていたのではないだろうか。さらにもう一つ、張赫宙がこの壬辰倭乱を主題に、『加藤清正』を初編とする一大大河歴史小説（四部作）を構想していたことを無視することはできない。長篇小説『浮き沈み』のあとがきで、彼はこの作品が小西行長の「心」を書くことに努力したと書いている。そして『加藤清正』、小西行長を主人公とした『浮き沈み』の後、「後続」として李舜臣篇と沈惟敬篇を書くことを予告している。[23] つまり、『加藤清正』は、大河小説『文禄・慶長七年戦役』の清正篇であって、次に行長篇が来る。「初め私はこの長編を、戦ひそのものと、当時の風俗に興味をおいて書く計画を立てたが、時が経つにつれて、事件の外象よりも当時の人間の心のほうによけい重きを置くやうになつた」と張赫宙はやはり『浮き沈み』のあとがきに書いている。

その言葉通りに、『浮き沈み』は、無益な戦争を早く休止させようとする吉支丹大名・小西行長の焦慮と失望、逡巡が描かれている。武闘一本槍の加藤清正に対して、小西行長がいかに味方の陣に知られないように媾和の条約を結ぼうとしたか。明の使者・沈惟敬との奇妙な交流を描く沈惟敬篇、そして李舜臣篇と続くのである（一九四一年の『七年の嵐』、一九四一年発表の『七年の嵐』、四二年の『和戦何れも辞せず』も、この長篇小説の一部と考えることができる）。つまり、張赫宙の構想では、日本側（加藤清正、小西行長）と朝鮮側（李舜臣、明の使者・沈惟敬を含む）の両方の視点から文禄・慶長の役、壬辰倭乱といわれる「戦争」の全体像を描くことが、この歴史小説の主眼であったのだ。

「秀吉の朝鮮役」に取材した長編に着手したとしても敵と味方間での友情と、共同謀議の自国への背信を描くことは難しい。しかし、張赫宙はそんな試みに挑戦したのである。加藤清正と小西行長、小西行長と沈惟敬、そして日本水軍を打ち破った朝鮮の名将・李舜臣。日朝一方の側からだけの戦記なら、日本の『朝鮮征伐記』や『朝鮮物語』、朝鮮側では『壬辰記』や『懲毖録』などがあるが、もちろんそれらは一方の立場を強調したり、歪曲したり、フィクション化して書かれたものであり、複眼的な視点や立体的な視野を望むことはもとより不可能なことだ。張赫宙の『文禄・慶長七年戦役』は、おそらくこうした玄界灘を隔てた戦争を、その両岸から、限りなくその「心」に迫りながら一つのトータルな歴史として書こうとした、たぶん最初の、そして唯一の試みでなかったかと思われるのである。

もちろん、こうした張赫宙の試みが完全に成功したといえるものではなく、またそれは、彼が日本の植民地政策に限りなく追従していった事実を糊塗してくれるものではない。『加藤清正』という作品が、〝日本寄り〟の歴史観に偏って書かれていることは、張赫宙の全体の構想や試みがいかなるものであろうと紛れもないことであると思える。しかし、彼自身としては、自らの朝鮮人性は疑いもないものであって、彼としてはほかならぬ自分が書く以上、その作品の〝朝鮮人〟性の刻印は疑問のないものとしてあったのではないか。張赫宙が戦後日本に帰化して、野口赫宙となったことを、任展慧や林浩治はその民族性喪失の証拠のように提出しているが、日本国籍となっても消すことのできない〝朝鮮人性〟や〝民族性〟が張赫宙にとっては問題ではなかったか。朝鮮戦争に際して『嗚呼朝鮮』や『無窮花』を書いた彼にとって、「朝鮮」の「戦争」はどこまでも自分にとって無縁なものではありえなかったのである。[24]

張赫宙が日帝に協力した親日派文学者であることは疑う余地がない。また、金史良がぎりぎりのところまで日帝への協力を拒否し、延安という迂回路を経て社会主義を標榜する朝鮮民主主義人民共和国の人民文学者となったことも事実である。しかし、それを「屈従」と「抵抗」、「親日」と「抗日」というように単純に二分化することはできない。ただ、金史良の山民のユートピアを描こうとした『太白山脈』も、壬辰倭乱（文禄・慶長の役）を最も総合的に描き尽くそうとした張赫宙の大河歴史小説も、いずれも未完に終わったということの意味は、少し考えておく必要があることかも知れない。つまり、「歴史」と文学とを幸福に結びつけるには、民族史、国家史という枠組みが必要とされていた時代があるのであって、そうした民族や国家という観念から離れて、「歴史」を書こうとすることは至難の業だということだ。金史良も張赫宙も、植民地支配された亡国の民として、確固とした「民族」という足場を持つことができなかった。しかし、それは彼ら自身のせいであったとはいえない。また、それが本当に彼らの文学の足枷となったかは、祖国が解放された後の彼らの文学作品を改めて検証することで明らかとなるものなのである。

註

（1）金史良の「朝鮮文学風月録」「朝鮮文化通信」は『金史良全集』（Ⅰ～Ⅳ、河出書房新社、一九七三年）に拠る。

（2）林浩治『在日朝鮮人日本語文学論』新幹社、一九九一年。

（3）金文輯（キムムンチプ）は一九〇九年生まれ、歿年は不詳。慶尚北道出身。早稲田中学、東大中退（自称）。朝鮮に帰国し、評論活動を始める。小林秀雄、横光利一など日本の新傾向の文学理論の影響を受けた文学論をもとに、当時の朝鮮文学に対して毒舌的でスキャンダラスな話題を呼ぶ批評活動を行った。滞日時には、堀辰雄と刃傷沙汰を引き起こしたこともある。滞日中の金文輯の姿を、田村泰次郎が『我が文壇的青春記』にスケッチしている。親日派文学者として朝鮮文人協会の幹事となり、顰蹙を買い、解放前に追われるように渡日して、日本に帰化した。評論集『批評文学』（青色紙社、一九三八年）、日本語小説集『ありらん峠』（第二書房、一九五八年）がある。第二書房は、長谷川巳之吉の第一書房の編集だった伊藤禱一が創立した出版社。拙著「花豚正伝」（『満洲崩壊——「大東亜文学」と作家たち』文藝春秋、一九九七年）。

（4）金允植『韓日文学の関連様相』（一志社［ソウル］、一九七四年）。なお、『韓国近代作家論攷』（一志社、一九七四年）も参照した。

（5）金文輯『批評文学』青色紙社［京城］、一九三八年。これは朝鮮文学史における最初の文学評論の単行本とされる。

（6）『文學界』一九三九年一一月号。「朝鮮文化の将来」の座談会の出席者は、金文輯、張赫宙、林和、兪鎮午、鄭芝溶（朝鮮側）と林房雄、村山知義や、秋田雨雀（日本側）であり、総督府図書課の検閲官・古川兼秀が参加している。ナヨン・エィミー・クォンの『親密なる帝国』（人文書院、二〇二二年）によると、同一の座談会の記録が『京城日報』と『文學界』にあり、別バージョンとなっている。

（7） 第二書房版『ありらん峠』には、「ありらん峠」「理毛師」「女草履と僕の青春」「貴族」「グランド・ボヘミアン・ホテル」「タヒチの幻想」「日本姿」「小便と永遠の女性達」「四ん這の恋」の九篇が収録されている。『批評文学』の広告にある博文館版の内容は、「ありらん峠」「理毛師」「四ん這の恋」のほか、「黒人と未亡人」「異端の曲」「勘当息子」「異邦の図」「浮世絵幻想」の九篇である。女性の毛髪や体毛にフェティシズム的な執着を持つ男が主人公の「ありらん峠」と「理毛師」、足の障害で四つん這いでしか動けない男が若い知能障害の女性を誘拐する「四ん這の恋」など異常性欲、変態的な登場人物の世界を描いたものであり、「エロ・グロ・ナンセンス」小説といってよい。

（8） 金時鐘「若き遺産の開示」『金史良全集Ⅰ』月報1、一九七三年。なお、ここで言及されている安宇植の金史良論は、『金史良』岩波新書、一九七二年。

（9） 金石範「金史良について——ことばの側面から」『文学』一九七二年二月号。

（10） 『太白山脈』は、『金史良全集Ⅱ』に収録されている。

（11） 金史良が延安地区へ脱出を図った経緯については安宇植の『金史良』に詳しい。中薗英助は、その前夜に金史良と会ったことを記し、白鉄と朝鮮語で何か話し合っているのを聞いているが、何を話しているのか分からなかった。また、金史良自身のものとしては紀行「駑馬万里」（『金史良全集Ⅳ』）がある。

（12） 紀行「火田地帯を行く」は『金史良全集Ⅳ』。「草深し」は『金史良全集Ⅰ』。

（13） 「山の神々」は『金史良全集Ⅱ』。

（14） 朝鮮の山神信仰については、依田千百子『朝鮮民俗文化の研究』（瑠璃書房）、任東権『韓国民俗文化論』（集文社［ソウル］）などに詳しい。

（15） 張赫宙は、一九〇五年、慶尚北道生まれ、大邱高等普通学校を卒業後渡日し、教師をしながら小説を書く。「餓鬼道」が『改造』の懸賞小説に当選し、日本文壇にデビューする。植民地朝鮮人の悲惨な状態を描き出した作品を書き、朝鮮人文学者の代表格として活躍したが、日帝時の「内鮮一体」のイデオローグ的な言動が批判された。日本に帰化し、野口赫宙（稔）を名乗る。戦後は長く埼玉県高麗村に住む。著作は自伝的小説、ミステリー小説、歴史小説など数多い。

(16) 張赫宙「朝鮮の知識人に訴ふ」『文藝』一九三九年二月号。

(17)「朝鮮の知識人に訴ふ」を、総督府政府の「国語使用」政策への協力、迎合声明とみなす見方は、張赫宙批判論者に共通している。

(18) 任展慧「張赫宙論」『文学』一九六五年一一月号。

(19) 林浩治『在日朝鮮人日本語作品論』新幹社、一九九一年。

(20) 前記の任、林の論文と異なって、比較的肯定的な張赫宙論として、曺恩美『張赫宙の日本語文学』（明石書店、二〇二一年）、白川豊『朝鮮近代の知日派作家　苦闘の軌跡――廉想渉、張赫宙とその文学』（勉誠出版、二〇〇八年）がある。作品集としては、南富鎭・白川豊編『張赫宙日本語作品選』（勉誠出版、二〇〇三年）、同『張赫宙日本語文学選集　仁王洞時代』（作品社、二〇二二年）がある。

(21) 張赫宙「加藤清正」（『文藝』一九三九年一月号）、のち単行本『加藤清正』（改造社、一九三九年）。

(22) 李朝時代には、両班・中人・常民（常奴）・奴婢の身分制度があった。高麗朝には、仏教僧、巫女、白丁が賤民とされた。

(23) 張赫宙『加藤清正』（改造社、一九三九年）、『七年の嵐』（洛陽書院、一九四一年）、『和戦何れも辞せず』（大観堂、一九四二年）、『浮き沈み』（河出書房、一九四三年）。

(24) 張赫宙『嗚呼朝鮮』新潮社、一九五一年。『無窮花』講談社、一九五四年。無窮花、ムクゲは朝鮮を象徴する花。

第5章　山梨と林檎——金鍾漢と中野重治

1　坊やのグライダーと詩人

詩人の金鍾漢（キムジョンハン）（一九一四～四四）は、発行人の崔載瑞（チェジェソ）の下で『国民文学』の実質的な編集長の位置にあったと思われる。座談会への出席や、司会、まとめ役などを行い、石田耕造という創氏名をもった崔載瑞の右腕として、月田茂という創氏名でも活動した。そうした活動や作品を見て、彼を「親日派」と断罪することは容易なことだが、しかし、そこにはきわめて屈折した内面的な過程が透けて見えるような気がする。金鍾漢がその生前に刊行したのは、薄っぺらな日本語の詩集『たらちねのうた』と、朝鮮詩の日本語訳詩集『雪白集』の二冊にしか過ぎない。『たらちねのうた』は、彼が所属していた『国民文学』の発行元である人文社から出された（一九四三年七月五日）。発行人は崔載瑞である。『雪白集』は、瑞原聖（「盧聖錫（ノソンソク）」の創氏名）を発行人として博文書館から出された（一九四三年七月二十日発行）[1]。

『たらちねのうた』のなかに、こんな詩がある。

ひるさがり
とある大門のそとで　ひとりの坊やが
グライダアを飛ばしてゐた
それが　五月の八日であり
この半島に　徴兵のきまつた日であることを
知らないらしかつた　ひたすら
エルロンの糸をまいてゐた

やがて　十ねんが流れるだらう
すると　かれは戦闘機に乗組むにちがひない
空のきざはしを　坊やは
ゆんべの夢のなかで　昇つていつた
絵本で見たよりも美しかつたので
あんまり高く飛びすぎたので
青空のなかで　お寝小（ねしょ）便した

ひるさがり
とある大門のそとで　ひとりの詩人が
坊やのグライダアを眺めてゐた

それが　五月の八日であり
この半島に　徴兵のきまつた日だつたので
かれは笑ふことができなかつた
グライダアは　かれの眼鏡をあざけつて
光にぬれて　青瓦の屋根を越えていつた

「幼年」と題された詩である。『国民文学』（一九四二年七月号）に掲載された初出の時には「徴兵の詩」という副題が付されていた。一九四二年五月八日という日が、それまで猶予されていた朝鮮半島の住民の適格者に徴兵令が施行されるようになった記念すべき日であることを知らなければ、この詩はよく理解できないかもしれない。日本の帝国主義支配勢力（朝鮮総督府）が権力を握っていた朝鮮では、「日韓併合」によって大日本帝国の版図となっていたのに、そこの成年男子の住民に対しては国民の義務である徴兵は猶予されていた。もちろん、植民地（人）としての特権などではなく、日本支配に反感や抵抗心を持つような朝鮮人の壮丁を〝皇軍〟に入隊させ、軍事訓練などを行ったら、いつ、その銃を逆の方向へ向けて武装蜂起、武装抵抗をするか分からなかったからである。つまり、日本の支配権力は、被植民地人としての朝鮮人（その頃の言い方でいえば「半島人」）を信用していなかったのである（また、使用言語の問題があった。「国語（日本語）」に習熟していない者（命令が理解できない者）を日本軍に入れるわけにはいかなかった）。

だが、戦況が深まり、悪化し、日本人の壮丁が軒並み徴兵され、国民全体が戦争遂行のために総動員され、学徒出陣にまで至ると、これまで志願兵や軍属という名目で、朝鮮人や台湾人を軍隊や戦場に送り込んできた日本軍も、それだけでは兵力不足（欠員）に対処できなくなり、ついに植民地の若者たちを根こそぎ戦争に投入することを決めたのだ（すでに、一九三八（昭和十三）年には国家総動員法が発令されていた）。もちろん、それは末期的現象だった。強制徴用、志願兵、女子挺身隊など、前線と銃後とを問わず、〝信用のならない〟朝鮮人（半島人）でさえ使わなければならないほど、兵力や労働力の不足は逼迫していた。皇軍は朝鮮人徴用兵にも、菊の紋章の付いた銃を持たせることに決めた。そして、それを負け惜しみのように、「一視同仁」の大元帥閣下の尊い御心から出た仁慈的施策であると触れ回ったのである。

「幼年」という詩が、この〝記念すべき〟五月八日を寿いだ慶祝的な作品であることは、ひとまずは認めなければならないだろう。だが、グライダーを飛ばしている少年を見ている詩人の心象は、決して明るいものでもなければ、ましてや華やいだものでは全くない。朝鮮人に徴兵令が布かれた日に、詩人は「笑ふことができなかつた」。グライダーを飛ばしている少年に、「日本」のためや「天皇」のために命を捧げるという未来が決定づけられる日だったのである。それは詩人にとって憂慮されることであり、哀悼されるべき決定だった。だから、そうした未来を知らぬげに、青瓦の屋根を越えるグライダーは「かれの眼鏡をあざけつ」たのだ。朝鮮人の子供に、そんな未来しか用意できなかった朝鮮人の大人の一人として。

2　中野重治編『日本現代詩大系』第八巻

しかし、こうした読解は、後出しジャンケンのようなものかもしれない。リアルタイムにこの詩を読んだ金達寿（キムダルス）（一九二〇〜九七）は、ソウルで金鍾漢といっしょの下宿の部屋で生活したこともあるという、数少ない彼の理解者の一人だったと思われるが、その回想のなかでこう書いている。「「グライダア」「半島」「徴兵」ということばがあるのを見て、私はただ、これがいわゆる「時局迎合」「内鮮一体」をうたった以外のものではないとして、彼を攻撃したものである」と。

つまり、友人の金達寿さえも、この「幼年」という詩を、「半島」に「徴兵令」が布かれた日を〝記念〟したものであり、それは日本の軍国主義、植民地主義に迎合したもので、「内鮮一体」の最終的な段階を寿ぐ頌詩として見なしていたのである（徴兵令施行の見返りとして、日本政府は、それまで与えていなかった普通選挙権を朝鮮にも付与するとした――結局は、敗戦によって徴兵令も選挙権付与も実現されることはなかった）[2]。

だが、この詩については、日本の戦後における後日譚がある。一九五〇年から五一年にかけて河出書房から『日本現代詩大系』全十巻が刊行されたのだが、その第八巻に金鍾漢の詩編が収録されており、そのうちの一編が「幼年」なのである。この『日本現代詩大系』は、明治の「創成期」から「浪漫期」「近代詩」を経て、「昭和詩」に至るまでの詩人の作品を集めたアンソロジーで、その第八巻の「昭和期（一）」の巻に、金鍾漢の詩作品が三編、収められているのだ[3]。編者は、中野重治。他の巻の編者には日夏耿之介（一八九〇～一九七〇）、三好達治（一九〇〇～六四）、矢野峰人（一八九三～一九八八）などの著名な詩人が当たり、その時点における日本の近代・現代詩のもっとも浩瀚な（権威のある）アンソロジーといえるだろう（〝現代詩編〟である「昭和期（二）」は三好達治、「戦後期」は大岡信（一九三一～二〇一七）が担当した）。

この第八巻が特徴的なのは、他の巻にはほとんどいない、いわゆる日本人ではない詩人の日本語詩が収録されていることだ。具体的にいえば、金鍾漢以外には、金炳昊（キムビョンホ）、雷石楡、許南麒（ホナムギ）（一九一八～八八）の詩がそれぞれ採録されている。金炳昊は朝鮮人のプロレタリア詩人、雷石楡は中国人で、中央大学に留学していた。『沙漠の歌』という日本語詩集がある。中野重治とは、「詩現実」という同人誌の出版記念会で同席したことがあるのが知られている。許南麒は『火縄銃のうた』や『朝鮮・冬物語』などの長篇叙事詩で知られた在日朝鮮人の詩人だった。[4] 金鍾漢は、日本大学芸術科に学び、一時、日本の婦人画報社（国木田独歩が創設した）が出していた『婦人画報』の編集部に勤めていたこともあって（ただし、大村益夫の「金鍾漢論」によれば、編集部に専任のデスクもなく、アルバイト的な役割だったのではないかという、同僚だった人物の証言がある）、日本滞在経験はあるが、朝鮮に戻って『国民文学』の編集者という仕事の傍ら詩人として活動していたことはすでに述べた。この意味では彼を在日朝鮮人文学の範疇に入れることはそぐわない。また、プロレタリア文学者に分類することも失当である。

中野重治（一九〇二〜七九）が、その詩「雨の降る品川駅」で分かるように、朝鮮人のプロレタリア文学者、あるいはプロレタリア運動家と親しかったことはよく知られている。また、中野重治の実父の中野籐作が、大蔵省の下級官吏として、朝鮮総督府の植民地政策（土地収用政策）と関わり、長兄の耕一が朝鮮銀行に勤め、外地支店（ウラジオストック）の勤務地で客死しているなど、中野家自体が朝鮮との関わりを持っていたことも知られている。

そうした下地があるうえに、彼の実妹の中野鈴子（一九〇六〜五八）が、朝鮮人のプロレタリア詩人・金龍済（キム・ヨンジェ）と恋仲となり、日本を追われた彼を追って朝鮮半島へ渡るという〝事件〟があったことも考え合わせれば、彼の朝鮮と朝鮮人に対する眼差しは、単にプロレタリアートの国際的連帯といった観念的な言葉では尽くせない、きわめてプライベートな感覚や思考があって、そうした視線から朝鮮の文学運動や政治運動に関心を持っていたといってよいはずだ。[5] 中野重治の所属していた「日本無産者芸術聯盟」、すなわちナップ（ＮＡＰＦ）は、「朝鮮プロレタリア芸術同盟」、すなわちカップ（ＫＡＰＦ）と僚友関係にあったことは明らかで、なかでも中野重治が、そうした朝鮮人の同志と親交があったことは「雨の降る品川駅」が示している通りだろう。

その中野重治が、『日本現代詩大系』を編む時に、「昭和詩」の項目に、日本人ではないが日本語で詩を書いた朝鮮人や台湾人、中国人の詩編を収録したいと考えたことは、無理からぬことと思われるのである。[6]だが、中野重治は、かつての自分の同志だったカップ系の朝鮮人の作品を採録することはなかった。もちろん、これにはいくつかの理由が考えられる。一つにはそれらの朝鮮人のプロレタリア文学系統の詩作品が、彼の手元にも、他のところにもほとんど残されていなかったということだ。戦後となり、アメリカ駐留軍の占領時代をようやく脱した日本社会にあって、戦前に発禁になり、焚書坑儒の扱いを受けたプロレタリア文学の文献はまだまだ乏しかったと思われる。ましてや、植民地としての朝鮮で発行された雑誌や詩集など、容易に収集、参看できるような状況ではなかったといえよう。さらに、日本帝国主義から解放され、独立した朝鮮は、南北に分断され、そのいずれとも日本は国交を持たなかった。中野重治と親交のあった林和や金龍済などのその後の消息を、彼はおそらく知る術を持たなかった。金龍済は妹の愛人であり、プロレタリア文学の陣営から、植民地支配末期には親日派に転向し（創氏改名して、金村龍済となる）、『亜細亜詩集』によって朝鮮文学賞を受賞するような〝大アジア主義者〟となっていた（石原莞爾（一八八九～一九〇九）の主唱した東亜連盟に同調した）。解放後の朝鮮（韓国、北朝鮮）で彼らがどのような身の処し方をしているかは分からないとしても、中野重治には、日本語の詩を書いていない林和はともかく、金龍済については、その日本語詩をアンソロジーのなかに採録しようという気持ちはほとんどなかったと考えてよいだろう。金龍済の〝転向〟は、中野重治の眼からすれば、毒を喰らわば皿までといった陰惨なものとして映っていたはずだ。[7]

中野重治が、金鍾漢の「幼年」を評価したということには、次のような事情があったとも考えられる。この詩が発表された『国民文学』の同号の「徴兵の詩」という欄には、こんな詩も並んで掲載されていた。

「あつき手を挙ぐ」

都会、町、部落、
何処にも
朝鮮の人たち満ち溢れ
働き、たたかひ
生活を立て
話す言葉　国語正しく
われら朝夕
親密濃く深まりつゝ
出征、入営を送る折々には
先んじて旗振り、万歳を叫ぶ
朝鮮の人たち
朝鮮の人等
手に力こもり、唇は叫びつゝ
　心の底に徹し得ぬものがあるならん
　常にわれかく思ひ、心沈みし
今

朝鮮に徴兵令制度布かる
　こころ新たに
　　あつき手を挙ぐ

この詩から、植民地朝鮮に徴兵制を布くことについての疑念や懐疑を見出すことはできない。それよりもむしろ、それまでに徴兵制が布かれなかったことへの不満感を感じ取ることができる。徴兵制度において、明らかに日本人（内地人）と朝鮮人（半島人）との間には差別があった。差別解消という意味では、半島人への徴兵制度の適用は一歩の〝前進〟があった。天皇による〝一視同仁〟の輪はそこまで広がったのだ。もちろん、それが朝鮮人の若者たちにとって、朗報でありえたはずはなかった。

この、朝鮮人への徴兵令布告を寿ぐ詩の作者が、恋人の金龍済を通じて、朝鮮の人々に共感と理解を持っていたと思われる中野鈴子であることを知れば、金鍾漢の「幼年」が、こうした「徴兵制」の朝鮮への拡張という国策への静かな抵抗の詩であると中野重治が考えたのも肯われることだと思われる。実妹による軍国主義への無惨な協賛詩を打ち消す意味でも、金鍾漢の「徴兵」の詩を持ち上げざるをえなかったのである。

3　「雨の降る品川駅」の推移

中野重治自身の「雨の降る品川駅」を見てみよう。

辛よ　さようなら
金よ　さようなら
君らは雨の降る品川駅から乗車する

李よ　さようなら
も一人の李よ　さようなら
君らは君らの父母の国にかえる

君らの国の川はさむい冬に凍る
君らの叛逆する心はわかれの一瞬に凍る

海は夕ぐれのなかに海鳴りの声をたかめる
鳩は雨にぬれて車庫の屋根からまいおりる

君らは雨にぬれて君らを逐う日本天皇をおもい出す
君らは雨にぬれて　髭　眼鏡　猫脊の彼をおもい出す

ふりしぶく雨のなかに緑のシグナルはあがる
ふりしぶく雨のなかに君らの瞳はとがる

雨は敷石にそそぎ暗い海面におちかかる
雨は君らの熱い頬にきえる
君らのくろい影は改札口をよぎる
君らの白いモスソは歩廊の闇にひるがえる

シグナルは色をかえる
君らは乗りこむ

君らは出発する
君らは去る

さようなら　辛
さようなら　金
さようなら　李
さようなら　女の李

行つてあのかたい　厚い　なめらかな氷をたたきわれ
ながく堰かれていた氷をしてほとばしらしめよ

日本プロレタリアートの後だて前だて
さようなら
報復の歓喜に泣きわらう日まで

この詩は、一九二九年の『改造』(二月号)の初出稿から、何度かの推敲を経て、現行の定稿となったことが知られている(『中野重治詩集』岩波文庫)。戦前の版では、表題に「×××記念に　李北満　金浩永におくる」と副題の献辞があり、「天皇」や「髭」「眼鏡」「猫背」の「彼」という天皇に関わる語は伏字となっており、最終行の「報復」の二字も伏字とされていた(推敲というより、検閲のためである)。戦後の版では、伏字は起こされたが、作品そのものは変更されていない。しかし、この詩の初稿は失われたとされていたのだが、その朝鮮語訳が、残されていたことが判明した。最終連に、こんな詩句があったという。「そして再び/海峡をこえて舞い戻れ/神戸　名古屋を経て/東京に入り込み/彼の身辺に近づき/彼の前面にあらわれ/彼を捕え/彼の顎を突き上げて突き刺し/返り血を浴びて/温りのある復讐の歓喜のなかに泣き笑え」というものだ。

朝鮮語版の初稿を、水野直樹(一九五〇〜)が再翻訳したものだから(「「雨の降る品川駅」の事実しらべ」『季刊三千里』第21号、三千里社、一九八〇年)、中野重治の書いた初稿そのままだと断定することはできないが、前半の詩句と対応させれば、この「彼」が「日本天皇(昭和天皇)」を指すことは明らかであり、「彼」によって日本から追放された朝鮮人同志たちが、再び日本に舞い戻り、「天皇」に危害を加えて、復讐(報復)するというストーリー性を持っていたことが判明する。天皇制下の戦前の日本において、伏字であったとしても発表できない内容であった。

だが、中野重治は、天皇制批判が必ずしもタブーではなくなった戦後において、こうした〝大逆〟の表現を削除した現行の定稿に〝推敲〟した。いや、推敲そのものは、初稿が書かれてからほど近い時期になされ、一九三五年のナウカ版の『中野重治詩集』ではすでに、伏字と旧仮名遣い、旧漢字となっているのだが、本文は定稿の形とほとんど変わらないものとなっている。

この初稿から定稿への推移の間に、中野重治の〝転向〟の問題が横たわっていると考えられる。つまり、朝鮮人による「日本天皇」の報復テロを使嗾するような内容の初稿に対して、それが単に過激すぎるというだけではなく、政治的な正当性から逸脱しており、思想的に正しくないものだという認識を深めたと思われるのだ。中野自身は、それを、「民族主義のしっぽ」という言い方で自己批判している。

中野重治は、深沢七郎（一九一四〜八七）の『風流夢譚』が物議を醸し、筆禍事件を招いた当時、「テロルは右翼に対しては許されるか——深沢七郎の「夢」の話の場合」（『新日本文学』一九六一年一月号）という文章を書き、もし日本に「革命」が起こって天皇一族が「処刑」されるということがあったとしても、それは民主的ルールによる「裁判」によって行われるべきであり、そうした手続きを踏まない、私刑や暗殺のような「処刑」は本当の「革命」ではなく、「日本人の革命における未経験ということをふまえての、革命侮蔑、その無視、あらぬイメージのふりまき」になると批判している。

「雨の降る品川駅」の初稿の内容を自ら全否定するような論理であり、中野重治が「革命詩」についての考え方を変えた——すなわち転向した——ことの証左と見られる文章といえる。

天皇制廃絶という「革命」の目的は戦前も戦後も連続されているが、その日本人自身が担わなければならない役割を、中野自らが〝推敲〟のうえに改訂したものだった。そこには、天皇個人を断罪するのではなく、天皇制自体を覆すことが「革命」の目標であって、天皇に対する「処遇（処刑）」は個人的な感情を離れたところから処理されなければならないという中野重治の〝転向後〟の思想の変化が現れていると思われる。明治生まれの詩人にとって、昭和天皇個人に対する恩讐は、その革命思想とは別個のところにあったのである。

この「雨の降る品川駅」から、中野重治によって見送られる辛、金、李、女の李が、李北満（イブンマン）や金浩永（キムホヨン）などのナップの同志たちであることは明らかだが、「辛、金、李、女の李」の一人一人に対応する人物がいるわけではないようだ。「不逞鮮人」とされて日本から追放される朝鮮人は多くいて、そうした朝鮮人に対する中野重治の呼びかけの詩であり、これに呼応するように、朝鮮側からは金龍済の詩編「鮮血の思出」や、林和の「雨傘差す横浜埠頭」などの詩篇が書かれていることが確認されている。

また、直接的な呼応かどうかは不詳としなければならないが、朝鮮側のほうからはこんな詩篇も書かれている。

何者だ？　俺を追ふ者
職を剝がれた　パンを奪（と）られた
出てゆけとホッポリ出された
温突（をんどる）よ　土墻よ　パカチよ　水甕よ
みんな別れだよ　白衣の人々
李君　金君　朴君　朱君
名もない街頭の戦士・乞食君

苦役の浮草・自由労働者担軍（チゲクン）
さよなら　さよなら
さよなら貧しい俺のお友達
チエッ！
追はれたつてポプラの突立つた赭土を忘れるもんか
アイツだ　アイツの聲だ
「真実が歌つてあるからいけないのだ！」
否定したアイツは厳としてゐる
凛としてゐるきつい偶像――
アイツは否定する
真実を語る者の生存を
否定するところに何が残るか
何が塗り上げられるか
偽瞞の塔が厖然とつつたち上るのだ
偽瞞の塔は忽然として大風にやつつけられるのだ
妓生のアリラン　糜爛のマツカリ
一抹の雲と飛散せよ
君等　貧しい俺のお友達
李君　金君　朴君　朱君

名もない街頭の戦士・乞食君
苦役の浮草・自由労働者の担軍（チゲクン）
警戒せよ！
してやられるな！
チエツ！　俺は追はれるんだ
憂鬱な煙を吐きやがる船
冷情の潮を切りやがる船
船はアイツの鞭となり
俺を玄海の彼方にホツポリ出すんだ
ホツポリ出されるもんかと
歯ぎしりすることも
舷側を握つてポタポタ涙することも
今は無用だ
再び来る日まで
アイツと君らのゐる水平線
さよなら　さよなら　暫しのさよなら

1929・6

新井徹こと内野健児（一八九九～一九四四）の詩集『カチ』のなかにある「朝鮮よ」という詩である。「1929・

6)」と末尾にあるから、一九二九年六月に制作されたものだろう。ここで追われるのは、内野健児自身であり、彼を〝不逞日本人〟として追うのは直接的には朝鮮総督（府）である。一九二七年七月、彼は妻の後藤郁子（一九〇三〜九六）とともに京城公立中学校の国語・漢文の教諭を罷免され、朝鮮から追放された（京城中時代の教え子に湯浅克衛、中島敦がいた）。彼の発刊した『亜細亜詩脈』の掲載記事が治安妨害に問われたためだが、第一詩集『土墻に描く』や『耕人』『朝』『亜細亜詩脈』などの同人誌での活動が警察からすでに睨まれていたのである（詩集『土墻に描く』が総督府によって発禁とされたが、のちに一部の詩篇を抹殺することで解禁となった）。

詩人・内野健児を朝鮮から追放する「アイツ」とは、直接的には朝鮮の治安警察官僚であり、それは朝鮮総督府の支配下にあって、その最終的な指揮者は朝鮮総督、具体的には当時の第四代朝鮮総督・山梨半造（一八六四〜一九四四）である。彼は総督在任中に京城に米穀取引所を開設するに当たっての疑獄事件に関与し、任を解かれている。

内野健児が「さよなら」を告げている「李君、金君、朴君、朱君」は、短歌、詩の同人仲間であった朝鮮人と考えることもできるが、中野重治の「辛　金　李　女の李」というような、朝鮮人一般（内野の場合は、乞食やチゲクン（荷物運び）のような下層の労働者階層）と考えてもよい。内野健児はそうしたルンペン・プロレタリアートの朝鮮人とともに、総督支配の植民地朝鮮に対する抵抗運動をしようと使嗾しているのである（詩中の「パカチ」は瓢箪の容器、「アリラン」は民謡の一種、「マッコリ」はどぶろく、いずれも朝鮮の地方色を出すための庶民的なアイテムである）。つまり、内野健児のこの詩篇は、朝鮮半島から日本へと追放される日本人の朝鮮への「さよなら」であり、中野重治の「雨の降る品川駅」は、日本から朝鮮へと追放される朝鮮人への「さよなら」であって、彼らは玄界灘の境界線ですれ違うこととなるのだ。

追放者は、終局的には「髭　眼鏡　猫背」の「日本天皇」（朝鮮総督の任命者）にほかならない。

いずれも日本、朝鮮間において詩の応答がなされた希少な例であろう。それだけこの「雨の降る品川駅」は当時の日朝間で話題を呼び、問題となった詩であることがわかる。それは、作者の中野重治の意識を超えて、戦前の狂気じみた天皇制の暴圧に対する抵抗の〝暴力（革命）〟を鼓吹し、使嗾する契機となったのではないか。

たとえば、それは、この詩が書かれる七年ほど前に引き起こされた朴烈事件とも関わっているのではないだろうか。中野重治の詩の副題にある「×××記念に」が、一九二八年十一月十日に行われた昭和天皇の即位式である「御大典」であることは間違いなく、天皇制下におけるもっとも重要な儀式のために、予防措置として〝不逞鮮人〟たちを朝鮮に強制送還する必要があった。追い払われる朝鮮人たち。そこには、当然数年前に日本社会を震撼させた、朴烈（パクヨル）（一九〇二〜七四）なる〝不逞〟きわまりない朝鮮人と、それに同調する〝非国民〟たる日本人女性・金子文子（一九〇三〜二六）の事件の凶々しい記憶があった。大正天皇と皇太子（後の昭和天皇）を爆殺しようとしたとして、二人は逮捕され（一九二三年）、死刑の判決を受けた（一九二六年）（後に恩赦されて無期懲役、しかし金子文子は獄中で自死し、朴烈は戦後に解放された）。

その大正天皇が死に、皇太子・裕仁が即位する「大典」儀式のために追放される朝鮮人を見送る詩なのだから、そこに朝鮮人たちの「昭和天皇」に対する復讐の意味でのテロリズムが表現されたとしても無理はなく、むしろ当然のことといえるだろう。だから、天皇制に対する根源的な反抗を朝鮮人の肩に担わせようとしたことと、民主的なルールに則ったものではなく暗殺のイメージを使嗾するものであったという思想的な間違いを、初稿の「雨の降る品川駅」は犯していたのであり、それは単に検閲や弾圧を理由とするものではなく、自分の思想の至らなさ、共産主義の未熟さとして捉えたのだ。

だから、中野重治の「雨の降る品川駅」という自作詩についての反省は、二重の構造を孕んでいた。一つは天皇個人に対するテロリズムに対するものであり、もう一つはそれを朝鮮人の肩へと担わせたことである。そうした詩の意味を薄め、隠そうとして中野重治は旧作を推敲するのだが、いったん〝書かれた言葉〟は、それ自身で生命力を持つことになる。朝鮮人の敵は「天皇」である、と、この詩は名指ししている。この詩が「革命」的であるのは、そのためであり、中野重治が限りなくアナーキスト詩人たちに近づいた瞬間だったのである。

4　園丁とその妻

金鍾漢の詩が『日本現代詩大系』第八巻に収載された経緯については、先に挙げた金達寿の文章が、こんな風に推測している。「彼は、私が京城へいって間もなく『たらちねのうた』という詩集を、崔載瑞の『転換期の朝鮮文学』とおなじ自分たちの「人文社」から出版し、私にもそれを一冊くれた」「これは横光利一氏が毎日新聞で賞め、福士幸次郎氏や伊藤整氏、中野重治氏らからも賞讃の手紙が寄せられた」「私は、このときの中野重治のはがきの文面をいまでも記憶にのこしている」「それは「あなたの詩集をみて私も詩作への衝迫を感じた」という意味のもの」だったというのである。そして、金達寿はこう続ける。

戦後、河出書房版の「日本現代詩大系」第八巻の編者であった中野重治は、あたかも死んだこの金鍾漢にこたえるかのようにして、ここで彼の『たらちねのうた』をとり上げている。「原稿」はおそらくあのとき中野におくったそれであったろうと思う……

中野重治は、金鍾漢が一九四四年九月二十七日に三十一歳で死んでいたことを知っていただろうか。解放後ならその混乱のさなかに消息不明になるという事例はいくらもあったのだが、解放前ということならば、金鍾漢の死が中野重治の耳に届いていたと考えても、それほど不自然ではない。彼は『たらちねのうた』という〝つつましやか〟な日本語の詩集を一冊だけ残して死んだ若い朝鮮人詩人の形見として、その詩編を『日本現代詩大系』というアンソロジーのなかに、ひそやかに潜り込ませたのではないか。

この時、中野重治が金鍾漢の詩を、「時局迎合」的なものではなく、「内鮮一体」という日本帝国主義の主題を詠ったものでもないと考えていたことは間違いないだろう。むしろ、たとえば「幼年」は、朝鮮に徴兵令が施行されることに対する抵抗の詩だと捉えていたのだろう。同胞の金達寿が、「グライダア」「半島」「徴兵」といった表面的な語彙によって目を眩まされ、この詩を「親日」的で、時局に迎合したものと読んでしまったのとは別な〝読み方〟を彼はしていたのであって、そうした金鍾漢の静謐な〝抵抗精神〟こそが、詩の筆を折り、小説の執筆もままならない中野重治に再び詩作への衝迫を感じさせたのではないだろうか。この時、『亜細亜詩集』や『叙事詩　御東征』などを書いた金村龍済の「親日文学」と、中野重治の「転向文学」とはほとんど同次元にあったから、中野重治が詩を書き続けようとするなら、「転向文学＝親日文学」の内部に〝抵抗精神〟をひそませるといった困難な隘路を進むしかなかった。それは自分自身の内面すらも裏切りかねない、きわめて危険な進路にほかならなかった。

もちろん、そうした内的な抵抗の精神を孕んだ詩作品を書くことは、日本人よりも朝鮮人のほうをもっと困難な立場に立たせるに違いなかった。それは日本人からも、同胞の朝鮮人からも誤解を受け、時には侮蔑され、時には危険視されるという、まさに危うい地点に立つものにほかならなかったからである。少なくとも、そうした時局を意識しながら、自分の思いを平易な日本語に載せてゆくという芸当は中野重治にはできなかった。それは彼の詩作が、共産主義や日本共産党というイデオロギーから離陸できなかった（それを良しとしていた）からであったように思われる。

金鍾漢の詩をもう一編、引いてみよう。

年おいた山梨の木に　年おいた園丁は
林檎の嫩枝（わかえだ）を接木（つぎき）した
研ぎすまされたナイフををいて
うそさむい　瑠璃色の空に紫煙（けむり）を流した
そんなことが　出来るのでせうか
やをら　園丁の妻は首をかしげた

やがて　躑躅が売笑した
やがて　柳が淫蕩した
年おいた山梨の木にも　申訳のやうに
二輪半の林檎が咲いた
そんなことも　出来るのですね
園丁の妻も　はじめて笑つた

そして　柳は失恋した
そして　躑躅は老いぼれた
私が死んでしまつた頃には
年おいた　園丁は考へた
この枝にも　林檎が実るだらう
そして　私が忘られる頃には

なるほど　園丁は死んでしまつた
なるほど　園丁は忘られてしまつた
年おいた山梨の木には　思出のやうに
林檎のほつぺたが　たわわに光つた
そんなことも　出来るのですね
園丁の妻も　いまは亡かつた

「一枝について」という詩である。これが「園丁」という題名で『国民文学』一九四二年一月号に初出掲載されたことを知らなくても、これが「内鮮一体」、あるいはその目的のために奨励されていた〝内鮮婚〟（日本人と朝鮮人が結婚すること）を暗喩したものであると読み解くことは、そう難しくはないだろう。[8] 山梨が朝鮮で、林檎が日本、躑躅がそうした「内鮮婚」を笑ったり、茶化したりする反対者で、柳もその同調者ととらえることができる。

だが、そうした表層レベルの解釈とは別に、これは成し遂げることが奇跡のように思われることがらを、一介の年老いた園丁が成し遂げるという、まさに〝奇跡〟を主題としたものであって、「内鮮一体」や「内鮮婚」の奨励といった時局的なものへの迎合の意味合いは、この詩をきちんと読み込めば、単に表面的なカモフラージュでしかないことが分かってくるだろう。躑躅や柳は、時局に阿って華やかで派手な装いをしたり、風の吹くままにどうとでも揺れる軽薄な人心を暗喩しているのだろう。それに対し、実直な園丁とその妻は、自分たちの生きている間には陽の眼を見ない希望に全身全霊を打ち込んでいる。もとより、それは徒労や無駄骨に終わるかもしれない努力なのである。

一粒の麦もし死なずば、とイエスは語った。一枝の花を咲かせ、実らせようと思えば、それはまさに無私の精神によるほかなく、決して目に見える成果をすぐに求めようとしてはならない。金鍾漢が自分の死の先に思い浮かべていた希望とは何だったのだろうか。おそらく、中野重治には、そうした金鍾漢という詩人の求めていたものが、自分の目に浮かぶようにありありと見えていたに違いない。それは、玄界灘という海峡によって隔てられた半島と列島とを架橋する、文学精神のコラボレーションといえるものだったに違いないのである。

そして、ここに不幸だった中野重治の妹・鈴子の恋愛の経緯を重ね合わせてみることも、後代の文学史的な研究を行う者として、許容されてもよい範囲にあると考えたい。朝鮮人と日本人の恋愛と結婚。それは山梨の木に林檎を接ぎ木するような、きわめて困難で、成功のおぼつかないことのように思われていたのだが、そうした奇蹟が、老いた園丁の死後に実現できるかもしれない。中野重治と金鍾漢とのひそやかな魂の交流は、日韓関係の正常化という時代的転換を準備するものとしてもあったといえるのである。

つまり、金鍾漢の詩は、多重、多層の意味の構造を持ったものであり、一見シンプルな見かけの底に、別の位相の比喩体系を構成していたと思われる。これは、ポストコロニアリズムを主唱するホミ・K・バーバ（一九四九〜）がいう〝植民地的擬態〟と呼ばれるものに近いと考えられる。それは面従腹背するカモフラージュ（偽装）とも違っていて、一見、植民地主義そのものに全面的に屈服したもののように見せながら、そうした植民地主義を歪曲し矛盾を顕在化させ、それを批判する意志を孕んだものなのだ。

「一枝について」において、「内鮮一体」「内鮮結婚」の勧奨と受け止められるのは〝擬態〟であって、「そんなことも　出来るのですね（出来るのですか？）」という詩の締め括りの空間に響きあう疑いの声こそが、作品世界の残響として読者の耳底に残るものとなる。当時の読者が当然の如く感じ取っていた「内鮮一体」や「内鮮婚」の奇蹟的な結合、融合は別の位相へと送り込まれ、山梨と林檎の比喩は比喩のままに宙吊りにされる。つまり、この「一枝について」という詩は、「内鮮一体」という親日文学的な〝擬態〟をまとった作品なのであって、それはいわば金鍾漢の日本語詩全体についていえることと思われるのだ。詩の言葉、詩の表現が、それが意味することを裏切って別の意味体系を表現している場合がある。そこには修辞の「ずれ」や、「過剰」な言葉と表現、意味と意味するものとの「差異」などが多く存在する。それが、金村龍済の『亜細亜詩集』などとは違ったところであって、後者は大東亜共栄圏（八紘一宇）の大アジア主義にまともに洗脳され、それを鼓吹する万全な意図に染まっている。そこには〈他者〉に対する欲望が、巨大に膨張したままで表現されているのである。

こうした金鍾漢のほとんど深層意識下の〝擬態〟は、金達寿のような文学的盟友である人物にすら当時は理解されなかった。ただし、プロレタリア文学運動とその政治的活動からの〝転向〟を表明しながら、それでも、〝筆を折れ〟と厳命する老父に対して「それでも、書いてゆきたい」と決意する（「村の家」）転向文学者としての中野重治には、金鍾漢の〝詩的擬態〟の意味はわかっていたものと思われる。それは別に、高踏的で、難解な修辞法を必要とするものではない（金子光晴や西脇順三郎のいわゆる反戦詩を思い浮かべれば良いだろう）。植民地下で、宗主国言語で詩を書くという〝マイノリティ文学〟としての本質が必然的に要求するものであって、それ以外のものは、〝奴隷の言語〟〝文学たらざる、非文学的な言語の産物〟でしかない。金村龍済の〝亜細亜詩〟や、ほとんどの翼賛詩がそうであるように。
「親日文学＝転向文学」がそのまま、詩人の真率な心情と、時代状況への抵抗や抗争の志と読み取ることのできる表現になってゆく。少なくとも、そこには〝もう一つ〟の意味と象徴と記号の体系がある。中野重治が金鍾漢の〝詩のふるさと〟に見出そうとしたのは、そんな言語表現の極北の地点だった。

註

（1）『雪白集』は「寿之章」として鄭芝溶の詩を、「福之章」では他の朝鮮人詩人の詩を、「貴之章」は自作の新作を集めている。

（2）徴兵の義務の猶予とともに、国政への選挙権も朝鮮人には与えられていなかった。ただし、貴族院の議員には朝鮮人もいた。徴兵令の施行と同時に選挙権も認められることになったが、その発効前に一九四五年八月の敗戦、解放を迎え、結果的には両方とも実現しなかった。

（3）『日本現代詩大系』第八巻に収録された金鍾漢の詩は、「幼年」「合唱について」「古井戸のある風景」の三編である。

（4）金炳昊の収録詩は「おりゃ朝鮮人だ」、雷石楡の詩は「不自然にあらはれる」「三原山繁盛」「燃す」、許南麒の詩は『朝鮮冬物語』から「京釜線」「大邱林檎」「火山島」「栄山江」「白馬江」の五編がそれぞれ採録された。

(5) 中野重治と朝鮮との関わりは、この他に父親が朝鮮に在住していたこと、新人会、日本共産党に設立時から多くの朝鮮人が参加していて、同志として交わっていたこと、実の妹・中野鈴子を通して、恋愛関係にあった金龍済側(彼には、年上の正妻が朝鮮の郷里の実家にいた)と関係を持たざるをえなかったことがあると考えられる。このテーマについては、鄭勝云(ジョンスンウン)(一九六六〜)『中野重治と朝鮮』(新幹社、二〇〇二年)がある。なお、廣瀬陽一の『中野重治と朝鮮問題——連帯の神話を超えて』(青弓社、二〇二一年)は、この問題について最も詳しく、新しい研究書だが、本稿の執筆後に刊行されたものなので、十分に参照することができなかった。

(6) 日本が植民地支配した朝鮮、台湾、関東州などのいわゆる「外地」では、日本人および現地人による日本語の詩の創作が盛んに行われていたといってよい。朝鮮では新井徹(=内野健児、一八九九〜一九四四)、台湾では西川満(一九〇八〜九九)、関東州の大連では安西冬衛(一八九八〜一九六五)、北川冬彦(一九〇〇〜九〇)などの『亜』の同人たちがそれらの日本人としての代表的な詩人となった。

(7) 金龍済は日本から追われ、朝鮮に帰ってからは転向し、アジア主義者として『亜細亜詩集』を刊行するなど、「親日派」となり、金村龍済の創氏名で、執筆活動を行った。彼の生涯と文学については、大村益夫の『愛する大陸よ——詩人金龍済研究』という評伝がある。

(8) 「内鮮一体」を推進するために、日本人と朝鮮人とが結婚する「内鮮婚」が奨励された。そのために、混血児は優秀であるといった優生思想が喧伝された。もちろん、これは民族差別、民族蔑視の裏返しにほかならなかった。

第6章　異邦人の〝モダン日本〟

1　編集者・馬海松

『モダン日本』という雑誌があった。菊池寛の文藝春秋社から一九三〇（昭和五）年十月に創刊された同誌が、同社から独立した「モダン日本社」より刊行されるようになったのは、一九三二（昭和七）年八月号以降のことである。戦後は新太陽社から一九五〇（昭和二十五）年まで発行された。大衆娯楽雑誌の一つであり、文学史や出版史に残るほどの大きな業績をあげた雑誌とはいえない（日本近代文学館編の『日本近代文学大事典』（講談社）の雑誌・新聞の項目にもその記載はない）。小説家としてデビューする前の吉行淳之介（一九二四〜九四）が編集社員として勤めていたとか、その母親の吉行あぐり（一九〇七〜二〇一五）が戦前の同誌に美容関係の記事を書いていたとか、そうしたゴシップ的なもの以外にさほど話題性があったとも思えない。政治、経済の時事解説から芸能、実用記事まで、小説から随筆、座談会、映画物語まで、「総合娯楽雑誌」といういい方が一番ぴったりとくるものかもしれない。

しかし、この『モダン日本』の戦前版にはある特色があった。それは文藝春秋社から独立した「モダン日本社」の社長になったのが馬海松（マヘソン）という「朝鮮人」[1]だったことである。民族系の出版社や新聞社だったらともかく、十万部を越えるといわれた一般の日本人向けの雑誌で朝鮮人が編集人であるというのは、現在でも珍しいだろう。しかも、それが娯楽雑誌であり、軍国主義の時代には「皇軍将兵慰問品」として自己宣伝していたとすれば、あんな言論統制の時代によく「朝鮮人」の出版社代表が許しておかれたものだと驚かざるをえないのである。

もっとも、前章で取り上げた金鍾漢が、日本の婦人雑誌の草分け的存在である『婦人画報』の編集部に在籍していたことなどを考えれば、この時期に朝鮮人の編集者が日本のジャーナリズムにいたというのは、それほど奇異なことでもなかったようだ。多くの音楽家や美術家や演劇人（の卵たち）が専門分野を学ぶために日本に留学してきたように、まだ出版業の未発達だった朝鮮から、日本の出版界、編集者の世界に〝留学〟してきた朝鮮人学徒の数は、決して稀少ではなかったのである。[2]

菊池寛　馬海松

『文藝春秋』1930年1月号「社中日記」より

馬海松は、一九〇五年に開城（現・朝鮮民主主義人民共和国）に生まれた。父親の馬応輝（マウンフィ）は代々の財産家で商業に従事していた。七人兄弟の四番目だった彼は、開城の第一公立普通学校を卒業して開城学堂に通っていたが、当時の朝鮮の中心地である「京城」に憧れ、上京し、中央高等普通学校に入学するものの、同盟休校で中退し、さらに普成高等普通学校に入ったがここも同盟休校で退学となった。一九二一年に渡日し、日本大学の法文学部美学科（芸術科となり、のち日大芸術学部に発展する）に入学し、そこで終生の恩師としての菊池寛（一八八八〜一九四八）と出会う。彼はこう書いている。

私は十六歳の時から日本大学で先生の講義を聴き、十九歳からずっと、その門下でお世話になり、仕事をし、学びもした菊池寛と別れたのは、一九四五年一月二十九日であった。(3)

馬海松が入学した日大芸術科には、後輩として在日朝鮮人文学者の李殷直（イウンチク）（一九一七〜?）や金達寿（キムダルス）が入学しており、朝鮮からの留学生を多く受け入れていた。そのため、在日文学者との関わりは深い。(4) 菊池寛は一時、日大芸術科に文芸専攻の「劇文学」の講師として出講しており、アイルランドのシングなどの演劇論に感銘を受けた馬海松は、一九二四（大正十四）年に菊池寛の家を訪ね、この実業家でもある小説家に気に入られた。文藝春秋社に編集者として入社し、雑誌『文藝春秋』の編集に携わる。彼が初期の『文藝春秋』の社内でどんな仕事をして、どんな働きぶりを示していたかは、一九二五（大正十五）年一月新年号特別付録号に掲載された彼自身の「鵠沼行」という文章や、当時の編集後記（あるいは「社中日記」や「社内綴り方」といったコラム類）を読めば、その当時の社内の様子が彷彿としてくる。

「鵠沼行」では「君、一寸鵠沼まで行つてくれないか久米さんの原稿取りに」と菊池寛にいわれた彼が、「鵠沼」というのがどこにあるか知らず、こっそりと隣の社員に行き方を聞いた。原稿が出来あがっていなければ催促して、その間に江の島でも見物してくればいいという菊池寛の言葉に、彼は胸をはずませて藤沢で乗り換えて鎌倉海岸まで行く。久米正雄（一八九一〜一九五二）の泊まっている旅館に着くと、久米は今から東京へ行こうとするところだという。原稿は明日の朝に必ず書くから、いっしょの車で藤沢駅まで行こうということになり、結局期待していた江の島見物も何もなしに、ただ鵠沼まで行き、そのまま東京へとんぼ帰りをするという結果になってしまったという話である。

子供のお使いのようなドジで間抜けな原稿取りの話である。鵠沼への行き方も知らず、久米正雄の強引さに押し切られる、若い、頼りない編集者役を彼は演じているのだが、そうした稚気のようなものや純朴さが彼が菊池寛などに愛された理由なのかもしれない。

「鵠沼の原稿取り、これは実に先生から頼まれた初めての使である」と、馬海松はその文章で書いている。入社早々の初めて菊池寛から依頼された仕事であり、彼は菊池寛から十円札を貰い、仕事と同時に江の島見物でも楽しんでこいという社長の言葉を裏切らないようにするのだが、結果は見事な失敗、肩すかしという結末に終わるのだ。この文章からわかるのは、馬海松が一九二四年には『文藝春秋』に十九歳で入社し、原稿取りなど編集部員としての仕事を行っていたこと、その部内の雰囲気は原稿取りのついでに江の島見物をしてもかまわないというようなのんびりとした、余裕のあるものであったことだ。「国で裕福なる生活をして居りながら苦しんで止まなかつた。私は此地へ来ては、物質的にも苦なく、精神的に恵まれた生活をしてゐる」という「ほら」を東京の友人への手紙に書こうと彼は思ったというのだが、それはある意味では彼にとって真実であったように思う。植民地朝鮮半島の出身者としての彼が、菊池寛の下での『文藝春秋』の編集部内では、少なくとも外面的には民族的な差別や偏見なしにのびのびと仕事をしていたと思われるのである。

別の文章では、朝鮮人たちに「創氏改名」が強要される時期になったとき、菊池寛がこんなことを言ったと書いている。「みんな創氏をしろと言うそうだね？　馬という姓は日本にもある！　私が『姓氏考』を調べてみた。姓を変えなくてもいいだろう……」。

馬海松は日本滞在期には「ま・かいしょう」という名前で通した。本人がいう通り、それは名前というより一種の商標のように通用していたのであり、そして菊池寛の庇護下にあったということも「創氏改名」をせずにすんだことと無縁ではなかったはずである。[5]

2 『モダン日本』という雑誌

『モダン日本』は最初、菊池寛の発案で『モダンライフ』という誌名が考えられていた。それが急遽『モダン日本』に変わったのは、菊池寛の『文藝春秋』の編集後記（一九三〇年十月号）によれば「新雑誌は、『モダンライフ』と云ふ名前で出す筈のところ、今度『モダン日本』と改題した。この方が包容力が大きいし、ドツシリした感じがあると思つたからである」ということだった。編集は菅忠雄（一八九九～一九四二）など『文藝春秋』の編集部員が出向して担当した。後の児童文学者の石井桃子（一九〇七～二〇〇八）が、一時『モダン日本』の編集部にいたこともある。この時には馬海松は『オール讀物号』の編集などをしており、かなりの成績を上げていたようだが、『モダン日本』の編集には参加していない。「文藝春秋とはまた別の味、最後の一行まで無駄なし」というのは、創刊号の客引き文句だが、『文藝春秋』がもともと文芸雑誌として出発したことからして「文壇」から完全に離れることができないのに対して、『モダン日本』は都会人向けの娯楽性の強い記事を載せることで、『文藝春秋』とはまた別な読者層を掘り起こそうと狙ったもののようだ。ただし、創刊号に「東のモダンライフを観る」として久米正雄の、「西のモダンライフを観る」として谷崎潤一郎（一八八六～一九六五）の文章を載せたのは、「文壇」的なものと『モダンライフ』という誌名の、それぞれの「後遺症」が残ってしまったと見てもいいだろう。

表紙に「菊池寛編輯」と大きく題字を掲げた初期の『文藝春秋』誌（一九二三年一月、春陽堂発行）は、明らかに人気小説家「菊池寛」という「編輯者」の名前で売っていた。一九二三年に、創刊号三千部から始まったこの文芸雑誌は、空前の円本ブームなどの出版好況の波に乗って、またたくまに十万部以上という総合雑誌となり、多数の社員を抱える出版社となった。一九三〇年七月に本誌の臨時増刊として出した〝オール読物号〟を独立させて、『オール読物』(一九三一年四月〜)という小説雑誌に育て上げ、『演劇新潮』や『映画時代』などの専門雑誌を出し、これらは短命に終わったが、総合的な雑誌社・出版社の評価を得た。新人小説家のために『創作月刊』(一九二八年二月〜二九年五月)を出し、『手帖』(一九二七年三月〜十一月)では少し高級な文芸誌を目指した。そんな文藝春秋社の〝雑誌戦略〟の一環として創刊されたのが、『モダン日本』だったのである。(6)

創刊号の売り物記事は「戦慄すべき一九三〇年の尖端的読物集」として「モダン会社内幕あかし」「一流会社サラリイ調べ」のような「企業・サラリーマンもの」と、「修道僧の五人殺人未遂事件」「変態自殺他殺」「凶器いろいろ物語」「振動で人が殺せるか」といった「犯罪・事件もの」があり、それに「背中こそ神秘だ」とか「恋愛百年史」「ダンサア・マネキン・女給・令嬢と一時間」という「エロチシズムもの」がある。その他の記事にモダン・流行・健康・科学・スポーツがあり、小説は「一人のヒロインを持つ短篇」として池谷信三郎(一九〇〇〜三三)、龍膽寺雄(一九〇一〜九二)、井伏鱒二(一八九八〜一九九三)、藤沢恒夫(一九〇四〜八九)という四人の、その頃は「都会派」と目されていた作家が執筆している。定価三十五銭で、九月五日に十月創刊号として発売されたのである。

ただし、このサラリーマン生活もの、犯罪・事件もの、エロチシズムものという「柱」は、創刊号以来決定された方針なのではなく、試行錯誤の末にそうしたコンセプトに到達したといえるだろう。馬海松が『モダン日本』の編集、発行を引き受けたのは一九三二(昭和七)年八月号からのことだが、同年九月号の『文藝春秋』の編集後記に菊池寛はこう書いている。

「モダン」日本は、馬海松がやり出してから、なかなか好成績である。馬海松は、朝鮮人であるが、頭脳明晰な奮闘家である。

朝鮮人も、東京で頭角を現すものが十人や二十人位出て来てもいいと思うが朴春琴と云ふ代議士や、マラソンの選手以外、あまり誰もきこえてゐないのは残念である。さう云ふ意味でもゼヒ我が馬海松君を、一人前にしてやりたいと思ふので大方諸君の御後援を切にお願ひして置く。

「朝鮮人であるが、頭脳明晰な奮闘家である」といった言い方に、若干の民族差別的な引っかかりを感じずにはいられないが、菊池寛が馬海松という「朝鮮人」に期待と信頼を持って『モダン日本』を託したことがわかる。菊池寛は『モダン日本』を文藝春秋社から独立させ、「モダン日本社」発行とさせ、馬海松を社長とした。ただし、その所在地の麴町区内幸町大阪ビルというのは文春本社と同じであり、『モダン日本』の広告も長い間『文藝春秋』に自社の刊行物と同様に大きく掲載されていた。

『モダン日本』は今の言葉でいえばリニューアルして、好成績の再出発となった。「大躍進絶賛又絶賛嵐の如き売行を見よ!!」というのは自己宣伝だから割り引かなければならないとしても、少なくともそれまでの文藝春秋社内部で出していたよりも部数が伸びたことは確かだろう。「更生せるモダン日本は、今や絶賛の声嵐の如く、毎号売切の盛況を呈してゐます」というのも自己宣伝だが、「特価十五銭」とか、「オリムピック特集号」とか、読者優待のための新宿武蔵野館、シネマ銀座の割引きとか、菊池寛の久々の戯曲『約束』の掲載とか、馬海松は使えるあらゆる手だてを考えて『モダン日本』の「更生」に努めたのでである。その当時、大衆娯楽雑誌としては大日本雄弁会講談社の『キング』が先行していた（一九二五年創刊）。「日本一おもしろい、日本一為になる、日本一安い雑誌」をモットーとした『キング』は、吉川英治（一八九二〜一九六二）の『剣難女難』や下村悦夫（一八九四〜一九四五）の『悲願千人斬』のような新講談風の時代小説を呼び物に、まさしく大衆娯楽雑誌の「王」として一世を風靡していたのである。探偵小説雑誌の『新青年』（一九二〇年）は、一九二七年に編集長になった横溝正史（一九〇二〜八一）の下で都会風のモダニズムを謳歌する斬新なカラーによって若い読者を摑んでいた。

『モダン日本』は、こうした大衆娯楽雑誌の世界の中で、『キング』よりも都会的で、といって『新青年』ほど「モダン」過ぎもせず、『文藝春秋』や『オール読物』よりも「文壇」的でも「小説」的でもなく、いわば明確なカラーを打ち出すことをせずに、犯罪、エロ、芸能、スポーツと、読者の喜びそうな何でもありの誌面造りを行っているという感じがする。たとえば、一九三三（昭和八）年三月号の『モダン日本』には、徳川夢声（一八九四〜一九七一）の「ヒステリーナンセンス　菜切包丁恐怖症」と大田黒東洋士の「グレタ・ガルボ悲恋愛欲行」という文章や、「刑事と新聞記者の座談会」「名優いろばなし」さらに「経期の夫婦生活」「酒場のマダム」「女を手に入れる方法」などの記事があり、東郷青児（一八九七〜一九七八）の「モダン恋愛百面相」、中村正常（一九〇一〜八一）の「スキイ娘」という小説があり、長篇読物としては川口松太郎（一八九九〜一九八五）の「大阪デカメロン」、連載小説は北村小松（一九〇一〜六四）の「花束」と直木三十五（一八九一〜一九三四）の「足軽血笑」がある。

これらのラインナップに何か統一された編集方針やコンセプトを見つけ出すことは難しいだろう。編集責任者であり発行者である馬海松は、むしろ雑誌の個性や性格といったものを否定し、時勢や時局にひたすら追随するような編集方針を取ったというべきなのではないだろうか。それはややこじつけめいていいってしまえば、植民地支配下の朝鮮から宗主国へやってきた「朝鮮人」が、日本人社会の中でその個性や特徴をむしろ「殺す」ことによって同化の道を歩んだこととパラレルであるといえるかもしれない。「文壇」とも「大衆文壇」とも直接的につながることなく、『キング』に代表される日本の最も多数である地方的な庶民性とも、『新青年』の都会的なモダニズムとも常に一歩隔たったところにいて、「大衆」の表層的な欲望や興味・関心には敏感に感応する、都会派的な非個性的な編集姿勢。『モダン日本』の特徴をこうした言葉で言い表すことができるとしたら、それは菊池寛の下で編集者として修業してきた馬海松の、長い日本生活が彼に強いた一つの生活態度、思想からくる編集方法であったのかもしれない。

3　『モダン日本・朝鮮特集号』

『モダン日本』という雑誌が、一九三九（昭和十四）年に増刊号の「朝鮮特集号」を出したのも、もちろん、社長であり、実質的な発行人である馬海松の発案、実行によるものであったと思われる（『モダン日本』朝鮮版は、翌年の一九四〇（昭和十五）年にもう一度出されている）[7]。『モダン日本』という雑誌が持つ特性をよく生かして、堅苦しくなく、むしろ「妓生」たちの座談会など、娯楽雑誌としての「軟らかな」編集方針を打ち出した『モダン日本・朝鮮版』は、一種の「朝鮮ブーム」を引き起こすほどに話題となり、売り上げ部数は三十万部に上ったという（改造社が発行していた『文藝』が「朝鮮文学特集」を出したのは、一九四〇年七月号である）。『文藝春秋』の人脈を巧みに使った編集方針といえるもので、浜本浩（一八九一〜一九五九）の「旅愁」、加藤武雄（一八八八〜一九五六）の「平壌」、大佛次郎（一八九九〜一九七三）の「面影」が、朝鮮に取材した小説として掲載されているが、いずれにも妓生が登場し、加藤武雄のものなどは手放しのノロケ話というべきもので、せいぜいがあまり出来の良くない花柳小説の朝鮮版というところだろう。全体的にはグラビアには「妓生楼に凭れりて」という妓生や、「朝鮮に咲く女優達」の写真が載り、「平壌妓生・内地名士を語る座談会」とか、「妓生学校では何を教へるか」とかの記事が物語っているように、植民地朝鮮に対する好色的な興味本位の編集姿勢に貫かれていて、まさに『モダン日本』という雑誌が行った「朝鮮特集号」の性格は明確だったのである。

もちろん、そこに時局や情勢を見据えたジャーナリスト、出版人としての〝機を見るに敏〟の才覚が働いていないはずはない。編集後記は「朝鮮版」の意義をこう謳いあげている。

> 「朝鮮版」は、今や朝鮮半島が軍事的、経済的、文化的に大陸に結ぶ足場として、その重要性が叫ばれ、朝鮮の認識は絶対となり、識者は言に及ばず、全国民の愛国的関心が澎湃として起る際に、その刊行は時局に適した絶好のものとして、朝鮮総督府を初め朝野名士挙つて賛同、全国的な支持声援は正に

『モダン日本　朝鮮版』(1939年)

『モダン日本　朝鮮版』(1940年)

国民運動の一つの現はれたる観を呈した。その要望に応へるべく本社は全員一丸となつて決死的努力をつゞけ、遂に予期以上の美事な成果を得たことは、愛読者諸氏のひとかたならぬ声援にあづかるものとして、心から感謝申上る。

御手洗辰雄（一八九五～一九七五）の「内鮮一体論」、関屋貞三郎（一八七五～一九五〇）の「内戦一体と協和事業」、塩原時三郎（一八九六～一九六四）の「志願兵より見たる朝鮮人」といった「基調論文」を並べて、時局や政治情勢に対する応援にぬかりはないが、あくまでもこの特集号の狙いは、馬海松が「新しい朝鮮を語る座談会」の冒頭で「今度『モダン日本』が十周年になるものですから、その記念として、私が朝鮮の出身でもあるし、時局柄いいことだと思ひまして、臨時増刊「朝鮮版」を出すことになりました」と語っているように、まず『モダン日本』の十周年記念号であること、次に馬海松の故郷が朝鮮であること、そして三番目に「時局柄」という理由が付けられているのである。むろん、その理由の順序は本当はどうでもよい。ただ、この「朝鮮版」が臨時増刊号であってあくまでも『モダン日本』という雑誌であること、そしてそこに馬海松の個人的な「郷愁」を見ることが否定できないのではないかといいたいだけである。

だから、この「朝鮮」特集号だけを見て、『モダン日本』の時局便乗的な性格や、軍国主義、植民地主義への追随、鼓吹や、あるいは朝鮮に対する蔑視、軽視を論じることはやや不十分なような気がする。『モダン日本』はもともと「エロチシズム」を一つの売り物とする大衆娯楽雑誌であり、踊り子、ダンサー、女給、酒場マダム、女優、女学生などが何らかの形で誌面に登場しないことは、まず一度もない。その朝鮮版に妓生が出てこないとすれば、そのほうが奇妙なのである。また、時局的な素材としては「非常時日本特集」とか「風雲急・極東戦争予想記」といった記事が一九三三（昭和八）年には見かけられる。

「朝鮮版」だけが、ことさら「エロ」と「時局便乗」とを売り物としたわけではないのである。[8]

こうした「朝鮮」特集号自体に、馬海松という「朝鮮人社長」の郷愁や懐郷といった要素が見られるのではないかと思われる。馬海松の日本での長い編集者生活においても、これほど「故郷」の朝鮮を誌面に登場させたことはないはずで、いわば彼はここで初めて日本にいる朝鮮人の出版人、編集人としての「個性」を発揮させようとしたのではないか。もちろん、商業雑誌の社長として馬海松が「売れる」ことをまず考えたことは間違いない。「売れる」ことが絶対ではないにしろ、売れなければ話にならないというのは菊池寛の『文藝春秋』のモットーだったのであり、馬海松が菊池寛から薫陶を受けたのも、そうした文学者としてよりも出版人としての精神であったはずだ。そうした意味において、「売れる」ような誌面造りをすることは当然のことであり、表紙やグラビアに、朝鮮の代表的な女優（三九年版の表紙は女優の金(キム)素英(ソヨン)（一九一七〜?））や、売れっ子の妓生を使い、艶やかで華やかなイメージを盛ろうとしたことは編集者として必然的なことであったといわざるをえない。

ただし、もちろん『モダン日本』朝鮮版が、馬海松一人の編集で作り上げられたということはありえない。同人誌『文藝首都』が同人間のコミュニケーションのために発行していた『文藝首都ニュース』第三号の「消息」欄には「同人金原健児氏モダン日本の朝鮮版編集のため、朝鮮に赴いた」と記されている（王惠珍「台湾植民地作家龍瑛宗の『文藝首都』を通じたアジア作家との交流」。『文藝首都』については、次章「金史良」を参照のこと）。

金原健児（一九〇六〜四九）は、「愛情」という家族問題を扱った短篇小説で芥川賞の候補にもなった小説家だが、『文学クオタリイ』や『文藝首都』の編集を行うのと同時に、『モダン日本』の編集部にもいた。『文藝首都』の保高徳蔵の築いた張赫宙や金史良らとの人脈を通じて、朝鮮文壇との関わりが得られたといっていいだろう。

『モダン日本』朝鮮版が、「内鮮一体」や朝鮮総督府の進める文化政策、皇民化政策に反対するような立場の編集を行えば、それはただちに雑誌や出版社に受難が降りかかってくることを覚悟しなければならなかっただろう。菊池寛の影響を受けた馬海松が、自ら進んでそのような「冒険」を行なうとは考えられない。『モダン日本』はあくまでも大衆娯楽雑誌なのであり、それが植民地主義や皇国主義、帝国主義への抵抗の姿勢を見せなかったといって批判するのは、的はずれではないにしろ、あまり有効なものとは思われないのである。

しかし、二弾目の『モダン日本』「朝鮮版」四〇年版は、前号への批判、反省を受けてか、朝鮮文化の紹介などで充実化されており、妓生小説一辺倒だった日本人作家の小説よりも、四〇年版『モダン日本』に掲載された朝鮮人作家の作品は、日本人側のものと較べてもしっかりしたものであり、李孝石（イヒョソク）（一九〇七～四二）の「蕎麦の花の頃」、李泰俊（イテジュン）（一九〇四～七二）の「鴉」、李光洙の「無明」など、作品の選択眼は確かであり、それは翻訳に携わった金史良や、馬海松の朝鮮文学紹介の真率ぶりを示すものであるといえる。

また、『モダン日本』の朝鮮版（四〇年版）で目を惹くのは「朝鮮芸術賞」の設定である。「朝鮮芸術振興のため此度菊池寛氏より毎年資金呈出の申出がありましたので、本社では菊池寛氏の意を体し、別項規定の如き「朝鮮芸術賞」を設定いたしました。大方の御協賛を冀ふ次第であります」という社告が掲げられ、「朝鮮内ニ於テ発表サレタル、文学、演劇、映画、舞踊、音楽、絵画ノ分野」で「一年一回一部門ニ限リ」賞牌及び金五百円を贈呈するものでも、「授賞選考ノタメ朝鮮京城並ニ東京ニ朝鮮芸術賞委員会ヲ設置」するが「但シ文学作品ノ場合ハ芥川賞委員会ニ委嘱ス」としている。朝鮮版芥川賞というわけだ。第一回の受賞者は李光洙、次回以降は李泰俊、李無影（イムヨン）（一九〇八～六〇）、朱耀翰（チュヨンハン）（一九〇〇～七九）、朴鍾和（パクジョンファ）（一九〇一～八一）と続いた後、中断された（文学部門のみ）。朝鮮総督府の「国語文芸総督賞」や、大日本文学報国会の「大東亜賞」などが、「国語（日本語）」作品や、「聖戦」や植民地政策への賛美をテーマとした作品にしか授賞しなかったことを考えれば、「朝鮮芸術賞」は「芸術賞」としてそれなりの役割を果したといえるかもしれない。時局に適応した作品、作家というより、芸術性、文芸性を重視した選考であったと思われるからだ。そこには馬海松の、故郷の芸術に対する切ない愛情があったといえばセンチメンタルだろうか。もちろん、その授賞が受賞者自身にとってはたして幸運であったかは別問題であるのだが。[9]

4 〝暴徒の子〟は消えた

それにしても、菊池寛がポケットマネーをはたいてまでも、〝朝鮮芸術賞〟を創設したのは少し不思議な感じがする。もちろん、馬海松からの働きかけもあったのだろうが、〝内鮮一体〟の政治体制下、朝鮮の舞踊や音楽、絵画、文学が商売になると踏んだのかもしれない。[10] けれども、馬海松や金史良などの朝鮮人（半島人）への菊池寛の厚遇や親交には、それだけではない、菊池寛の個人的な内面的なモチベーションがあったような気がしてならない。

彼の最初期の戯曲「暴徒の子」が、アイルランドの戯曲作品の影響を受けて書かれたことはよく知られているが、猪瀬直樹の『こころの王国』で、この戯曲に書かれた〝植民地の騒動〟なるものが、朝鮮の三・一独立運動（いわゆる万歳事件、一九一九年三月）や、台湾の西来庵事件（一九一五年七月）などの、日本の植民地における抵抗運動という具体的な事件にイメージ形成を負っているのではないかという説のあることが語られている。ただし、「暴徒の子」の執筆時期から考えて――この作品は一九一六年二月に『新思潮』（芥川龍之介や久米正雄などを同人とした東大系の同人誌）に発表された――三・一独立運動は戯曲発表以後の出来事だからモデルとなることはありえず、戯曲執筆前の西来庵事件がモデルであるという推測が有力なのだ。

戯曲の舞台設定の「時」は、「ある国の新領土に本国人の焼打虐殺が行はれてから間のない頃」で、「所」は「惨事のあつた村の内の一つ」である。つまり、その村は植民地なのである。その村で暴徒による「本国人＝宗主国人」の焼打ち、虐殺事件が起き、幾人かの村人が捕まった。寿春はその騒動には加わらなかったが、彼の父親は連行され、それに付いて行ったために、寿春も牢屋に入れられる。寿春は瀕死の父親が「水をくれ」と呻くのを聞き、水をやりたいと思うが、見張りの役人は、父に水を飲ませたかったら村の者たちのやったことをすべて白状しろという。寿春は父親に水をやるために、村人たちのしたことを洗いざらい喋ってしまう。しかし、父親は水を飲み終わると死んでしまう。彼は牢屋から出されるが、村人を裏切ったということで、今度は村人の仲間たちから追われる身となり、自分の家に隠れるが見つかって連れ去られる。裏切り者は河に沈められるリンチを受けるのだ。

寿春（じゅしゅん）という名前は、日本人（ひさはる、あるいは、としはるとも読める）でも、朝鮮人（スチュン）でも、中国人（シォウチュン）でも当てはまる名前だろう。菊池寛はもちろんそうしたことを勘案して主人公の名前としたのである。ただ、劇中のセリフに「芭蕉」や「水牛」や「竹林」という南国や亜熱帯を思い浮かばせる単語が出てくるから、この「新領土」は朝鮮ではなく、「台湾」がイメージされていると考えるべきだ。芝居の「場面」には「汚い土人の家の内部、左右の壁には赤青二色の木版刷の絵が貼られ」とあるから、これは中華文化の年画で、やはり台湾（漢民族）の風習である。

被植民地の先住民を「土人」と呼ぶことは、中西伊之助の『赭土に芽ぐむもの』（一九二二年）にもあり、そこでは作品の舞台である朝鮮を「C国」とし（CHOSENだろう）、朝鮮人を「土人」と呼んでいる（この用語にどれほどの差別意識が込められているかが問われることになる）。台湾の場合は朝鮮よりも民族構成が複雑で、

「暴徒の子」では、従来の先住民族（高砂族と呼ばれた――作品の中では「山を馳け廻るちいほあん」と表現されている――引用者註・「ちいほあん」は不詳、先住民族のことと思われる）と、後発の漢民族（閩南、客家）を含めて「土人」と表現しているようで、当時としてはそれほど民族差別の意識の強いものではなかったと思われる(11)。

西来庵事件は、余清芳（ユチエンホン）（一八七九～一九一五）が指導者となり、台湾南部のタパニで台湾総督府政権に対して武力蜂起したもので、拠点となった寺廟「西来庵」の名前を取って「西来庵事件」と呼ばれた（地名を取ってタパニ事件ともいう）。余清芳は民間宗教の「齋教」の勢力を率いて、「大明慈悲国」創設を唱えた（朝鮮の東学、中国の太平天国の〝革命〟運動に近い）。彼らはゲリラ活動を行い、日本人九十五人を殺害した。そのリベンジとして日本人の官憲は、山中に入って、総数で一九五七人を逮捕し、うち八百人に死刑判決を下したが、大正天皇（一八七九～一九二六）の即位による恩赦として減刑され、実際に死刑を執行された者は、殺された日本人と同じく九十五名となった。武者小路実篤は、「ある相談」や「八百人の死刑」などの文章を書き、この「西来庵事件」に対する日本側の対応を厳しく批判した。

菊池寛の「暴徒の子」が、現実の西来庵事件、そしてそれに関連した武者小路実篤の文章とともに、アイルランドの劇作家オーガスタ・グレゴリー（一八五二～一九三二）の「牢獄の門」にヒントを得ていることは明らかである。そこにイングランドとアイルランドのような、一般的な宗主国―植民地という図式があることも明瞭だ。とすると、馬海松のような日本人植民地支配下の朝鮮人が、「暴徒の子」に、日本―台湾ということだけでなく、日本―朝鮮という宗主国と植民地との関係を透かして見るということもありうべき読解といわざるをえない。

菊池寛の〝植民地〟との関わりは、日本の植民地主義への反対というより、拙劣で非人道的な〝土人政策〟への嫌悪感という感情が先立ったものであり、それが〝植民地（朝鮮）〟への親愛や同情という彼の言動の基本となっていたと思われる（それを白樺派的ヒューマニズムと呼ぶことは可能だろう）。ただ、「暴徒の子」と「牢獄の門」とでは、主人公である寿春とデニス・カヘルの言動は逆の意味を持っている。つまり、寿春は父親に水を飲ませるために暴徒の仲間たちのしたことを喋り、いわば同志たちを〝裏切って〟しまう（結果的には、父親も自分も救うことはできない）のだが、『牢獄の門』のカヘルは、仲間を〝売った（裏切った）〟と誤解されるのだが、実は完黙を果たし、拷問によっても白状しないことによって、殺されて門外に出されるのだ。

菊池寛文学の研究者である片山宏行（一九五五〜）は、菊池寛が一高を退学させられる原因となった、いわゆる〈マント事件〉が「暴徒の子」に影響しているという。これは、菊池寛が友人の佐野文夫（後に共産党の幹部となる。一八九二〜一九三二）から預かったマントを売ってしまったという事件だが、そのマントは佐野が学友の部屋から窃盗したものだった。つまり、菊池寛は友人の窃盗罪を被って、退学を迫られたのだが、彼は真実を語ることなく、友人佐野を庇ったというのである（『菊池寛のうしろ影』未知谷、二〇〇〇年）。だが、同志を庇い、その罪を一身に背負ったのは「牢獄の門」のデニス・カヘルであり、「暴徒の子」の寿春は、仲間としての村人を裏切り、自分（や父親）も含めて、誰一人として救済せずに終わってしまったのだ。菊池寛が自分の体験をその作品に込めようとしたのなら、寿春は〝仲間を売る〟結果とはしなかったはずであり、その意味では、「暴徒の子」は菊池寛の個人的な体験とは無関係に（無意識的な背景としてはあるかもしれないが）、「西来庵事件」という事実に基づいたものであり、被害者はもちろん、加害者も結局は〝救われることのない〟全面的な悲劇で終わったことを物語るものだったのである。[12]

もちろん、現実に起こった政治的事件を、そのまま作品化し、舞台化するのは差し障りのあることだった。とりわけ、台湾総督府の政策を真正面から批判するような言動は、当時において、日本の軍隊を批判するのと同様に注意を要するものだったろう。「暴徒の子」に、老女や寿春の妻の少女が出てくるのは、土人たちの蜂起による「焼打虐殺」を肯定するような口吻が見られてはならず、日本政府の植民地主義への批判は限定的なものとせざるをえないからだ。寿春の母親の老女は「あの国の人達は罪があらうがあるまいがハッキリ分らなくつても罰さへハッキリ与へればいゝのだつて。土人があの人達を殺したときには懲しめの為に誰かを殺しさへすればいゝのだつて」と植民地政府の裁判の不公正性を指摘し、また「寿春を殺すなら殺して見ろ。町の役人に頼んで此の村の奴を鏖殺してやるから」と言うのだが、寿春を捕まえに来た村人の男は「彼奴等は土人が彼奴等を殺したら大騒ぎをしやがるが土人同志の事はどうなつたつてお介意なしだよ」と言い棄て、裏切り者を処罰することをその母親に宣告するのである。

この老母の「あの国（の人達）」に対する評価の軸がコロコロと変わってゆくのは、劇としては面白いが、「ある国の新領土」といったような、「台湾」という地名にオブラートをかぶせたような言い方からは、菊池寛の「ある国（＝日本）」に対する批判、植民地主義に対する反対の態度に腰の据わっていない危うさを感じざるをえない。

つまり、菊池寛の批判は、事件の原因となった日本の植民地政策やそれを支える植民地主義そのものについてではなく、事件の判決についてであり、その処理に対するものだった。ろくな捜査や調査もなく、八百人もの人間を逮捕し、平気で死刑を宣告する警察、司法の制度。武者小路実篤や菊池寛は、そうしたやり方に憤っているのだが、それは植民地主義の根源的な悪弊までには届いていないのである。

ここに菊池寛の反植民地主義の不徹底さを見ることは可能だろう。東京的なもの、首都的なもの、植民地主義的なものに彼は反対だった。しかし、それは、反都会主義、反中心主義、反体制的な気質や性格の問題であって、一命を賭するような思想の問題ではなかった。彼は感情的に帝国主義的・宗主国的な傲慢さが嫌いだったのであり、植民地の独立を支持・支援するような意味での反植民地主義者ではなかった。また、彼の生活第一主義、〝生きる〟ことの絶対主義は、あらゆる観念や形而上学に優越するものであって、それが菊池寛の揺るぎない確信であり核心だったのである。それは「暴徒の子」においても、老女が「お母さんはお前がどんな事をしようと悪いとは思はないたんだよ。村の人が皆殺されてもお前が助かる方がいゝんだよ」といったエゴイズムにもつながる狭い〝家族愛〟であって、偏狭な〝民族愛（愛郷心、愛国心）〟にはつながっても、普遍的な人類愛（人間愛）にはつながっていかないものなのだ。それは時代的な限界であると同時に、菊池寛の正義感の限界でもあった。

5　うさぎの国とさるの国

一九四五（昭和二十）年、馬海松は空襲に脅かされる東京を抜け出し、朝鮮へ帰った。菊池寛とは最後に一月二十九日に会い、翌三十日に東京を発ったのである。日本滞在の二十四年のあいだ（二一年～二四年までは朝鮮に帰国していたが）に、彼は菊池寛の媒酌で舞踊家の朴外仙（パクウェソン）と結婚し、二人の息子と一人の娘の父親となっていた。

一九四七（昭和二十二）年三月七日に、馬海松は故郷の開城の友人宅で偶然にラジオの日本語放送を聞き、菊池寛が急逝したことを知った。それは大勢の友人がソウルから来て、友人宅で酒宴が始まった時だった。もとより、まだ日韓条約も結ばれていない時代であり、両国間を自由に行き来できるような状況ではなかった。彼は「恩師」の死を偶然に知ったことを「人為的なものではないもの」のように思ったと前掲の文章に書いている。日本人の上司（先生）と朝鮮人の部下（弟子）とは、玄界灘という海が隔てて行き来のできない隣国同士に別れていて、弟子は師の葬儀に出席できる状況にはなかった。「私の心情を察して啞になつてゐる遠来の客たちに、私は酒盃をつき出して、受けてくれと云ふのであつた」と、彼はラジオ放送を聞いた時の衝撃とやるせなさを、酒で紛らわせようとした[13]。

戦後、故国へ帰っていた馬海松は児童文学者として活躍した。彼は日大芸術科に入学して、いったん帰国した時期に、朴弘根(パクホングン)が主幹をしていた児童雑誌『暁の明星(セッピョル)』に作品を寄稿し、「松都少女歌劇団」に協力して巡回し、「お母さんの贈り物」「少年闘士」などという作品を口演した。メルヘン風のものだが、馬海松の児童文学作品としてはむろん初期のものだ。「岩百合と子供星」は、朝鮮における創作童話の嚆矢とされており、彼にはそうした児童文学者としての履歴はあったが、戦後、改めて本格的に児童文学に取り組むことになったのだ(馬海松はその後、児童文学や社会評論的な文章を書き、社会活動を行なって名士となり、一九六六年に六十一歳で死んだ)。

彼の代表的な童話作品に『うさぎとさる』がある。これはもともと方定煥(パンジョンファン)(一八九九〜一九三一)が主宰し、朝鮮で出されていた雑誌『オリニ(子供)』に一九三一年と三三年の二回にわたって連載されたものだが、川を挟んで隔てられたさるとうさぎの国があり、さるたちがうさぎの国に侵入するという筋立ては、明らかに日本と朝鮮とをモデルにした政治的な寓話であり、日本の植民地支配下で連載は許されず、三回目の原稿は押収されていた。戦後の一九四六年から四七年にかけて『自由新聞』に前後編が連載されて完結した[14]。

うさぎの国の大きな家は、みなさるたちがぶんどり、若いうさぎたちには、学校に来させてさるの国のことばを学ばせ、年老いたうさぎには一日にひとつずつ、さるたちの食べるものをとってきて、納めさせた。

山奥にいたるまで、兵士ざるが見張りをしているため、どうしてもさるから逃れられず、さるの言うとおりにしなければ生きていけなかった。

こうした文章が、うさぎの形をしているといわれる朝鮮半島において、さる＝日本人がうさぎ＝朝鮮人の土地を奪って移住し、「国語＝日本語」を学ばせ、朝鮮米を日本へと運び去ったことを寓意していることは誰の目にも明らかだろう。[15] 人のよい遊び好きのうさぎと、「ぬけめがなくいくさをこのむ」さる。この対比は「さる」たちを怒らせるには十分過ぎるほど、現実をカリカチュアライズしていた。物語はさらに、うさぎの国を助けようとするのっそり牛とさるたちの戦いになり、のっそり牛が勝って、さるたちが引き揚げてゆくと、今度は北のほうにあるあらくれおおかみたちがうさぎの国を狙ってのっそり牛との戦いとなり、その熾烈な戦いがうさぎの国を戦場に、うさぎたちを巻き込んで繰り広げられることになるのである。

動物たちになぞらえながら、馬海松がここで寓意しているものが朝鮮半島の近現代史であることは明白だ。そのむしろ露骨というべき寓喩は、大人の読者を鼻白ませる体のものだが、馬海松が日本において『文藝春秋』や『モダン日本』を編集しながら、そんな「童話」を書いていたということは彼の「民族主義」を知るうえで重要なことだろう（ただし、『うさぎとさる』の初稿と改稿の過程は、今後の研究課題とされるべきである）。『うさぎとさる』の中にはこんな場面もある。

ところがある日、学校で、先生ざるがこう言ったのだ。

「この世でいちばんえらいけものはさるだ。おまえたちは、この世でいちばんえらいさるになってみたくはないか？」

そうして、うさぎたちは一ぴきずつ、先生の部屋に呼び出された。

先生の部屋には、大きなたるにまっ黒い水があふれるほど入れてあって、入ってくるうさぎを、そこにどぶんとほうりこむのだった。毛もからだもまっ黒になった。

つぎに、先生は大きなはさみで、うさぎの二本の耳をじょきっと切ってしまった。

あまりのいたさに、みんな思わず声をはりあげた。泣いているひまさえなく、先生は、こんどは顔とおしりをさっさっと、かみそりでそってしまい、つぎにそこに赤い色をぬってから、まんじゅうを一つくれると、「『さるは、この世でいちばんえらいけものである』とさけんでみろ」と言った。

うさぎたちは、言われたとおり、口々にとなえながら家にもどっていくのだ。

いわずもがなのことだが、これが「内鮮一体」の、朝鮮人の着ている白衣を墨で汚し（白衣は洗濯に手間がかかり、汚すまいとして労働を怠けるからという理由である）、日本語を強要し、「創氏改名」という同化運動を推し進め、「私達は皇国臣民です」と「皇国臣民の誓詞」を唱えさせた、愚劣な植民地政策を寓喩していることは明白だろう。うさぎたちの、さるたちへの怨念は強いのである。

童話や寓話というスタイルは、〝植民地的擬態〟として、しばしば見受けられるものである。今から見れば、よく検閲や発禁に引っかからなかったものだと思われるようなものでも、その表面上のスタイルに幻惑されたり、そこに悪意や邪意を見つけ出すこと自体が禁忌に触れることになってしまうという逆説がそこで働くのだ。日本人を「さる」に喩えること自体、考えてはいけないことなのだ。そのことを検閲官が指摘すれば、それは彼自身がそのようなことを考えていることになる。所詮、「さる」の悪だくみは、浅知恵にしか過ぎないのである。

だが、「うさぎ」や「さる」や「おおかみ」や「牛」といった寓話風の見立てはあまりにも拙い。現実が童話めいて幼稚で拙劣だから、作品までが幼稚で、貧しいものであっていいわけはない。植民地化され、白衣や創氏名を奨励された「うさぎ」たちのルサンチマンは理解できるのだが、それだからといって、童話の内部で鬱憤払いを行うことは自己満足で終わるしかないし、また、そのメッセージがストレートに伝わるならば、それはそれできわめて危険なことである。馬海松は『モダン日本』（朝鮮版も含めて）を編集しながら、『うさぎとさる』を書いていた。親日派とも抗日派とも簡単には言えない朝鮮人文化人は、馬海松に限らず、普遍的に多かったのである。

『モダン日本』の〝その後〟についても触れておこう。同誌の編集者だった吉行淳之介の『私の文学放浪』によれば、馬海松が韓国に引き揚げた後は、牧野英二（小説家・牧野信一の実弟）が社長代理となり『モダン日本』を新太陽社として引き継いだ。[16] 菊池寛の甥の菊池武憲や、小説家の石川利光（一九一四〜二〇〇二）が重役となっていた。編集長は辻勝三郎（一九一六〜？）だった。この時代の『モダン日本』の編集部には、大学浪人中の澁澤龍彦（一九二八〜八七）がアルバイト社員として働いていたこともあった。

一九四七（昭和二十二）年、四八年頃には戦前よりもやや薄っぺらで、題字も右から左への横書きと変わっていたが、東郷青児（一八九七〜一九七八）の表紙などは斬新だった。しかし、それ以降、時代の変化に伴って『モダン日本』のみならず多くの雑誌がうまくゆかなくなり、一九四九（昭和二十四）年には赤字となり、給料や稿料の支払いも滞るようになった。四十人いた社員は四人となり、麻雀に明け暮れするという状態で、遂に解散。一九五〇（昭和二十五）年には第二会社を作って、残っていた吉行淳之介と名和青朗（一九一五～七九）の二人が『別冊モダン日本』を十二冊ほど発行した後、内紛によって廃刊となった。創刊からちょうど二十年目のことだった。

註

（1）一九一〇年に「日韓併合」が実施され、朝鮮人も「日本人」となったのだから、国籍的には日本人である。しかし、「半島人」などといった呼び方で、陰に陽に差別待遇が行われていたことは明らかである。

（2）馬海松と直接の関係はないが、戦前に日本の出版界で活動した朝鮮人に金亨燦（キムヒョンチャン）がいる。彼は『新聞之新聞』『日本読書新聞』の編集に携わり、主婦の友社、第一書房などで編集者として活躍した。本の取次会社である日本出版配給株式会社にも関与し、その回想録として『【証言】朝鮮人のみた戦前期出版界――一編集者の回想』（出版ニュース社、一九九二年）がある。

（3）引用は「朝鮮に叫ぶひとびと――戦塵にまみれて」（『文藝春秋』一九五三年一月号）から。猪瀬直樹『こころの王国』（二〇〇四年四月、文藝春秋）には、当時、菊池寛の秘書をしていた佐藤碧子（のちに作家）と馬海松との文春内でのやりとりなどが描かれている。これは専ら佐藤碧子への取材によっていると考えられるが、菊池寛と馬海松との関係について第三者によって書かれたほとんど唯一の証言と思われる。ただし、小説として虚構化された部分も多いと考えられる。なお、石井桃子の自伝的小説『幻の朱い実』にも彼女の文藝春秋社員時代のことが書かれているが、馬海松にはほとんど触れていない。

（4）一九二一年に日本大学法文学部美学科（芸術科、後に日大芸術学部）が発足した（前年に日大は大学令による大学として認可された）。菊池寛の「劇文学」や阿部次郎（一八八三～一九五九、『三太郎の日記』など青少年向きのベストセラーを執筆した）の「文学概論」など、現役の文学者による実践的な講義が目玉だった。これは芸術科の創始者・松原寛（一八九二～一九五八）の芸術家自体を育成したいという方針によるものだった。馬海松は一九二〇年に日本大学の芸術学科に入学、そこで菊池寛の講義を受けた。なお、菊池寛が日大美学科に出講していたのは、一九二二年から二七年の間の数年間だったと考えられる。

ちなみに、日大芸術学部は、在日コリアンの文学者との関わりが深い。戦前・戦後においても、朝鮮からの留学生を迎える学校は少なく、私学では明治学院、早大、法大、日大の芸術科や社会科など一部の大学、学部に集中していたのが現実だった（入学資格や、学費、夜間開講の有無などが決め手である）。在日や朝鮮人文学者としては、金鍾漢、李殷直（イウンチク）（一九一七～?）、高漢容（コハニョン）（一九〇三～八三）、林和（イムファ）、金起林（キムギリム）（一九〇七～?）、崔承一（チェスンイル）（一九〇一～?）、金達寿（キムダルス）、金春洙（キムチュンス）（一九二二～二〇〇四）などが日大芸術科に籍を置いていた。なお、李殷直の「ながれ」は、芸術科の機関誌『藝術科』（一九三九年十一月号）に発表され、第十回芥川賞の候補作となった。

（5）馬海松が「創氏改名」について書いた「命名」は『韓国・朝鮮児童文学評論集』仲村修編訳（一九九七年、明石書店）に収録。しかし、朝鮮半島における「創氏改名」には、〝日本語読み〟で改名したと見なされることはほとんどなかった。

（6）十重田裕一『横光利一と近代メディア　震災から占領まで』（岩波書店、二〇二一年）。

（7）二冊の『モダン日本・朝鮮版』については、韓国、日本においてそれぞれ復刻されている。

（8）一九八八年のソウル・オリンピックを契機に日本社会では〝韓国ブーム〟が湧き起こったとされているが、その時に、この『モダン日本』の朝鮮特集号が取り上げられ、政治的な問題を隠蔽しようという意図を持つ、大衆文化や風俗現象を中心とする雑誌ジャーナリズム主導による仇花的現象として重なるという批判的指摘がなされた。

（9）植民地支配下の朝鮮における「文学賞」「文化賞」については、朴春日『増補 近代日本文学における朝鮮像』（一九八五年、未來社）を参照した。

（10）一九三〇年代以降、半島の舞姫として、崔承喜（一九一一～六九）がダンス界や映画界で大活躍し、アリラン・ボーイズが内地巡業し、李蘭影（一九一六～六五）が岡蘭子の名前でアリランのレコードを出すなど、半島（朝鮮）の芸術・芸能が内地（日本）に流入するケースは少なくなかった。

（11）台湾については、「土人」よりも「蕃人」という言葉が使われることが多く、塾蕃、生蕃、蕃社、蕃童といった使われ方をした。蕃は、草深い地の人ということで、蛮人とはニュアンスが異なる。ただし、先住民族を「台湾土人」と呼んだ例もある。有島武郎の『ドモ又の死』には、あだ名としてだが「生蕃君」が出てくる。

（12）台湾の日本文学研究者・呉佩珍の「アイルランド文学とフォルモサの邂逅——「西来庵事件」と菊池寛「暴徒の子」をめぐって」では、菊池寛の「暴徒の子」が、武者小路実篤の「ある相談」（『中央公論』一九一六年一月号）からヒントを得たものであり、「西来庵事件」との関わりが明らかであるとしている。グレゴリー夫人の「牢獄の門」との関係性も論じている。

（13）馬海松「菊池寛と私」、前掲『韓国・朝鮮児童文学評論集』。馬海松の伝記的事実については、金容誠「馬海松」『韓国・朝鮮児童文学評論集』を参照した。

（14）「うさぎとさる」の日本語訳は、ウリ文化研究所編『コリア児童文学選1　ちっちゃなオギ』（一九九〇年、素人社）に収録されている。

（15）現在の北朝鮮の東側となる咸鏡道をうさぎの耳に、西側の平安道、黄海道を顔に見立て、韓国の慶尚道が背中側に、忠清道、全羅道が腹と脚になるのである。

（16）吉行淳之介『私の文学放浪』（一九六五年、講談社）に末期の『モダン日本』についての記述がある。

第7章　金史良の「生死」と文学

1　行方不明者・金史良

何世紀も前の詩人や小説家ならいざしらず、二十世紀の文学者でその没年月日が知られていないことがありうるだろうか。生年は厳密には不詳だったり、何年かの誤差はありうるだろう。誰も、生まれた時にその赤ん坊が文学史に残るような文学者になるかどうかなど、知りうるはずがないからだ。しかし、没年月日は、それだけの作品や業績を残した文学者が、いつ、どんな所で、どんな状況で死んだのか、なんらかの形で記録が残されているのが普通だ。新聞の死亡記事、近親者や研究家による年譜、そして戸籍や住民登録などにおいて。

金史良（キムサリャン）（一九一四～五〇?）は、その例外である。彼は朝鮮民主主義人民共和国（以下、北朝鮮とする）の人民軍の従軍文学者として朝鮮戦争に参加し、一九五〇年九月十七日以降、南部の前線（晋州（チンジュ）付近）からの撤退の際に行方不明となった。どこで、どんな状況で死んだのかといった確実な事実は、さしあたり突き止める術がない。一九五〇年九月十七日というのは、彼の残した従軍記「海が見える」が脱稿された日であり、それは奇しくも、ダグラス・マッカーサー将軍（一八八〇～一九六四）に率いられた米軍が仁川上陸作戦に成功、戦況を一挙に米・韓国軍（国連軍）に有利なものとした日だった（朝鮮戦争はさらに中国人民義勇軍の参戦などを経て、一進一退の膠着状態となるのだが）。

南朝鮮（＝大韓民国、以下韓国とする）の奥深くまで進撃の前線を伸ばしていた北朝鮮人民軍は、米軍の仁川上陸によって戦況が一転、退路を断たれる虞れもあって、太白山脈に沿って山中を敗走することになる。途中、原州付近まで来たところで、彼は持病の心臓病が悪化して一歩も先へ進むことができなくなり、家族に届けてくれるようにと手紙と万年筆とを僚友に託したまま落伍し、その後の生死は確認されていない。生存の可能性は万に一つも残されていないのだが、その死が確認されない以上、彼についての文学史上の記述は、一九一四年三月三日という生年月日は記載できても、没年月日は不詳とするしかないのである。[1]

もちろん、朝鮮戦争に関わった文学者は金史良だけではない。北朝鮮がソウルを撤退する際に、拉致、連行されたといわれる李光洙や金東煥（一九〇一～？）や朴英熙（一九〇一～？）なども（彼らの思想傾向、履歴からして、自主的に人民軍と行動を共にしたとは考えられない）、実は、そのはっきりとした死亡時期は確定されておらず、近代の朝鮮文学者では、没年月日不詳の場合が決して少なくないのである。[2]

しかし、金史良の場合がより悲劇的に感じられるのは、彼の三十六歳という若さであり、その直前に「海が見える」という、勝利を確信した、「南北統一」の一歩手前まで到達した歓喜の文章を彼が書いているからだ。暗い絶望の暗闇の中から光の中に。彼の生涯を彩った「光の中に」という明るい希望や憧れは、常にその次にもう一度「暗闇」へと彼を突き落とさずにはおかなかった。したたかな失意と幻滅を伴って（しかし、死亡が確認されないことは、ある意味では希望でもあるのではないか。〝生き続ける金史良〟という

「伝説」を生き延びさせるための――)。

それでも、金史良の小説作品が持っている「向日性」とユーモア（哄笑性）といったものは何だろうか。「土城廊」にしても、「草深し」にしても、「無窮一家」にしても、ずいぶん暗い物語であり、ある意味では絶望的な気分で隙間なく塗り込められたような作品であるといえるかもしれない。しかし、そこにはそれまでの日本語で書かれた小説作品にはない、ユーモアや諧謔、滑稽味があるような気がする。それが、日本の植民地支配に由来する、その当時の朝鮮民族の悲劇や困窮をテーマとしながら、悲哀や憤怒や憎悪だけでその抵抗精神が塗り潰されていない原因であると思われるのである。

たとえば、「土城廊」は、植民地時代（日帝時代）に平壌（ピョンヤン）にあった悲惨なスラム街に棲む最貧民（土幕民）の生活をリアリスティックに描き出した、金史良の処女作といってよい作品だが、そこに登場してくるチゲクン（荷物運搬者）の「元三（ウォンサミ）」や「先達（ソンダリ）」、その先達の「婦（おんな）」、「徳一（ドクイル）老人」や「吃男」などは、まさに社会の敗残者、最下層の労働者、失業者として、人間として最低の生活（あるいは人間以下の）を送る人々にほかならない。「元三」は、五十余歳まで山奥の土豪の家で奴僕をしていた男であり、主家の没落によって都会に流れて来ざるをえなかった。父母が奴婢であれば、その子も奴僕として一生主家に仕えなければならない。これが李朝までの慣習法であり、婚姻によって家庭を持つことはもちろん、その生死さえ主人の一存によって決められたのである（主人の代わりに笞刑を受けるということさえあった）。

その半生以上も奴僕として山奥で暮らしていた「元三」は、大都会としての平壌で生きてゆく方法を知らなかった。市場で買い物客の荷物を背負子（しょいこ）のチゲ（支械）で担ぎ、その駄賃によって暮らすチゲクンとなり、大同江河岸の、板屑や泥壁やトタン板や筵で作った「土幕」の集落に居住することを教えてくれたのは、まさに都会に流れてきた浮浪民の「先達」としての「土城廊」のスラム住民たちであり、そこでは

「元三」が「先達の婦」に毎日の米をわずかながらも融通するような、貧民たちの〝ユートピア的共同体(コンミューン)〟が成立していたのである。

五十余歳まで嫁を貰うことができず、「先達の婦」の冗談を本気にして、いっしょに暮らすために「土城廊」の外の部屋を捜そうとする「元三爺」の純情。もちろん、それは彼の独り相撲であり、周囲の人々のタチの悪い「からかい」にほかならないのだが、その無垢な愚かさ、悲しいまでの純情さ、そしてクライマックスの濁流の中での彼の死によって、この作品は「洋服男」に象徴される収奪者、搾取階級、支配階級に対する「抵抗の文学(プロレタリア文学)」とはまた別の次元のヒューマニズムの世界を垣間見せてくれることになるのである。

2　白衣と抵抗

「草深し」にも、同様なことがいえるだろう。

主人公の「仁植(インシク)」は、作中にもあるように「ブナロード」(「人民の中へ」)、ロシア革命時の学生たちのスローガン。ここでは朝鮮の学生たちが農山村へ行き、村の住民たちを相手に文字普及運動を行ったことを意味している)の理念のもと、山中の「火田民」[3]の衛生調査と簡易医療のためにやってきた医学生である。その彼が山村で見たのは、自分の叔父の郡守と、昔の中学校の教師で郡の教化主事が行っている「色衣奨励」の運動の実践であり、そのために白衣を着ている者に対して行った強制的な「墨塗り」の現場だった。

古来、朝鮮民族は白衣を好んで着ているところから「白衣民族」の別名を持つ。しかし、白衣着用は洗濯の手間がかかり、また白衣が汚れることを嫌って労働を厭う傾向があることなどを理由に、「色衣(色のついた衣裳）」を着用することを朝鮮総督府が上意下達的に政策として決定したのだった。日本人の官僚の監督、実行者としての朝鮮人の役人、さらにそれを手伝う朝鮮人通訳といった陣容で、山奥の村にまで「色衣奨励」の演説隊は乗り込んでいったのだ。

「仁植」にとって厄介だったことは、この総督府の回し者が自分の血肉を分けた叔父と、中学校時代の旧師である「鼻かみ先生」であったことだ。朝鮮語訛りの「国語（＝日本語）」を用いて、日本語の解らない山民たちに得意げに演説する叔父と、それを朝鮮語に通訳する「鼻かみ先生」。「仁植」にとっては、それは日本人の露骨な植民地支配よりも、同胞、同族を痛めつけ、迫害するという意味において、より憎悪と嫌悪を駆り立てるものにほかならなかったのである。

だが、「草深し」の中で、叔父と「鼻かみ先生」が、「抵抗」の対象として、民族の敵、階級の敵として、悪意や憎悪の視点によってだけ書かれているということはない。憎むべき朝鮮民族の裏切り者であり、総督府権力の走狗として敵対すべき人物でありながら、「仁植」あるいは作者の金史良が彼らを見る視線は、思いの外同情的であり、その悪業についても寛大であるように思われる。もちろん、それは彼らが身内の人間であり知り合いだったからということではなく、彼らもまた「被害者」にほかならないという共通項としての認識があるからだろう。「草深し」という作品自体は、「色衣奨励」を行う総督府政治も、それに抗う「白衣」絶対主義を唱える新興宗教の「白々教（ペクペク）(4)」も、ともに狂信的なマインド・コントロールの世界に異ならないという、バランス主義的な構成を取っているのだが、「鼻かみ先生」は、その双方における「被害者」といえる人物なのである。

日本の植民地主義に対する抵抗をストレートに描くのではなく、そうした植民地支配に迎合して、心ならずも「親日派」となって困難な時代を生きようとした「朝鮮人」の悲喜劇。抵抗運動や独立運動の功労者や、パルチザン運動の英雄ではなく、金史良が描き出すのは、常にこうした朝鮮民族の「庶民」なのであり、政治やイデオロギーや権力の強風に、いつも頭を垂れ、風の吹くままに揺れ動く「民草」だった。この「民草」の視点から一歩も外側に出ることがないというのが、金史良の民族性、庶民性なのであり、それがどんな作品においても、権力や権威をどこかで笑っているという、彼のしたたかな「民衆性」の基本にあるものなのである。

3　親日派とエゴイスト

金史良は、張赫宙(チャンヒョクチュ)と並んで、「在日朝鮮人文学」の嚆矢とされている。『文藝首都』や『文藝』などの文芸雑誌での「日本語作家」としての活動において、先輩と後輩に当たる二人の関係は、その初期の作品で植民地化された「半島」在住の朝鮮人や、その生活の困窮から日本へと流れてこざるをえなかった「在日朝鮮人」の苦しみや悲しみ、その訴えを代弁するというテーマやモチーフの共通性において、同志的なつながりを持っていたといってよい。

だが、金史良が「光の中に」で芥川賞の候補となる頃（一九三九年）には、張赫宙はすでに『加藤清正』などの、いわゆる「親日派」的な作品を多く書き続けており、日本（内地）と「半島」において「皇国文学」の奨励、「内鮮一体」「創氏改名」「国語（＝日本語）常用」といった皇国主義、軍国主義が高まり、「朝鮮人」文学者がその「民族主義」的な立場と「親日派」的な立場との二者択一を迫られる状況において、金史良と張赫宙とは、大きく道を違える方向へと歩み出してゆく(5)。

すなわち、張赫宙が『開墾』、『幸福の民』、『岩本志願兵』などで、日本の満洲侵略、朝鮮人の志願兵制度、徴兵制の宣伝、鼓吹という後戻りできない「日本人化」の道を歩んでゆくのに対し、金史良はやはり「海の歌」などの国策プロパガンダ作品の創作を経ながらも、日本の敗戦直前に中国共産党の支配する延安地区に脱出し、さらに朝鮮半島の解放後は北朝鮮の文学芸術総同盟の副委員長を務めるなど、「人民文学者」の道を歩むことになるのである。張赫宙は日本の敗戦後に日本に帰化、「野口赫宙」の名前で戦後も旺盛な創作力を示したのに対し、金史良が三十六歳という若さで、山中潰走の途中で「行方不明」となったことは、すでに語ったとおりである。

朝鮮人が母語の朝鮮語ではなく「日本語」で小説を書かなくてはならない理由は何か。それは張赫宙や金史良の初期において、被植民地の朝鮮人の悲惨さを、「日本」や「世界」へと向かって訴えかけるためだった。張赫宙は、朝鮮語より日本語の方が読者層が広く、「世界」へ訴えるためにも外国語に翻訳され易い日本語の方が有利だったという発言をしている。金史良が、朝鮮人と日本人の混血児である「山田春雄」と、朝鮮からの留学生「南先生」との心の交流を描いた「光の中に」を日本語で書き、日本の同人雑誌『文藝首都』に発表した理由も、この作品の読者対象を専ら「日本人読者」として想定していたためだろう。「春雄」の父親の「半兵衛」の無根拠な民族的優越感（ただし、半兵衛自身も日朝の混血である）と、その妻の朝鮮女性の劣等感。この二つは、複雑に絡み合いながら、在日朝鮮人の劣悪な社会的環境を日本社会において放置してゆくことにつながっている。それならば、文学作品によって「啓蒙」され、「目覚め」させられなければならないのは、朝鮮人よりも、まず日本人の方でなければならない。もちろん、金史良ははっきりとこうしたことをいっているわけではないが、初期の在日朝鮮人文学者がそうであったように、彼らは日本人の中に朝鮮人の味方、その苦痛や苦渋に共感し、同情、協力しあえるような「民族」を超えた連帯感を求めたといってよいのである。

4　『文藝首都』と植民地文学

ここで、「光の中へ」を掲載した『文藝首都』について、少し筆を伸ばしておこう。一九三三年に新聞記者や博文館の編集者を務めた新人小説家・保高徳蔵（一八八九〜一九七一）によって創刊され、主宰された『文藝首都』は、戦前・戦中・戦後を通じた、息の長い同人誌であり、戦後には多くの作家たちを輩出した名門の雑誌となった。

明治初期から、少年少女向けの投稿雑誌には『潁才新誌』や『少女世界』などがあり、田山花袋（一八七一〜一九三〇）が編集主任だった博文館の『文章世界』や、宝文館の『若草』など、詩歌作品や文章、創作を投稿する雑誌は少なくなかった。保高徳蔵は、雑誌『改造』の懸賞創作に応募し、当選することによって文壇へのデビューを果たしたが、もとよりそれだけで職業的な小説家になれるわけはなかった。同じような境遇の龍膽寺雄（一九〇一〜九二）などといっしょに作品の発表機関として『文学クオタリイ』を発刊し、その発展として『文藝首都』を創刊した。同人雑誌と投稿雑誌の両方の性格を兼ね備えていた。

とりわけ、金史良の「光の中へ」を掲載した一九三〇年代の同誌は、張赫宙、金史良以外にも、李石薫、青木洪（洪鍾羽 一九〇八〜?）、金光淳と名乗った金達寿、詩人の許南麒など多くの朝鮮人文学者に誌面を割き、また、龍瑛宗（一九一一〜九九）、呂赫若（一九一四〜五一）、楊逵（一九〇六〜八五）などの、当時朝鮮と同じく日本の植民地支配下にあった台湾の作家にも誌面を提供したことを特徴とする。

張赫宙が「餓鬼道」によって文壇デビューしたのは、一九三二年の雑誌『改造』の懸賞小説の当選によるものであった。この時に同時当選の保高徳蔵と張赫宙とのつながりが生まれ、張が同じく朝鮮半島出身の文学志望者・金史良を保高に引き合わせた。

保高徳蔵には、植民地朝鮮での生活経験があった。「朝鮮は私の心のふるさとである」というほどにいわば朝鮮贔屓だったのである。彼の自伝的な長編小説『道』（一九五八年、東方社）によれば、新領土としての朝鮮で遊廓経営を行い、一攫千金を夢見た両親に連れられて朝鮮にやってきた金太郎（『道』の主人公）は、徴兵検査の機会を利用して、日本へ渡り、そのまま親に無断で日本で苦学をしようと決意するのだった。朝鮮では、金太郎は常に虐げられた民族としての朝鮮人に対して同情的であり、共感を感じているような少年、青年だった。つまり、金太郎のモデルである保高徳蔵本人には、決して富裕ではない植民者側の厳しい生活の体験があり、立場は逆であれ、朝鮮半島から〝他郷〟であり〝異郷〟である日本へ渡ってきた在日の朝鮮人たちに対する共感や同情の感覚が強かったのだ。それは在朝鮮の日本人だった彼の少年時代の体験から来るものだったのである。

保高徳蔵は、自分も新人作家として発表、修行の場を求めていたこともあって、一九三三年に同人雑誌『文藝首都』を創刊した。文学志望者の投稿雑誌の趣を持ったこの同人誌は、「内地」の文壇に足がかりを求めようとする被植民地出身の若者たちに門戸を開いた。ここに、張赫宙や金史良、張が保高に紹介した台湾の龍瑛宗たちなどの東京での発表場所ができたのである。

もちろん、一九三〇年代に朝鮮や台湾などの植民地への文化的関心が高まり、一方ではプロレタリア文学の勃興、一方では張赫宙などの登場による、「植民地文学」への関心が急速に高まったこともある。当時の有力な総合雑誌『改造』が懸賞小説を募集することによって、張や龍や楊逵たちの登場を促し、『文藝首都』が半島出身、台湾出身の筆者たちに誌面を提供し、『文學評論』や『文學案内』などのプロレタリア文学系統の雑誌や、一般文芸雑誌の『文藝』（改造社）や『新潮』（新潮社）などが「大陸文学」「外地文学」といった呼称で特集を組んだりしたのも、こうした動きと無縁ではなかった。

『文藝首都』に掲載された金史良の「光の中に」が芥川賞候補となり、『文藝春秋』に転載されたことも(もちろん、『モダン日本』を馬海松に任せた文藝春秋社の菊池寛の〝理解〟も大きかった)、『文藝首都』が朝鮮を中心とした植民地文学のいわば共通空間となったのも、こうしたいくつかの要素が輻輳した結果ともいえる。もちろん、書く場所を持たなかった朝鮮人(植民地人)の筆者が次々と朝鮮人の書き手を紹介、仲介するという過程も無視できない。ただし、そこに保高徳蔵の個性と文壇的戦略があったことも疑えないのである。こうした傾向は、戦後においても持続し、在日朝鮮人作家として業績を残す金達寿、金泰生(キムテセン)(一九二四〜八六)も、『文藝首都』に作品を発表している。

もっとも、こうした植民地出身の作家を育てたというのは、戦前の『文藝首都』の功績のごく一面であって、主要なのは、戦後においても、芝木好子(一九一四〜九一)、大原富枝(一九一二〜二〇〇〇)、北杜夫(一九二七〜二〇一一)、田辺聖子(一九二八〜二〇一九)、佐藤愛子(一九二三〜)、なだいなだ(一九二九〜二〇一三)、森禮子(一九二八〜二〇一四)、佐江衆一(一九三四〜二〇二〇)、中上健次(一九四六〜九二)、津島佑子(一九四七〜二〇一六)、小林美代子(一九一七〜七三)、林京子(一九三〇〜二〇一七)などの新人作家を育て、輩出させたということにあるだろう。これらの点については、主宰者の保高徳蔵の妻・保高みさ子(一九一四〜二〇一〇)の『花実の森　小説文藝首都』が詳しい。ただ、これらの中上、津島、林には、朝鮮、中国など東アジアへの関心が見られるのは、興味深い現象である。

5　殉教者としての親日派

だが、朝鮮人の書き手たちが、「日本語」で、日本の雑誌に書く場所を求めるといった傾向は、「朝鮮文学」の変質を伴い、手段はやがてその本質を裏切ることになる。手段としての「日本語」は、在日朝鮮人たちの内面や内心を拘束し、とりわけ「国語（日本語）」で書くことの社会的な強制力は、朝鮮人たちの民族的な主体性そのものを蚕食する形で、「国語（日本語）」による「国民（日本人）」のための「国民文学」が語られるようになるのだ。そのような日本に追随した「国民文学」「国民文化」の旗振り役が、金史良の「天馬」に描かれるところの主人公「玄龍」のような人物なのである。

「天馬」（初出は『文藝春秋』一九四〇年六月号）は、モデル小説として知られている。韓国の文芸評論家・金(キム)允植(ユンシク)は、「韓日文学のかかわりあい」という論文の中で、「玄龍」は「玄の上龍之介とあるように大江龍之介と創氏改名した金文輯(キムムンチプ)、田中は京城駐在ゴム会社職員・小説家の田中英光、大村は『緑旗』誌および緑旗連盟の責任者・津田剛、似非学者の角井は、辛島驍を連想できるであろう」（『傷痕と克服』大村益夫訳）と具体的なモデルの名前を明瞭に書いている。(6)

「玄龍」のモデルとされている金文輯は、日本で文学修業時代を送った後に、朝鮮に帰国し、日本で新しい文学理論を仕入れたという触れ込みで、一九三〇年代の初め、朝鮮文壇で活躍したが、しかし、その奇矯な性格とスキャンダラスな行動で顰蹙を買い、「皇国民化運動」の進展とともにその代表的なイデオローグとなり、「朝鮮民族の発展的解消論序説」というのを書いて、心ある朝鮮人を憤激させたかと思うと、やがて『臣民の書』なるものを著し、朝鮮に居たたまれず日本へ去ったという人物である。のち、日本に帰化したと伝えられている。[7]

この実在の金文輯（大江龍無酒之介と改名した）との関係からすると、「天馬」の作中の日本人小説家「田中」のモデルは、金允植のいう「田中英光」ではなく、彼とその日本留学時代に知り合いであった田村泰次郎（一九一一～八三）であると考えられる。田村は一九三九年に大陸開拓文芸懇話会の一員として「満洲」へ渡り、その帰りに「京城」に立ち寄って金文輯と「京城ホテル」のロビーで会ったことを書いている（『わが文壇青春期』）。また、田村はその回想記に金文輯と知り合いだったことを記し、彼らの共通の知人である小説家の荒木精之（一九〇七～八一）の妹と金文輯とのゴシップ的な関係をそこで書き留めている（同じようなエピソードが、「天馬」では「田中」の妹と玄龍の間のこととして書かれている）。また、堀辰雄と宗瑛（片山廣子の娘、一九〇七～八二）をめぐっての刃傷騒ぎがあったことも知られており、そうしたスキャンダラスな話題性を持つ性格だったといえる。[8]

「何しろ彼は此頃スランプの中にいて書けないので、流行の満洲にでも行ってうろついて来れば違ったレッテルもついて新分野の仕事が出来るかも知れないと出掛けたまでだつた」という「天馬」での「田中」についての言及も、「大陸開拓文芸懇話会」なるものをでっち上げ、役所や新聞社の金などで満洲遊山旅行をしてきた田村泰次郎にふさわしい。なお、作中で「田中」が敵愾心を燃やす「尾形」なる「東京の或る知名な作家」とは、たぶん林房雄（一九〇三～七五）であろう。[9]

しかし、金允植が前掲論文で指摘しているように、金史良は明らかにこの作品の中で「玄龍」に、十字架にかかったイエスを連想させるような「殉教者」「受難者」のイメージを付与させている。「玄龍」は街角で、妻を貧窮のうちに亡くし、その妻と結婚した時に植えた桃の木をたたき切って、その桃の枝を売って酒を飲むんだと叫んでいる一人の農民に同情し、桃の枝を買う。そして彼は、「田中」たちに置き去りにされた道端で、桃の枝に跨って、「僕は天に上るんだ、玄龍が桃の花に乗って天に上るんだ！」と叫びながら歩き回る。金允植は「ここにわれわれは玄龍的俗物性を理解するのはきわめて容易である。しかしながら、この人物の殉教者的運命と俳優的運命とを同時に把握し理解するのは、決して簡単なことではない」と書くのである。

「天馬」の最後は、天に上ることのできなかった「玄龍」が蛙たちの「鮮人(ヨボ)！」という声に脅かされ、「もう僕は鮮人(ヨボ)じゃねえ！」と悲鳴を上げながら、娼婦街を逃げ回る場面で終わっている。[10]「日本人」になろうとしながら、日本人になり切れなかった「玄龍」。しかし、金史良の視線はそこに「民族」を超えようとした「受難者」、「内鮮一体」「皇国民化」という理念に対する「殉教者」を透視している。そこには、「親日派」に対する単なる憎しみや軽侮を超えた「悲哀」と「哀惜」の情が漂っているような気がする。

もちろん、それは「玄龍」的な人物を肯定し、認めているということではない。認めるのでも、肯定するのでもないが、だが、そこに「被害者」であり「犠牲者」であり、ある意味では「殉教者」としての「玄龍的人物」が近代の朝鮮にはいて、それを通過しないことには、彼をそのまま非難、抹殺したところで自分たちの問題は解決しないと考えている民族主義者としての金史良がいるのである。

形は違うかもしれないが、「無窮一家」の中には兄夫婦の困窮を見て見ぬふりをして、自分の勉学のために「土方仕事」の賃金を必死に貯め込んでいる朝鮮人少年が出てくる。兄夫婦が居候している家に、さらに居候している彼は、部屋主の老人に「義理人情を弁えねえ奴は豚畜生と同様だ！」と罵られる。だが、老人の息子で、その部屋の家長である主人公の「東成」は、少年を庇い、いわばその自分一人だけでそうした貧しい環境から浮かび上がってみせるという「エゴイズム」を肯定してみせるのである。

家族や親戚や知り合い同士がもたれ合い、支え合うことによって、さらに貧困の中に沈没していってしまう現実。そこから浮かび上がるためには、兄夫婦の困窮を見過ごし、部屋主への義理も欠き、嫂の出産にも蓄えた金を絶対に費やさないこと。少年のそうした悲壮な決心は、同じように煩わしい係累との関わりを断ちたいと思いながらそうできない「東成」にとって、ケナゲなものと映らざるをえないのだ。つまり、そこには「親日派」や「エゴイスト」がダメとは簡単にいえない金史良の優しさがあり、彼はそれを「内在的」に乗り越えることによって、自らの内部の「親日派」や「エゴイズム」を振り切ろうとしたのである。

金史良は明らかに民族主義者であり、共産主義者であり、そして博愛主義者だった。だが、彼はそうでない人間を一方的に弾劾し、断罪し、切り捨てるには、その精神はあまりにも「纖細」だったのである。彼は、朝鮮と日本との関係があまりにも「政治的」過ぎる時代に「日本語文学者」として活躍しなければならず、分断された祖国としての朝鮮半島があまりに「政治的」に緊張している時代に、一方の「政治的文学者」として活動せざるをえなかった。それが彼の本質的な悲劇であったと私は思う。

彼の作品は、北朝鮮でも、韓国でも、現在は、ともにまとまった形で読むことができない（ただし、韓国では『落照』などの作品を雑誌初出の影印版として集めた不完全な作品集は出ている）。「異国」であった日本、「外国語」であった日本語によって、その全集（『金史良全集』全四巻・河出書房新社）と、代表作選集（『金史良作品集』理論社）と、一冊の文庫本（『光の中に　金史良作品集』講談社文芸文庫）が編まれているだけなのである。

金史良は、朝鮮半島が日本帝国主義から解放される直前の一九四五年に北京経由で、中国の解放地域への脱出に成功した。脱出の前日に、北京で金史良と出会ったことを証言しているのが、当時、北京で新聞記者をしていた中薗英助（一九二〇～二〇〇二）である。『わが北京留恋の記』（一九九四年、岩波書店）のなかで、彼はホテルに同宿していた評論家のおそらく白鉄（ペクチョル）（一九〇八～八五）と金史良とが、熱心に話し込んでいるところを目撃している。残念ながら、朝鮮語で交わされていた会話の内容を日本人の中薗英助が理解できるはずもなかった。おそらく、翌日の北京からの解放区への脱出の計画がスリリングに交わされていた思われるが、今となっては知るすべもない。

だが、そこで語られていたのが、「日本語」を棄てて（清算して）、「朝鮮語」で書くことの決意だったと考えても不思議はないだろう。亡国の悲哀や、日本や植民地下の朝鮮で、民族の復興を訴えるためにも「日本語」を選ばざるをえなかった張赫宙は、日本の敗戦後、野口赫宙として逆に朝鮮語を棄てて日本人作家となったのだが、金史良はキム・サリャンとして朝鮮語作家となった。北京の一夜は金史良にとって、脱皮であり、再生の一夜であったのだが、その目撃者は、それを理解することができなかった。日本語から遠ざかろうとした金史良の本当の心中は誰にも知られないままに終わったのである。

註

（1）金史良の「最後」を含めて、伝記的事実については安宇植（アンウシク）著の『金史良――その抵抗の生涯』を参照した。

（2）朝鮮戦争時に北朝鮮の人民軍に拉致されたと見られる文学者たちは少なくない。李光洙、金東煥、朴英熙の他に、鄭人澤、金起林、崔南善などがいて、その多くは近年に至るまで消息不明だった。北朝鮮側が情報の公開を阻んでいるためである。また、自ら進んで〝越北〟した文学者も多く、金起林、林和、韓雪野、李泰俊、朴泰遠などがいて、韓国では長い間、彼らの作品は発禁となっていた。南北双方で受け入れられなかったのである。

(3) 焼き畑農業を行い、山中を移動して暮らしていた細民たち。都会の「土幕民」と対照的な存在として、社会的救済の対象とされた。

(4) 白々教（ペクペク）は、日本帝国主義下に起こった新興宗教教団。「白」をシンボル・カラーとした民族系の宗教で、猟奇的な事件を起こし、総督府権力に弾圧された。

(5) 金史良は、中国の解放区への脱出の後、北朝鮮に帰国し、人民芸術家として活動した。張赫宙は日本に帰化し、野口赫宙の名前で、推理小説や歴史小説などの読み物的小説を量産した。

(6) 津田剛は、兄の津田栄が中心となった「緑旗同盟」に加わり、その機関紙『緑旗』などで文化的活動を行った。これは朝鮮総督府の文化行政の旗振り役を務めた雑誌だった。辛島驍は専門は中国文学で、延喜専門学校校長などを勤めた。暗号研究家で、推理小説も書いた。子息の辛島昇は、父親の朝鮮時代の不行跡の噂のために、辛島家の家学としての漢学（中国学）からインド学へと転じたという（江藤淳談）。もう一人、当時の京城文壇で力を持っていたといわれる寺田瑛（一八九四～一九六〇）は、『京城日報』の文化部長で、『街の不連続線』『時の不連続線』（京城刊）などの著書がある。

(7) 金文輯の生涯については拙論「花豚正伝」（『満洲崩壊』文藝春秋、所収）を参照。

(8) 金文輯の堀辰雄とスキャンダラスな事件については、拙著『物語の娘――宗瑛を探して』（講談社）を参照。

(9) 林房雄は、『国民文学』などの座談会に出席し、これからの朝鮮人の文学は「国語」（＝日本語）で書かれるべきだといった発言を行っている。

(10) 「ヨボ」は、もともと「ヨボセヨ」の略で、「もしもし（こちらを見て）」といった呼掛けのことだが、夫婦間や恋人同士で相手に呼びかける言葉となり、植民地時代の日本人は、朝鮮人のことをこう呼んだ。「鮮人」と同じく差別的なニュアンスが濃い。

第8章　金素雲と李箱の日本語詩

1　金素雲の朝鮮民謡集

日本・朝鮮の文学交差の歴史のなかで、もっとも大きな位置を占めるのが、金素雲（キムソウン）（一九〇七〜八一）であることは、論を俟たないだろう（とりわけ、詩歌分野において）。日本に本格的に朝鮮の近代詩を紹介した『朝鮮詩集』のほか、伝承的な民謡、童謡を日本語に翻訳して紹介した『朝鮮民謡選』や『朝鮮童謡選』の普及版は、岩波文庫となって日本の読書界に広く普及したことは疑いない。『朝鮮民謡選』は初刷りは昭和六（一九四一）年で、『朝鮮童謡選』も同年初版である。

この他に、韓国現代文学の翻訳（『現代韓国文学選集』全五巻、冬樹社、一九七四〜七六年）があり、韓日、日韓の辞典を編むなど、文化交流に大きな足跡を残したのである。(1)

日本の出版界に知己を持たない一介の白皙の若者が、岩波文庫や、ましてや一九三六（昭和十一）年、文芸書の豪華本の刊行で定評のあった長谷川巳之吉（一八九三〜一九七三）が創立した第一書房から純ハングル版（すべてがハングル活字で印刷されていた）の『諺文　朝鮮口伝民謡集』を発刊できたことは、稀有なこ

ととい わざるをえない。新村出（一八七六～一九六七）や土田杏村（一八九一～一九三四）の推薦があったとしても、これは奇跡に近い出来事だったといえる。それだけ、金素雲の仕事が日本の識者に評価されたともいえるのだが、そこにはそれだけではない機微があったと推測される。

同書の売れ行きを心配する長谷川巳之吉社長が「せめて序文だけでも日本語で書いたら――」というのを、二十五歳の若い朝鮮人は頑として受け入れなかった。「もともとこれは朝鮮で出版されるのが本筋であり、カナモジ一字入ってもその朝鮮の出版社どもに意地が立たぬ」と、自分の労作を本にしようとしない朝鮮の出版界に対する当てつけであり、意地だったという（李王家が買い上げてくれたので、千部が出てようやく収支が合ったという――長谷川郁夫『美酒と革嚢――第一書房・長谷川巳之吉』河出書房新社、二〇〇六年）。

一九三〇年代は、日本において民謡についての関心が高まった時期であった。白鳥省吾（一八九〇～一九七三）の民謡論や、北原白秋（一八八五～一九四二）や西条八十（一八九二～一九七〇）の新民謡や創作童謡への関心の高まりがあり、日本民謡研究の第一人者である町田嘉章（一八八八～一九八一）の民謡採集が行われたのも、一九三〇年代だった。もちろん、柳田國男（一八七五～一九六二）の民俗学の発展、民間伝承や民俗の採集が持続的な関心を呼び続けていた。

こうしたなかで、朝鮮各地から日本へ渡ってきた土工夫たちなどの間に入って、民謡や童謡を採集していった金素雲の仕事は、朝鮮の民俗学的な業績としても先駆的な意味を持っていたと思われる。しかし、問題点もあった。民謡・童謡は、民衆・民族のなかで歌われるものであり、歌詞（言語芸術）のみならず、音楽的な本質を備え持っているということだ。つまり、「詩」ではなく「歌」であり、伝承的なメロディーやリズム、囃し言葉や繰り返しの音楽性が重要である。もともと音楽家であった町田嘉章の民謡採集は、当然のことながら「歌」としての採集であり、音楽として採譜し、録音、レコード化を伴っていた。歌詞の採集だけでは、その価値は半減してしまう。金素雲も、山田耕筰（一八八六〜一九六五）に依頼して一部の朝鮮民謡を採譜してもらったようだが、その正確性などを吟味する能力には欠けていた。

さらに、それを日本語に翻訳する過程において、民俗学的な資料の採集・収集としては致命的な欠陥を抱え込むことになる。ラジオやレコードなどの録音メディア、印刷・文字化の大衆的メディア、発達に伴うこうした民謡・童謡の採集は、金素雲の賛美者が考えるほどには、画期的な価値を持つものではなかった、と考えることもできる（もちろん、その先駆性、独創性を讃えることには何の留保もないが）。

なお日本において最初に朝鮮の代表的民謡アリランが紹介されて流行したのは、一九三一年に小樽出身の日本人歌手・小林千代子（一九一〇〜七六）が「金色假面」という覆面歌手としてレコード化したもの（西条八十作詞、ビクターレコード）が嚆矢である。

2 翻訳の問題

もう一つは、「翻訳」の問題である。『朝鮮詩集』の流麗な日本語となっている作品は、翻訳というより、日本語、朝鮮語の文章を自由自在に書くだけのバイリンガルの語学力を持つ金素雲自身の再創作の詩であり、原詩からかけ離れたものであるという批判があがる結果となった（本人もそれを認めている[2]）。バラバラの詩句としてしか残されていないものを、首尾一貫した一編の作品として再編したものは、もはや〝翻訳〟とは言い切れないものとしか表現できない（たとえば李箱のもの）。日本語の詩として優れたものであっても、朝鮮の近代詩の本当の姿を紹介したものということはできないのだ。

はるか後に、金時鐘（キムシジョン）（一九二九〜）によって原詩の味わいを残したものとして再翻訳されることになったのも、金素雲流の翻訳が、むしろ朝鮮近代詩を誤解させてきたというキライがあったからだろう（もちろん、それは翻訳詩集としての『朝鮮詩集』の歴史的価値を減殺させることではないが）。

金素雲は、自らの『朝鮮詩集』のなかの訳詩と、直訳調のものを並行してみせている（「韓国と日本のはざまで――東大での講演」）。

異河潤（イハユン）「野菊」

愛ほしや野に咲く菊の
色や香りやいづれ劣らぬ
野にひとり咲いては枯るる
花ゆえにいよよ香はし

野の花のこころさながら
この国に生へる詩人（うたびと）
ひとり咲き　ひとり朽ちつつ
偽らぬ　うたぞうれしき。

この詩の原詩の直訳は、こうだ。

わたしは野に咲いた菊の花を愛します。
色や香りどれが劣るというのではないが、
広い野に哀れに咲いて散る花なればこそ
わたしはその花を限りなく愛します。

私はこの国の詩人を愛します。
淋しいけれど心のままに咲いて散る花のように
色と香りに少しも偽りがないゆえに、
わたしは彼らの吟(くちずさ)む詩を愛します。

金素雲の時代には自明であったものが、現在では必ずしも自明ではない、という例証としてこの二つの訳詩を挙げることができる。

一昔前の文語定型詩的な前者の訳詩は、日本語、日本の近代詩の枠のなかにすっぽりと収まって、はみ出るところがない。それに引き換え、後者は翻訳調があらわであり、抒情詩的情感に乏しいように思える。ただし、原詩をそのままに彷彿とさせるのは後者であって、現在ならば、この後者の翻訳の態度こそが、文学作品の翻訳にふさわしいと考えられている。堀口大学（一八九二〜一九八一）の訳詩集『月下の一群』流のやり方は古いといわざるをえないのだ。

「私はこの国の詩人を愛します」という詩句、植民地としての朝鮮の詩人による詩は、近代文学としては未成熟でたどたどしいものかもしれないが、それでも亡国の憂き目にある「朝鮮」の詩人が「朝鮮語」

の詩を愛好するという、強い自恃の意志を読み取ることができる。

それに対し、「この国に生へる詩人／ひとり咲き　ひとり朽ちつつ／偽らぬ　うたぞうれしき」とされてしまうと、たとえ拙く幼いものでも「朝鮮」の詩と詩人を愛惜するというパトリオティズム（愛郷心）は、流暢な日本語の修辞から揮発してしまわざるをえないのだ。「淋しいけれど心のままに咲いて散る花のように」という詩句には、国も言葉も奪われてしまった亡国・朝鮮の詩人の悲哀が込められているが、「ひとり咲き　ひとり朽ちつつ」からは、そんな感慨は読み取れないのである。つまり、政治的な意味を考えると、この二つの詩は、（よく似てはいるが）まったく別の意味を持つ二編ととられる可能性が高いのだ。もちろん、そのことは金素雲にも分かっていた。だから彼の朝鮮詩の翻訳は、日本人に朝鮮詩を知らしめるための戦略であり、工作だった。そしてしばしば彼は、そうした自分の巧みな〝作戦〟に自ら溺れてしまったのである。

3　文化衝突としての翻訳

民謡、童謡の収集と翻訳についても、同じような問題が指摘される。伝承歌謡は、文学的作品である前に歌われるものであり、遊戯などとしてのパフォーマンスを伴うものだ。そしてそれは、当然のことながら伝承された地域の地方語（方言）の歌であることが大きい。それが日本語に翻訳されることによって、地方性（地方色）は蒸発してしまう。意味は伝わっても、それはあくまでも意味だけである。

民俗学的意味での民謡・童謡の収集は、方言の保存であり、その地方独特の言い回しやリズム、オノマトペや囃し言葉が重要なのである。柳田國男が金素雲の作業を多としながら、その依頼に応えず、積極的に出版の労を取らなかったのも、根本的に、民謡観、童謡観が違っていたからかもしれない。

金素雲の民謡、童謡採集、朝鮮詩集の刊行の肯定面を強調していえば、岩波文庫という当時においてもっともポピュラーな出版形態をとったことも、朝鮮文学の紹介に与（あずか）って力があったといわざるをえない。古今東西の古典的な文学作品を網羅しようとしていた岩波文庫（赤帯）に入ることは、古典的な権威がそなわるということであり、これは著者の若さのことを考えても異例の出来事といわざるをえない。

金素雲が、民謡選、童謡選の出版の援助を得るために、何のコンタクトもなかった北原白秋の門を敲いたことは有名だ。北原白秋（一八八五～一九四二）、佐藤春夫（一八九二～一九六四）などの当時の名だたる詩人が金素雲に協力的であったのは、金素雲の押しの強さや、朝鮮文化への関心の高まりがあったからだけではなかった。林容澤（イムヨンテク）（一九五八～）の『金素雲「朝鮮詩集」の世界』（中公新書）で強調されているように、金素雲が採集した民謡や童謡、そして朝鮮の近代詩の〝翻訳詩〟が、北原白秋や佐藤春夫、三好達治（一九〇〇～六四）の詩風に倣ったところがあり、それだけ受け入れやすかったという機微も存在していたと思われる。いわば朝鮮民謡や朝鮮近代詩は、日本人の口に合うような調理されて日本の文学世界に提供されたたのだ。

しかし、それは調理品であり加工品だった。それは食材そのものの味や香りとは異なっていた。もちろん、そのことを金素雲は分かっていた。だからこそ、純ハングル版の『諺文　朝鮮口伝民謡集』を無理を承知で日本の第一書房から刊行したのだ[3]（前述したように、せめて日本語の序文を付けたら、という出版社側の勧言を彼は撥ねつけている）。それはある意味では金素雲流のハッタリであり、彼一流の演劇的な演出の所産だった。彼は自分を認めることのない朝鮮文壇や朝鮮出版界の鼻を明かすために、日本の一流出版社（岩波書店、第一書房）から自著を刊行することを望んだのであり、朝鮮の出版社を尻目にして、日本で純ハングル版の本を〝戦略〟的に出したのである。

だが、むろんそれは、日本の人口には全然、膾炙することはなかったし、〝文化工作〟としても失敗した（民謡選、童謡選は成功した）。逆に、金素雲を朝鮮のナショナリストで独立主義者であると誤解させたかもしれない。朝鮮では、親日派、日本主義者であるとされた彼が、日朝双方に誤解の種を播いてしまったといわざるをえない。

日朝、日韓の間にあって、すなわち日本語と朝鮮語の間にあって、金素雲は、明らかに日本語の立場に偏って立っていた。彼は日本語文学の世界にあって、「朝鮮」的な抒情や、「朝鮮民族」的なものを導入したのだが、それは非対称的なものが文化衝突をして、新たな次元を切り開いていくような前衛性に乏しかった。ポール・モーラン（一八八八～一九七六）の『夜ひらく』の翻訳がむしろ誤読されて、横光利一の新感覚派の小説の文体を生み出し、堀口大学の『月下の一群』の翻訳詩が、印象派的な象徴主義的なモダニズム詩の誕生を促した場合とは明らかに異なっている。そこには、創造的な文化衝突はなかったのである。

金素雲の、朝鮮文学（文化）と日本文学（文化）とを架橋する役割の大きさは紛れもないが、それは日本文学の姿に朝鮮文学を似せることによって叶うものだった。それは、金素月（キムソウォル）（一九〇二～三四）の日本語詩のように、島崎藤村風の文語自由詩として、流暢で華麗な「日本語」の詩として成立しており、その分だけ、異言語、異文化の衝突による創造力は期待できなくなってしまうのである。

4　李箱の日本語詩

金素雲の翻訳は、日本的な伝統的な抒情にどっぷりと漬かっていた。それは極端にいうと、日本近代史の初期の文語定型詩をなぞったものであり、当時においても〝古めかしい〟ものであった。岩波文庫に採択されたのも、それが古典的装いのものだったからだ。

それに引き換え、金素雲の同時代人であり、文学仲間であったといっていい李箱（金海卿）の日本語詩は、きわめて前衛的なものだったといえる。数字や記号、アルファベットを駆使したその詩形は、鬼面人を驚かすものであって、読者にとって〝狂人のたわごと〟とまで悪罵された。それはもちろん朝鮮の詩壇においてだが、もし、彼の詩が、同時代の日本の詩壇に紹介されていたとしたら、その破壊力は、当時においても目を見張るものだったに違いない(4)。

李箱の日本語詩は、こんなものだ。「異常ナ可逆反応」と題された詩群の表題作だ（異常は李箱に通じる）。

任意ノ半径ノ圓（過去分詞ノ相場）

圓内ノ一點ト圓外ノ一點トヲ結ビ付ケタ直線

二種類ノ存在ノ時間的影響性
（ワレワレハコノコトニツイテムトンチヤクデアル）

直線ハ圓ヲ殺害シタカ

顕微鏡

ソノ下ニ於テハ人工モ自然ト同ジク現象サレタ。

×

同ジ日ノ午後
勿論太陽ガ在ツテイナケレバナラナイ場所ニ在ツテイタバカリデナクソウシテナケレバナラナイ歩調ヲ
美化スルコトヲモシテイナカツタ。

發達シナイシ發展シナイシ
コレハ憤怒デアル。

鐵柵ノ外ノ白大理石ノ建築物ガ雄壯ニ建ツテイタ
眞々5″ノ角ばあノ羅列カラ
肉體ニ対スル処分法ヲせんちめんたりずむシタ。

目的ノナカツタ丈　冷静デアツタ

太陽ガ汗ニ濡レタ背ナカヲ照ラシタ時
影ハ背ナカの前方ニアツタ

人ハ云ツタ

「あの便秘症患者の人はあの金持の家に食鹽を貰ひに這入らうと希つてゐるのである」

ト

…………………

1931・6・5

だが、厳密にいえば、これは詩ではないかもしれない。言葉の意味内容はほとんど剝奪され、朝鮮総督府の建築科に勤めていた金海卿が、朝鮮建築学会の機関誌『朝鮮と建築』の表紙デザインの募集に応募し、採用された表紙デザインとして活字化されたアフォリズムのように、レタリングとともに、あくまでもデザインの一部としてあるもののようだ。(5)

つまり、言葉の内容よりも、ビジュアルなデザインとしての「文字」や「記号」や「図形」なのであり、独立した詩句とはみなしにくいものなのだ。李箱の詩が、鏡文字(裏返しの文字)の数字や記号を使ったり、文字配列にこだわったのは、李箱の「日本語」が、その意味内容よりも表層的な〝見かけ〟に重点を置いていたからだともいえる。

比較のために、この詩と似た感じを持つ、日本人の詩作品を見てみよう。

1

光線は波動しては来るが、発光体はなく、実像し虚像と投影図とは振子となつて動いて居るが、凸レンズも、また、実体さへもない。無色透明で、光線は収差し、音波を廻折し、直線ばかりで構成されたガス・イオンの旋転体で、――ライプニッツの言葉を借りれば、有と非有との中間物とでも云はうか。だが、虚数よりも希薄で、無理数よりも白味を帯びた量子の集合体である。

2

2線の交転は、無限を超へると、不意に他方に表れる。

3

(純正数学の異状なる勝利――ミンコフスキイ)

4

空間に一直線を描け。
私はそれを腰かける。イントロのシガレットとオモゲンの煙りとが、任意の方向に蒸発する。
力学よ、振れ、直線を動かせ。
私は重心で、ブランコの振動数であつた。

(後略)

野川隆(一九〇一~四四)の「フリント・ガラスの旋転体」という作品の前半部分である。『ゲエ・ギムギガム・プルルル・ギムゲム』という詩誌の第五号に発表されたものだ。一九二五年五月一日発行の日付がある。稲垣足穂(一九〇〇~七七)は、「ロバチエフスキー」という「非ユークリッド幾何学の大立者」でもある人の名前を、「日本文学の中に取り入れたのは野川隆君であることを銘記してもらいたい」(『GGPG』の思い出」)と書いている。つまり、現代数学を現代文学に取り入れたのは、『一千一秒物語』を書いたモダニスト作家・稲垣足穂のように思われているのだが、それはダダイスト詩人として出発した野川隆であることを明確にしているのである。

伊藤整(一九〇五〜六九)が語っているように(『若い詩人の肖像』)、関東大震災などを機に、モダニズム、未来派、フォービズム、ダダイズム、シュールレアリズムの洗礼を受けた日本の近代詩は、その〝見かけ〟の意匠を大きく変貌させた。安西冬衛(一八九八〜一九六五)、北川冬彦(一九〇〇〜九〇)、高橋新吉(一九〇一〜八七)、草野心平(一九〇三〜八八)、萩原恭次郎(一八九九〜一九三八)、北園克衛(一九〇二〜七八)、春山行夫(一九〇二〜九四)などの、一見して、鬼面人を驚かすような詩が書かれたのである。

数字や数式、アルファベットの文字、鏡文字、記号の羅列などの詩の形は、日本語では野川隆が先駆者だ。李箱が同時代の日本の詩に関心を持ち、その動きをフォローしていたことは間違いないと思われるから、彼が当時の日本詩の最前衛の詩誌である『ゲエ・ギムギガム・プルルル・ギムゲム』を見ていた蓋然性は高い。そうでなくとも、ダダイズム、シュールレアリズムといった先端芸術の動向に敏感であったことは疑いないだろう。李箱の日本語詩が、野川隆などの前衛詩の深い影響を受けたことは、私には明らかであると考えられる。

日本語の詩に限らず、李箱の詩や散文の世界は、世界同時進行形の〝前衛文学〟の運動と呼応していたことは紛れもないことだと思われる。広くいえば、新感覚派的なモダニズムの洗礼を余すところなく受け取っていたのである(それは建築の世界でのモダニズム様式と相即的である)。

李箱が、日本のモダニズム詩をリードしていた『詩と詩論』や、文化誌『セルパン』などの雑誌を購読していたことは確かなことだ（李箱は『セルパン』で、アポリネールの文章を読んだことを「一番目の放浪」という文章で直接書いている。[6] 大正末期から昭和期の初めにかけての日本の近代詩の動きは、ほとんど同時に朝鮮の若い詩人たちの動きと直結している。金素雲の『諺文　朝鮮口伝民謡集』を出した第一書房は、『セルパン』の発行元であるのと同時に、アポリネールやヴェルレーヌなどのフランス詩の紹介者である堀口大学の翻訳詩集『月下の一群』の発行元でもあった。日本の先鋭的な文化雑誌、詩集、美術書が、大阪屋號書店のような（配給、取次）書店を通じて、朝鮮にも多くの購買者（読者）を持っていたことは明らかである。

呉章煥（オジャンファン）（一九一八〜五一）は、ソウル（京城）にあった、若い詩人や画家などの芸術家の集まる喫茶店「楽浪」に、いつも第一書房から出版された新刊の詩集を小脇に抱えてやってきて、それを見せびらかしていたという（白恵俊・同論文）。李箱が購読し、そこから少なからぬ影響を受けていた『セルパン』（第一書房・発行）が、春山行夫編集のもので、李箱とその仲間（金素雲や、高ダダとも名乗った高漢容（コハニョン））が、そうした日本の詩壇の現代詩の動向にアンテナを張り、強い関心を抱いていたことは疑いなく、もっとも先鋭的と思われる『ゲエ・ギムギガム・プルルル・ギムゲム（G・G・P・G）』という詩誌に興味を持たなかったと考える方が不思議だろう（野川隆は、『セルパン』にも何度か寄稿している）。つまり、李箱が野川隆の〝高等数学〟を使った詩篇に触れることは容易だったのである。

金素雲の回想によれば（『天の涯に行くるとも』上垣外憲一・崔博光訳、講談社学術文庫、一九八九年）、李箱たち、「京城」のモダニストたちが集まるカフェ「楽浪」の壁には、紅白試合として、文人たちの架空の勝負が落書きされ、李箱の試合相手は北園克衛であり、判定で李箱が勝ったようだ。李箱の前衛性の方が北園より優っているという判断のようだが、これが野川隆であれば、この判定は逆になったのではないだろうか。

ただ、野川隆はその変幻自在な詩法の変化のめまぐるしさや、変わり身のせいか、北園克衛ほどの知名度がなかった（もちろん、こうした試合自体がジョークなのだが）。なお、北園克衛（本名・橋本健吉）は、『ゲエ・ギムギガム・プルルル・ギムゲム』の創刊同人の一人でもある。

これが私が、李箱の日本語詩と野川隆の詩空間を重ね合わせる理由なのだが、明らかにこの時代（一九三〇年代）、「東京」と「京城」のモダニズム芸術の感性は同調していたのであり、同質のダダイズム的、シュールレアリスム的、未来派的な芸術空間を共有していた。野川隆が、芸術的革命から革命的芸術の方へ転身していったことを思えば（高見順『昭和文学盛衰史』文春文庫）、京城での、東京での前衛文化、都市文化に幻滅していった李箱が、社会的、政治的前衛へと進んでゆくことは既定的なものであったということも可能だろう。

ダダイズムを中心に、日本と朝鮮の文学者たちの交流と共鳴の関連様相を描いた吉川凪の『京城のダダ、東京のダダ』（平凡社、二〇一四年）は、こうした前衛芸術家や文化人たちが共有していた時間と空間を再現的に示そうとしている。

次の詩は、李箱の日本語による詩ではないが（原文朝鮮語）、彼の詩作品の特徴性、その「詩」としての言語の破壊性や革命性、前衛性を示すものとして読むことが可能だろう。

「烏瞰図」

十三人の子供が道路を疾走する。

（道は袋小路が適当である）。

第一の子供が怖いという。
第二の子供が怖いという。
第三の子供が怖いという。
第四の子供が怖いという。
第五の子供が怖いという。
第六の子供が怖いという。
第七の子供が怖いという。
第八の子供が怖いという。
第九の子供が怖いという。
第十の子供が怖いという。

第十一の子供が怖いという。
第十二の子供が怖いという。
第十三の子供が怖いという。
十三人の子供は怖い子供と怖がる子供と
そのようにだけ連れ立っている。
（別の事情はないほうがよい）

その中のひとりの子供が怖い子供でもよい。
その中のふたりの子供が怖い子供でもよい。
その中のふたりの子供が怖がる子供でもよい。
その中のひとりの子供が怖がる子供でもよい。

（道は吹き抜けの路地でも適当である）。
十三人の子供が道路を疾走しなくてもよい。

日本の読者ならば、すぐに山村暮鳥（一八八四〜一九二四）の「純銀もざいく」という次の詩を思い起こすだろう。

いちめんのなのはな
いちめんのなのはな
いちめんのなのはな
いちめんのなのはな
いちめんのなのはな
いちめんのなのはな
かすかなるむぎぶえ

（後略）

あるいは、「白い少女」という文字を、校庭の運動場いっぱいに縦横に並べた「白い少女」という春山行夫の詩作品のことを思い浮かべてもよいかもしれない。

もちろん、李箱の詩が、暮鳥の『聖三陵玻璃』や、春山行夫の具体詩的な詩作品に影響を受けているとか、模倣したということを主張したいのではない。李箱の詩は、形式的な影響ということでいえば、萩原恭次郎や高橋新吉や北園克衛のダダイズムやコンクリート・ポエトリーの前衛詩に似ている。[7]

ただ、同じような詩句を繰り返し、一連のなかで一行だけ違った詩句を入れるという方法が似通った印象を与えているだけともいえる（もちろん、暮鳥の『聖三陵玻璃』が、その後のモダニズム詩の形式的な新鮮さの先駆者としての位置にあることは認められるべきだろう）。しかも、その静謐で美しい風景の最後に、「病めるは昼の月」といった、病的で、猟奇的ともいえそうな不気味な一句で締め括っているところに、この詩の奥行きが深く感じられる。それはあたかもモダニズムの都会的な明るい風俗（モダンボーイ、モダンガールの闊歩する街並み）が、いっきょに騒乱や事変や闘争の予感や予兆（軍靴の響き）へと変わってゆく昭和前期の時代情況と雰囲気（気分）を思い起こさせるのである。

一九一五（大正四）年に出版された詩集に収録された暮鳥の詩を、李箱が読もうと思えば読めたはずだということを指摘しておきたい。日本語の詩を書いていて、日本の詩壇の動きに無関心ではなかったはずの李箱が、「十三人の子供」の詩のヒントを「純銀もざいく」から得たという蓋然性は否定できない。

しかし、もちろん、「十三人の子供」と「純銀もざいく」は明らかに発想やテーマはまったく異なっている。李箱の詩は「十三人の子供が疾走している」から「疾走しなくてもよい」と一行だけ否定形に転じている。肯定し、すぐさま否定に転ずるというこの語法は、彼の反逆精神や矛盾した非論理を弄ぶ彼の性格に根ざしているともいえる。筆者は、この「鳥瞰図」を、一九二九年の光州学生事件と関連づけて見るという〝新解釈〟を示したことがあるが（それは、韓国の文芸雑誌に紹介されたことがある）、日韓の学生たちの間の喧嘩から始まった騒擾は、ただちに反日、独立運動の色彩を帯びるようになった。この反日の運動と「子供の疾走」を、オーバーラップさせて考えてみようとしたのである。[8]大して根拠のない〝新説〟を振り回すようだが、李箱の詩の背景にある不安感や騒擾感、疾走感は、まさに時代的で、社会性を帯びたものとして私にはとらえられたのだ。こうした点で、李箱の詩は、山村暮鳥の詩とはまったく違っている。

そして、それはすぐさま日本と朝鮮の近代詩の抒情のあり方と、密接に関わってくるものと思われるのである。すなわち、朝鮮の抒情は、あくまでも植民地下の「恨」を孕んだものであり、日本の場合は違うということだ（もちろん、李箱の詩も、「純銀もざいく」も、いわゆる抒情詩ではない）。

李箱の詩作品の文字通りの意味は排除されている。というよりは、〝壊されている〟。そこではただ、不安で不穏な気分が醸し出されているだけだ。それが、李箱の文学世界の〝情況〟だったのである。

註

（1）　金素雲は、彼を見る人の立場や視点によって、大きく異なった肖像が描かれる。早熟で才気のある詩人肌の文学者として、日本と朝鮮の文化交流に大きく寄与した国際的文化人の姿を見る人もいれば、ややいかがわしいところのある詐欺師的な面を強調して見る人もいる。前者の例として、実の娘である金纓の『チマ・チョゴリの日本人』（草風館）での回想があり、後者の例としては、実の息子である北原綴（本名・武井遵、一九三八～?）による『詩人・その虚像と実像——父、金素雲の場合』（創林社、一九八六）がある。なお、この二人は異母兄妹である。

（2）金億（一八九六～?）、金素月、金起林、李箱、徐廷柱（一九一五～二〇〇〇）など、朝鮮の詩人は多く日本語による詩を試みている。

（3）当時、長谷川巳之吉の経営する第一書房は豪華本の詩集の出版社として知られ、堀口大学の『月下の一群』ほをはじめとした翻訳詩集、『氷島』などの萩原朔太郎、室生犀星、佐藤春夫の詩集、丸山薫の『帆・ランプ・鷗』、竹中郁の『象牙海岸』、田中冬二の『青い夜道』などの清新な詩集を刊行していた。後出の雑誌『セルパン』は、三浦逸雄（イタリア文学者、三浦朱門の父）、春山行夫などが編集長だった。

（4）金海卿（李箱の本名）は、朝鮮総督府の建築課に勤めていたが、その当時学会の機関誌『朝鮮と建築』の表紙のデザイン案に応募し、当選して、何回も表紙を飾っている。レタリングの文字とアフォリズム的な文の組み合わせで、文には（R）という頭文字が記されていて、李箱のものだと判明している（第9章「李箱の京城」参照）。

（5）『朝鮮と建築』誌の表紙デザインについては、冨井正憲氏からの教示を得て、資料の提供を受けた。

（6）「一番目の放浪」は『李箱全集』第三巻に収録されている。ここでは白恵俊「1930年代植民地都市京城の「モダン」文化」（『文京学院大学外国語学部文京学院短期大学紀要（5）』二〇〇六年二月）を参照した。

（7）萩原恭次郎の『死刑宣告』など、活字の並べ方や印刷面を工夫したカリグラム的な詩が多く発表された。高橋新吉などのダダイズム詩が、同時代の高漢容などの朝鮮の詩壇で受容されたことは、先に挙げた吉川凪の『京城のダダ、東京のダダ』（平凡社、二〇一四年）に詳しい。

なお、李箱の詩篇の中に、「與田準一」「月原橙一郎」という、あまり日本でも知られていない詩人（與田は童謡詩人、月原は民謡調詩人）の名前があるが、これは作品ではなく、ノートの同一ページにばらばらに書かれた、心覚えのメモと詩の断章のようなものを、編者が作品と判断したものだろう。だが、これは錯覚だと思われる。李箱と彼らとの関係はまったく知られていない。

（8）光州学生事件は、日本植民地時代下の一九二九年十一月三日に起きた朝鮮人による学生運動。きっかけは通学列車内での日本人学生と朝鮮人学生のトラブルだったが、警察側の対応に激怒した光州高等普通学校の学生たちが同盟休校して抗議し、朝鮮全土に広がった。朝鮮独立運動の一つの導火線ともなった。

第9章　李箱の京城

1　異常なる李箱

ここでは前章に引き続き、朝鮮近代文学史上もっとも異色で特異な詩人・小説家といわれる李箱に登場してもらい、彼を案内人として、いわゆる当時の日帝時代の「京城」の街を歩いてみよう。

李箱——朝鮮語読みではイーサン이상、李がイーであり、サンは、日本人たちが彼を李さんと呼んでいたその「サン」であるという（建築現場で、日本人は朝鮮人の職人や工夫を金、朴、李の区別なく、みんな〝イーさん〟と呼んだという）。あるいはイーサンは、漢字語として「異常」と音が通じる。〝異常なる可逆反応〟は彼の最初期の詩編の題名だ。〝異常な李箱(イーサンハンイーサン)〟（이상한 이상）——二十八歳で、東京で死んだこの近代詩壇の鬼才、異常児といわれた詩人に、〝異常な〟という形容詞は、まさにふさわしいものだった。

彼は朝鮮の近代文学者の中でも、もっとも有名であり、またもっとも異色な文学者だった。鬼才、天才という高い評価もあれば、狂人、異常性格者、ハッタリ屋、模倣屋といった評価もないではなかった。『朝鮮中央日報』に彼の詩編『烏瞰図(オガムド)』（鳥瞰図ではない）が連載されると、そのあまりにも前衛的な難解

이상 自画像

さに、読者からの抗議が新聞社に殺到した。「ふざけきっている」「わからない」「作者の精神状態を疑う」「いったいどんな思惑があってこんなものを載せているのか」という非難が相次ぎ、ついには「これ以上読者を愚弄することをやめ、直ちに掲載を中断しろ」という〝圧力〟に編集部は屈服し、三十回予定のところを、十回で中断しなければならぬ羽目になったという。編集責任者である、李箱の友人だった李泰俊（イテジュン）（小説家）はさぞかし頭の痛かったことだろう。

その詩は、前章に掲げた「十三人の子供が疾走する」という繰り返しの多い詩だが、確かにこんな詩を新聞紙上で読まされる読者は、苦行に近いものを感じたのかもしれない。この詩は、『烏瞰図』の詩編中の「詩第一号」と題され発表された。街の中を疾走してゆく十三人の子供のイメージ。こうしたモダニズム的で都会的な恐怖のイメージを醸す詩が、当時の読者たちに理解できなかったのも無理からぬことだったといえるかもしれない（早朝に配達された新聞を、眠気ざましのコーヒーを飲みながら読むような成人男性の眼に、〝ゲエ・ギムギガム・プルル・ギムゲム〟のような詩句が飛び込んできたら、日本の購読者は、どんな反応を示すだろうか？）。

「十三人の子供」の意味は何か。「十三」というのは、キリスト教の伝承で、イエス・キリストがゴルゴダの丘の上で磔刑に遭ったのが「十三日（の金曜日）」だから、「十三」という数字は不吉であるという観念がある。十二人の使徒に、イエス自身を加えて「十三人」の最期の晩餐があったから、やはり忌避したい数字だ。あるいは、絞首台や断頭台に続く「十三階段」という換喩を想起することができるかもしれない。

朝鮮文学史に引きつけていえば、「九人会」というのがあった。モダニズム文学者九人が集まったグループだが、この九人に四人を足せば「十三人」だ。[1] なんで四人を足さなければならないかというと、九人の周りに、仲間に加わってよさそうな文学者たちが常に何人かいて、出入りしていたことがあったからだ(李箱もその一人だった)。九も四も、日本や韓国では、凶数である。単なる数字合わせだが、〝恐るべき子供たち〟である「十三人」の文学者たちが、京城の街を疾駆し、疾走するというイメージは、彼らの前衛的な芸術運動にはぴったりではないか。それらのことが考えられる(あるいは、そんなことぐらいしか考えられない)。

　また、当時の朝鮮半島が、行政区分として十三の「道」に分かれていたから、十三人の子どもは、朝鮮全体を表しているといった説もあるが、李箱のような無国籍的なシュールレアリスティックな作品世界に、愛郷心につながるようなそんな解釈は馴染まないような気がする。

2　〝京城っ子〟李箱

　李箱、本名・金海卿(キムヘギョン)は、一九一〇(明治四十三)年九月二十三日に生まれた。彼の生い立ち、生活の場所はまさしく〝京城っ子〟の典型といってよかった。父・金演昌(キムヨンチャン)、母・朴世昌(パクセチャン)の長男であり、父は旧韓国宮内府の活版所に勤めていたが、指を切断する事故の後、理髪店を経営していた。出生地は京城府の社稷町、現在のソウル特別市社稷洞である。しかし、本籍は伯父の金演弼(キムヨンピル)の家のあった通仁町(通仁洞=通洞)一五四番地となっている(現在の体府洞、秋史路から楼上洞方面へと向かう岐路の近辺である)。金海卿は二十四歳まで、この伯父の家で暮らした。

　出生地であるこの社稷町という地名は、町内に社稷壇があるのに由来する。京城府が編集した『京城物語』には社稷壇についてこう書かれてある。

社稷壇は二箇所に並置された石壇であつて、各方二丈五尺高さ三尺何れも在南北向し各壇の四方に三級の石階があり、東方の壇には国社を祭り石造の石主（御神体）が置かれてある。石主は長さ二尺五寸、方一尺のもので其の上端は丸く削られ、下端は土中に入り壇の南方上方に位置してある。

すなわち、社稷壇とは社壇と稷壇の二つの壇であり、そこに神体として方底円頂の石が埋め込まれていた。この「社」と「稷」との信仰は、もともとは中国大陸から伝承されたもので、李王朝の創立者で、ソウルの最初の建設者・太祖（李成桂）（一三三五～一四〇八）が国家の礎石を据える意味で一三九四年に建立したものであり、以来、歴代の国王が、国家鎮護と五穀豊穣の祈りのために自らその祭祀に携わった。

西方の壇には国稷が祭祀られてある。東方の国社とは「土神」を祀るのであつて、国土を意味し、西方の壇国稷は「穀神」を祀るのである。国土と国稷とは共に国家構成の二大要素である。従つて其の祭祀は最も鄭重であつて他の諸壇の祭祀を中祀と称するに対して之を大祀と称し、国王の視祭が行はれる。由来首府には三大建造物を必須とする。一は社稷壇、二は宗廟、三は宮殿である。

つまり、社稷壇は国家、首府（ソウル）の礎石のようなものであって、京城という町を支える〝根の石〟として信仰されていた。しかし、一九二九（昭和四）年発行の『京城と仁川』（大陸情報社〔京城〕）では、社壇については「今なし」と書かれているので（稷壇の石については「今あり」としている）、李箱のいた当時には、もはや信仰の場所というより社稷壇公園の意味合いの方が強かったのかもしれない。

現在の社稷壇は、低い土塀と柵とで二重に囲われたただの石組で盛り土された壇があるだけで、その前門が国宝百七十七号に指定されているにすぎない。公園内には儒学者・李栗谷（イユルゴク）（一五三六〜八四）と、その母で賢母として知られる申師任堂（シンサイムダン）（一五〇四〜五一）の銅像が建っているが（李栗谷像は一九六九年、申師任堂像は一九七〇年、いずれも愛国先傑肖像建立委員会が建立。李栗谷は韓国紙幣の五千ウォン札、申師任堂は五万ウォン札のそれぞれ肖像となっている）、いかにも教育的な李栗谷と申師任堂の顕彰されるような地のそばで、あまり教育的とは思われない人物・李箱が生まれ、育ち、幼少年時にこの公園で遊んでいたという対照的な出来事が面白く思われる。なお、現在の社稷壇の位置は、都市計画のために本来の場所から約十四メートル後方に移されたものだという。

李箱、すなわち金海卿少年の通った小学校は楼上町（楼上洞）にあった新明学校で、そこを四年で卒業した後は、朝鮮仏教中央教務院の経営する東光学校に入学する。だが、四年時に東光学校が恵化洞にある普成高等普通学校に併合になったことから、同校の学生となり、第四学校に編入した。海卿少年は、おそらく今の栗谷路を通り、景福宮、昌徳宮、昌慶宮の宮殿を抜け、昌慶宮路を北へ曲がって、明倫洞を抜けて、普成高等学校へと通ったのだろう。あるいは、家に近い通義町の停留所から電車に乗り（始発は孝子町である）、積善町、総督府、中学町を経て、安国町の停留所まで行き、そこから徒歩で行ったということも考えられる。こうしたコースは、次の高等工業学校時代も基本的には同じだ。

普成高等学校を五年で卒業して、彼は京城高等学校の建築科に入学した。このソウル大学工学部建築学科の前身である学科に入学した同期十二名の中では、金海卿は唯一の朝鮮人学生だった。校舎は東崇洞、旧京城帝国大学のそばで、京城工業高校とは同じ敷地内の隣り合った校舎だった。裏には工業試験場があった。普成高校よりは、家のあった通仁洞から若干近くなっている。

二十歳で京城高等工業学校を卒業した彼は、朝鮮総督府の内務局建築課の技手として就職し（一九二九年四月）、後に官房会計課営繕係に移った（同年十一月）。二十四歳で結核のために退職するまで、彼はそこに勤め、朝鮮建築会の会誌『朝鮮と建築』を主要な舞台として、その特異な詩（当時は日本語による）を発表した（建築設計と詩との結びつきは、東大建築学科出身で辰野金吾賞を受けた立原道造（一九一四〜三九）の例がある。彼と李箱との対比、比較からは興味深い結果が生まれるかもしれない）。

総督府に勤めるまでの李箱の生活範囲、行動範囲を見てみると、鍾路を基準として、おおよその北側だけに限定されていることがわかる。生まれが社稷洞で、家が通仁洞、これは鍾路の北で、景福宮の西にあたる。小学校のあった楼上洞は、通仁洞からは培花高等女学校のそばを通って、西南に少し歩いたところだ。普成高等学校、京城高等工業学校時代は、恵化洞と東崇洞だから、鍾路の北側でも、今度は景福宮や昌徳宮、昌慶宮などの王宮地域の東側ということになる。

京城の城内のしかも鍾路から北の王宮寄りの一帯こそ、若き李箱の活動範囲であり、彼の幼少年時代と青年時代を隔てているのが、空間的にみれば景福宮、そしてその正面に建てられた総督府庁舎にほかならず、やがて李箱はその総督府に勤務するようになる。基本的にこれまで李箱は、南は清渓川を境とし、北は北岳山に遮られ、西は仁旺山、東は東大門から続く昌信洞に突き当たる手前あたりまでを、彼のテリトリーとしていたといってもよいだろう。これは日本人が鍾路の南側、泥峴（チンコゲ）といわれた南山麓の一帯を切り拓いて、南東、南西部を日本人街、新市街としていったのに対し、李箱は古くからの朝鮮人街、しかも庶民の居住地であった北西部で幼少年時代を送り、やや長じてから北東部へと行動範囲を広げていったものといえる。

昭和十四年発行の『朝鮮風土記』には「内地人の家屋は此南大門内の本町、南大門通を中心として龍山方面へ市の東南部に伸び、朝鮮人家屋は鍾路を中心として北西部に集団し昔ながらの朝鮮街を形造つてゐる」とある。

こうした〝昔ながらの朝鮮街〟というホーム・グラウンドを、やがて喪失して落魄してゆくことこそ、李箱の後半生の道行きにほかならなかった。

思いつきめいたことをいえば、「十三人の子供たちが疾走する」という〝袋小路の道〟、あるいは〝通り抜けの小路〟とは、李箱の生まれ育った社稷洞、通仁洞、楼上洞といった仁旺山の麓の細い迷路のような路地を原型としていて、そうしたコルモッキル 골목길（小路）を近所の仲間の子供たちと走り回った幼少年期の記憶が、この詩作品にはとどめられているのではないか。

当時の地図を見ると、この一帯はジグザグに曲がりくねった道が伸び、行き止まりの路地が走っている。番地は道沿いだけではなく、通りから離れた場所まで点々と散らばっていて、壁や塀の隙間を人一人が通れるだけの狭い小路がつながっていたのだろう。

あるいは、この道路を、彼の幼少年期において、たぶん越えることのできなかった境界線、すなわち鍾路の通りであると考え、その境界としての通りを仲間たちといっさんに駆けた時の恐怖と興奮の記憶とが、彼にこの詩を書かせたと考えてもよいかもしれない。子供の頃、自分の家を中心としたテリトリー以外の場所は、広い通りに隔てられた、ほとんど〝異界〟にも近い世界にほかならない。そうした場所の感覚が、李箱の詩や小説、そして彼の生涯と切り離し難く存在していて、それが彼を抽象的な作風にかかわらず、〝京城〟という都市のきわめて時代的な、空間的な雰囲気をたたえた文学者としている理由ではないだろうか。

細い路地の曲がりくねる町内の道に対して、鍾路の通りは、子供の目には広大な道と見えたことは間違いない。電車が走り、馬車や牛車が行き、チゲクン（荷担ぎ人）が、洋装の人々が、時には自転車が行くこのメインストリートが子供たちにとって冒険の場だったことは容易に想像しうる。そうした道路を〝疾走〟することの爽快感と恐怖感。これが十三人の子供が疾走する詩の底にひそんでいる感情であると思える。

ここで李箱の〝身分制度〟における位置を確認しておこう。李朝時代から続く朝鮮の身分制度は、両班（ヤンバン）―中人（チュンイン）―常人（サンイン）―奴婢（ノビ）の四階級に分かれていた。両班は文班と武班、それぞれ文官と武官の高級官僚であり、中人は宮廷の下位の官職にある者、工・商業の技術職、専門職の階級であり、常人（常奴（サンノム）ともいわれた）は農民、商人などの一般的大衆、奴婢は小作人や下男などの農奴や、家婢（下女）などの身分である。白丁（ペクチョン）（被差別民）、広大（クワンデ）（芸能民）、巫堂（ムーダン）（巫覡）はさらに下層の賤民階級だった（高麗時代は、仏教僧侶、離島住民も賤民階層だった）。

父親が宮廷の活版所の職員だったのだから、李箱（金海卿）は明らかに中人階級に属している。彼自身、総督府の建築課の勤務員であり、中級の公務員として、この位置は動かないだろう。中人たちは、宮城周辺のいわゆる〝北村〟に居住していたから（〝南村〟は、工・商・農の常人の居住地だった）、彼らの活動領域がその周辺となるのは当然だった。両班の支配階級、常人以下の被支配階級の中間に位置していて、比較的自由な立場で社会活動を営むことができた。

3　建築家・李箱

李箱は、朝鮮総督府内務局建築課、および官房会計課営繕係として勤めた。職場はもちろん、景福宮前にその見晴らしを遮り、風水説でいう龍脈を切るように建てられた総督府庁舎である。この間に、金海卿

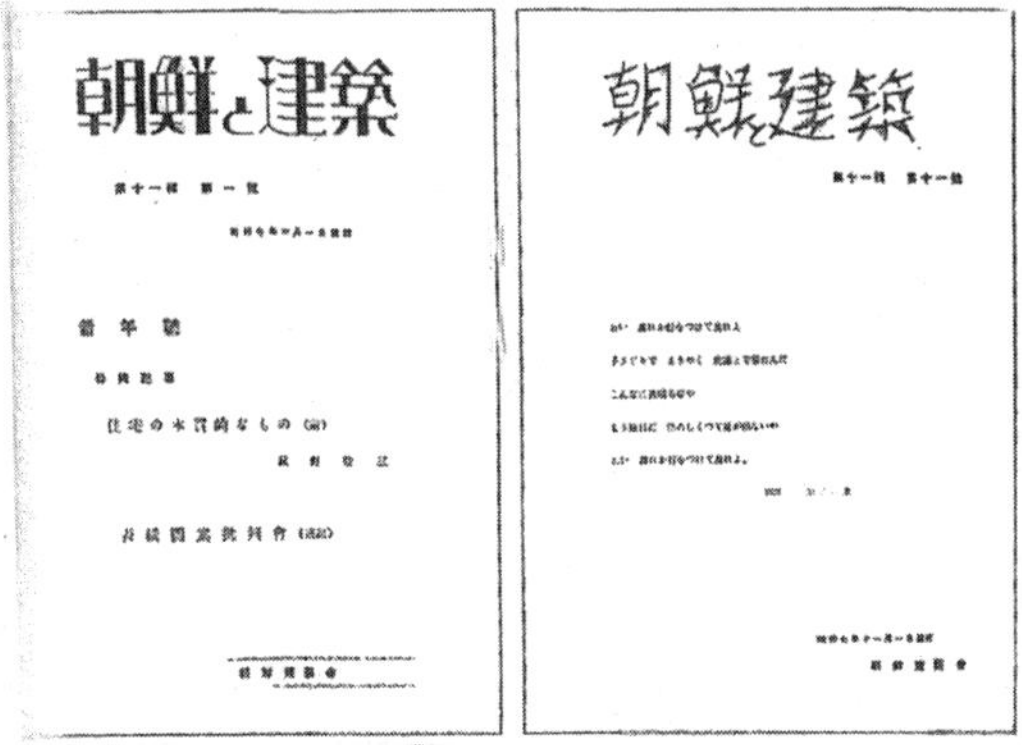

は、朝鮮建築会誌『朝鮮と建築』で詩、および表紙の図案募集に応募することで活躍した。一九三〇年度の『朝鮮と建築』の巻頭には、本誌表紙図案懸賞募集入選作品として、一等「金海卿氏」の図案を掲載している。さらに三等も「金海卿氏」であり、一杉安次、岩本貫一という日本人を抑えて、堂々一等になっている。なお、一九三二年度にも「金海卿氏」は、表紙懸賞募集で、選外佳作の四席となった。

この表紙図案は、「朝鮮と建築」というレタリングとデザインで、ほかの入選作と較べると、ほとんど文字としては読めないほどにデフォルメされているところが特徴といえるだろうか。私は以前、李箱の日本語詩は、日本語を〝駆使〟したのではなく、むしろ日本語という言語を〝酷使〟したのだと書いたことがあるが、その言い方でいえば、李箱は、漢字とひらがなという字体を〝酷使〟することに、痛快さを感じていたのかもしれない。

李箱は表紙図案だけではなく、この『朝鮮と建築』誌に日本語による詩を発表している。一九三一年七月号には「異常な可逆反応」、八月号に「鳥瞰図」、十月号に「三次角設計図」、翌一九三二年の七月号に「建築無限六面体」といったペースで、きわめて旺盛な創作力を示した。

これはおそらく、表紙図案入選ということから同誌とのコンタクトを持つようになった李箱が、日本語詩の発表場所として同誌を使ったものと考えられる。一九三二年には、『朝鮮と建築』誌の表紙に、アフォリズム的な巻頭言がRの頭文字で掲載されるが、これも李箱の作品である。それらのアフォリズムと詩の中から、一編ずつを例としてあげてみよう。

おい　誰れか灯をつけて呉れよ
手さぐりで　ようやく　此処まで来たんだ
こんなに真暗らじや
もう駄目だ　恐ろしくつて足も出ないや
おい　誰れか　灯をつけて呉れよ。

1932……11……R

一階の上の二階の上の三階の上の屋上庭園に上つて南を見ても何もないし北を見ても何もないから屋上庭園の下の三階の下の二階の下の一階へ下りて行つたら東から昇つた太陽が西へ沈んで東から昇つて西へ沈んで東から昇つて西へ沈んで東から昇つて空の真中に来ているから時計を出して見たらとまつてはいるが時間は合つてはいるけれども時計はおれよりも若いじやないかと云ふよりはおれは時計よりも老つているじやないとどうしても思はれるのはきつとさうであるに違ひないからおれは時計をすてゝしまつた。

一九三一、八、一一

後者は「運動」と題された詩である。読点のない繰り返しの多い文体は、あるいは毎日毎日、判で押したような繰り返しの多い公務員生活を象徴しているかもしれない。

ところで、この詩が書かれた当時、京城市内で三階建て以上の建築物は、それほど多くなかった。一九三二（昭和七）年に発表された『京城都市計画資料調査書』によれば、一九三一年当時で京城府に三階建ては百三件あり、四階建て十八件、五階建ての煉瓦造五百坪以上一件（朝鮮総督府ビル）となっている。三、四階建てといっても鉄筋コンクリート建築は二十六件、木造建築は五十五件あってほぼ半数を占めている。さらに屋上庭園のある建物となると、数は多くない。もちろん、文学作品として書かれたものに、必ずしも現実的な対応物を見出さねばならぬ道理はないが、李箱のこの詩の世界が、少なくとも三階建て以上の屋上庭園のある建物が、現実に京城の町にいくつかできたことを反映しているとみることは理由がないこともない。

現在、ソウルの中心地から撤去されている朝鮮総督府庁舎が竣工したのは一九二五年十二月、花崗岩の石造り五階建てビルは、京城最大建築物だった。現ソウル駅の京城駅は、一九二五年十月に完成したもので、地下室共に三階建て、中央の円筒部分は銅の屋根で蔽われ、正面入口の上に時計のあるのが特徴だった。一九一四年九月に建てられた朝鮮ホテルは、四階建ての煉瓦造り、朝鮮総督府鉄道局の経営である。現ソウル市庁の旧京城府庁は、一九二六年十月竣工、四階建てである。

現在でも新世界（シンセゲ）百貨店として、明洞の入口に建つ旧・三越百貨店が地上四階、地下一階の近代的なビルとして建てられたのは、一九三七年十月一日。それ以前は本町一丁目に三階建の店舗を持っていた。そのほかに百貨店としては本町に日常雑貨中心の平田百貨店、呉服屋からは始まった三中井、洋服と洋装小物中心の丁字屋があったが、これらの店は昭和十年代に入って、デパート化、高層化するまでは二階建ての一般商店とさほど変わるところのない店舗だった。

一九二九年発行の『京城と仁川』に載っている建物の写真を見ると、三階建ての建物は、前記のもののほかには、京城郵便局、京城商工会議所、京城帝国大学予科、校洞公立普通学校、京城女子実業学校、延禧専門学校、京城府立図書館、本町警察署、京城三法院、朝鮮殖産銀行、朝鮮商業銀行、漢城銀行、韓一銀行、土地経営株式会社、東洋拓殖株式会社、朝鮮鉄道株式会社、京城電気会社、京城日報社、朝鮮新聞社、備前屋旅館、三重旅館、二見旅館、京城現物株式取引市場、日本生命ビル、高田商会、セヤマ楽器店、朝鮮火災海上保険会社などである。

所在地は、太平通り（太平路）、南大門通り（南大門路）、本町（忠武路）、黄金町（乙支路）の周辺に固まっていて、いずれも鍾路の南側に発展した、いわゆる日本人街を中心とした市街地である。つまり、李箱にとっては、自分の生まれ育ったテリトリーから、鍾路を越えた向こう側に、三階建て、四階建てといった〝高層建築〟の立ち並ぶ「京城」のモダンな新しい都市の景観があったのであり、それが「三階建て・屋上庭園」のイメージの現実的な対応物といえる。

一九三三（昭和八）年、李箱は結核のため総督府を退職し、通仁町（通仁洞）の家を売り、孝子町（孝子洞）の借家に入った。孝子町は、通仁町の北側、景福宮寄りのところだから、これまでの李箱のテリトリーからはずれるわけではない。しかし、病気療養のため黄海道の白川温泉へ行き、そこで妓生（キーセン）をしていた錦紅（本名・蓮心（ヨンシム））と知り合い、彼女を伴って京城に帰ってきた彼は、遺産を処分して、鍾路の一丁目（一街）の精進町（精進洞）の入口のところで喫茶店「燕」を開店し、そこで蓮心と同居した。李箱としては、鍾路の北側の地域から離れる準備をしていたといえるかもしれない。なお、李箱の家族は、当時は京城の郊外で、貧民村とされていた新堂洞へ転居した。これは東大門、光熙門の門外であり、京城の城内からの〝都落ち〟である。

日本語による朝鮮詩、朝鮮民謡・童謡の翻訳で知られる金素雲と李箱とが知り合いになったのは、この頃である。金素雲は、その出会いを『天の涯に生くるとも』の中でこんなふうに回想している。

> 鍾路二街のある喫茶店で、客の落書帖をめくっていたら、ペンで描かれた一枚の自画像が目についた。がりがりに痩せこけた面長の顔にぼさぼさ髪、スケッチブックの一頁に頭だけを大きく描いた上手な絵だった。絵のそばに一行の讃歌があって曰く、『李箱粉骨砕身之図』――これが李箱こと金海卿と私との初めての対面（？）である。
>
> しばらくしてから、今度は絵でない実物と知り合いになった。会った場所は市役所の前の〈楽浪〉という喫茶店。たしか同席していた画家、具本雄（グボンウン）に紹介されたと覚えている。

金素雲は、その後喫茶店（パーラー、カフェとも言われる）「楽浪」で李箱やその友人たち、具本雄、卞（ピョン）東琳（ドンリム）、朴泰遠などと会い、急速に親交を深めていったことを書いている。「楽浪」の持ち主の李順石を含めて、そこに集まる若い文学者、美術家たちは仲間同士であり、喫茶店はその溜り場だった（そこから「九人会」のようなグループも生まれてくる）。しかし、李箱にとっては喫茶店通いも、ある意味では彼の仕事の一環だったのかもしれない。「喫茶店を買っては売る――今で言うと、ブローカーが、李箱のかくれたアルバイトだった」からである。

たとえば、李箱は一九三五年に経営難から喫茶店「燕」を破産させ、錦紅とも別れ、今度は仁寺町（仁寺洞）にあったカフェ「ツル（鶴）（日本語の店名）」を手に入れている。しかし、これも経営に失敗し、つぎには鍾路一丁目で喫茶店「69」を経営するが、ほどなく失敗（この頃の喫茶店、カフェは、店名からうかがわれるように、風俗営業的ないかがわしいものであったのかもしれない）。さらに、明治町（明洞）で喫茶店「ムギ（麦）」を計画するが、開店前に他人に譲り渡し、この後、成川行きを経て日本へ渡り、東京に住んだ。いったんは帰国し、出版社・彰文社に就職し、同人誌『詩と小説』第一号を出すが、一号のみで終わった。この後、李箱は卞東琳と正式に結婚、黄金町の貸家で同居生活を始めるが、一九三六年十月に再び渡日、翌年四月に東京で死去するまで、京城に帰ってくることはなかった。

こうした李箱の軌跡をたどってみると、彼の行動範囲、居住のテリトリーが、鍾路を越えた後、いわばその生活が坂道を転げ落ちていくように〝転落〟していったという感をぬぐい切れない。彼の精神の中には、鍾路通りという一本の境界線があって、それを越えてゆくことは、ある意味ではそれまでの自分の行動様式や生き方を破棄して、新しい生のスタイルを模索することにほかならなかったのではないか。ただ一人の朝鮮人学生、安定した総督府勤務の技術者としてのエリート生活を棄て、喫茶店のブローカーといういかがわしい商売に就き、妓生やカフェの女給と同棲し、金素雲に「李箱異常」といわれるような男女関係を続ける。

こうした生活を、鍾路の北側ではなく南側で李箱が行ったということに、彼の心の中の境界線と、それを越えてしまったことの意味を考えてみようと思う。もちろん、鍾路を境界線として北側が朝鮮人街、南側が日本人街というように大まかに分けることも可能だろう（清渓川を境界に、北村、南村と分ける分離の仕方が一般的だが）。そこには、目に見えないが明らかな境界線があった。李箱はそうした境界線を飛び越えようとして、〝日本人街〟である鍾路の南側の界隈へと入り込み、さらに東京へとその南下の旅を続けた。

それが李箱にとっての不幸を招いたのだと言い切ることは、あまりにも〝地霊〟的なものに囚われた発想ということになるだろうが、〝京城っ子〟李箱が京城を棄てて東京へ行ってしまったことは、彼の生涯にとって最大の失敗であったとしか思えない。李箱は京城という都市から切り離すことのできない文学者だったのであり、彼を京城の地から離すことは、その生命の根を土から引き抜くことと同義だったのではないか。そのことを、李箱の文学作品を通じてあらためて考えてみよう。彼の代表的な小説、短篇小説「翼」(『朝鮮短篇小説選』岩波文庫収録)をその対象としよう。(2)

4 飛び越える李箱

「翼」は、〈私〉という一人称の語り手を主人公として、その〈私〉と妻との奇妙な同居生活を語った小説である。彼らの部屋は「構造がちょうど遊廓といった感がないではない」三十三番地という、十八世帯が並んだ建物にある。一つの部屋を二つに仕切った表の部屋に妻が住み、〈私〉の部屋はその奥。〈私〉は昼も夜も寝て過ごしているので、妻や他の部屋の「花のように若い」住人たちがどんなことをしているのかわからない。ただ、〈私〉は妻の外出中に、こっそり部屋に入ってみて、手鏡を眺めたり、化粧台にある色とりどりの綺麗な小瓶の蓋を開けて、匂いをかいだりするだけだ。

妻はよく外出し、そして客を連れて来ることも多い。〈私〉は隣の部屋でひっそりしている。妻はそんな〈私〉に五十銭をくれる。しかし、〈私〉は妻がどんな職業をして自分にくれるお金を稼いでいるのかわからない。妻のところに来る客が金を置いてゆくようなのだが、なぜ妻が金を貰えるのかもわからない。わかろうとすれば、それが不幸なことになるということは、本人もよく知っているからだ。妻は〈私〉を部屋の中に監禁状態にして、外へ出すことを好まないが、〈私〉は妻から貰った金を持って、妻の外出中に夜の街へ出る。そして、ただ街をうろつき回っただけで、金も使わずに帰ってくる。そんな日々が続いている。

奇妙な夫婦関係であることはわかるが、ここではそうした内容に深く関わるつもりはない。しかし、最小限いっておけば、この夫と妻とは、客を引いて自分の部屋へとあがらせる売春婦とそのヒモであるというのが、この小説における夫婦の設定の客観的な表現であるといえるだろう。生活のために春をひさぐ女と、それを知りながら金を受け取る男との、退廃的で汚辱にまみれた生活があり、李箱はそれをややシュールレアリスム的な悪夢的な世界として描き出した。

だが、こうしたデカダンスともいうべき夫婦生活は、李箱の場合、単に虚構の作品世界のみのことではなかったようだ。金素雲は、先にも引用した『天の涯に生くるもの』の中で、李箱とその妻・蓮心との〝異常〟な夫婦関係についての噂話を書いている。李箱は彼の経営している喫茶店に友人を誘い、彼の妻と他の友人とが部屋で性交している場面を、こっそり覗かせておもしろがっていたというのだ。また、李箱が経営していた喫茶店「69」の店の名が、性行為の隠語であることを、彼は吹聴して隠すことがなかったという。

こうした李箱のアブノーマルな言動が、偽悪的、露悪趣味的な演技なのか、あるいは本当にそうしたアブノーマルな性癖を彼が持っていたのかということは、簡単に断定できない。しかしいずれにしても、「翼」という作品が、ある時期の李箱の心象風景を割合リアルに描写したものと考えることも、まんざら的外れということにはならないだろう（作中で〈私〉は妻の名を蓮心と呼んでいる。これは李箱の妻の名と同じである）。

李箱は才能ある若い文学者がそうであるように、自分の感性や天分を持て余し、それをデカダンな行為で費消しようとした。しかしそこにはただれた生活の腐臭だけが漂っているのではない。そうした汚辱にまみれた生活から飛翔する〝翼〟を求めていたことも、李箱の内面においては真実なのであり、そこに彼の純なる夢があったというべきなのだ。

ところで、この「翼」を現実的な京城の地理において考えてみることができるかもしれない。この夢幻的な、シューレレアリスム的な作品の中に、二つの現実的な固有名詞が出てくる。それは「京城駅」と「三越」という名前だ。部屋を抜け出した〈私〉は、街をうろつき、夜の十二時を過ぎたことを確認してから帰ってくる。十二時前には、まだ妻の部屋に客がいるかもしれないからだ。街へ出て、時間をつぶす。しかし、待つ時間は長く、〈私〉には時間がとりわけ遅く流れているような気がしてならない。〈私〉は「京城駅の時計がたしかに十二時を過ぎたのを見とどけてから」家へ帰った。

煩を厭わず、「翼」の中から、京城駅と三越の出てくる場面を摘記してみよう。

ともかく家を出た。私は少し鳥目だった。それでできるだけ明るい街路を選んで歩くことにした。京城駅の一、二等待合室脇のティールームに入った。そこは私にとって大発見だった。そこにはまず知り合いが誰もこない。たとえきたとしても、すぐにいってしまうのでよかった。私は毎日ここにきて時を過ごそうと心の内に考えておいた。

いく度も自動車にはねられそうになりながら、私はそれでも京城駅にたどりついた。空席と向かいあって座り、この苦いあと味をすすぐためになんでもかまわず口にしたかった。コーヒー。よかろう。しかし京城駅のホールに一歩踏み入れたとたん、私はポケットには一銭もないことを忘れていたのに気がついた。

私はどこからほっつきまわったのか、ひとつも覚えがない。ただなん時間かのちに自分が三越の屋上にいるのに気づいた時にはほとんど真昼になっていた。

小説「翼」は一九三六（昭和十一）年に雑誌『朝光』九月号に発表された。特に執筆と雑誌掲載の時期が乖離していると考える必要もないようだから、書かれたのはせいぜいその一、二ヶ月前と想定してよい。京城駅が建てられたのは、一九二五年十月である。この駅は一九二二年一月一日まで「南大門駅」と称し、京城の中でも小駅にしかすぎなかった。南大門駅当時の建物は、その貴賓室が、当時の鷺梁津駅の本屋として使われたという。新京城駅は一九二二年六月に起工し、当時の金額で百九十四万円の費用が投じられた。開業は朝鮮神宮の鎮座の日に合わせ、一九二五年十月十五日。総面積七二六九平方メートルで、ルネサンス式の石材煉瓦併用鉄筋コンクリート建築、表側は二階で乗降場側は地下一階の三階建て、中央の大玄関の上には丸時計があった。正面は乗降客の通路、右の袖口は降車客通路、左玄関は特別出入口、二階右が事務室、左が食堂で、プラットホームへは地下一階に降りなければならなかった。一二等待合室と、三等待合室とがあった。「翼」の〈私〉が利用したのは、この一二等待合室ということになる。

京城駅は、当初は南大門駅と呼ばれていたことからわかるように、建築当時は京城市内（城内）ではなく、南大門の外側、すなわち城外にあると意識されていたと考えるべきだろう。京城―釜山間を結ぶ鉄道

（京釜線）は一九〇一年に起工し、一九〇四年に竣工している。〝京城駅〟の歴史は、その時点から始まるのだが、首都の中心駅としての役割は、現ソウル駅[3]の駅舎を建築した大正末年から開始されているとみるべきで、この時はすでに市内に路面電車が運行されており、東西の両大門を結ぶ鍾路線と南大門を結ぶ複線路線、さらに南大門を経て龍山へ至る新龍山線などがあり、京城駅が朝鮮鉄道網の中心であると同時に、市内交通のターミナル駅の役割をも果たしているといえる（京城駅前という電車停留所があった）。

どこにも行くあてのない人物が、時間を過ごすためにもっとも利用価値のある場所ということで、当時の京城においてまず真っ先にあげられたのが、この〝新京城駅〟ということになるだろう。そこは都会の孤独感、郷愁への原点ともなるべき場所であって、その意味で〝駅〟は、普遍的なイメージや色彩をまとった象徴的な土地、建物といえる。

ところで、「翼」の主人公は、「明るい街路を選んで歩」き、「いく度も自動車にはねられそうになりながら」、自分の家から京城駅にたどり着いている。こうした叙述からすれば、家から京城駅までは歩いてゆける距離にあり、といってもすぐ近くでもないようだから、彼は「明る」くて「自動車の多い」道、すなわち鍾路とか、南大門通りといった大きな道路を通って京城駅に至るコースをたどっていると思われる。三十三番地は「遊廓といった感がないではない」と書かれているが、これはむしろはっきりと「遊廓」だったと書かないだけの婉曲法と見てよいだろう。そして、この頃のいわゆる朝鮮人街の遊廓、私娼街は鍾路の裏通り一帯に広がっていた[4]。

金素雲は、「昔ソウルの蓮建洞で布団の中で埋もれて寝ていた」李箱の姿を回想した文章を書いているから、李箱が蓮建洞で「翼」の主人公のような生活を送っていたことがわかるが、蓮建洞は鍾路五丁目の裏街というべきところで、京城帝国大学付属病院が中心にあるほかは朝鮮人家屋が迷路のように建て込んでいた。その辺の鍾路裏通りの状態を日本人作家・田中英光が書いた『酔いどれ船』という小説からピックアップしてみよう。ただし、この小説の設定は日本の敗戦前、一九四三年頃とされている。

> 本町が日本人の銀座とすれば、ここ（鍾路——引用者註）は朝鮮人の銀座である。まだ電燈は準警戒警報なので、かなり明るい。ネオンサインや飾燈の取りはずされた程度。日本は戦いに敗色濃くなると共に、朝鮮人を寛大に取扱いだしたから、ここでは本町よりも多くの酔っ払いが、ゾロゾロ通る。亨吉（『酔いどれ船』の主人公——引用者註）は、白い上衣に、桃色の裳を穿いた、女学生のような天心と連れ立ち、和信百貨店の裏手の迷路に入りこんでゆく。路は蜘蛛手のように四通八達。居酒屋があると思えば、屋台のおでん屋、焼鳥屋もあるし、日本風のカフェがある隣に、純朝鮮式のカルピ屋、ソロンタン屋がある。カルピとは牛の肋肉のつけ焼きで、朝鮮料理の中では一番うまい。ソロンタンとは、牛の頭を店頭でグツグツ煮るグロテスクな料理。その途の処々に、戦争以来めっきり増えた私娼や、カフェの女たちが客を引っ張りに立っており、また、その周囲には、彼女らの用心棒らしい人相悪い青年たちがうろついている。

和信百貨店は朝鮮の民族資本による百貨店で、社長・朴興植（パクフンシク）（一九〇三～九四）は朝鮮人実業家として知られた人物、朝鮮全国にチェーン組織を持った和信商会の創立者である。和信百貨店は鍾路二丁目の角にあり、ここから鍾路裏の公平町（公平洞）、仁寺町（仁寺洞）、楽園町（楽園洞）、敦義町（敦義洞）といった歓楽街が続いている。

和信百貨店（特にその食堂）が当時の朝鮮の子どもたちの憧れの場所であったことは、玄徳（ヒョンドク）（一九〇九～

六二?-）の童話集『ノマと愉快な仲間たち』のなかでキドンイが「もうじき父さん、母さんと和信百貨店（ファシン）の食堂に行くんだからな」と自慢することからもわかる。景福宮と宗廟に挟まれたこの鍾路通りの裏一帯は、朝鮮人街として日本人たちの好奇と畏怖を集める場所として知られていたのである。

たとえば、一九三八年に発行された『京城ローカル・春の巻』には、裏街探訪としてこんな記事が載っている。

内外酒店（やはりスリチビである）これは国語に訳すれば下等な銘酒屋とでもいへやう。女と酒の家である、和泉町や敦義街あたりに散在する本町四丁目からバスに乗つて鍾路で下りたら向い側に団成社といふ活動写真館がある、その前へ露地を入れば一つの地区をなしてゐるやうだ、××楼とか××楼支店とかいつた看板が目につく、それが猟奇の冒険欲をそゝつた家なのである。

こうした日本人の鍾路に対する感覚を、京城生まれの日本人作家・梶山季之は小説「霓の中」で、こんなふうに書いている。

京城に住みながら、梶（「霓の中」の主人公——引用者註）は滅多に鍾路界隈を歩かない。そこは純粋な朝鮮人街で、ひとりで歩いていると何故かひどく心細い感情にしめつけられるからだ。極言すると無気味だった。何も朝鮮人たちが日本人に敵意をみせるのでは決してないけれど、冷え冷えとしたものが生のまま梶には伝ってくるような気がした。

（『李朝残影　梶山季之朝鮮小説集』インパクト出版会、二〇〇二年）

もちろん、これはある程度まで逆なこともいえるだろう。すなわち、朝鮮人が日本人街である本町や明治町といった界隈に足を踏み入れることになれば、日本人が鍾路の朝鮮人街で感じるほどではないにしろ、「心細い感情」「無気味さ」を感じたのではないだろうか。李箱が鍾路の北側というテリトリーから、「京城駅」「三越」といった場所へとやって来ることは、心の微妙な部分において、何かしら〝越境〟するような感覚があったのではないか。それは「翼」の〈私〉が、〈私〉の部屋と妻との部屋との間に感じていた、精神的な〝境界線〟と似たものであったともいえる。「部屋のまんなかが障子でふたつに区切られていたということが、私の運命の象徴であったとは誰知ろう」と、作中にある。〈私〉と妻の間にある境界は、越えることのできない絶対的な断絶の象徴としてあったのだ。

朝鮮人街と日本人街。それはまた「前近代」的なものと、「近代的」なものとの境界線ともいえるものだった。鉄道駅とデパート、それは明らかに近代都市の象徴たりうる建築だった。李箱は自分の生まれ落ちた前近代的な鍾路の北側から、近代的な京城の新市街へと越境しようとした。そして、さらに彼はそうした京城の近代都市を飛び抜けて、アジアの近代都市・東京へとそのまま飛び込んでいった。三越の屋上で幻想の翼を得て、地上に墜落する「翼」の主人公の終焉は、まさにそうした近代的なもの、モダニズムへの飛翔と、そのこと自体が朝鮮人としての李箱の挫折へとつながるという自らの未来を明らかに映し出している鏡なのである。

5　疾走する李箱

『朝鮮の回想』（一九四五年）という本に収められた文章「半島文化と百貨店」（筆者・松田伊三雄）によれば、

三越の京城進出は、一九〇六（明治三十九）年韓国総監となった伊藤博文（一八四一～一九〇九）が当時の三越の社長だった日比翁助（一八六〇～一九三一）に慫慂したものであり、同年十月には本町通の鐘紡売店所在地に出張所として開店したのがはじまりだった。一九〇八年には店舗が手狭となったので、隣接の三井物産跡を買収して建物を併合、さらに一九一六年にはそれまでの二階建て五十坪に隣接した三階建て二百坪を増築、店員二十人を五十人に増員して、百貨店の形式を整えた。

一九二八年に京城出張所から支店に昇格、それを機会に京城府から土地七百坪を買収し、近代復興式鉄筋コンクリート造り、四階建て地下室付き総延べ二千三百余坪の新店舗を造り、一九三〇年十月に落成、開店した。これが「新世界百貨店」として現在までも使われている旧三越百貨店ビルである（新世界百貨店では屋上に一階を増築、現在は五階建てのビルとなっている。また、近接した土地に新しいデパート・ビルを建てた）。

京城一のショッピング・センター、名所として本町入口の三越の名声は高まり、三越前は京城第一の繁華街として近代的な都市風景の代表的な場所として喧伝された。

カールもあざやかなモガが足をのばしてペーブメントを踏む、水々しい高島田を真白い顔に乗せてゲイシャガールは人力車に乗つて悠々と行く、チマをスカート風にきりつとさせて、ハイヒールの朝鮮の娘さんが颯爽と行く、白いツルマキを着込んだオモニーがゐる支那人がゐる、アメリカ人がゆくそしてまた、彼氏彼女がゐる。まこと本町は流れる人の波に明けて暮れる。あの狭い、ウナギの寝床みたいな街といふなかれ、大阪なら心斎橋通りといつた感じではないか。先づ本町をブラブラしやうといふ者は、定石に従へば電車も自動車と鮮銀と三越と郵便局とに囲まれた広場に降りる、この辺りは京城のセンターである。ビルディングがずらりと南大門通りの街をつくつて、近代的文化都市らしい香りを発散、南大門方面から来た電車は、黄金町から東大門行と鍾路から東大門行とがチャンポンにチンチンいはせる、北へは長谷川町が太平通りに抜ける。

「街の表情　三越前から——」と題された『京城ローカル』(前出)の記事は、京城という都市の中心が、王宮でも鍾路でもなく、三越前、「本町銀座」に移ったことをはっきりと示している。「翼」の〈私〉が、「どこからどこへほっつきまわったのか、ひとつも覚えがな」く、「ただなん時間かのちに自分が三越の屋上にいるのに気づいた」のは、〈私〉が無意識のうちに、華やかなところ、都市の中心、近代的なものへと誘われ、そこへふらふらと引き寄せられていったからにほかならないだろう。

モダンな消費文化、ファッショナブルな風俗、流行の発祥地。「「デパート」といふ言葉は現代人の感覚に快い響きを伝へて魅惑的である」「数百といふ美しい結婚適齢期のショップ・ガールが、明るい照明の売り場に水々しいフルーツのやうな新鮮さで潑剌と商品の渦の中を泳いでゐる。丘のやうに積まれ、手際よく飾られた商品のモードがそれぞれ媚態的ポーズで演じ出すデモンストレイーション」(『京城ローカル』)。

そうした資本主義社会、植民地社会の〝商品〟としての媚態が、〝デパート〟の魅力であるのかもしれない。妻を夜な夜な別の男に〝売っている〟〈私〉は夜の町へ金を持って出て行っても、金を使うことさえもできない。そんな〈私〉が無意識のうちに三越へやって来て、屋上から街を眺めている。現在では、新世界百貨店の五階屋上から周りを見回しても、より高いビルに視界を遮られてしまうが(ロッテのデパートやホテルや銀行で)、この当時は京城の中でももっとも見はらしのよい場所だった。

「この時ポーと正午のサイレンが鳴った。人びとはみな両手足をのばして鶏のようにはばたいているように見え、ありとあらゆるガラスと鋼鉄と大理石と紙幣とインクがぐつぐつとたぎりたち、騒ぎたてるかと思われる刹那、それこそまさに絢爛きわめた正午だ」（同前）。

三越の前には広場があり、その広場を囲んで貯蓄銀行、朝鮮銀行、商業銀行、京城郵便局、三越が建っている。「ガラスと鋼鉄と大理石と紙幣とインク」とは、この屋上からの目の前に広がる建物を象徴するものにほかならない。南大門通りがその広場で西に湾曲し、本町通り、小公路通りがつながっている。本来、首都・漢城の街はずれにしかすぎなかった一角が、近代都市・京城を代表する市街地となったのであり、それは京城時代、ソウル時代を通じて、変わりなくソウルの中心たりえている。

ここでの正午の「ポー」というサイレンの音は、李箱の友人だった朴泰遠の小説「五月の薫風」に出てくる「ポー」というサイレンと同じものかもしれない。「五月の薫風」で主人公は、鍾路から義州通り（義州路）を通って京城駅へ行く電車に乗って「ポー」という時報のサイレンを聞く。これは義州通りの停留所前にある専売局工場のサイレンであり、この煙草工場の正午を知らせるサイレンが、健全な生活者、工場労働者たちの生活を、不健全な〈私〉の胸に思い起こさせたのかもしれない。

都市の暗部としての「三十三番地」。人々が出会い、そして一瞬にして別れてゆく「京城駅」。華やかな商品で飾られた消費の欲望を掻き立てる「三越」。これらの名詞で象徴される都市は、消費はあっても生産はなく、移動はあっても定住はなく、夜の闇はあっても健全な生活の明るさはない。それはまさに植民都市としての京城の虚像としての〝都市〟をそれぞれ象徴する場所なのである。

「翼」の〈私〉はデパートの屋上で脇の下に翼が生えてくる幻想を抱いて、そこから「飛ぼう」とするのだが、これが妻とのデカダンな生活に倦み疲れた〈私〉の突発的な自殺願望であることはいうまでもない。そして、それはむろん、作者李箱の精神状況をかなりの程度忠実に反映していると思われる。喫茶店の売買、妓生、カフェのホステスといった女性との同棲生活、乱脈で反道徳的な男女関係。それらは彼を自殺に追い詰めるには十分すぎる理由といえるのかもしれない。

しかし、こうした生活を李箱は清算し、新たなる生活へと向かおうとしていた形跡がある。その一つが、親友・具本雄の義母の妹である卞東琳との正式な結婚であり、もう一つは東京への脱出、留学である。彼はそうして環境を変えることによって、生活そのものを立て直そうとした。だから、「翼」の〈私〉の死は、いってみれば再生のための死であって、デカダンでデスペレートな死であるとだけみることはできない。

李箱は卞東琳との同居生活のために、一九三六（昭和十一）年六月初旬から黄金町の部屋を借り、秘密裡に暮らした。十月には東京に渡り、神田神保町三丁目百一番地の四、石川方に寄宿した。翌年彼は〝不逞鮮人〟として西神田署に拘留され、一か月後には保釈されるものの体をこわし、東京帝大付属病院に入院し、そこで四月十七日に死亡した。享年満二十六（朝鮮では普通数え年のため、二十八歳で死亡ということになる）だった。

李箱の東京での生活について、朝鮮のモダニズム詩の鼻祖であるとされる金起林（キムギリム）（一九〇八〜五〇？）は、こう書いている。

> 半年ぶりに箱に会った、去る三月二十日の夜、東京の街は春雨に濡れていた。東京に来た、という箱の手紙をもらい、私は昨年冬から何度か会う約束をしたが、結局仙台を離れられずに（金起林はこの頃仙台の東北帝大に留学していた——引用者註）、この日ようやく東京に来たのだ。
>
> 箱の宿は九段下の曲がりくねった路地裏の二階の小部屋だった。この「翼」の詩人とともに東京の宿を散策したら、どんなに愉快かと思って描いた夢とはまったく異なり、箱は「翼」がすっかり折れて起

居もままならず、掛け布団をかぶって座っていた。電灯の明かりに横から照らされた彼の顔は、象牙よりももっと蒼白で、黒いひげが鼻の下とあごに生い茂っている。彼を眺める私の顔の暗い表情が、すっかり病んで弱っている友の心を傷つけるかと思い、私は努めて明るく装いながら、「おい、君の表情はまるでフィディアスのゼウスの神像のようだね」……今になって思うと、箱はまさに現代という巨大な罠にかかり、十字架を背負って歩んだゴルゴダの詩人であった。

死ぬ一ヶ月前の印象だから、半年ほどの李箱の東京生活がずっとこうしたものだったということはないのかもしれないが、彼の東京での生活体験があまり芳しいものでなかったのは明らかだろう。ただ、彼が本来抱いてきた、東京での文学的発展や日本の詩壇や文学者との交流（そんなことを李箱が望んでいたかどうかは確実ではないが）は満たされなかったようだ。李箱の生活について金起林は、「食事はその付近にいらっしゃったホ・ナミョンさん夫婦がおかゆを作ってくれると言い、ちょうど金素雲が東京に来ていて毎日訪ねてくれるし、朱永渉（チュヨンソプ）・韓泉（ハンチョン）など色々な友だちが時折来てくれて、あまり寂しくはないと言う」と書いている。逆にいうと、朝鮮人の知り合いや仲間に囲まれて「寂しく」ないというのでは、わざわざ京城を離れて東京に来た意味というのはあまりなかったというべきではないだろうか。李箱は、彼に似合わず、東京で京城への郷愁を募らせていた。東京で書いた数少ない小説の一つ、「失花」[5]にはこんな文章がある。

十二月二十三日の朝、俺は神保町の下宿で空腹により熱を出し、咳をしながら、二通の手紙を受け取った。

「僕を本当に愛していらっしゃるならば、今日にでも戻ってきてください。夜も寝ずに待っています。兪政」

「この手紙を受け取り次第帰ってきて下さい。ソウルでは暖かい部屋とあなたの愛する妍がお待ちしています。妍より」

この日の夜、俺のつまらない郷愁をとがめるようにC嬢は俺に一輪の白菊をくれたのだ。けれども午前一時の新宿駅のホームでふらつく李箱の襟元に白菊は見えない。どの長靴が踏みつけたのだろうか。しかと――黒いコートに造花をつけた、ダンサーひとり。俺は異国種の仔犬でございます。それでは、あなたさまはどんな座布団と椅子の秘密をその濃い化粧の下に隠し持っていらっしゃるので?

そういう意味では、李箱の東京行は失敗だった。彼自身、「東京」という文章で、東京に来たことが失望と挫折の体験の連続だったことを書いている。李箱が住んでいた神田神保町は、書店や画廊やカフェが立ち並ぶ、〝文化都市〟東京を代表するような地域だったが、今は、すずらん通りを歩く歩行者たちに誰彼なく誰何する特高の刑事や、転向し、零落した〝主義者〟、モボ・モガの成れの果てのような若い男女が行き来する裏通りに変わっていた。

それは虚栄と虚像に満ちた空虚な見せかけの都市であり、彼にとってあまりにも冷酷な対応しかしてくれない宗主国の首都にすぎなかった。李箱の自恃や倨傲や驕慢は、完膚なきまでにへし折られてしまっていたのだろう。

こうした李箱の軌跡は、すでに繰り返し書いたように景福宮の西側から東側、鍾路の北側から南側、京城から東京へと、活動範囲、居住領域を拡大、拡張してゆき、そのたびに消費文明、都市文化のもっとも退廃的な部分へと染まっていったものといえる。つまり、彼は自分の生まれ育ったテリトリーからはみ出せばはみ出すほど、失意や失敗や退廃のほうへと転がっていったといってよい。彼は国を支え、町を支える〝社稷〟の神を祀る社稷壇の町から離れ、近代的なもの、都市的なもの、非民族的なものへと近づくことによって、反比例的に生命を擦り減らしてゆくような生涯をたどった。

李箱はまさに一九三〇年代の京城という都市の生み出した、典型的な文学者であり、人物であった。それは京城という町が、日本人の強権的介入によって、大きく近代的都市へと脱皮する時代に当たっており、そうした新しい都市の景観の変貌とともに、そこに住む人間たちの意識や精神にも大きな変化が訪れる時期に当たっていた。近代的な都市の時代を、李箱は彼と同じように腕白で、不良な少年たちといっしょに〝疾走〟した。もちろん、それは植民地都市の京城では、いつまでも続けていられる〝遊び〟ではなかった。だから、彼は「正午のサイレン」を聞きながら、「絢爛きわめた正午」にデパートの屋上から空中へと〝疾走〟しなければならなかったのだ。

李箱は京城から飛び出して、東京へと舞い降りた。しかし、東京という都市では彼はその生まれ育った場所の〝根の石〟から無意識に受け取っていた〝地霊〟的なエネルギーを失なわざるをえなかった。李箱のモダニズムは、本質的に鍾路の北側に広がった朝鮮人町の猥雑さとエネルギーと疾走感覚と、豊饒な伝統性の中にあったというべきだ。そうした力を失った彼は、異郷の地で衰え、死ぬよりほかになかったのである。

林檎一個が堕ちた。地球は壊れる程痛んだ。最後。最早如何なる精神も発芽はしない。

（「最後」）

しかし、李箱という〝林檎一個〟が墜落しても、東京という都市はまったく何の痛みも感じなかったし、気がつきもしなかった。京城という根を離れたこのモダニズムの果実は、かくして人知れず実り、そして朽ちたのである。

註

（1）「九人会」は、李鍾鳴、金幽影が発起人となり、李孝石、李無影、柳致真、趙容萬、李泰俊、金起林、鄭芝溶をメンバーとする文学者グループ。李鍾鳴、李無影、李孝石の代わりに朴泰遠、李箱、朴八陽が入り、趙容萬、柳致真が出て、金裕貞、金煥泰が入り、「九人」グループを維持した。パスキュラ（PASKYURA）といわれた金基鎮と朴英熙を中心としたプロレタリア文学系に対抗して純文学派と見られた。

（2）「翼」は邦訳として申建訳（『朝鮮小説代表作集』教材社）、長璋吉訳（『朝鮮短篇小説選』岩波文庫）、高演義訳（『朝鮮幻想小説傑作集』白水社）、崔真碩訳（『李箱作品集成』作品社）などがある。ここでは長璋吉訳を使用した。

（3）韓国国有鉄道（KR）は、KTX（韓国高速鉄道）の開通に合わせて、ソウル駅を高速鉄道駅として新たに建築した。ただし、旧ソウル駅は、歴史的建築物として保存され、昔通りの赤レンガの建物は遺されている。

（4）鍾路裏の通りは日帝時代を通じて、酒屋（スルチプ）、カフェの立ち並ぶ売春窟として知られた。南山下の本町遊廓が日本人向けだとしたら、鍾路裏は朝鮮人客が主だった。解放後、鍾路の売春街は、ミアリや清涼里駅裏、龍山駅前などに移転させられた。

（5）「失花」は、李箱の遺稿として死後の一九三九年三月に『文章』誌に発表された。ここでの邦訳は岡裕美訳で、『韓国文学の源流　3』書肆侃侃房（二〇二〇年九月）に拠った。

第10章　列島に住む朝鮮

1　プロレタリア文学のなかの朝鮮と台湾

一九二二年六月に自然社という出版社から出された『芸術戦線　新興文学二十九人集』のなかに、鄭然圭(チョンヨンギュ)(一八九九〜一九七九)という小説家の「血戦の前夜」という短篇小説が収録されている。『芸術戦線』は、藤井眞澄(一八八九〜一九六二)、中西伊之助(一八八七〜一九五八)、尾崎士郎(一八九八〜一九六四)、青野季吉(一八九〇〜一九六一)、前田河広一郎(一八八八〜一九五七)という当時のプロレタリア文学運動では指導的な立場にいた小説家、評論家たち五人が発起人となって編集、刊行したものであり、彼らのリーダーともいえる堺利彦が検挙されたため、その家族を慰問するために作られた記念出版物であるということが、「事情」という最後のページに書かれている。そうした社会主義勢力のリーダー堺利彦(一八七一〜一九三三)を記念したこの作品集に「新興文学」として収められたということは、プロレタリア文学陣営の期待の新人(あるいは中堅)として認められたことを意味していると考えても決して的外れとはいえないはずだ(中西伊之助が、鄭然圭の作品を推薦したようだ)。

作品の舞台は「京城」で、「人民」の側とその「敵」軍との双方の戦闘部隊が、城壁を隔てて対峙している。一方の軍団長の張大振は、部下から突撃命令を要請されるのだが、ためらっている。「人民」に銃口を向ける「暴虐の敵」のために、部下たちが決死の戦いで多数斃れることを思うと、容易には彼らに突撃を命じる決断ができないのだ。斥候が瀕死でやってきて、敵部隊の進軍を伝えて斃れる。張はもはやこれまでと、進軍喇叭を吹かせ、司令旗を先頭に攻撃を開始する。その時に銃声一発、指揮刀を振りかざす団長の胸から鮮血が噴き出すのだった……。

革命戦争とも、独立戦争とも取れる内容だが、張団長が「人民」の側に立つ革命軍であることは明らかだろう。有島武郎（一八七八～一九二三）、秋田雨雀（一八八三～一九六二）、金子洋文（一八九三～一九八五）などの古い無産階級のシンパサイザーの文学者の作品の中でも、鄭然圭の作品は、とびぬけて戦闘的であるといえるだろう。

鄭然圭はその名前からわかる通り、朝鮮半島出自の朝鮮人だった。日本に渡ってきた早い時期の「在日朝鮮人」で、「血戦の前夜」について「この作品は、日本における朝鮮人が日本語によって書いた最初の短篇小説であると思われる」と、『日本における朝鮮人の文学の歴史』（法政大学出版局、一九九四年）のなかで任展慧（イムジョネ）（一九三七～）は書いている。その後の在日朝鮮人文学史の研究の進展で、必ずしもこの作品が「在日文学」の「最初の短篇小説」とはいえないことが判明しているが、その「最初期」のものであり、プロレタリア文学作品としては嚆矢といってもよいことに大方の異論はないと思われる。

この後に、金熙明（キムヒミョン）や韓植（ハンシク）（一九〇七～?）、金龍済（キムヨンジェ）、金基鎮（キムギジン）（一九〇三～八五）などの朝鮮人文学者が、詩や小説、評論などの分野で、日本語によって日本の文学世界（主にプロレタリア文学の陣営）で活躍するのだが、鄭然圭は、その先駆者といってよかった。それ以後に日本の文壇に登場した張赫宙や金史良などの在日朝鮮人作家は、いわゆるプロレタリア文学の陣営には属していない。
「血戦の前夜」は、前述のように「京城」の街を見下ろす山に立てこもった軍団の舞台が、決死の攻撃を実行するまでの緊迫した「前夜」を描いたもので、特に「在日朝鮮人」という立場や存在を意識したものとは思えない。民族主義的な反日意識とプロレタリア意識とを結びつけたものと考えられ、それは反帝国主義闘争と反資本主義闘争という、当時の日朝プロレタリア文学に共通する闘争の主題を主題化したものであり、その意味で鄭然圭の立場は、同じ作品集に収録された日本人作家、すなわち、小川未明（一八八二〜一九六一）や中西伊之助や宮島資夫（一八八六〜一九五一）などとほとんど異なるところはなかった。

ただ、こうした鄭然圭の左翼的立場が、渡日以前からのものか、以後のものかは判然としない。彼は渡日以前の一九二一年に『魂』、『理想村』という小説や『過激運動と反過激運動』（三冊とも漢城図書株式会社刊）という論説書を京城（ソウル）で刊行しており、それらは「排日」的ということで、朝鮮総督府から「追放処分」を受け、さらに宮崎県山中の流刑囚村に予防監禁されたという（鄭大均『在日の耐えられない軽さ』中公新書、二〇〇六年）。中西伊之助は、朝鮮で新聞記者として働いていた時に投獄された経験もあり、その頃に鄭然圭と知り合った可能性もある。いずれにしても、中西伊之助、前田河広一郎、里村欣三（一九〇二〜四五）などの早い時期の日本のプロレタリア文学者との交流が彼との間にあったことは明らかだ。

朝鮮人によるプロレタリア文学の運動は、正式には一九二五年八月に結成された「朝鮮プロレタリア芸術同盟」（エスペラント語で Korea Artista Proleta Federacio）、すなわち略称「カップ KAPF」によって始められたといえる。一九二二年五月に李浩（イホ）、金紅波（キムホンパ）、金斗洙（キムドゥス）（一九〇三〜?）、宋影（ソンヨン）（一九〇三〜七九）などによって作られた焰群社（ヨムグンサ）と、金基鎮、朴英熙などのパスキュラ（PASKYURA）のプロレタリア文学系の文学者たちが統合されて組織されたのがカップであり、日本への留学生、在日朝鮮人たちによってその

「カップ」の東京支部が作られ、機関誌『芸術運動』が一九二七年十一月に創刊されている。朴英熙（パクヨンヒ）（一九〇一～五〇？）や李北満（イプンマン）（一九〇七～五九）の評論、林和（イムファ）の詩作品とともに、中野重治の「日本プロレタリア芸術聯盟について」という文章が載っており、この「日本プロレタリア芸術聯盟」が、一九二八年に「全日本無産者芸術聯盟（Nippona Artista Proleta Federacio）」すなわち「ナップ NAPF」となってゆくことを思えば、「カップ」は、「ナップ」とは同志的ではあっても、朝鮮人と日本人という民族意識を鮮明にした別の組織であったことが明らかである。

だが、朝鮮で「カップ KAPF」本部の活動が、総督府による植民地支配の下で圧迫され、その組織的な活動が弾圧によって崩壊させられてしまうと、「カップ」東京支部の朝鮮人文学者たちは、日本のプロレタリア文学運動との連帯、連携を強めざるをえなくなった。

もともと、同志的友情を持ち得ていた在日朝鮮人と日本人のプロレタリア文学者は、「ナップ」と「カップ」との「組織的連結」を図り、一九三一年十一月に作家同盟のなかに「朝鮮・台湾委員会」を設置し、一九三二年二月には、「日本プロレタリア文化聯盟（Federacio de Proletaj Kultur Organizoj Japanaj）」、すなわち「コップ KOPF」のなかに「朝鮮協議会」が設けられることになったのだった。それに伴い、「カップ」の東京支部の流れを汲む在日朝鮮人文学者（芸術家）の組織であった「無産者社」は解体し、「コップ」内の「日本プロレタリア作家同盟」の「朝鮮協議会」は、その協議員として金龍済を選任したのである。(1)

2 カップとコップ

こうした「コップ」へと吸収されてゆく在日朝鮮人によるプロレタリア文学運動の推移には、コミンテルンや、日本共産党の方針やテーゼ、あるいはそうした国際共産主義運動、日本の共産主義運動におけるヘゲモニー争いが強く影響していたことは否定できない。もちろん、朝鮮半島での「カップ」の活動と、日本国内でのその支部員の運動とのズレや摩擦があったことも間違いなく、「政治と文学」の問題では、常に文学は政治の僕（しもべ）としての立場しか持ち得なかったともいえる。

しかし、こうした朝鮮人と日本人のプロレタリア文学者同士の連携や連帯の象徴的な存在でもあり、共同の敵である日本帝国主義や日本資本主義（軍国主義、天皇制などもそうだが）に戦いを挑んでいた同志である鄭然圭や金龍済が、両者ともやがてプロレタリア文学の陣営から〝転向〟し、日本帝国主義に追随、従属するようなアジア主義者へと変貌していったことには、日本のプロレタリア文学が持っていた「民族問題」への視線の歪みや欠陥がその遠因となったのではないかと私は疑わざるをえないのだ。

もちろん、軍国主義の拡大、皇国主義によるイデオロギーの締め付け、プロレタリア文学運動への仮借のない弾圧（小林多喜二の虐殺に象徴される）が、朝鮮人だけではなく、多くの日本人文学者を〝転向〟させたことはよく知られたことであり、網走刑務所に収監されていた宮本顕治（一九〇八～二〇〇七）などを例外として、ほとんどのプロレタリア文学者が、一度はその思想を〝転向〟させたという事実は重大である。だが、彼らの多くが敗戦後において〝再転向〟し、プロレタリア文学の運動を、その倒れたところからすぐさま立ち上がって〝復興〟させたこともまた事実である（ただし、それはプロレタリア文学という旗の下ではなく、『新日本文学』や『民主文学』という名前に拠るものだった[2]）。

鄭然圭や金龍済の〝転向〟の特徴は、彼らが日本の敗北後にも決して〝再転向〟せずに、戦中のアジア主義や反共主義をある意味ではそのまま持ち越して、日本と韓国の戦後社会のなかに生きたということだ。それは彼らの個人的資質といったものにだけ還元されるようなものだろうか。日本のプロレタリア文学運動の初期において、確かに鄭然圭も、金龍済も、日本人文学者たちとほぼ同じ位置に立っていた。しかし、その後の「カップ」や「ナップ」や「コップ」といったまぎらわしい名前の組織の改変と展開、そして離合集散のようなプロレタリア文学運動の変遷のなかで、彼らはかつての日本人のプロレタリア文学者たちとは、明らかに異なった場所、立場に立たざるをえなくなっていた。(3)

その原因の一つは、日本のプロレタリア文学が、その問題系列のなかに、「民族問題」に対する確乎たる定見を持ち得ていなかったということにある。先にあげた「カップ」東京支部の季刊誌『芸術運動』のなかで、日本人の中野重治は、ゲスト的な立場でこんな文章を書いている。

長い間、抹殺されてきた朝鮮民族のなかに、新しい火焰がもえようとしているのをみることは、たとえようもなく嬉しい。我が日本プロレタリアートの勝利のために、朝鮮同志の力がどんなに巨大なたすけになるかは、私がいろいろ話す必要はない。我が日本プロレタリアート芸術聯盟は、朝鮮プロレタリア芸術同盟がますます攻撃の道へと突進するために、可能なかぎり、あらゆる種類の努力を惜しまないであろう。我々は朝鮮の同志に向って、いま、我々の手をひろげて、あなたがたを迎えようとしている。

この「日本プロレタリア芸術聯盟について」という文章の一節を引いて、任展慧は「中野重治のこのことばは、「カップ」に寄せられた日本人文学者からの友愛にみちた最初の挨拶として忘れることはできない」と書いているが（前掲書）、皮肉っぽくいうと、日本のプロレタリア文学者のなかで、もっとも朝鮮と朝鮮人についての理解と認識（と友愛）を持っていたと思われる中野重治においても「我が日本プロレタリアートの勝利のために、朝鮮同志の力がどんなに巨大なたすけになるか」といった、やや功利主義的な見方をそこに認めざるをえないのである。

ただ、中野重治はこの頃のことを回顧した小説『むらぎも』のなかでこんなことを書いている。

いつかの新入生歓迎会のとき、けったくその悪い「今やわれわれは無産者階級の感情を感情する……」があったあとで、朝鮮人の金という新入学生が、「朝鮮プロレタリアートの解放なしには日本プロレタリアートの完全な解放はない。日本プロレタリアートの自己解放なしには朝鮮プロレタリアートの解放はない……」という単純な演説をしたとき、金の腕のゆるい水平動につれて、けったくその悪さから心持ちよく解放されて行く思いがしたことを安吉は思い出した。

「けったくその悪い」演説というのは、以前に、新人会新入生の歓迎会の時、新入生の一人が自分らは東京帝国大学に入ったのではなく、新人会に入学したんだということをいい、「今やわれわれの任務は、無産者階級の理論を理論しておるところにはなくて、実に、無産者階級の感情を感情するところにあらねばならぬのであります」というのを聞いて、安吉（中野重治自身といってよいだろう）が「けったくそ悪い」と感じたことが前提となっている。「理論を理論する」とか「感情を感情する」といった言い回しは、「過程を過程する」といった福本イズムに特徴的な言い方であって、新人会など若手の共産主義者の間に一世風靡した福本和夫（一八九四〜一九八三）の思想的影響と見られるのだ。安吉（＝中野重治）が、「金」の「単純な」演説に共感したのは、観念的、哲学的な福本イズムに反感を抱いていたからだろう。(4)

つまり、このエピソードから言えることは、日本プロレタリアートと朝鮮のプロレタリアートとの緊密な協力関係を言い出したのは、朝鮮人留学生の「金」であり、中野重治はそれに賛意を表しただけということである（「単純な」という限定はあるが）。鄭栄桓（一九八〇～）は、この「金」を、東京帝国大学の新人会に加わり、東大の留学生の後輩・金三奎（一九〇三～八九）などと一緒に「無産者社」を組織した金斗鎔（一九〇四～?）であると指摘している。その頃、中野重治と親しく付き合っていたのは、李北満や金斗鎔であり、とりわけ、こうした国際主義的な思想を持っていたのは、金斗鎔であるからだ(5)。

中野重治がその「日本プロレタリアートの後だて前だて」としての朝鮮人が、雨の降る品川駅から、日本の天皇制の官憲権力によって、総督府支配下の朝鮮半島へ追放される光景を絶唱として詠った「雨の降る品川駅」の詩は有名である。「辛、金、李、女の李」と呼びかけられる朝鮮人の同志たちは、同じく反帝国主義、反軍国主義、反天皇制の味方として戦った人々であり、その別離に対する悲痛な気持ちは、全編を通して痛切に伝わってくるのである（第3章「山梨と林檎」を参照のこと）。

だが、この詩のそうした抒情の水準の高さを認め、詩作品としての価値を最大限に評価する立場にあっても、この詩を「気にくわねえ」といった一人の在日朝鮮人がいたことを、やはり在日朝鮮人の文芸評論家である尹学準（一九三三～二〇〇三）が書き留めている（「中野重治の自己批判――朝鮮への姿勢」『新日本文学』一九七九年十二月号）。それによれば、中野重治を敬愛し、信奉していたといってもよい彼だが、ある時一言だけ「おれは中野が好きだ。たまらねえ。だどもよう、一つだけはどうにも気にくわねえ。なぜ朝鮮人が日本プロレタリアートのうしろ盾まえ盾にならなければならねえのか」といったというのだ。

しかし、先の『むらぎも』のなかの記述を思い起こせば、オリジナルな発想は朝鮮人側から出たものであり、そして、これは中野重治の個人的な見解であると同時に、「我が日本（朝鮮）プロレタリアート」、「我が日本（朝鮮）プロレタリアート芸術聯盟」の、むしろ公式的な見解であったということができるのではないか。

というより、「我が日本プロレタリアート」にとっては、やはり日本の革命が最重要事であり、植民地下の朝鮮や台湾の独立や解放はその付属事項に過ぎず、その民族運動は日本のプロレタリアートの援軍にしか過ぎなかったともいえる。つまり、「朝鮮プロレタリアート」の問題や、「民族問題」は大方にとっては無視できるような問題だったのであって、日本人のプロレタリア文学者のなかでは中野重治のような〝友愛〟的な人物だけが、「日本プロレタリアートの後だて前だて」といういい方であれ、朝鮮と朝鮮人について持続的な関心と問題意識を抱いていたといっても過言ではなかったのだ。

プロレタリア運動におけるインターナショナリズムとナショナリズム、すなわち国際派と民族派の葛藤や対立は、危うい均衡を保ちながら、戦後の共産党の歴史にまで持ち込まれる。「雨の降る品川駅」の詩的な緊張感は、そうしたスリリングな危うさの上に成り立っているのである。

3　中西伊之助の台湾巡行

日本プロレタリア文学のなかでは、もうひとり中西伊之助が、朝鮮と朝鮮人に関して持続的な関心を持ち続け、その代表的な長篇小説である『赭土に芽ぐむもの』(一九二二年、改造社)が、日本の近代小説では珍しく朝鮮を舞台として、朝鮮人と日本人が登場人物となっている作品であることは、近代文学史上よく知られたことである。しかし、この作品がそうした朝鮮人を登場させ、植民地化された朝鮮社会の矛盾や問題点を描き出したことを高く評価する者においても、朝鮮という名前を「東方の強国N」の植民地である「C」というように抽象化し、さらに朝鮮人を一貫して「土人」と表記していることには、従来から批判があった。当時の「土人」という言葉には、現地人、土着民といった意味合いしかなく、野蛮人、蛮人といったニュアンスは希薄であったと中西伊之助を擁護することは可能だろうが、しかし、こうした言葉遣いに、中西伊之助（や当時の日本人文学者）の意識せざる宗主国人としての〝優等意識〟を感じることは否定できないのではないだろうか。

日本人の新聞記者である槇嶋久吉には、朝鮮で新聞記者をしていたという中西伊之助自身の体験と意識とが重ねられていると思われるが、「土人」として描かれる全基鎬（チョンキホ）において、少なくともその朝鮮人としての民族的文化の背景が描かれることは希薄であったといわざるをえない。

また、中西伊之助には「不逞鮮人」という短篇小説もある。これは『改造』の一九二二年九月号に発表されたもので、主人公の碓井栄策が、「不逞鮮人」（これは抗日パルチザンの構成員といってもいいかもしれない）の巣窟ともいえる朝鮮西北部の土地を訪れるという話である。彼はこの「不逞鮮人」たちと「心から語ってみたい」という気持ちを強く持ち、通訳を連れて出かける。しかし、彼はそこに近づくにつれ、孤立感や心細さを感じる。日本人として彼らに襲われるのではないかという恐怖と不安感なのだ。

主人公はその「不逞鮮人」の頭目と目される主人の家に泊まることになる。するとそこで、日本側からは「独立万歳（トンニプマンセ）！」と叫ぶ騒擾事件とされた三・一事件の際に、その家の娘が刀剣で斬られたという形見の血まみれのチョゴリ（上着）を見せられる。致命傷となった傷跡の切り口も生々しい布地だった。その夜、寝ている彼の荷物をさぐる者がいる。それは、その家の主人で、彼が武器を持っていないかどうか探っていたのである。

ある意味では、滑稽な心理のすれ違いがここにはある。「不逞鮮人」の巣窟に乗り込もうとする冒険主義的な日本人と、不審な客を危ぶむ朝鮮人。互いに疑心暗鬼となって、お互いを疑い合うのである。朝鮮人を理解しようとしながら、結果的にはそれらの人々と距離を感じずにはいられない善良な日本人としての主人公は自分の立場を理解できていないと思われる。そこにあるのは、支配者と被支配者、加害者と被害者との関係の絶対性なのであり、それを理解しなければ、それは単に一方的な思い込みであり、ひとりよがりに過ぎないものとなってしまう。

こうした中西伊之助の小説に描かれた朝鮮人の肖像を見てゆくと、彼が抑圧された民族としての朝鮮人の同情者とも、理解者とも思えなくなってくる。何よりも彼には、自分が宗主国人としての日本人であり、そうした日本人の自分が朝鮮人にとっていかなる存在として見えるのかという自省的な観点がない。彼には社会問題として朝鮮や朝鮮人を取り上げようとする文学的野心はあっても、結局のところ、自分自身に還ってくる文学的（倫理的）主題としての「民族問題」は、そこには存在し得ないのである。

だが、それは一人の日本人のプロレタリア作家である中西伊之助個人の問題であるとは思われない。日本のプロレタリア文学のなかでは、本当の意味での「民族問題」にぶちあたることはなかったのであり、それは日本のプロレタリア文学運動が持っていた一国民族主義的な精神傾向そのものの表れだったのである。

日本のプロレタリア文学は、朝鮮や台湾のプロレタリア文学と結果的には共闘することも、その戦列を一致させることもできなかった。もちろん、それは日本のプロレタリア文学の側にだけ責任があるものではない。しかし、鄭然圭や金龍済のように、その初期において日本のプロレタリア文学とまさに隊伍をともにして突き進むことができた人々が、なぜ、そうした戦列から離れてしまったのか。そのことを真剣に自省することが、日本のプロレタリア文学者の側にはなかった。

台湾のプロレタリア文学者としては、『新聞配達夫』という日本語による短篇小説で、一九三四年に

『文学評論』に掲載された楊逵（ヤンクゥイ）（一九〇六～八五）がいる。植民地支配下の台湾から渡日し、劣悪な労働環境で新聞配達夫として働いている台湾人少年を主人公としたこの小説は、作者である楊逵の実体験に基づいたものと思われるが、そうしたルンペン・プロレタリアートともいえる植民地出身の労働者については、日本の労働運動は、ほとんど関心を払ってこなかった。

台湾文学研究者である垂水千恵（一九五七～）は、中西伊之助の『台湾見聞記』（一九三七年、実践社）のなかに登場してくる「Y君」という人物が楊逵であり、台湾で中西伊之助と楊逵という、日本と台湾の代表的なプロレタリア文学者の出会いがあったと論証している（「中西伊之助と楊逵」『国際日本学入門』成文社、二〇〇九年）。中西伊之助は、朝鮮半島のみならず、大日本帝国の最初の植民地としての台湾に興味を持ち、その地を巡行したのである。その案内をしたのが楊逵であるのだが、しかし、そこでは日本語による台湾プロレタリア文学の嚆矢ともいえる『新聞配達夫』を書いた作家の楊逵と、日本のプロレタリア文学者のなかでは例外的に植民地・外地に関心を持っていたといわれる中西伊之助とは、必ずしも「プロレタリアート」としての立場でその「戦列」が一致しているとは思われないのである。

たとえば、「Y君」の奥さんは、教職を棄てて農民運動に投じた台湾人女性だが、こんなことをいう。「わたし達は民族主義者ではないのですから、子供達が人間としてのあらゆる条件を完全に備へてくれることを、心から祈念してゐます。封建時代の日本は別として、現在、世界のどこの国家でもそんなに純一な民族ばかりゐる国家はありません。それぞれがみんな一国民として生活してゐるのですから、これはわたし達も考へねばならぬと思ふし、また日本の為政者にも考へてほしいと思ひます」と。

これに対して中西伊之助は「官吏の中にも若手で進歩的な分子が多くなつた」といい、「台湾の各職業層には官民共に進歩的な人がかなり多いと思つてゐます」と、日本、台湾の知識的上層階級（官吏）に対する期待を述べているだけで終わっている。それは宗主国からやってきた著名作家と、現地の「民族主義者ではない」台湾人とが、たまたますれ違いのように交差した一瞬の出来事であって、「民族問題」や「植民地問題」については何の果実をももたらさないものだったのである。

この後、中西伊之助はY夫妻と日月潭へ行くのだが、その途中で「霧社」という名前を耳にし、「霧社！ ぼくは前に屹立してゐる山を眺め上げて、一種の悲愴感に打たれた。民族と民族の不幸な出来事は、双方の理解によつてどんなにでも防ぐことができるのだ。人間が聡明にさへなれば、それでいいのだ」と思うのだった。

だが、これが血生臭い霧社事件(6)に対する中西伊之助の真情によるものだったとしたら、それはあまりにも「植民地」の「民族問題」に疎い発言といわざるをえない。彼には「土人」「蕃人」としての台湾原住民（いわゆる高砂族）への関心はあっても、それは表層的な民族紛争の域を出ないものであったのだ。

そういう意味で、中西伊之助に代表されるような日本のプロレタリア文学には、植民地としての朝鮮（人）や台湾（人）に関する、帝国主義国家のもとでの民族問題の意識はきわめて希薄だったといわざるをえない。それは日本の最初期のプロレタリア作家で、中野重治の先輩にあたる林房雄が、その〝転向〟後に、朝鮮半島へ行き、朝鮮人文学者との座談会のなかで、朝鮮人文学者の日本への同化を進言し、朝鮮語ではなく日本語で文学作品を書くことをいわば強要したという事実ひとつをとっても明らかだろう。「民族主義者ではない」といわざるをえなかった「Y君の奥さん」や、プロレタリア陣営に戻らなかった鄭然圭や金龍済の心情を、日本のプロレタリア文学者たちは汲みとることができなかったのである。

4 「内地人向け」の文学

同じ大日本帝国の植民地支配下にあっても、朝鮮半島と台湾とでは、その政治的環境や社会環境はかなりの程度異なっていた。

朝鮮人の作家・金史良と、台湾人の作家・龍瑛宗との間で、書簡のやり取りがあったことが知られている。日本の植民地支配下の朝鮮と台湾に出自を持つ二人は、東京に本拠を持つ同人誌『文藝首都』を通じて知り合い、互いの作品の批評や感想を手紙でやり取りする関係にあったのである（面識はなかったという）。ただ、金史良の龍瑛宗宛ての書簡は残されているが、龍の金宛のものは残されていない。しかし、その往還の様相が推測されるものもある。たとえば、一九四一年二月八日の日付のある金史良からの手紙――。

やはり貴兄は臺灣人の文學をやつてゐるし、又やるべきだし、僕は朝鮮人の文學をやつてゐるし、またやるべきだと思ふのです。當り前のことのやうだけれど大事なことでせうね。貴兄の「宵月」を讀んで僕は非常に身近なものを感じました。やはり貴兄のところも僕のところも現實的には變はらないやうで慄然としましたよ。あの作品は勿論暴露のものでもなく、極めて當り前風に書かうとなさつた作品です。だが、僕はその中に貴兄のふるへてゐる手をみたやうです。或は僕の獨断かも知れません。感傷かも知れません。恕して下さい、恕して下さい。（中略）

『光の中に』の兄の御批評尤もだと思ひます。僕もいつの日かその作品の改訂し得る時が来ることを心から待つてゐるのです。好きな作品ではありません、やはり内地人向きです。僕もはつきり分かつてゐます。それが餘りはつきり分つてゐるので、恐しいのです。[7]

ここでは、金史良文学にとってかなり重要なことが語られている。金史良の「光の中に」は、一九三九年の『文藝首都』十月号に掲載され、その年の下半期の芥川賞候補作として『文藝春秋』一九四〇年三月号に転載された。一躍、注目を浴びることになったこの作品は、その年のうちに小山書店から単行本化され、日付からすると、台湾在住の龍瑛宗はこの作品集を手に入れて読み、その批評を作者の金史良に直接書き送り、その返事が上述の手紙になったものと考えられる。龍の批評の内容は、「光の中に」に対する率直な批判、不満だったようだ。そこには、書き直し（改訂）を求めるような、強い不満、批判が書き留められていたのかもしれない。

それに対しての金史良の対応は全面的にその批評を受け入れ、自ら肯定するものだった。自分にとっても（「光の中に」は）「好きな作品では」なく、「内地人向け」に書かれており、それが彼自身にとっても不満であり、それが日本の文壇においてもてはやされることに、恐れを感じていたのである。

そこには、植民地人の作家同士だから了解しあえるものがあったといったら、勝手な解釈に過ぎるだろうか。少なくとも、金史良のこうした自己批判（不満）の言葉は、日本人相手には吐かれなかったと思われるのだ。

「光の中に」が、「内地人向け」というのは、どういうことか。主人公の「南（ナム）」は、朝鮮人の留学生で、下町のセツルメントで、夜間学校の英語の教師をしている。教え子のなかに、山田春雄という子どもがいる。父親の半兵衛は酒飲みの、日本人と朝鮮人の混血。母親は朝鮮人で、洲崎（遊廓）の料理屋に売られていたのを、半兵衛が救い出したのだが、いつも夫から暴力を振るわれていた。彼女が大怪我をして、貧民医療院に担ぎ込まれてきた。春雄の母親が、酔った父親に傷つけられたのだ。しかし、春雄は、「朝鮮人なんか僕の母じゃないよ、違うんだよ、違うんだよ」「僕は朝鮮人でないよ、僕は、朝鮮人でないんだよう——、なあ先生」と泣いて、「南」先生に抱きつく。日頃、「やい朝鮮人！」と、周囲の朝鮮人の子どもをことさらに差別する言葉を口にしていた春雄は、決して汚れた朝鮮服を着た母親を、自分の母親だと認めようとしないのである。

この少年の言葉は、「光の中に」の後に書かれた「天馬」の、結末に近い部分での主人公・玄龍の叫び、「もう僕は鮮人(ヨボ)じゃねえ！」というのと似ている。というより、結論として近似している。だが、この朝鮮人であることの自己否認の位相は、この二つの作品のなかでまったく違っている。「光の中に」では、春雄は最後に「南先生」を「みなみ先生」ではなく、「ナン先生」と呼んで、「朝鮮人」であることの自覚を表現するのだが、玄龍はほとんど人格破綻を来して、自分が「鮮人」であることを否認する。このどちらが、日本人社会（＝植民地社会）における朝鮮人の在り方をリアルに表現したものとなるか。あるいは、植民地人作家が、宗主国の言語（＝日本語）で文学作品を創造することの意味を発揮するものであるのか。

山田春雄が朝鮮人であることを認めないのは、〈私〉が、「みなみ先生」と子どもたちによばせて、「ナン先生」と呼ばれることを暗黙のうちに避けていることとつながっている。つまり、「みなみ」という名前は、「内地人向け」なのであり、それが余計な、不快な摩擦やトラブルを回避する方便となっている。それは功利的な理由を付けているが、結局は自分の民族的アイデンティティを否認しているという意味では、山田春雄の幼い民族性の否定と同じものなのだ。

つまり、「光の中に」は、〈私〉＝南先生と、山田春雄とが、朝鮮人としての民族性を回復する物語であり、その「朝鮮人」は、ある意味で、「日本人」でも「中国人」でも「台湾人」でも、いかようにも代用しても成立するものなのである。そして、それは「世界」を相手にして戦争を行っている日本にとってでさえ、一般的なナショナリズムの肯定や昂揚という方向性においては、論理的に否定できるものではなかった。

ここで対比的に、龍瑛宗の「宵月」を見てみよう。これは雑誌『文藝首都』（一九四〇年七月号）に掲載された作品である。語り手の〈私〉の先輩である彭英坤は、優秀な成績で中学校を出て、台湾人の子供のための公学校の教師となった、将来を期待される人物だったが、五年後に〈私〉と公学校の同僚となった彼は、酒癖が悪く、教育にも不熱心で、同僚や親にも悪い噂が立つ不評判な教師となっていた。酔っては、日本人の校長に支離滅裂なことを言い、相手に絡むような言動を繰り返していた。〈私〉はたまたまそんな彭を見舞いにゆき、彼の臨終に立ち会うことになる。そして〈私〉は、優秀で熱心な教育者が、なぜこんなダメな教師へと〝変身（変心）〟してしまったのかと考えることになる。

作者自身はそれに関してはほとんど筆を費やさない。ただ、彭は酔って校長にこう述懐する。「僕自身ぐうたらで、驚くべき不熱心な教員だ。だが、ほんとのところ、僕はそれをいつも恥ぢてゐるんですよ。なぜ、僕はかう不熱心なんだらう。わからない、わからない。僕の体内にふさぎ虫が棲んでゐる。倦怠の虫が一ぱい蔓つてゐます。どうしてそんなに無気力なんだらう。虚脱したやうに、身体に少しも力といふものがないんだ」と。

彭英坤の体内に巣食う〝ふさぎ虫〟〝倦怠の虫〟とは何だろうか。具体的にそれらの虫の正体が明らかではなくても、それがどこから生まれてきたものかはわかっている。むろん、それは日本帝国主義に植民地支配された台湾の教育現場、教育者の挫折し、破綻し、絶望した失意から生まれてきたものに相違ない。

つまり、彭英坤の精神（人格）は植民地主義によって破壊され、破綻させられたものにほかならないのだ。

金史良は、こうした彭英坤の姿の描き方に、龍瑛宗の「ふるへてゐる手」を見ている。また、「貴兄のところ」（＝台湾）も、「僕のところ」（＝朝鮮）も、「現実的には變はらないやうで慄然と」したと書いている。植民地主義は、その下で精神や地位の向上を図る者こそを攻撃する。彼は理想とすべき「自分」を実現しようとすればするほど、失意し、絶望して精神的に破綻し、破滅せざるをえなくなる。そうした植民地状況の中で、自らの民族的アイデンティティを肯定的に確認することは、自己欺瞞に近いものとなる。「光の中に」は、「みなみ先生」を「ナン先生」と呼び換えることによって、まるで朝鮮人の問題が〝光の中に〟出て行くような錯覚を覚えさせる。しかし、実際にはその植民地状況は何も変わっていないし、変えることは不可能だ。それならば、いっそのこと、「宵月」の彭英坤や、「天馬」の玄龍のような性格破綻者として生きることこそ、真実の生き方であり、徹底的に闇の底の泥に塗れるという意味で、可能性がみえて来るのではないか。

それは、張赫宙がその初期の小説で徹底的に行ったように、植民地とされた朝鮮の暗黒面、汚濁した社会と汚染された個人とを徹底的に暴くようなリアリズムを基調とすべきものではないのか。被植民地化された朝鮮と台湾の作家が、共通して持ち得る文学的方法とは、〝光の中に〟出て行く向日的なものではなく、その悲惨さ、残酷さ、非人間性をどこまでも解剖し、追求することにあったのではないか。それが、金史良が「土城廓」や「天馬」を、〝日本語〟で書く理由であり、意義だったのである。

朝鮮と台湾との植民地的様相の違いは、言語政策的なものを見ても明らかだ。日本帝国主義は、朝鮮語を抑圧し、「国語」としての日本語常用を奨励（時には強制）した。その結果、朝鮮語は弱体化して、朝鮮人文学者は自己の言語的アイデンティティとしての〝母語〟を奪われ、その怨念は長らく抗日、反日運動の精神的バネとなった。もちろんそれは、朝鮮語という言語が「国語」として標準化され、近代化される過程にあったからだ。侵略してきた日本語は、そうした朝鮮語の近代化のプロセスを中断させた。言葉に対する怨みは強いのである。

ひるがえって、台湾の場合はどうか。いわゆる台湾原住民の「高砂族」（高山族、高地民、山地同胞、台湾先住民など、いろいろな呼び方があった。「高砂族」は、日本人側が強制した民族名で、使用には注意を要する）は、それぞれに部族ごとの言語を持ち、文字はなく、共通性を持たなかった。漢民族としての台湾人は、対岸の大陸の福建省地方で使われる閩南語（いわゆる台湾語、台語と略す）や、移動民としての客家語が中心で、普通語（プートンホワ）と称される北京語（中国語）が、国民党支配下（中華民国）の台湾での共通語（教育語）となる。光復（解放）前の「日本語」常用政策はもちろん廃絶され、公的には排斥されたが、呉濁流（一九〇〇～七六）や孤蓬万里（一九二六～九八）のように、光復後も日本語を「文学語」として使用する例もあった。

原住民、内省人、外省人が混在する台湾社会においては、その政治権力の変遷によって、言語政策にも変化があり、蔣介石（一八八七～一九七五）の軍隊（国民党）とともに台湾に入ってきた外省人が権力を握っていた一九八〇年代までは、北京語が公用語とされ、台湾語を教育言語として使うことは禁止され、公共放送などでも使用は制限された（映画でも同様）。

こうした言語環境の相違が、金史良と龍瑛宗の場合では明確に異なっており、同じ大日本帝国による植民地支配下の文学創作活動といっても、そこに少なからぬズレが生じてくることは当然だといえるだろう。もちろん、被植民地下の知識人としての共通した苦難や苦悩のあることもまた確かだろうが、その苦しみの在り方に差異が見られるのだ。

「光の中に」が「内地人向け」なのは、〈私〉や山田春雄が、「朝鮮人」としてのアイデンティティに目覚めるという点や、酔っ払いで暴力的な家長としての父親、ひたすら忍従する無気力で無教養な母親、ひねくれた子ども、といった典型的な貧窮民一家としての「朝鮮人（と混血）」が描かれているという点だろう。しかも彼らは、朝鮮という郷土、風土から切り離されて、日本という異郷に位置することで、より惨めで、貧しく、悲惨な状態に置かれる。寄る辺のない、根拠となる場所を持たない失郷民なのだ。しかし、彼らも民族的アイデンティティを確信することによって〝光の中に〟出て行くことができる。金史良の「光の中に」が、日本人読者に好評だったのは、欧米の黄禍論的なオリエンタリズムに対して、被圧迫民としてのアジア人（日本人であれ、朝鮮人であれ）としてのアイデンティティの獲得があったからだ。

金史良と龍瑛宗の共通点は、〝植民地の知識人〟としての懊悩であり、民衆から隔てられた民族主義のやり場のない表現方法の模索である。ただ、それは多言語、多文化の民族主義の咲きわう台湾と、一民族一国家を目指す朝鮮とでは、自ずから異なっていることは当然だ。国民国家を目指す朝鮮と、多文化の現実社会を選択せざるをえない台湾とでは、言語や文学に対する向き合い方が、土台、違っているといわざるをえない。それは日本帝国主義に対する〝戦い方〟の違いとして現出してくる。それは南北統一の夢の中で、非命に倒れた金史良と、日帝時代も、光復以後も、一銀行員として過ごした龍瑛宗の違いを見れば明らかなのである。

5　さすらう魂・鄭然圭

鄭然圭は、戦時中に、岩手県北上市の郊外に疎開して、そのままそこに住み着いた。日本人妻の実家の傍である。戦時中から、彼は皇道主義者へと変貌していた。二男一女（次男が鄭大均、その妹が鄭香均）をもうけながら彼は定職らしいものを持たず、『魂』、『満蒙時代』といった雑誌を発行して、一定の購読者に届けた。原稿はほとんどを鄭然圭自身が書き、時には妻が匿名や変名で書くこともあった。小説も書いた。長篇小説の『さすらひの空』、短篇小説集の『生の悶え』（いずれも宣傳社）である。いずれも、プロレタリア陣営からの〝後退〟、〝転向〟の苦悶や苦闘を背景とした、重苦しい雰囲気の漂う小説世界であり、転向者のデスペレートな心情を表現したものである。

『生の悶え』のなかに、「棄てられた屍」という作品がある。乞食同然の襤褸服を着た主人公は、南大門駅から発車した釜山行きの急行列車の中で眠っていた。突然目覚めた彼――「我が主人公」と作中では呼ばれている――は、いきなり展望車に突進して、扉を開けて飛び降りそうになる。車掌はあわててそれを止める。彼は自殺衝動に駆られていたようだ。そして彼は、列車が大邱駅に着いた時、あわてて飛び降りたのだった。大邱の停車場を出た彼は、すぐに警官に誰何される。しかし、彼はどこから来たかも、どこへ行くかも答えず、挙動不審のために留置所に三日間留置される。その後、彼は雨の中を警察署から大邱の街中に追い出され、市街を彷徨する。彼は呟く、「どうして俺の命は絶えないのだ！」と。「俺は死を待つて居る、そうだ俺は死を待つて居る」と溜息まじりに言い、「息の絶えるまで歩かう、そうして求めよう、どうか、せめてこの胸の苦しみを少しなりとも減らしたい」と呟くのである。

彼は過去に「悪毒と暴虐と残忍と監房」を経験していた。その悪夢が蘇るかのように、彼は二人の警官が一人の男を殴打している場面に出会う。それを見つめる彼は、警官に怒鳴りつけられ、あわてて停車場へと逃げてゆく。殴り倒された男は、ようやく起き上がり、警官に連行されていった。彼は、軽便鉄道の客車に飛び乗り、「俺は斯うして遁れ行く」と呟くのだった。

主人公の登場人物としての背景や、出来事の因果関係や脈絡なども一切説明されていない。ただ、「我が主人公」が、自殺願望や逃走本能のままに、夜の闇の中をうろつき回っていることが分かるだけだ。ちょうど、同じ作者の長篇小説『さすらひの空』を縮刷版にしたような感じで、「我が主人公」は、『さすらひの空』で「李詩人」と呼ばれる主人公と重ね合わせられる存在のようだ。襤褸服をまとい、警官に誰何され、留置所に収容され、デスペレートな感情のままに逃走、彷徨、放浪を繰り返す登場人物は、長篇と短篇の違いはあっても、『さすらひの空』と「棄てられた屍」とでは、同一の主人公と考えられるのである。

だが、「棄てられた屍」には、最後にこんな数行がある。すなわち、「それから何年かたつた三月萬歳騒ぎの日に、誰からも見棄てられた一人の屍体を京城の南大門通りで見出した」「それは、我が襤褸の主人公の死骸であつた」「胸には赤い血が染まつてゐた」と。

このことによって、この「我が主人公」の放浪、絶望、死への渇望の理由・原因が、（朝鮮の）民族主義的な独立運動や、社会革命の蹉跌や挫折によるものであることが読者に暗示（明示）されるのである。

つまり、鄭然圭の『さすらひの空』や『生の悶え』は、そうした（三一独立運動のような）政治運動の挫折から絶望的になった主人公が、自殺の衝動や逃避願望を抱きながら彷徨するというテーマを中心に描いたものであり、プロレタリア運動の挫折、朝鮮の独立運動の蹉跌が、鄭然圭をして、その思想的転向を強いたものであることが知られるのだ。

単行本『生の悶え』の裏表紙裏（表三）には『さすらひの空』の宣伝が掲載されているが、そこには「朝鮮三千年の苛政と暴虐の歴史は斯くの如き思想と斯くの如き作品を産んだ」とあり、「著者既往の創作論文は殆ど全部朝鮮当局の忌諱に触れ、或は抹消され、或は没収され、茲に漸く完全なる思想の発表を見る。其の大胆にして独創的なる、其の筆致の巧妙にして深刻なる、到底他の追随を許さゞる所、真に文壇の奇蹟である」と、きわめて大げさと感じられる宣伝文句が載せられている。両書の発行元の「宣傳社」はこの両書以外の刊行本を見ないので、鄭然圭自身の個人的出版社と考えることができ、これらの宣伝文句も作者自身の書いたものではないかと推測される。『さすらひの空』の本文の中に、「宣傳」という漢字に「のべつたえる」というルビが振られている箇所があり、「宣傳社」という社名そのものが、普通の意味の「宣伝・広告」ではなく、作者・鄭然圭の「思想」を「のべつたえる」ために設立されたということを物語っているように思える。

「朝鮮三千年の苛政と暴虐の歴史」とあるが、「著者既往の創作論文は殆ど全部朝鮮当局の忌諱に触れ、或は抹消され、或は没収され」とあるからには「朝鮮当局」とは「朝鮮総督府政府」ということであり、それは「三千年」ではなく、結果的には近々の「三十年」に及ぶ植民地支配の「苛政と暴虐の歴史」にほかならない。つまり、鄭然圭の「思想」は、あくまでも反総督府政治、反植民地主義、反日本的なものであって、「日本」にとって親和的なものではありえないのだ。

鄭然圭は、関東大震災での朝鮮人（や社会主義者）の大虐殺を経て、プロレタリア文学運動の退潮に伴い、「皇道主義」への「転向」を表明する。彼は「皇学会」なる会を主宰し、会員は五万余名に及んだと語っている（この数字は誇張だと思われる）。一九三六年には、『大和民族皇道生活運動』、一九四二年には『国体信仰道解義』、『国体理論集』、『皇道理論集』という単行本（冊子に近いものだが）を自分が主宰する「満蒙時代社」「皇学会」から発刊し、彼の「皇道精神」を宣伝し、扶殖しようと努めるのである。ただし、鄭然圭の場合、「皇道主義」「皇道思想」といっても、偏狭な日本主義とはいささか異なった相貌を持っている。『満蒙時代』の一九三三年十月号にこんな文章を書いている。

皇道精神とは即ち日本精神――日本人魂のことであるが、しかしこれは皇道精神が東洋各国中日本が一番発達しているがためであって、支那人や朝鮮人の中にも皇道精神はある。早くいえば良心のある人間には皆皇道精神はあるが、ただその精神を国家社会組織の上に完全に具現されて忠孝一本の国体となり道徳となり人間の最後の魂となつているのは日本だけである。だから皇道精神といえばすぐ日本人ばかりの精神であるかのように思うたり、殊に日本の侵略的精神のように誤解しているものはもつての外である。

一切の侵略精神は非皇道精神である。朝鮮人や支那人が自民族のために自国のために働くところに皇道精神がある。そういうと或は各民族と各国が互いに対立するようになるではないかというかも知れぬが、それがやはり非皇道精神的な考えである。日本人が皇国を本当に思う心は同時に朝鮮人が朝鮮民族を、支那人が支那を思う心であって、この同じ心の境地のものがより集まれば皆同じように自分等のためにはかる考えとなるから、現在日支那鮮間に見るような醜い葛藤は起らない。これは皆非皇道的な資本主義的帝国主義的野心があるからである。共に共に皇道精神に目ざめて進めば一切の不快と争いは自ずから解消されて行く(8)。

鄭然圭の「皇道思想」がユニークなのは、一九三三年にこうした文章を書き、そして敗戦を経た一九四〇年以後においても、この「皇道思想」、皇道主義の旗を下ろそうとはしなかったことである。たとえば、一九四一年の復刊四月号の『魂』(鄭然圭の個人誌)では、こんなことを書いている。

「しかしこの思想(鄭然圭流の「皇道思想」――引用者註)の宣伝は最初は非常に困難をきはめた。殊に皇道思想とは左翼思想の変形であるとか、朝鮮独立思想であるとか、朝鮮人精神であるとか等の色々な逆宣伝によつて、一時は殆ど絶望視されたこともあつたが、何分にも人倫道義に疎い日本人のことであるので、その良心性に目ざめて来るにつれて、僅か十何年足らずのうちに皇道思想は日本全島の津々浦々にまで及んだというのだ。

もちろん、鄭然圭の「皇道思想」はその時期や時代によって揺れているし、その内実には変化がある。しかし、彼の「皇道思想」が「左翼思想」とか「朝鮮独立思想」とか「朝鮮人精神」であると逆宣伝されたのは必ずしも曲解ではないと思われる。「一切の侵略精神は非皇道精神である。朝鮮人や支那人が自民族のために自国のために働くところに皇道精神がある。そういうと或は各民族と各国が互いに対立するようになるではないかというかも知れぬが、それがやはり非皇道精神的な考えである」と鄭然圭は語っている。これは「八紘一宇」や「一視同仁」といった天皇中心の皇道主義や「国体思想」とは明らかに背馳したものだろう。その意味では鄭然圭の皇道思想は、民族自決主義であり、反植民地主義であり、反日の朝鮮ナショナリズムの変形にほかならない。彼が一貫して問題としていた朝鮮米の移出問題も、畢竟は朝鮮人の米作農民の窮乏化、貧困化に対する反対論であり、朝鮮農業についての不公正な経済政策への不満、批判である。

韓国併合以降、朝鮮から日本内地への朝鮮米の移出は、朝鮮での生産が減少しても増え続け、年度ごとの統計の数字も移出の増大と反比例して、朝鮮での米の消費量はもちろん、雑穀の消費量すら年を追って減少していることを示していると、彼は主張し続けた。郡山の港には煉瓦造りの米穀倉庫が立ち並び、そこから日本内地へと輸送するために入出港の運搬船は賑わっていた。それは、土地調査令以後、朝鮮人農民の所有する田畑の減少と反比例して、日本人農民や農事会社の耕作面積の拡大と歩調を合わせているのである（『朝鮮米資本主義生産対策』満蒙時代社、一九三六）。

だから、彼が自分の主宰する総合誌を『満蒙時代』と名付けたのは、逆説的な命名といえる。日本帝国主義の、台湾、朝鮮、樺太、南洋群島、満洲への〝侵略〟と同化主義の植民地化は、彼のいう「皇道思想」と正反対のものだろう。

「支那人に向ってお前の祖先を日本人にしろとか、朝鮮人に向って体質の違うものをすぐ日本人になれというのは非皇道的である。朝鮮人の血を受けた朝鮮人が何処までも朝鮮人として大きくなり、支那人が何処までも自国の内争を収めて一日も早く楽土化するように祈るのが皇道である。無理は皇道に反する。無理はせず一個の人格者として成人になれるように指導してやることが肝要であって、少しでも帝国主義的考えを持ってはいけない」。

つまり、鄭然圭の主張する皇道思想は、決して日本民族を最優秀とする国粋主義でも、日本中心主義でもなく、いわば多民族主義、多文化主義の考え方を基調としているわけであり、それを「皇道思想」と呼ぶのは、いささかためらわれるようなものだったのである。それはまさに、カモフラージュされた「朝鮮独立主義」や「朝鮮第一思想」というべきものだ。

一九四五年の大日本帝国の〝崩壊〟、すなわち日本軍の連合国軍に対する無条件降伏の後は、壺井繁治（一八九七～一九七五）や徳永直（一八九九～一九五八）、佐多稲子（一九〇四～九八）や中野重治（一九〇二～七九）などの元プロレタリア文学者たちは一斉に「再転向」の道を歩んだ。宮本顕治（一九〇八～二〇〇七）や蔵原惟人（一九〇二～九一）のような非転向者は少なく、林房雄（一九〇三～七五）のように、左翼から右翼への極端な変わり身を戦後においても持続させた文学者もいた。

こうした中で、鄭然圭が「皇道主義者」として、戦後も論陣を張っていたことは注目に価する。もっとも、前述のように、彼の「皇道思想」が、一般的な天皇制の日本主義や、国粋的な軍国主義と直接に結びつくものではないことは、注視しておかなければならない。つまり、鄭然圭のような朝鮮人文学者は、日本人文学者のように、敗戦を契機に容易に共産主義、社会主義の左翼陣営（あるいは民族主義的立場）に〝後戻り〟できるような立場にはなく、その分だけ鄭然圭は「転向＝皇道思想」という毒を、皿ごと喰いつくしてしまっていたのである。彼は、韓雪野や李箕永のように、社会主義の北朝鮮に帰ることもなく、張赫宙のように野口赫宙として日本に帰化することもなく、岩手の田舎で蟄居生活を送った後に、妻子に帰国を反対され、たった独りで韓国へひっそりと帰った。そして家族の誰一人にも看取られずにソウルの路上で孤独に死んだのは一九七九年四月のことだった。胸に血の痕こそ見られなかったが、彼の書いた「棄てられた屍」の主人公の最後とまったく同様の死に方だったのである。

註

（1）「カップ」の歴史的経緯については、任展慧の『日本における朝鮮人の文学の歴史』（法政大学出版局）を参照した。

（2）多くのプロレタリア文学者は、戦中期に「転向」し、敗戦後に「再転向」して、日本共産党に再結集した。しかし、意見や立場の相違から、『民主文学』系と『新日本文学』系に分かれた。『新日本文学』には、共産党を除名されたり、脱退した文学者が多かった。なお、コミンテルン（共産主義インターナショナル）の「一国一党」の原則によって、在日朝鮮人による朝鮮共産党の分派は、日本共産党に合流した。

（3）金龍済については大村益夫『愛する大陸へ』（大和書房、一九九二年）、鄭然圭については、その子息である鄭大均の『在日の耐えられない軽さ』（中公新書、二〇〇六年）を参照し、資料の提供を受けた。

（4）「新人会」は東大生を中心とした社会主義的な思想運動団体。赤松克麿（一八九四〜一九五五）、宮崎龍介（一八九二〜一九七一）らによって一九一八年に結成された。佐野学（一八九二〜一九五三）、大宅壮一（一九〇〇〜七〇）、石堂清倫（一九〇四〜二〇〇一）、林房雄、中野重治らが参加して、日本共産党の下部組織の様相を呈した。福本和夫のマルクス主義思想の影響を受け、福本イズムが風靡したが、コミンテルンの批判を受け、一掃された。

（5）鄭栄桓（一九八〇〜）「プロレタリア国際主義の屈折／朝鮮人共産主義者金斗鎔の半生」に拠る。これは一橋大学社会学部に提出された学士論文である。

（6）霧社事件とは、一九三〇年十月二十七日に、台湾の先住民のセデック族が、彼らの居住地区である霧社において日本人住民を襲った事件。日本の台湾総督府による植民地支配に対する抵抗の蜂起運動とされる。霧社の指導者モーナ・ルダオ率いる武装集団によって日本人百十二人が殺害された。日本側についた先住民の部族間で、第二次霧社事件も起こった。

（7）金史良からの龍瑛宗宛ての手紙は、光復後も龍瑛宗がずっと手許に保管しており、それを台湾文学者・下村作次郎（一九四九〜）が翻刻したものが、『台湾文学の発掘と探求』（田畑書店、二〇一九年）に全文掲載されている。ここでは、それを使った。

（8）ここでの引用は、鄭大均の『在日の耐えられない軽さ』からの再引用。原文は旧仮名遣いだったと思われるが、同書での引用は新仮名遣いに直されているので、そのまま引用した。『さすらひの空』『生の悶え』については、原文からの直接の引用で、旧仮名遣いのままとした。

第11章　満洲国の朝鮮人——三つの祖国

1　今村栄治の場合

一九四五年八月十八日午前一時過ぎ、満洲帝国の皇帝・愛新覚羅（アイシンギョロ）溥儀（プーイー）（一九〇六～六七）は、「蒙塵」先の大栗子の仮御所において自らの退位を宣言し、ここに十五年間継続した満洲帝国は瓦解した。日本の傀儡帝国と言われていたが、形式的には独立国として、ごく一部の国（バチカン帝国、サンサルバドル）とだが、外交関係（国交）も持っていた一つの「国家」の消滅だった。「五族協和」を建国のスローガンとしていた満洲国には、満洲族・漢族・日本族・朝鮮族・蒙古族（そしてロシア族や少数民族）など、複雑な民族構成があり、なかでも祖国朝鮮（大韓帝国）が大日本帝国に「併合」され、「日本人」となっていた（「日本人」としてそこで生まれ育った）朝鮮人は、満洲国の崩壊と祖国の解放によって、その日を限りにそれぞれ「日本人」から元の「朝鮮人」へと戻っていったのである。

朝鮮半島ではその日から、脱・植民地化（ポスト・コロニアル）の動きが模索されることになるのだが、在満の朝鮮人は、それとともに脱・帝国主義の方向も模索しなければならなかった。なぜなら、満洲における朝鮮人は、日本という宗主国による植民地支配の被支配者であったからだ。そこには後に大韓民国の大統領になる朴正熙（パクチョンヒ）のように、満洲国軍の将校（少尉）といった立場の者もいたが、この稿で主に取り上げる今村栄治のように、満洲国の文化政策（行政）の流れのなかにあった文学者もいたのである。

今村栄治（一九一一～?）は、本名が張喚基（チャンファンギ）という朝鮮人であることが知られているほかは、その経歴や履歴がほとんど知られていない「在満洲国朝鮮人」の日本語系の文学者である。(1) また、一九四五年八月十八日の「満洲帝国」の崩壊の後、その行方は、生死も含めて杳として不明となっている。日本人の知人として最後に彼に会ったのは哈爾濱の満鉄図書館の司書をしていた小説家の竹内正一（一九〇二～七四）であると思われるが、彼は今村栄治との別れの場面を、次のように回想している。(2)

> 今村はションボリしていた。半島人として生れながら北鮮も南鮮もよく知らず、言葉さえ充分に通じないと聞いているだけに、こういう人たちの将来は一体どうなることだろうかと、省三も暗然とする思いだった。心から日本人になり切りたいと信じながら、現実には引揚列車に乗ることすら許されない異邦人として捨てられる一人の人間でしかない自分自身を顧みて今村は、どう身を処していいか分からないのではないかと省三には思われた。而も彼の傍には故郷を日本内地に持つ若い細君がいるのだ。恐らくこういう情勢になつても、二人は離れることはできないに違いない。細君も当然この孤独の今村を捨てて引揚列車に乗って帰るような人でないことを省三は、彼等の交わす言葉の端々にも感じるのだった。

「省三」が竹内正一であり、「今村（栄二）」が今村栄治であることはいうまでもないだろう。今村栄治は、満洲という場所において、朝鮮人でありながら日本人として、「満洲国人」でありながら「日本族」として、日本語によって、「満洲文学」としての小説を書き続けようとしていたのである。彼の配偶者は秋田県出身の日本人であったが、在満の朝鮮人である夫が日本へ引き揚げることができない以上、その日本人妻も、夫と別行動を取ることはできない。それは戦前・戦中の日本人女性の「女道徳」の当然の結論だったのである。

民族（朝鮮民族）と国籍（日本籍・満洲籍）と使用言語（日本語）と生活の場所（満洲国）が、すべて食い違うという今村栄治の場合、そのアイデンティティは一体どこにあったというべきだろうか。彼が小説家たらんとしていた時代や場所は、大日本帝国が、彼の故郷である朝鮮半島を「日韓併合」という名前で植民地支配していた時期であり、さらに中国の東北地方に傀儡国家として「満洲帝国」という国家を建国し、直接的・間接的にやはり植民地をしていた地域であり、彼はそこで文学者としての活動を行っていたのである。

竹内正一によれば、彼は母語としての朝鮮語があまり出来なかったという。朝鮮人でありながら、日本語の方が堪能で、朝鮮語が下手な「今村栄治」。彼が、日本による傀儡国家・満洲国が崩壊し、祖国・朝鮮が「解放」されたとしても、すんなりと「張喚基」に戻れたとは思えない。そういう意味では、彼は日本の植民地支配が東アジアにもたらした、もっとも悲惨な「個人的悲劇」の例の一つといえるかもしれない。

今村栄治について知られているのは、在満朝鮮人作家として「新京文芸集団」という文芸組織に同人として所属していたこと、民間文芸団体「満洲文話会」の活動に積極的に関わり、「文話会」発行の『満洲文藝年鑑』第Ⅲ輯の著作人代表・発行人が今村栄治となっていること（身分は新京日満文化協会嘱託）、やはり文話会発行の『満洲よもやま』の編集実務に当たったこと、そして一九四一年七月二十七日に、満洲国弘報処の肝入りで発足した満洲文芸家協会の書記となって活動したことなどである。

彼は周囲の日本人からの受けがよかった。そのことが逆に同胞たちの間で浮き上がっていた証拠といえるかもしれない（というより、在満朝鮮人の同胞たちとの交際、交流がほとんどなかったといってよいのかもしれない）。しかし、彼は別段、朝鮮人という出自を隠していたとは思われない。それほど古くからの付き合いとも思われない木山捷平も、彼の本名も出自も知っていたし、満洲の文学界で知り合った小説家の牛島春子（一九一三〜二〇〇二）は、こんな風に回想している。

今村栄治さんは日本語で小説を書く朝鮮人作家であった。私は彼の書く小説が他の日本人が書いたものよりも好きであった。ケレンミのない地味なリアリズムの底に、私は彼の、鋭くはないが、透明な精神を感じることができた。私は知り合って永い間、彼が朝鮮人であることを知らなかったが、それを知ったとき、余計に今村さんが好きになつてしまった。

（牛島春子「思い出す人々」『寂寥派』一九五二年六月号。ここでは、多田茂治『満洲・重い鎖――牛島春子の昭和史』［弦書房、二〇〇九年］から再引用）

だが、彼は二重、三重に「植民地（主義）」に絡め取られていた。植民地支配された民族の知識人の一つのパターン、すなわち、植民地出身者が植民地主義的な教育を受け、宗主国の文化や言語に拝跪して宗主国の人間になり切ろうとするパターンの典型的な例だった。

「今村栄治」という創氏名は、「張本（張）」「金村（金）」とか「安本（安）」とか「木下（李）」とか、元の姓の漢字を少しでも残そうとした苦心の痕がまったく見当たらないものだ（「柳」とか「林」などは、日朝共有の姓である）。また、創氏改名では（姓ではなく）名前の部分を朝鮮名のままにする（張赫宙→野口赫宙のように）ことも多く見受けられるのだが、彼はそうした便宜的な方法も採らなかった。それだけ彼は、完全な「日本人化」「皇民化」への同化を目指していたのだろう。

日本語の方が達者な小説家。〝満洲の張赫宙〟（朝鮮の代表的な「親日」作家）と言われ、日本語によって満洲の朝鮮人（族）という微妙な立場の人間の主題を前景化した作家、そして満州国崩壊の後に消息を絶った「親日派」の朝鮮人文学者。彼は満洲国の国家的スローガンだった「五族協和（民族協和）」に則るような文学作品（小説）を書くことを志望していた。もちろん、それが屈折した思いを彼に抱かせたことは否定できない。今村栄治の作品として、ほとんど唯一のように知られている「同行者」（『満洲文芸年鑑Ⅲ』満洲文話会、康徳六年＝昭和十四年）という作品は、満洲における民族協和の理念とその実態、それ以前の「内鮮一体」と「日韓併合」そのものの成果を問うている小説であるということができる。

主人公の申重欽（しんじゅうきん）は宿屋のおやじから「あんたは朝鮮人のくせに、大いに日本人ぶつとる」と言われるような人物だった。「故郷を蹴つて大連にきてから、十年のあひだ、彼は言葉すら朝鮮語を用ひなかつた。友人たちにも、同郷人はひとりもゐなくて、日本人と働き、日本人と暮してきた。申重欽は、個人的には、あらゆる点で、完全な日本人になつてゐる」のである。だが、彼は「精神的にも実際生活的にも、逼迫状態から足ぬきがならず、苦しまぎれ」に、実兄を頼って満洲の辺鄙な地に行こうとしているのである。

「朝鮮人として生れてゐながら、朝鮮の風俗や習慣を毛ぎらひし、言葉さへ忘れ、日本人にならうとしてきた。そして今になつて結局どちらにも容れられずに、両方から絶縁されて原始的な、文化度のひくい満洲のへんぴなところに追ひやられていく自分」。申重欽はそうした「自分」を、満洲に大きな農場を持つ日本人の同行者として、「不逞鮮人」の跋扈する地帯を馬車で行こうとするのである。案の定、匪賊らしき朝鮮人が行く手を阻んでいる。中重欽をその仲間かと疑う同行の日本人の手から短銃を取り上げ、「ぢつとしてゐろ、でないと、きさまから先にうつぞ！」と叫んで、短銃を近寄りつつある朝鮮人たちに向ける、というところでこの小説は終わるのである。

中重欽はここで、最終的に自分がどちらの「同行者」となるのかを決定しなければならなかった（日本人側か、朝鮮人側か）。その結論は、むろんこの作品の中では出されていない。しかし、結論を出さなければならないところに立たされていることは紛れもないことだ。そして、その結論を出した頃に、事態はドラスティックに変化した。今村栄治は否応なく「張喚基」に戻らなければならなくなった。満洲国崩壊、朝鮮の解放の結果、彼には「日本人」を選ぶという選択肢はもうなくなっていたのである。

今村栄治のもう一つの代表作と思われるのは、『大新京日報』に連載された「未完稿」という作品である。これは民族問題が少なくとも表面的にはでてこないもので、渡満して従姉妹の家に厄介となり、そこで居候暮らしをしている若い日本人が主人公だ。彼は小説家志望であり、傑作をものにしようと部屋に籠って作品を書き続ける。従姉妹の亭主は、まともな仕事にも就かず（就けず）そうした自堕落な日々を過ごしている厄介者の彼を苦々しく思っており、ある日、ついに両者は決定的に衝突して、主人公の「私」は、その家を飛び出してしまう。しかし、自分には「文学」という高邁な仕事があると高ぶった気持ちでいた彼も、現実的には金も行き所もなく、ついに空腹に迫られた彼はふらふらと従姉妹の家に戻り、かねて同情していた従姉妹とこっそり話をしている場面を家の者に見られ、もう一度、家の主人と衝突して、夜道へと飛び出してしまうのである（『今村栄治・野川隆・塙英夫作品集』日本植民地文学選集、ゆまに書房所収）。

小説としても、題名通りいかにも「未完稿」といった感じの作品なのだが、そこで描かれているのは、いわば「行き所のない」主人公の、人生の執行猶予の期間というものだ（モラトリアムの間だ）。小説家になろうという彼の願望は、アイデンティティの決定をできるだけ遠くに延ばそうとする試みといってよく、未完、未決定の状態に宙吊りになる主人公の、たった一日の彷徨を描いたこの小説は、今村栄治のアイデンティティの決定の優柔不断さを反映している。

彼は自ら植民地主義のなかに飛び込んでゆく。しかし、彼は植民地主義・帝国主義そのもののなかへ飛び込んでいったという自覚はない。彼にとって小説家を志望するということは、「未完稿」の状態を続けることであり、そこでは彼は観念世界のなかでゆっくりと自らのアイデンティティの決定を引き延ばすことが可能だったのである。こうした観念の世界でのモラトリアムという主題を今村栄治は、そのわずかに残された日本語作品によって描こうとした。だが、「今村栄治」の小説家としての成長や成熟を待たずして、その「在満朝鮮系日本人」としての彼の環境は、激変した。彼は文学的主題ではなく、人間的・民族的主題としての脱・植民地主義、脱・帝国主義の道程を歩かなければならなくなった。もちろん、それを「今村栄治」の文学作品としてたどることはもはや不可能なのである。

近年になって新しく発見された小説『新胎』(『植民地文化研究 4号』植民地文化研究会、二〇〇五年)という小説は、正妻にも妾にも生まれてくる子どもは女の子ばかりで、後継としての男の子を渇望している朝鮮人地主・金相福の物語だ。彼は朝鮮から満洲へ渡ってきて、多くの田畑を手にいれた成功した〝鮮農〟だった。彼から借金をしている小作農の許は満人の女と出奔し、後に許の細君とその娘の英花、そして老婆とが残されていた。借金を返さなければ、収穫物と小作地を取り上げて追い出すという金相福に、許の細君は必死に哀願するが、彼は許さない。金相福には、相俊という弟がいて、片足のない兄を助けて農家を盛り立ててきたが、家長の兄は、彼に一向に嫁取りをさせてくれない。密かに英花を憎からず思っている彼は、許一家を追い出そうとする兄に逆らい、許の家の入り婿になって、借金をチャラにしようとするのだった。

男の子を渇望する封建主義的な家父長制、そのための強固な男尊女卑の考え方に基づく一夫多妻制度（妻妾同居の制度）、次・三男が厄介者とされる長子相続のシステム、苛斂誅求な地主―小作農の関係。前近代的な農村の問題が、この小説の中には満載されている。それは必ずしも満洲に移民してきた鮮農に限られてものではなく、中国人農家、日本人農家にも共通する弊害である。つまり、ここでは中国人（満人）、朝鮮人（鮮人）、日本人（日人）は、マイナスの制度的な側面において、〝五族〟は協和し、共通しているのだ。今村英治は、日本人として、日本語によってこうした封建時代の遺制や帝国―植民地体制の社会に挑戦しようとしたが、戦争の激流と政治の波濤に、あえなく飲み込まれていってしまったといわざるをえないのである。

2　北の流星群

今村栄治のように、満洲国の崩壊とともに、その文学的営為の土台そのものが瓦解してしまい、文学史の舞台裏へと消え去ってしまったと考えずにはいられない朝鮮人文学者は、実はそれほど多くなかったように思える。ほとんどの在満朝鮮人文学者は、結局は四つの方向へと分岐していった。一つ目は、今村栄治のように文学活動をやめて（やめさせられて）、歴史の波動のなかに飲み込まれていった者たち（しかし、この場合も単に見えなくなったということだけで、文学活動そのものは続けられていたかもしれない。しかし私たちの目には届かなくなっている）。二つ目は、満洲（中国東北部）に留まり、中国の朝鮮族の文学者として活動を続けた者（そういう一人として、私は、柳東浩（リュドンホ）氏と出会い、書簡を交わしたことがある）。三つ目は、朝鮮半島北部に成立した朝鮮民主主義人民共和国において、人民芸術家として文芸活動を行った者。

そして四つ目には、南部の大韓民国に戻り（渡り）、自由主義圏内の文学者として再出発を行った、という四つの類型である。

そこには、それぞれの脱・植民地化への模索と、脱・帝国主義化への試行があった。植民地化によって分断された歴史の縫合、近代化と民族文化の伝統をどう折り合わせるか、日本文化の浸透と影響の排除と、その克服。いずれをとっても、容易ならざる課題が彼らには課されていたのであり、彼らはその先端にあって、ほとんどそれらの課題を一身に負わなければならなかった。満洲に在住し、そこで「満洲文学」に触れた体験は、いずれの意味においても、彼らにその体験を「清算」しなければならない義務を背負わせていたからである。

満洲国での朝鮮人文学者たちの創作活動としては、詩のアンソロジー『在満朝鮮人詩集』（一九四二年、藝文社）と、やはりアンソロジーだが、これは短篇小説を集めた『芽生える大地』（一九四一年、満鮮日報社出版部）が知られている。これは、皮肉でもあり逆説的なことでもあるのだが、朝鮮本土では、教育の現場やマスコミでの「国語（＝日本語）奨励」の政策によって、朝鮮語による創作や発表が制限されるようになっていた一方、一応「外国」として扱われていた「満洲国」ではかなり遅くまで、朝鮮語の新聞や書籍の発行が可能だったのである。用紙の余裕のために、満洲国では文学関係の雑誌や書籍が比較的刊行しやすかったことと同様の、植民地であるからこその珍現象といえるかもしれない(3)。

朝鮮語による、この二つのアンソロジーに作品が収録された文学者の軌跡を可能な限り追跡してみよう。

『在満朝鮮人詩集』は、満洲国の年号で康徳九年十月十日に、間島省延吉街の藝文堂から発行された。満洲国建国十周年を慶祝するために編まれたものだと、その編集者の序文には書かれており、そうした理由づけがなければ、朝鮮語による朝鮮人詩集のアンソロジーを編むことは難しかったのだろう（ここでは、呉養鎬『韓国文学と間島』（文芸出版社［ソウル］、一九八八年）に付録として再録された『在満朝鮮人詩集』に依る）。編者は金朝奎（一九一四〜九〇）、先走っていってしまうと、彼は解放後に北朝鮮に渡り、そこで人民芸術家として活躍した。一九六〇年刊行の許南麒編訳『現代朝鮮詩選』（朝鮮文化社）では、「この人たちのなかで」「ここに一人を埋める」「進め　あらたな勝利の道へ」「戦争の芽をつみとるために」という朝鮮の人民軍を鼓舞するようなプロパガンダ詩四編が日本語に訳出された。一九九六年には『金朝奎詩集』（崇実大学出版部）が韓国で刊行され、北朝鮮を代表する詩人として知られている。

『在満朝鮮人詩集』には「延吉駅へ行く道」「胡弓」「晩の倫理」「葬列」「南風」の五編が収録されている。金朝奎が書いたと考えられる「編者序」には「建国十週年の聖典、われわれは敬虔な世紀の奇蹟を持っている。神恷と計画と経綸そして生活、その中に道義の国、満洲国の建設があって、それゆえにまた我らの自慢も大きい」と記している。

たとえこれが「アリバイ工作」的な文章だとしても、「満洲国」の存在や、その傀儡政権の支配を一応は認めざるをえない立場で書かれていることは確かだ。しかし、文学作品は、そうした外的な制約や拘束があっても、いや、そうした制約や拘束があるからこそ、緊張感を持った人間の真なる感情の言語表現を達成するということがありうるのだ。次に引用するのは『在満朝鮮人詩集』の中にある金朝奎の「延吉駅へ行く道」という詩である（引用者試訳）。

広い野原には
落葉もない　高粱もない　何もない

鐘楼を越えて　聞こえる鐘の音
黄昏は冷たかろう
風が寂しかろう
遠い停車場では汽笛が鳴っているが
私はどこへ行けば　いいのか！

汽車は出てしまってもいいのだ
駅馬車よ　私を停車場へ乗せて行け
風がひときわ冷たいこの夕べ
遠いポプラの道を　馬車に乗って一人

風は寂しくはない
少しも寂しくはないのだ

延吉は中国と朝鮮との国境の町。街のはずれを流れる豆満江がその国境線だ。朝鮮人たちは、豆満江を渡って、異郷の街・延吉にまずたどり着く。延吉駅からどこへ行くのかは分からない。しかし、その駅から発車する汽車の汽笛が、朝鮮人の旅人に寂しく響かないはずはない。だが、その旅人は「寂しくはない、少しも寂しくはないのだ」と、自分の心に言い切ろうとしているのである。

この寂寥感を一般的なナグネ（旅人）の旅愁に還元することは簡単なことだが、故郷の土地を失った、被植民者としての朝鮮人の「寂寥感」と解釈することも決して不当ではないだろう。在満朝鮮人としての金朝奎は、自分と自分の民族の寂寥感と旅愁を歌いあげている。ここには、もちろん、大日本帝国による朝鮮の併合、その植民地支配に対する抵抗や反抗の意志や精神、民族と祖国の独立を歌いあげるような詩句や表現がないことは自明である。もし、比喩的にでもそうした表現があったとしたら（感じ取れたとしたら）、この詩は発表されることはもちろん、詩集として出版されることなど不可能であっただろう。しかし、金朝奎は旅愁としての寂寥感を歌うことによって「植民地支配」された民族の孤独な感情、そしていつの日にかそれを克服して「寂しくない」状況を実現することの期待を書き上げたといえなくもないのである。金朝奎のもう一つの詩を引用する。

原始的な風楽の声が流れてきて
喪服の女人が泣きながら　通り過ぎてゆき
近い記憶も　遠い黄昏のように浮かび
枯れ木と驢馬と馬と造花の柩の長い行列が流れてゆくとき
私は　私の位置を　悲しんでいたのだった

この「葬列」という詩に書かれた葬列の風景が、朝鮮人のものか、満洲人（中国人＝漢族）のものかは分からないが、いずれにしても、詩人はゆくりなく目にした見知らぬ人の葬送の行列を見て、「私の位置を悲しむ」という感慨を抱いていたのである。（たぶん）無関係な死者を哀悼することもできず、無関係な遺族たちの悲しみに同情し、共感することはできない。しかし、喪服の女人の悲しみやその音楽の掻き立てる悲哀の感情に染まって、「私」は、そうした「私の位置」を悲しまねばならないのである。

同じく、満洲で目にした「葬式」を詩として表現した、在満日本人の詩人、野川隆の作品も引用してみよう。

親しい者を亡くした上に
此処では不幸がたたみかける
白衣の女がかなきり声をたてれば
太鼓やラッパががなりたて
爆竹までが餇ひながらはぜ割れ
乞食も金持も寄つてたかつて
身を切るやうなふるまひを食ひちらし
金泥で面子を飾つた
くそ重い棺桶に
張子の自動車や馬奴がひよこひよこと続き
葬式のあらしの吹き過ぎた院子には
散らかつた紙屑や残肴の他は
うそ寒くひるがへるあせた色紙と
そつとのしかかる借金の魔の手が
孤独な広庭におほひかぶさり

遺族の赤ん坊ののどまでもしめつける

（「呼蘭北大同街にて」）

同じような葬儀の風景でも、朝鮮人と日本人とでは、その視線が微妙に違っているように思う。かつてモダニズム詩運動の先頭にいた感のある野川隆の詩としては、いかにも平易で、リアルな生活の詩編といえる。ここで彼は、死者の葬式の費用のために生者が苦しむことになるという社会的矛盾を糾弾している。それは因習であると同時に、封建制や資本主義やらが奇妙に混合した植民地としての満洲の社会的制度なのだ。死者をも生者をも食い物にする習慣と制度。それを温存する制度としての植民地主義。満洲の農民合作社運動に邁進することによって「共産主義者」として逮捕され、獄死に近い死を迎えた野川隆は、目前の葬儀の風景を封建制・資本主義・植民地主義の象徴として否定している。

もちろん、それはそうした「植民地」という現実の場所の外側に立った場所（日本人という立場）から見ているものだ。金朝奎は、「植民地」の外側に立つそうした日本人の立場にいるわけにはゆかない。彼は自分の「位置」を悲しむ。植民地の風景の内側に取り込まれなければならない自分の位置、場所、立場こそが、彼を悲しませる要因なのである。

しかし、満洲国の崩壊後に北朝鮮に帰った金朝奎は、今度はこんな「葬儀」の詩を書いている。

たそがれ深く
夕闇せまり
鳥らも鳴きやみ草木に帰るに

ああ　ここに　ひともとの松のねもとに
われら　あらたな
真白い墓標を立てる
――若さを祖国のために
英雄的に捧げた
二大隊六中隊三小隊　第一分隊長
呉在根（オジェグン）
ここに　とわに　眠る　と

「ここに一人を埋める」という詩である。金朝奎は、前述したように、解放後は北朝鮮に帰って詩人として活躍した。一九六〇年に日本で刊行された許南麒編訳『現代朝鮮詩選』（朝鮮文化社）に彼の四編の詩が訳出され、収録されていて、そのうちの一編がこの「ここに一人を埋める」である。『在満朝鮮人詩集』の「葬列」と比較すると、その詩としての出来映えや、詩人としての詩精神の退行ぶりは明白なものであるだろう。人民軍の「御用詩人」として、彼はひたすらに人民軍兵士の死を、荘重に、厳粛に、英雄的に歌いあげなければならない。北朝鮮の詩人たちは、自らの感情や感動に基づくポエジーではなく、お仕着せの、紋切り型の、与えられた主題と形式によって「詩作」しなければならなかった。そこには植民地においてでも許されていた「個人の悲しみ」を表現するような詩の発表は許されず、悲しみであれ、怒りであれ、喜びであれ、すべては「われわれ」という集団のものとして表現されなければならなかったのである。

これが、脱・植民地化したはずの北朝鮮に帰った金朝奎の場合だった。植民地からの解放、民族の自立と自決を求めた朝鮮半島の北部において、文学者たちは単に言葉や文章を組み立てる職人となって、偉大なる金日成（キムイルソン）（一九一二～九四）を讃える歌といった非文学的な「作品」を延々と製造し続けたのである。[4]

そこには、脱・植民地化の精神的な苦悩や苦痛の過程が欠落していた。つまり、「満洲国」という傀儡の植民地国家に所属して、その建国十周年記念として『在満朝鮮人詩集』という本を出し、そこに自作を収録させたことに対する、文学者としての自己批判や自己否定の過程が少しも辿られていないのだ。

お墓の詩として対照的な咸亨洙（ハムヒョンス）（一九一四～四六）の「向日葵の碑銘」という詩を引いておこう。イデオロギーに奉仕するのではなく、芸術性に献身して夭折した詩人咸亨洙のもっとも人口に膾炙した作品である（これは『在満朝鮮人詩集』には収録されていない）（引用者試訳）。

向日葵の碑銘
　青年画家Lのために

わたしの奥津城の前に　冷たい碑石を立てないでおくれ
わたしの奥津城の周りに　黄色い向日葵を植えておくれ
そして　向日葵の長い茎のすき間から
果てしない麦畑を見せておくれ
黄色い向日葵は　いつも太陽のように
太陽のような　わたしの愛だと思っておくれ

青い麦畑の合間より　天を射す雲雀がいたならば
いまだ舞い上がる　わたしの夢だと思っておくれ

咸亨洙は、生前には一冊の詩集も持たず、一九三六年に創刊された同人詩誌『詩人部落』一号の巻頭にこの詩を掲載されて一般的に知られるようになった詩人である。同誌はたった二号で終わってしまうが、同人に徐廷柱（ソジョンジュ）（一九一五～二〇〇〇）、金東里（キムドンニ）（一九一三～九五）、呉章煥（オジャンファン）（一九一八～五一）という、後に韓国の詩壇、文壇の重鎮となる文学者が参加していたため、文学史上逸することのできない同人誌だった。

「わたしの奥津城の前に　冷たい碑石を立てないでおくれ」と訳した原文は、直訳をすると「私のお墓の前に　冷たい碑石を立てないでくれ」となるのだが、日本式や西洋式の石塔や石床のような墓石をイメージしてしまうと、その前に碑石を立てないでくれ、という意味がよく分からなくなる。朝鮮式の墓は、盛り土をした円墳で、誰を弔ったものかは、その前に墓碑銘のある碑石がなければ分からない。だから、訳詩では「奥津城」として、葬られた場所（墓所）を示し、無名の、名前のない草墳こそが自分の望む墓所なのだという詩人の意味を表現しようとした。向日葵の花に包まれた、誰とも知れない草墳から、雲雀が太陽に向かって飛翔するのである。

記念すべきものでも、名誉を与えられるものでもなく、もちろん墓銘碑として将来に伝えることを拒んだ、墓標のない「墓」こそが、咸亨洙のような詩人にふさわしいものなのだ。彼の詩は、『在満朝鮮人詩集』には、「家族」「化石の峠」「ケアミのように」「蝴蝶夢」の四編が収録された。一九四六年、延吉で死去した。三十二歳の夭折だった。

同年生まれで、満洲間島地域で詩人となった金朝奎と咸亨洙だが、満洲国崩壊後、その道筋は大きく異なるものとなった。北へ行った金朝奎などの左翼の詩人（文学者）は、満洲の地で書いた自己の作品をいったんは否定することから再出発しなければならなかったのである。

李琇聲（イスソン）の作品数は少なく、知られているのは、『満鮮日報』（一九四〇年八月二十三〜二十九日）に「『詩現実』同人」の作品として掲載された「生活の市街」（申東哲との共作）と、「娼婦の命令的海洋図」の二編である。『在満朝鮮人詩集』には、「娼婦の命令的海洋図」の他に、「人間ナルシス」と「未明の歌」の二編が収録されている。『詩現実』の同人は、李琇馨と申東哲の他は金北原、姜旭の二人である。

彼らは〝失郷民〟として満洲国にいたのだが、〝故郷を失う〟ということは、本来、ナショナリズムや民族国家のイデオロギーや伝統の重さやしがらみといったものから離れた、モダニズムの芸術の温床となっても不思議ではないことなのだ。それは否定的な意味で〝無国籍的〟といわれるけれども、伝統とのへその緒を絶たれた前衛性や実験性の現場となってしかるべきことなのだ。たとえば、そうしたモダニズムの実験性を、李琇聲の詩作品に見ることができる。『詩現実』の同人の作品として、満洲国の末期に唯一の朝鮮語新聞として残された『満鮮日報』の文化欄に掲載されたものである。

生活の街

夜の皮膚の中に夜光虫の神話が咲く
夜の皮膚の中で銀河が発狂する
発狂する銀河には白装甲の朝の呼吸が乱舞する
時間なき時計は全ての現象の生殖街を見物する

それゆえに
白装甲の額には毒蝶がとどまって
永遠の午前を遊戯する
遊戯の遊戯は
花粉の倫理でもない
白昼の太陽である
真っ黒な、真っ白なそれでもない
真空の液体であったが液体でもなかった
さあそれでは出発しよう
許可された現実の真空な内蔵から
真っ黒なそして真っ白なそれでもない
聖母マリアの微笑の市場へ行こう
聖母マリアの市場には
白装甲の秩序が市外で羽ばたくだけであつた

この「生活の街」は、「詩現実同人集」の作品のなかでは、李琇聲と申東哲(シンドンチョル)との合作詩とされている。申東哲の作品はこれ以外には見当たらないから、彼がほかにどんな特徴を持った詩を書いていたかは不明である。李琇聲は、もう一編「娼婦の命令的海洋図」という詩を発表している。こんな具合のものだ。

一万系列の歯科術時代は夜の海洋で島のハーモニカを吹く
一万系列の化粧術時代は空港の層階に赤いチューリップの日暮れをシンフォニーする
　記念日　記念日のチューリップは葬送曲に咲く紙花だった
明日の指を算術するチューリップは遠いプディスコの前で　昇る　昇るシャボン玉の夜会服　記念日
記念日の幸福を約束した肉体の女人が双頭の仮面を装飾する日　七色の　シュミーズが孔雀の微笑みを
浮かべ私の海洋の蜃気楼についてきた
（後略）

この二編の詩でわかることは、李琇聲の詩作品の特徴として、同じ語句を繰り返すこと（遊戯の遊戯、記念日　記念日など）、「白装甲」、「生殖街」、「一万系列」などのような見慣れない漢字熟語が見られること、行間に仄かなエロティシズムが漂ってくることなどだろうか。いずれにしても、一読して意味や内容をとらえ切れない、モンタージュ化されたイメージや言葉の自由な連想によって一編の詩が作られているという意味において、これらをモダニズム詩ということができる。

念のために言っておけば、私はこの李琇聲の作品を、金晶晶の書いた「『満鮮日報』と朝鮮モダニズム詩――李琇聲の詩を中心に」(5)という論文から孫引きしているのだが（『満鮮日報』は簡単には参看できないので）、その論文には朝鮮語の原詩も掲載されており、そこで論じられている日本語の詩は、原詩を忠実に逐語訳したものであることがわかるようになっている。というより、李箱の一部の詩のように、もともとは日本語で書かれたものを、逆に朝鮮語に直訳したという創作過程を考えることもできる。日本語新聞にも、朝鮮語新聞にも、求められればすぐに対応できたのではないかと考えられるのだ。

これらの詩から誘発されるイメージは、都市、犯罪、繁栄、退廃、娼婦、遊戯、夜、仮面、狂気、肉体、欲望、衣装、装飾、化粧などの一連の連想ゲーム上にあるものだ。いかにもモダニズム詩人が好みそうな語彙群だ。「人間ナルシス」には、憂鬱や排泄、奈落、恐怖が使われ、翼の語が三回も繰り返される（李箱の「翼」を連想してもよいだろう）。「未明の歌」には、「凱歌は忘却の地図に異邦女の歌のように流れ／おお／花は骸骨に咲き／忘却の地図に歌は流れる」といった詩句がある。こうした点から、李琇馨を李箱と並ぶ形で朝鮮文学におけるモダニズム詩人といって異論はないものと思われる。

日本のモダニズム詩の源流の水源地の一つは、満洲の大連だった。大連に居住していた安西冬衛は、「てふてふが一匹韃靼海峡を渡って行った」という一行詩を書いた。この蝶々（モダニズム詩）は、満洲から日本列島へと飛んで行ったのだと私は書いたことがある。安西冬衛、北川冬彦、滝口武士などの詩誌『亜』が、モダニズム詩の原点であったことは明らかだろう。それは国際的であり、映像的であり、科学的で理性を備えていた。それはこれまでの抒情的で、情念的で、詠嘆的な身体性を拒否することから始まっていたのである。

ただ、この〝満洲国〟から（厳密にいえば関東州から、だが）始まった日本の詩のモダニズムは、満洲国の崩壊とほぼ同時に生じた、逸見猶吉（一九〇七～四六）の病死という最期によって終焉した。映画、演劇、美術、音楽、放送といったモダニズム文化も、萌芽のままで終わってしまった。

〝満洲国〟の海洋側の大連が日本のモダニズムの揺籃の地だったとしたら、〝満洲国〟の内陸部にある間島地域が、朝鮮のモダニズム詩の水源地となっていた可能性は大きかった。もちろん、東京が、そしてソウル（京城）が両国のモダニズム文化の中心点であったことは当然だが、中心から離れた周縁の大連や間島（延辺地方）だったからこそ、因習と見紛う伝統や、偏狭なナショナリズムや、創作の束縛に化しかねない美学や芸術性から自由に羽搏く実験性に専念することができたということも可能なのである。少なくとも、李琇聲たちの『詩現実』の詩作品には、そうしたモダニズムの実験性、暴力性、非民族性が横溢していると思われる。尹東柱や李陸史の抒情性の強い作品なども、彼らの創作期間が遥かに引き伸ばされたとしたら、いずれモダニズムの新鮮な現代性を獲得していたと思わざるをえない。そうであったとしたら、李箱が孤独に、アジアのモダニズムの本拠地というべき「東京」で絶望死しなければならなかったのも、避けられたことだったかもしれない。

『在満朝鮮人詩集』に収録された他の詩人たちも見ておこう。金北原（キムブクウォン）は、李琇聲と一緒に『詩現実』の同人だったが、その詩風はモダニズム詩とはいえないだろう。『在満詩集』には「春を待つ」「看護婦」「山」「旗」「その広い野で」の四編が収録されている。解放後の一九四六年には北朝鮮文学芸術総同盟の咸鏡北道委員会長となった。朝鮮戦争時に平壌に移った。

南勝景（ナムスンギョン）の収録作は、「北満素描」「井蛙」「奇童」「海賊」の四編。

李鶴城（イハクソン）は、本名は李章源（イジャンウォン）（一九〇七～八四）で、日帝時代の創氏名は東儀震、号は月村、李月村人などとした。一般的には李旭（イウク）として知られる。収録作は「私の歌」「躑躅花」「五月」「落葉」「星」の五編。彼は解放後も中国にとどまり、朝鮮族の文学者としての名声を得た。詩集に、『北斗星』『北陸の抒情』『延辺の歌』『長白山河』がある。藤石貴代訳「李旭詩篇」が『植民地文化研究 16号』（植民地文化学会）に掲載されている。

李豪男（イホナム）の創氏名は宮林豪、『詩集』には、「新作路」「子供とコスモス」「村の駅」などの童謡四編が収録されている。解放後の一九四六年に北朝鮮咸鏡北道委員会出版部長となり、一九四八年には北朝鮮労働党文化人部指導委員となった。第一回八・一五芸術賞を受賞した。

孫素熙（ソンソヒ）は、一九一七年生。一九三九年には、ハルピン満鮮日報に入社した。解放後は韓国で小説家として活躍した。主要作品『南風』など。『詩集』の収録作は「晩車」「闇の中で」「失題」の三編。

宋鐵利（ソンチョルリ）の創氏名は、石山青苔。収録作は「私の歌が」「落郷」「五月」の三編。

柳致環（ユチファン）（一九〇八～六七）は、解放後は韓国で詩人として活躍した。号は青馬で、『青馬詩抄』などの詩集がある。「生命の書」「怒る山」「陰獣」の三編が収録されている。

趙鶴來（チョハンネ）は創氏名、豊田譲。「流域」「憧憬」「街灯」「春詞」などの五編。

千青松（チョンチョンソン）は創氏名、千山青松。解放後は北朝鮮で咸鏡文総に勤める。一九四八年、北朝鮮文学同盟平壌書記長となり、北朝鮮で詩人、小説家として活動した。『朝鮮文壇』や『満鮮日報』に詩を発表したほか、創作集『遊撃隊』などがある。『在満朝鮮人詩集』に収録されたのは「トメ」「墓」「書堂」。

彼も客土に建てられた墓のことを謳っている。

静かで穏やかな家
墓地は寂寥だ

故郷がひどく懐かしいのに
魂だけでも南の方を向いたのだ。

ただ慰撫といえば

北斗七星が輝いてくれるだけ。
目印の無い墓が
仲睦まじく集まっている。
吹雪が荒れていた
苦しみ多い歴史を語らっているのか。

（藤石貴代訳・解説「千青松詩篇」『植民地文化研究　19号』）

3　懐かしき間島

「満洲国」出身の朝鮮人（朝鮮族）にとって、彼らが思い浮かべる〝故郷の風景〟は、豆満江の北側、いわゆる間島（カンド）地方（本来は豆満江の中洲。地域としては、朝鮮と中国の国境地帯で、朝鮮人農民が朝鮮北部から追われるようにして開拓に入った）である。中・朝の国境を画している二つの河川、鴨緑江（アムノッカン）の以北を西間島（ソカンド）、豆満江の以北を北間島（プッカンド）と呼ぶ。白頭山（ペクトゥサン）（中国側では長白山（チャンパイシャン））の頂上では火口湖である「天池（チョンジ）」の周囲が国境線となっており、一国側だけでは全周することができない。

「満洲国」時代は、法令的には北朝鮮から間島への行き来は比較的緩やかだった。火田民や馬賊や共匪と呼ばれたアウト・ロー的存在は、森や野や河川を我が物顔で駆け巡れたのである。彼らは基本的に故郷を持たない。故郷を棄てたか、故郷に棄てられたかは別として、間島をさまよう朝鮮人は、移民であり、放浪者であり、ナグネ（旅人、旅行者）であって、失郷民、亡郷（望郷）の民というのにふさわしい人たちなのだ。

現在では韓国系の文学者とされる人たちの多くも、間島や、「満洲」の出身者が少なくない。姜敬愛（カンギョンエ）（一九〇六〜四四）は、北朝鮮の黄海道の出身だが、生まれ故郷を離れ、平壌、ソウルの女学校を経て、間島の「龍井」に居を構えて創作活動を行った。間島の龍井と半島の長淵、ソウルなどと行き来しながら、「長山串」や「塩」といった短篇や、『人間問題』という長篇作品を書いたのだが、その作品の舞台は必ずしも「間島」ではなかった。だが、大地主の封建制的な苛斂誅求に苦しむ小作農、零細農の悲惨な生を主題としていることに変わりはなかった。日帝時代に、長年耕作してきた農地を強制的に奪われ、間島地方に流れ着いた朝鮮人農民は、今度は中国人地主の横暴に苦しんだ。一方、日帝の政治的、軍事的勢力と、数の多さを背景に、間島地方に勢力を伸ばしてくる朝鮮人農民は、中国人農民には恐怖と嫌悪の的だった。万宝山での両者の武力衝突は、そうした両者の勢力伸張による必然的な事件だったのである。

彼女の代表的長篇『人間問題』のなかに、主人公のチョッチェに、港湾労働者のオルグのユ・シンチョルが名前を聞き、「いい名前だ。故郷は？」と訊ねるシーンがある。チョッチェは「おれには故郷はない」と答える。シンチョルは「故郷がないって？」と口ごもり、「故郷がないという言葉が、思いがけずも彼の胸にじいんと響いた。チョッチェのような者にとって、その言葉は心底から出た言葉かも知れなかった」とある。

龍淵という田舎の農村で作男にもなり切れず、仁川に流れ来て沖仲仕をしているチョッチェには、幼馴染のソンビとの思い出のある龍淵という故郷の名前を出したくない思いがあったのかもしれないが、それよりも彼は、自分には〝帰るべき故郷〟も、存在の根拠となる〝故郷〟もない、と切実に思っていたのではないか。それは間島地方に移動した姜敬愛に限らず、日本帝国主義下に生きる朝鮮人全体が感じた思いではなかったのか。つまり、故郷、故国、郷土そのものが、日本に奪われ、自分たちはそこから追い払われたディアスポラの民なのだ、という思いである。

龍井を離れて、京城へと向かう列車の中で、姜敬愛は、こんな感慨を持つ。

赤土の丘の無味乾燥な間島にしばらく暮らしていたわたしは、この景色に酔って、仙境に帰ったように感じた。だが、あちらこちらに建てられた工場から吐く黒い煙は、これからの将来を物語っているようだった。大資本家の蚕食が激しい勢いで進んでいるのが、パノラマを見るように明らかだった。汽車はこれらの景色を見せてくれながら、山裾をめぐりトンネルを過ぎ、息せき切って京城へとひた走った。しかしわたしの心は、間島に向かって逆戻りするのだった。

ああ、わたしの生よ！

戦乱のなかで行き場を失ってさまよう貧しい人々！

（中略）

しかし、間島よ！　力強く生きてくれ！　たくましく生きてくれ！　そしてこのように出て行くわたしをあざ笑ってくれ！

（「さらば龍井よ」大村益夫訳、『植民地文化研究』20号）

赤土の貧しい土地である間島に対するアンビバレンツな感情。故郷でもない間島を離れてゆくことに対するこのような後ろめたさは、いったいどこから来るものなのだろうか。離散化した朝鮮人たちの〝新たな故郷〟として、間島地域は、朝鮮近代文学の故郷として浮かび上がってくるのである。間島地方に関わる文学者、文学作品には、多かれ少なかれ、こうした〝故郷を失った〟という思いを抱えたものが多い。

金東仁（キムドンイン）（一九〇〇～五一）の「いも」や「赤い山」は、悪役を中国人の商売人や地主に設定しており（あえて日本人を外している）、その分、日帝の検閲などを気にしていることがうかがわれるのだが、こうした朝鮮人と中国人との対立を背景としている。「赤い山」で描かれているのは、間島地方は決して朝鮮人の故地でもなく、故郷ではありえないという現実だ。朝鮮人にとっての故郷であり、原郷であるのは、緑深い山林や原野ではなく、赤い岩肌の露出した石だらけの山なのであり、そこに上り下りする日や月に照らされた光景なのだ。「赤い山」では、中国人地主のあまりの暴力に抗議に行った朝鮮人農夫は虐殺寸前の体で放り出される。そして愛国歌（エグッカ）を歌いながら、故郷・三千里（朝鮮半島の別称）の山河に最期の思いを馳せるのである。

解放前の一年間ほど北間島にいた詩人の金達鎮（キムダルチン）（一九〇七～八九）は、〝南の故郷〟への郷愁をその詩の中で歌っている。彼は、三十代の後半の一九四四年に北間島の仏教系の共同農場で働いていた時、「郷愁」などの代表的な詩を書き、解放後は韓国に帰って詩人として活躍した。詩集『青柿』などがある。邦訳には『詩集　慕わしい世界があるから――月下　金達鎮詩人の詩と生涯』（佐川亜紀訳、土曜美術社、二〇一五年）がある。「郷愁」の中の一節はこうだ。

晩秋　青昏い池の中に静かに浮かぶ白い蓮の花のように
郷愁が悲しい。

甦る郷愁が悲しい
――氷のようにあるべき私の漂泊の夢だったと
（後略）

遠い故郷の人々の顔よ
私の故郷は　南方千里、
蛍のようにきらめく想いよ
（後略）

（「幼い大根の花――七月の郷愁」）

金達鎮の詩は、『在満朝鮮人詩集』にはこの「郷愁」の他、「龍井」「野」「菊花」などの四編が収録されている。北方の旅人（ナグネ）として、間島にいては、北や南の故郷を恋しがり、その郷愁を悲しがる。間島を離れた後は、ほとんど一様に、故郷ならぬ故郷を〝望郷〟し、この世界のどこにもない〝故郷〟を慕い続けたのだ。

ただ、金達鎮の詩人としての長い生活のうち、満洲にいた時期は一年間ほどで、先に述べたように宗教的な共同体にしばらく寄宿していたのであり、その間に、亡国と失郷の二重の喪失感を味わっていたのだといってよいだろう。解放後、朝鮮半島の南部が大韓民国として独立した後は、原則として彼の亡国の条件はなくなり、故郷は回復された。しかし、今度は朝鮮戦争、韓国動乱によって国土の山河そのものが荒れ果て、都市は破壊され、家族は離散した。彼が嘆かねばならないのは、今度はそうした思い出や、過去を愛惜する郷愁、懐郷へと変じていったのである。

韓国で国民詩人とも称される尹東柱（ユンドンジュ）（一九一七～四五）は、朝鮮語で詩を書くことを禁じられ、日本語で書くことを強いられた時代に、『空と風と星と詩』の詩稿を遺した、愛国的な民族派の詩人として評価されているが、彼の「故郷」は朝鮮半島の〝北〟でも〝南〟でもなく、豆満江を渡った向こう側、間島地域の龍井だった。岩波文庫版の『空と風と星と詩』の日本語訳者である金時鐘（キムシジョン）（一九二九～）は、こう言っている。

> 「民族抵抗の象徴」とは言いますものの、厳密に言えば尹東柱は祖国を離れて異国の地に居ついた開拓民の孫であり、尹東柱の詩が織りなす自然の様相はみな、自己の生まれ育った東北満州の北間島、明東・龍井の風景、光景です。
>
> 尹東柱の代表的な作品の一つである「また別の故郷 또 다른 고향」にして、そうです。「また別」の「また」とは、彼はすでに「別の故郷」の異郷に居ついていたということです。北間島育ちの彼には、植民地下の本国もまた望郷と流離のないまざった「他国」であったのでした。尹東柱の心象風景のすべてを、本国のたたずまいにかぶせて受けとめている民族的共感からは、尹東柱の重層的な心情の葛藤は見過ごされていくばかりでしょう。

李健清編著『私の星にも春が来れば　尹東柱評伝』（文學世界社，1981年，ソウル）

民族詩人といわれる尹東柱が、失郷民であり、異郷生まれ、異郷育ちの望郷の民の子弟であったという逆説めいた現象は、間島という〝郷土〟の位置をよく物語っている。そこに生まれ落ち、そこで育った以上、そこはふるさと——故郷たらざるをえない。しかし、間島地方をさまよう朝鮮人たちにとっては、そこはせいぜい〝また別の故郷〟でしかない。

故郷に帰ってきた日の夜
私の白骨がついてきて同じ部屋に寝そべった。

暗い部屋は　宇宙に通じており
天の果てからか　声のように風が吹きこんでくる。

くらがりのなかできれいに風化していく
白骨をのぞき見ながら
涙ぐむのが私なのか
白骨なのか
美しい魂がむせんでいるのか

志操高い犬は
夜を徹して闇を吠える。

くら闇で吠えている犬は
私を逐っているのであろう。

行こう　行こう
逐われる人のように行こう
白骨に気取られない
美しいまた別の故郷へ行こう。

中原中也の「ホラホラ、これが僕の骨だ」と書き出される「骨」という詩を思い浮ばせるような詩だが、間島の龍井の自分の家の部屋に帰り着いて、自分の白骨といっしょに寝そべっている「私」は、そこで「別の故郷」を夢見ている。「私」は〝逐い払われて〟暗い故郷、暗い部屋へと帰ってきた。〝逐われた〟のは、日本からだろうか、朝鮮という母国の風土からだろうか。はっきりしていることは、現実的に帰ってきた間島の龍井という故郷が、尹東柱にとって、本当に心落ち着き、手足を伸ばして、天と地の間に挟みこまれて安らぐような郷里ではないということだ。だから彼は、朝鮮南部にいても、日本にいても、常に「故郷」を慕い続ける詩句を書き続けた。畢竟、彼は失郷民であり、亡国の民であることを免がれ難かった。〝空〟と〝風〟と〝星〟と〝詩〟が、彼の本当の故郷だった。それ以外に尹東柱の帰る原郷はなかったのである。

現在、韓国の〝民族詩人〟として、韓国を代表する文学者の一人として知られる尹東柱も、代表的な女性作家としての姜敬愛も、近代小説の金東仁も、韓国文壇の重鎮として知られる安寿吉も、柳致環も、彼らが自分の魂の故郷として慕っていたのは、朝鮮民族にとっては客地であり異郷であり外地である「間島」地域にほかならなかった。その意味では、韓国文学の主流は〝故郷を失った文学〟であり、帰りつくべき国土を喪失した文学といわざるをえない。それは、南（韓国）と北（北朝鮮）とが統一され、統一朝鮮と中国とがもっとスムーズに行き来できるようになるまで、見果てぬ〝望郷〟の思いとして続くのだろうか。

4 金学鉄の場合

民族的には朝鮮人、しかし、国籍は中華人民共和国、使用言語は朝鮮語と中国語（漢語）のバイリンガル。それが中国における朝鮮族の普通のあり方だ。延吉市を中心とした、中国吉林省の延辺地区は、少数民族としての朝鮮族の自治区域である。そのことは延吉などの街並みに入るとすぐ分かる。看板には漢字とハングルの両方の文字が記されている。公的文書、新聞・雑誌も、「普通語（中国語）」と「民族語（朝鮮語）」の二種で書かれたものがあり、学校教育も、民族語重視の政策が採られているが、実際はマジョリティとしての「漢民族」の勢力は辺境の地区にまで浸透し、拡張してきており、少数民族の文化や言語、生活の保護育成というスローガンは、建前だけのものと成り果てている。

金学鉄（キムハクチョル）（一九一六〜二〇〇一）は、そうした複雑な政治状況や文化層に挟まれているといっていい文学者である。彼は元山に生まれ、元山第二普通学校（小学校）を経て、京城普成高等普通学校（中学校）を卒業、その後上海に渡って義烈団に入り、反日テロ活動に従事した後、朝鮮民族革命党に入党。蔣介石が校長をしていた湖北省江陵中央陸軍学校に入学した。国共合作下にあって社会主義者となつたが、軍人としては国民党軍の少尉として配属される。朝鮮義勇軍として抗日武装闘争に参加、主に抗日宣伝活動を展開した。後、中国共産党に入党、日本軍との交戦中に左足を負傷、捕虜となって日本に送られ、長崎で懲役十年の判決を受ける。日本の敗戦により政治犯は釈放され、ソウルに戻るが、米軍の軍政を嫌って北朝鮮に渡る。『労働新聞』の記者などを勤めたのち、北京、延吉に移り住み、文化大革命時には、反革命の罪責で十年間投獄される。文革後、復権し、中国作家協会に入会、作家活動を再開し、晩年には日本、韓国などへの海外旅行も可能となった。

こうした多彩な彼の履歴からも分かる通り、金学鉄の小説世界の登場人物は、民族、国家、言語、生活文化、思想、政治的立場、アイデンティティのいずれも、イスカの嘴のように食い違っている。朝鮮戦争時の人民軍と中国の義勇軍の関わり、日帝下の独立運動とパルチザンの反日・抗日活動のなかでの八路軍、朝鮮義勇軍、満洲国軍と日本軍のなかの朝鮮人兵士たち。

中国に侵略した日本軍のために、軍属として、通訳として働いている朝鮮人。八路軍に参加している朝鮮義勇軍の兵士。彼と戦う日本軍の朝鮮学徒志願兵、八路軍の捕虜となり、いっしょに日本軍と戦う叛逆兵、国民党軍と共闘する残留日本兵、満洲国軍の朝鮮人幹部、下積みの輜重兵、軍馬係……。満洲国の朝鮮人は、最初から複雑怪奇な立場に置かれ、そして置き去りにされてしまった存在なのである。

金学鉄の小説の特徴であるユーモアやペーソスは、民族や国家や言語や思想によって分断されながらも、朝鮮民族の大らかな人間性（それを長璋吉は、〝サーラム　モルミ〟すなわち〝人酔い〟と呼んだ）を決して手離そうとはしない登場人物たちが醸し出すものなのである。いずれにしても、満洲国に関係した朝鮮人の立場は複雑なものだった。日韓併合によって朝鮮人は、名目的には「日本人」となったが、土地を追われて、間島地域や宗主国・日本へ流出して行く流氓民も一転すると抗日のパルチザン兵士となったり、満洲国軍に入った朝鮮人や志願兵として日本軍に入隊した朝鮮人と戦ったりする。中国軍として、国民党軍や、共産党軍としての新四軍、八路軍に参加したりする。朝鮮戦争では、韓国軍や米軍に偽装して、中国義勇軍とともに戦う。しかし、国共合作で国民党軍とともにいたことから、文化大革命では反革命の反動分子として獄中に入れられる。つまり、日本との関わりにおいて、金学鉄の生き方は常に制約されていたといえるわけで、こうした朝鮮人がいたことを、日本人として忘れてしまうことは恥じ入るべきことなのだ。

註

（1）満洲国では、今村栄治のほか、『満洲浪曼』第二輯に「浮雲」を書いた青木黎吉、山本謙太郎など朝鮮系満洲国人の文学者がいた（本名は不明）。彼らは日本語で文学活動を行い、満洲国文学の一部を形成した。今村栄治の本名を「張喚起」とするのは、木山捷平のエッセイ集『玉川上水』に収録された「詩人の死」という作品だが、喚起という漢字表記は、朝鮮人の命名のルール（行列）からはずれており、いぶかしく感じる。この表記は本当は「煥基」など別の漢字かもしれない。なお、今村英治の小説で、私（川村）が読むことができたのは、『未完稿』『同行者』『新胎』の三編である（掌編を除く）。

なお、今村栄治についての独立した論考としては西田勝「朝鮮人作家今村栄治の内心の世界——「満洲文学」の傑作「同行者」と「新胎」」（『「満洲文学」の発掘』法政大学出版局、二〇二二年）がある。

（2）竹内正一「哈爾賓・新京——一引揚者の手記」（『作文』復刊六九集、一九六七年）による。なお、木山捷平は「詩人の死」（註1）において満洲国で同僚だった（満洲生活必需品配給会社）詩人の逸見猶吉（一九〇七～四六）が日本の敗戦、満洲国崩壊の混乱のさなかに窮死した状況を書いているが、その葬儀の参列者のなかに逸見の実兄だった和田日出吉とその妻で女優の木暮実千代のほか、竹内正一、今村栄治らがいたことを書き留めている。

（3）満洲国では、日本語紙は『満洲日日新聞』、『大新京新聞』、『哈爾濱日日新聞』の三紙、中国語紙は『大同新聞』、『盛京日報』の二紙、朝鮮語紙は『満蒙日報』、英語紙『マンチュリャ・デーリー・ニュース』にまとめられた。朝鮮では一九四〇年に『朝鮮日報』、『東亜日報』の朝鮮語二紙が廃刊となったが、『満蒙日報』の後継紙『満鮮日報』が出されていた。

（4）著者（川村）が一九九二年に訪朝し、平壌の文学芸術同盟の本部を訪問し、機関誌を見たいと頼んだが、本部には備えられていなかった。その時に、同盟委員長は、党から与えられたテーマで創作することが同盟員の仕事であると明言した。彼らは同盟員になると俸給を貰い、創作するたびに原稿料、印税を受け、ホテル並みの創作室で創作に専念することができるという好待遇を受けられると述べ、委員長は文学的業績としては、十年ほど前に一冊詩集を上梓したと語った。ただし、黄晳暎の自伝的小説『囚人』によれば、十年以上作品がなければ文学芸術同盟から除名されるとされ、それなりの厳しさがあるとする。

（5）金晶晶「『満鮮日報』の朝鮮語モダニズム詩——李琇聲の詩を中心に」『九大日文』25号（九州大学日本語学会、二〇一五年三月）が李琇聲について書かれた日本語による唯一の論考であると思われる。

第12章　『朝鮮文学』の五人の日本人と一人の在日朝鮮人

1　〝創刊のことば〟

こんな詩のような「創刊のことば」を巻頭に載せて創刊された雑誌があった。

じぶんの研究が進んだからといって
気ばらず
意見の相違に　気色ばむこともなく
根気よく共通の場をもとめ
貴重な資料を手にいれた時なども
快くなかまたちのために役立て
それぞれの思想や信条に違いはあっても
なにょりも

朝鮮を愛し　朝鮮文学を愛し
べつに名声を期待するわけではなく
もちろんなく
ただ
日本人としてのじぶんと朝鮮を
文学の研究をとおしてむすびつけ
そこでえた成果を
日本と朝鮮の親善と連帯を願う人びとの
共通の財産としていくために
朝鮮文学を
おそらく死ぬまで
こつこつと学びつづけていくだろう

最後の行に「サフイフモノワタシハナリタイ」と付け加えたくなるような文章だが、これは一九七〇年十二月一日付の発行日を持つ『朝鮮文学――紹介と研究』創刊号の「創刊のことば」の一部である。発行所は「朝鮮文学の会」、発行所の住所は、早稲田大学法学部大村研究室内である。五人の創刊同人、大村益夫（一九三三〜）、梶井陟（一九二七〜八八）、石川節（後に石川節子）、長璋吉（一九四一〜八八）、山田明（後に田中明、一九二七〜二〇一〇）のうち、当時、誰一人として朝鮮語、朝鮮文学を研究することを職業としていた者はいなかった。大村益夫は、大学に勤務する学者だったが、中国語・中国文学の研究者であり、梶井陟は中学校の理科の教師、山田明は新聞社勤務、石川節は三味線の師匠、長璋吉はソウルでの遊学（韓国文学の修士課程大学院への留学）から帰ってきたばかりのヒネた就職浪人生といったところだった。

そんな彼（彼女）たちだったから、やや青臭い、いかにも書生っぽいマニフェストを自分たちの同人雑誌の巻頭に掲げて、朝鮮と朝鮮文学に対する「思い」を訴えてみようとしたのだろう。この『朝鮮文学——紹介と研究』は、日本人が主体的に朝鮮文学に関わろうとした、最初の同人雑誌だった。もちろん、商業雑誌や一般誌に朝鮮文学の紹介や研究が掲載されることはほとんどなかった。また、ごくわずかにあっても、それは在日朝鮮人の文学者や研究者によるものであって、日本人主体のものは、まったくといっていいほどなかったのである。

日本人主体ということに、特別な意義を認めるのは、別に民族主義的な考え方に重きを置くからではない。戦前（戦中）においては、朝鮮半島は大日本帝国の植民地として日本化され、朝鮮文学は「日本文学」へと同化、解消されることを強要されていた（朝鮮語ではなく、日本語（国語）で文学作品を創作することが奨励、あるいは強制されたのである）。日本人（文学者）は、そうした〝日帝時代（日本帝国による植民地支配の時代）〟の朝鮮文学抹殺の政策と「日本文学」化の風潮（コロニアリズム）に対して責任や反省を感じるべきだったのに、ごく一部の文学者以外にそうした問題が戦後の日本文学の世界で語られたという事実は見られなかったのである（田中英光、湯浅克衛、村山知義など、戦前の「朝鮮文壇」と関わり、その「日本文学」化への強制に手を貸した日本人文学者は少なからず存在していたのにかかわらず）。

もう一つの問題は、戦後（解放後）の朝鮮文学が、朝鮮半島の政治的、軍事的な南北分断に伴い、北半分に成立した朝鮮民主主義人民共和国（北朝鮮）と、南半分に成立した大韓民国（韓国）という分断国家（社会）の影響を受け、ほとんど別個の道をたどることになったため、日本においても、その紹介や翻訳、研究が南北別々に行われることになったということだ。それは、単に地域的に〝分断〟されただけでなく、イデオロギー的に対立し、それぞれ互いの存在を否定したり、敵視するような関係に置かれ、「韓国文学」と「北朝鮮文学」とは、別個の紹介者、研究者によって行われてきたという事実がある。

朝鮮総連と韓国民団という二つの民族組織、団体に分かれた在日朝鮮人（在日韓国人）の組織は、それぞれ文化組織や団体、その情宣・広報を目的とした新聞や雑誌などの媒体を持っていたが、そこではそれぞれ自国の側の文化や文学を紹介・研究するのにとどまり、南北両方の文化・文学を見渡そうとする視点は、むしろ双方の側から否定されてきたといってよい。

『朝鮮文学――紹介と研究』の創刊号には、巻末にそれぞれの「同人の弁」を載せている。そのうち大村益夫は「進軍ラッパは聞こえない」という文章の中で、「われわれの会には会則はない。しかし最小限、この会が（一）日本人の、少くとも日本人を主体とした会であること、（二）白頭山以南、玄界灘にいたる地域に生きた、そして生きている民族が生み出した文学を対象とすることを、原則として確認しよう。われわれの心に、三八度線はない」と書いている。

この大村益夫の言葉通り、『朝鮮文学――紹介と研究』には、韓国、北朝鮮の双方の文学作品や評論などが翻訳され、紹介された。もっとも、実際には北朝鮮のものは少なく、韓国のものが多かったのは、単純に北朝鮮の作品が紹介者の手に入りにくく、日本人読者を対象とするのに適当と思われる作品が少なかったためであり、イデオロギー的分断のためではないだろう。現在に至るまで、北朝鮮の文学作品を、単行本や雑誌掲載のものであっても、日本で入手する道はほとんど開かれていない（もちろん、このことと、北朝鮮で日本人読者に紹介すべき優れた文学作品が書かれているかどうかということとは別問題だ。言論統制のきわめて厳しい独裁国家・北朝鮮では、共産党の独裁支配下のソビエト連邦での地下出版の――アレクサンドル・ソルジェニーツィン（一九一八〜二〇〇八）の『収容所列島』のような——文学作品は在ることがきわめて難しく、不可能に近いと思われる。印刷用紙、印刷機械などの手段の欠如——ガリ版（油印物（ユインムル）という）すらない——ことと、監視体制の厳しさによる）。

創刊号の「同人の弁」は、五人の創刊同人の〝本音〟と、筆者の性格といったものを垣間見させる文章として興味深いものがあるので、少々紹介してみよう。梶井陟は「もう一人ではない」という見出しで、「この会の同人の一人であることを誇りに思う。／しかし正直のところ、本職が中学校の理科教師というわたしにとって朝鮮文学の勉強をずっとつづけていくことは、けっしてらくなことではない／理科の教材研究と朝鮮文学では、頭の切り変えもなかなかたいへんだし、朝鮮文学を勉強するための時間と場所の確保では、今までも苦しみつづけてきた。／これからもこうした条件は、たぶん変わらないだろう」。梶井陟は、後に富山大学に開設された朝鮮語・朝鮮文学の教師として招かれ、専門的に研究と教育に携わることになるが、この頃はまさに全然別な〝二足の草鞋〟を履いていたのである。

五人のうち唯一の女性である石川節は、「だが、オンドルのぬくもりも、チャングパンのすわり心地も知らずにあの長く暗い時代を生きて来た朝鮮人の書いた朝鮮文学を前に、私は何を発言できるのだろう。遠い感じがする（「何を発言できるか」）と書いている。専門的な研究者でなく、アマチュアの、非職業的な研究者というものが、現実的なものとしてほとんど考えられなかった時代でもあった。

「東京の雑踏を歩いていると、ふっとそのままソウルの街角に通じてしまいそうな気になる。アリスのような鏡はいらない。四つ角か横丁がありさえすればいい。四つ角をまがるか、横丁をのぞきこむかすると、ソウルのにおいが鼻をつき、新聞売りの呼び声や、大衆料理屋のサファンエ（給仕、雑役などをする子供）の景気のいい呼び込み、リヤカークン（リヤカー引き）の掛け声、女学生のおしゃべり、サラリーマンのたのしげな口論など、もっともっと限りのないことばが聞こえてくる」(「朝鮮語の手ざわり」)と書いているのは、長璋吉である。

前に記したように、一年間のソウル遊学から帰ってきたばかりの彼は、『朝鮮文学――紹介と研究』に「〈ソウル遊学記〉私の朝鮮語小辞典」という軽妙なエッセイを連載し、単行本として刊行して(北洋社刊、後に河出文庫)、〝洛陽の(ごく一部の)紙価〟を高めることになるのだが、その『私の朝鮮語小辞典』の世界にそのまま入り込んでゆきそうな「同人の弁」である。

山田明は、「ようやくわれわれの雑誌を出すはこびとなった。ある朝鮮人から『日本人が朝鮮文学に心を寄せて雑誌を出すのは初めてだ。ありがとう』と感謝されたが、さて日朝両国のかかわりの長さ深さを比べると、これは日本人側の怠惰を指摘されたようで忸怩たるものがある。またある日本人は「このところ朝鮮に対する関心が高まりつつあり、時機のいい出発だ」と祝福(?)してくれたが、時機のよしあしは当方のかかわり知らぬことである。もしわれわれがもう十年早く朝鮮語の勉強を始めていたら、十年早く雑誌が出せたであろう。いずれにせよ、時勢粧いとは無縁な話である」(「異質な人間の共通意思」)と、時代や時勢に阿るつもりなど全くないことを、少々不愛想な感じで書いている。

これは、一九七〇年十二月という創刊の時期、時代をやはり少しは意識した発言といえるかもしれない。七〇年日米安保条約の反対運動は不発に終わったが、学生運動、学園闘争は猖獗をきわめ、その中でかつての日本のアジア侵略への糾弾、アジアへの日本人(人民、大衆層)の加害責任がようやく語られるようになった(ただし、それが表面化されるようになるのは、東アジア反日武装戦線を名乗る「狼」や「大地の牙」「大地のさそり」などの爆弾闘争グループが出現するようになってからである)。小林勝(一九二七~七一)のような植民地朝鮮で生まれ育った日本人の文学者が、朝鮮(朝鮮人)に対する贖罪感に基づく小説(「チョッパリ」

「蹄の割れたもの」）を発表したり、李恢成（一九三五～）、金石範（一九二五～）などの在日朝鮮人文学者の日本文学の世界での活動が活発化するのがこの頃であるし（李恢成が「砧をうつ女」で、在日朝鮮人作家として初めて芥川賞を受賞したのが一九七一年）、まさに「朝鮮に対する関心が高まりつつあ」った時期であり、時代であったことは間違いない。社会的広がりでいえば、金嬉老（一九二八～二〇一八）の寸又峡での人質監禁事件[1]、韓国における民主化運動のなかで投獄された金芝河（一九四一～二〇二二）の釈放運動（の日本への波及[2]）など、社会的、政治的事件もまた、こうした「朝鮮に対する関心」を高めることに大きく寄与した。

しかし、こうした政治的、社会的な面での「朝鮮に対する関心の高まり」こそ、『朝鮮文学――紹介と研究』の創刊同人たちが拒否したかったことの一つであったかもしれないと思われる。「創刊のことば」にある「朝鮮文学を／おそらく死ぬまで／こつこつと学びつづけていくだろう」という言葉や、「朝鮮文学を愛し朝鮮文学を生涯の仕事とする」（大村益夫）という言葉に示されているように、終生の天職として選んだ朝鮮（文学）について、「時世時節は変わろとままよ」（「人生劇場」）といった気概が同人たちには共通していたと思われるからだ。時代や社会の変化や変貌に左右されることのない（一時的なブームや流行ではない）、〝常識的〟で、恒常的な、（偏向したイデオロギーや思想・信条ではなく）、良い意味での〝アマチュアリズム〟による（専門的、職業的偏倚から逃れた）朝鮮文学への関わり方。『朝鮮文学――紹介と研究』が目指したのは、こうした理念であり、理想だったのである。

2　前史と終刊号

創刊号の話から、いっきょに終刊号へと話は飛ぶが、『朝鮮文学――紹介と研究』は、一九七四年八月二十日に通算十二号を出して終刊した。休刊や停刊ではなく、終刊であるところに、同人たちの堅い（潔い）意思が見える。創刊同人五人のうち、田中明が五号で退会し、途中で小倉尚、朝長ノリ、高木英明、牧瀬暁子（一九四六〜）、梶村真澄が加入し、終刊号まで残ったのは、田中明以外の創刊同人四名と、小倉、牧瀬、梶村の七人だった。各号の巻末に同人や投稿者の投稿コラム欄としての「さらんばん」があり、そこには大庭さち子（一九〇四〜九七）、猪野睦（一九三〇〜二〇一八）、宮塚利雄（一九四七〜）などの投稿があった。また、同人ではないが、中国文学者の新島淳良（一九二八〜二〇〇二）の訳詞が掲載されたこともあった。朝鮮古典文学者の金思燁（キムサオプ）（一九一二〜九二）の同人に対する手紙、金允植（キムユンシク）の雑誌への批評など、韓国での評判を翻訳して載せる場合もあった。

終刊号の巻末に、大村益夫が、十二号までの「歴史」を振り返る文章を書いている。それによると、一九六〇年代後半から、早稲田大学の大村研究室で毎週一回、数人のメンバーによって朝鮮文学の短篇を読む勉強会が行われ、それが「朝鮮文学の会」の前史をなす。これらのメンバーに、岩波書店発行の『文学』の「朝鮮文学特集号」に原稿執筆の依頼があり、それらの論文は、一九七〇年十一月号の同誌に掲載された。

その当時、文学研究の世界でもっとも権威のある雑誌とされていた『文学』誌上で、「朝鮮文学」が特集されたということも、画期的なことだった。この特集は当時『文学』の編集長だった田村義也（後の装幀家、一九二三〜二〇〇三）の発案・企画だった。

この特集は、金石範・李恢成・大江健三郎の三人の小説家の鼎談「日本語で書くということ」をメインに、安宇植の「金史良論」、金達寿の「朝鮮文学におけるユーモアと諷刺」、竹内実（一九二三〜二〇一三）の「「内鮮一体」の小説」の論文を並べ、その次の、少し後に紹介する田中明の「朝鮮文学への日本人のかかわり方」の論文は、朝鮮文学を日本人が研究することの意味と意義とを追求した、朝鮮文学研究の礎石となるようなものだった。

近代文学としては、大村益夫が「奪われし野の奪われぬ心――解放前の朝鮮近代文学」を書き、解放後の文学としては、北朝鮮文学を梶井陟が「社会主義建設の人間像」として書き、南朝鮮文学を尹学準（ユンハクジュン）が「現実参与をめぐって」として書いている。在日朝鮮人の書き手と日本人の書き手、日帝時代と解放後の時代、北朝鮮と南朝鮮（韓国）、見事にバランスの取れた執筆陣とその分野だ。エッセイ欄も、許南麒と金時鐘と鄭貴文（チョンクィムン）（一九一六〜）と宮本徳蔵（一九三〇〜二〇一一）という、岩波書店的なバランスを配慮したような布陣である（張寿根（チャンスグン）の「古代儀礼と神話の一形態――済州島巫歌の伝承とその構造」のように、口碑文学にも配慮している）。

この時の、大村、山田、梶井らの「朝鮮文学の会」が、『文学』から受け取った原稿料と、蓄積していた会費とが、『朝鮮文学――紹介と研究』発行の費用となった。

この文章の中で大村益夫は、この勉強会と、雑誌発行を続ける過程とおいて、同人以外では、尹学準の貢献が大きかったことを語っている。次のような具合だ。

> その中でも尹學準さんの好意を忘れる事ができない。尹さんはここ数年間早稲田大学の講師として朝鮮語を教えている。わたしもその生徒の一人である。尹さんは同人ではないけれども、翻訳上の疑問点に答えてくれたり、時には翻訳原稿と原文とを対照してくれたりした。書店まわりの際も、つごうがつく限り、いつでも快くみずから運転して車で本を運んでくれた。尹さんの献身的行為はなみの人のまねできる事ではない。ただし、わたしたち同人があまりふがいないので、尹さんは歯がゆかったのか、時

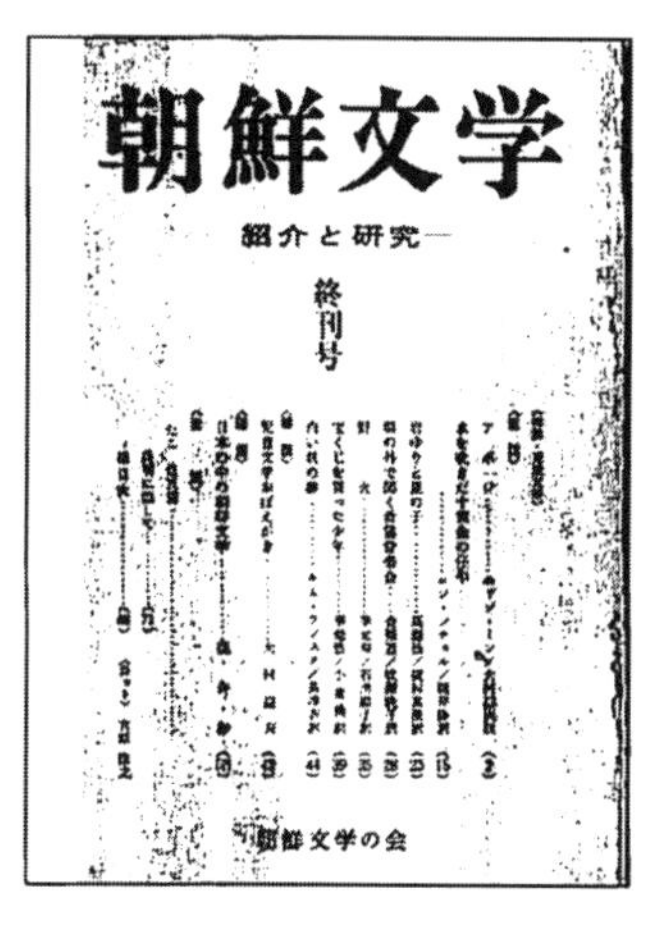
朝鮮文学
―紹介と研究―
終刊号
朝鮮文学の会

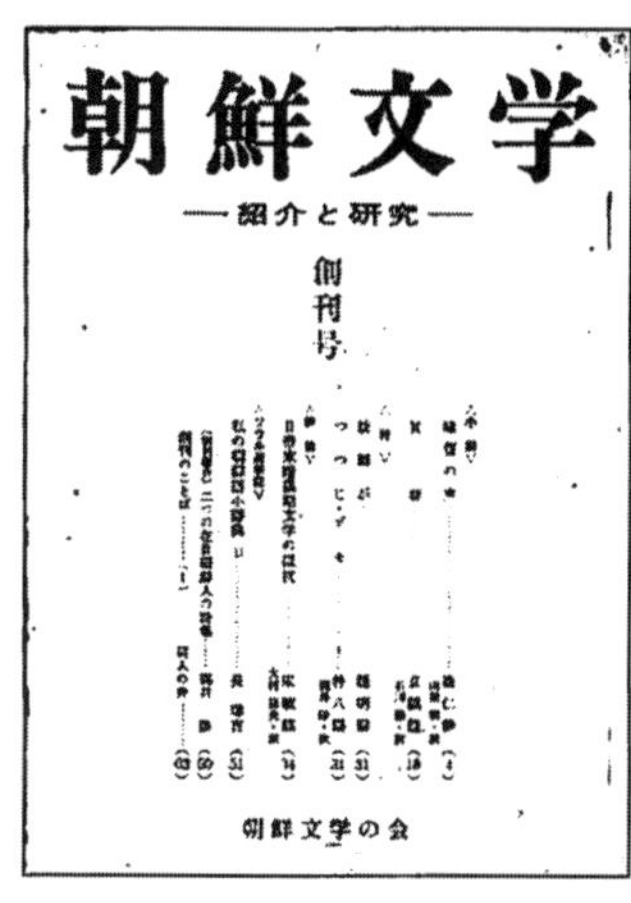
朝鮮文学
―紹介と研究―
創刊号
朝鮮文学の会

として会の組織原則をとびこえる事をやってくれた。会を愛するあまりの事なので、好意は好意としても、頭をかかえこむ事も時にはあった。

　わたしたちの会はあくまでも日本人のグループであって、わたしたちが主人である。尹さんは「この人たちはすぐ差別するんだから」と冗談にひがんでいたが、家を訪ねれば奥さんは最大級の歓待をしてくれた。

　しかしながら、尹さんからの援助はそれまでであって、それ以上のものではない。なまはんかな「事情通」の人たちが、尹さんが資金を出して会を牛耳っているように中傷したが、これはわが会に対する侮辱である。


　尹学準は、『朝鮮文学――紹介と研究』の発行母胎である「朝鮮文学の会」の前史の勉強会・研究会から、講師役を受け持っていた。ネイティブ・スピーカーであり、文学研究者として法政大学の日本文学科で小田切秀雄（一九一六～二〇〇〇）の下で学んだ彼は、日本文学の知識とともに、韓国文学や北朝鮮の文学に通じた、数少ない在日朝鮮人文学者だったのである。しかも、当時、朝鮮総連の文化運動の強い影響下にあった在日朝鮮人の知識人・文学者たちは、日本人による朝鮮文学の勉強や研究の動きに、概して協力的ではなかった。北朝鮮支持の組織や団体のものならともかく、日本人主体の、しかも南北に偏らないことを強調し、イデオロギー上の不偏不党を会の原則としていた「朝鮮文学の会」に、講師を派遣したりして、勉強の便宜を図ったり、協力することなどありえなかった。そうした中で尹学準が「朝鮮文学の会」に、いわば創刊同人五人＋一人として〝参加〟したのは、彼自身が書いている通り（「錦鯉たちとどじょう一匹」、長璋吉『朝鮮・言葉・人間』所収、河出書房新社）、朝鮮総連の文化組織である在日朝鮮人文学芸術同盟（文芸同）から追放され、総連の影響下から離れていた（離れざるを得なかった）からであるだろう（戦後の在日朝鮮人文学史における組織的および個人的な対立や葛藤、党派的抗争や分裂などの過程はまだ明らかとなっていない。大村益夫のいう「中傷」は、当時の総連系の組織、個人から流された可能性が大きい）。

尹学準自身は、『朝鮮文学――紹介と研究』との関わりについては、こう書いている。

しかし、正式な同人ではなかったが、この雑誌に対する思い入れはことのほか強いものがあった。そもそもこの会の温床が早大語研の教室であったことから、とりあげる作品の選定から翻訳の相談にもあずかるようにならざるを得なかったし、編集会議にも欠かさず出た。他の同人のように月々の会費は払わなかったが、その代り、いくらにもならなかったが、早大からいただく給料だけは全額会にカンパした。そして、ときには自分の置かれている立場も考えないで、おのれの意見を強引に押しつけたりもした。たとえば、八号を出した後、雑誌を停刊して会も解散しようという意見が出された。そのとき、これにもっとも反対したのは私だった。善意からではあったが、いうまでもなくはなはだしい越権である。後で思ったことだが、わが組織の文芸同で果し得なかった思いのたけをここにぶつけたということだろう。とんだお門違いというものだった。

繰り返し語ってきたように、『朝鮮文学――紹介と研究』の存在の意義は、この雑誌が一九七〇年代に、南北両方の現代文学を紹介し、その研究の基礎を築いたということと、朝鮮文学に関する日本人主体の最初の関わりであったということだ。尹学準が、最初から「朝鮮文学の会」と『朝鮮文学――紹介と研究』の〝縁の下の力持ち〟として振る舞ったのは、こうした意義を認識していたからであり、在日朝鮮人としての自分が表に出ることで、「日本人主体」という、会と雑誌の存在意義が薄れるという危惧からだった。

もちろんこれは、「日本人主体」という美辞のために彼が黒幕や黒衣として意図的に〝姿を隠していた〟ということではない。文学研究は「主人持ち」ではいけないという原則が、政治、民族団体としての朝鮮総連と、その文芸同の政治的党派性に辟易し、絶望していた在日朝鮮人文学者の尹学準には強くあったはずであり、日本人主体の朝鮮文学研究を補佐するのが、文芸同を追放された朝鮮人文学者としての自分の選ぶ道だということが、彼にはしっかりととらえられていたからだろう。彼は、だからこそ一介の協力者としての位置に甘んじながら、その会と雑誌の存続に関しては、「はなはだしい越権」ではありながらも、その存続を強く主張しなければならなかったのである。〝お門違いだ〟と、頭で十分に分かっていながらも。

もちろん、南北の一方の側の体制を支持、翼賛する〝政治的〟な文学イデオローグたちは、彼らに執拗な攻撃を加えてきた。批判や批評のレベルではなく、誹謗、讒謗、中傷に至るまでの言葉による攻撃や攻勢は、個人、グループを問わず絶え間なく続けられた。それは、他の「外国語文学」の研究の世界ではあまり見られないものだった。そして、そのことは朝鮮文学の研究をして、現実の政治環境、社会状況との鋭い緊張関係を保たせ、歴史感覚への感受性を鋭敏にする役割を果たしたのである。

田中明と、雑誌『シアレヒム 씨알의 힘』の主宰者・鄭敬謨（チョンギョンモ）（一九二四～二〇二一）との応酬なども、結果的にはそうした実りの少ない論戦であって、南北朝鮮の問題に日本人が口を差し挟むこと自体を嫌う朝鮮人の老言論人との立場の違いは如何ともし難いものであり、そこに対話が成立することはありえなかったのである。

いずれにせよ『朝鮮文学――紹介と研究』という場面において、「それぞれの思想や信条に違いはあっても／なによりも／朝鮮を愛し　朝鮮文学を愛し／べつに名声を期待するわけではなく／もちろんなく／ただ／日本人としてのじぶんと朝鮮を／文学の研究をとおしてむすびつけ」ようと考えていた日本人五人と尹学準との、幸運な出会いと協力がそこにあったのであり、「朝鮮文学」を何よりも、「文学」として愛する姿勢が、この五人＋一人には共通していたのである。

3　『朝鮮文学』の遺したもの

十二冊の『朝鮮文学――紹介と研究』が出される以前の朝鮮文学（韓国文学）の日本における「翻訳」を押さえておこう。戦前は別として（『モダン日本』朝鮮版や戦前の朝鮮文学ブームなどはとりあえず置いておいて）、戦後は『民主朝鮮』や、朝鮮総連系の新聞社、出版社である朝鮮青年社などからの文芸作品の出版があった。朝鮮民主主義人民共和国（北朝鮮）の文学が、一時は、そうした日本の朝鮮大学校や北朝鮮系の新聞社、出版社を通じて入ってくることがあったが、一般的な流通としては、ほとんどなかったといってよい。

一九五七年十一月に平壌の「外国文出版社」から刊行された『短篇小説集』は、その数少ない例で、八・一五の解放後に北朝鮮で書かれた短篇を集めたものだ。作品の後に、訳者名が掲げられており、なかには「水生勝子」という日本人らしい名前もあるが、これは翻訳者たちが〝主体（チュチェ）〟的に作品を選択したというよりは、北朝鮮のプロパガンダとして有用なものという基準で選ばれたものだろう。残留日本人か、帰還した在日朝鮮人の日本人妻かもしれない。(3)

韓国文学では、『現代韓国文学選集』全五巻（冬樹社、一九七四〜七六年）があった。これは金素雲が個人で全巻を翻訳したことになっているが、実際には下訳者がいて、最終的なまとめを金素雲が行い、翻訳者の代表として名前が挙がっていたのだろうと考えられる。収録作家や作品の選択は韓国で行なっており、そのための編集委員がいた。韓国側が、日本に紹介したいものを見繕ったという感じだ。

一九九二年には、この選集を後継するような『韓国の現代文学』全六巻が、柏書房から出版された。これは在日コリアンの姜尚求（カンサング）（一九三四〜）が企画し、刊行したもので、やはり韓国側の文学者を編纂委員として置いているが、委員の選択は当時の韓国文壇の序列や地位をかなり意識したものと思われる。

もちろん、このことは、韓国人の文学者が編纂委員となり、主に在日の朝鮮人が訳者となったこれらの選集の刊行の意義を否定するものではない。これらの選集の収録作品は、韓国文学史上の公正な評価や編集方針に基づいて選択されていると思われる。

また、一九七五年十月に創刊され、十年間ほど続いた『韓國文藝』（小説文芸社）という季刊誌が出されたが、これは全玉淑（チョンオクスク）（一九二九〜二〇一五）という女性実業家が発行人となったもので、その資金がKCIAから流れてきているという〝黒い噂〟があった（今となっては、その真相を知るすべはない）。編集作業はかなりルーズなもので、日本語訳を依頼された訳者が、適当に見繕って、選択していたという。創刊号には発行編集人として全玉淑、主幹に柳周鉉（一九二一〜八二）、編集委員として古山高麗雄の名前が記されていたが、本人自身が〝名前〟を貸しただけと語っていた。雑誌自体を韓国で印刷、製本し、製品として輸入したのである。

北朝鮮のものは、平壌外国文出版社および朝鮮労働党出版社が、日本向けのプロパガンダの一環として小説や童話の日本語の翻訳を行い、書籍となったものを日本へ輸出している。もちろん北朝鮮国営の出版社から出されたもので、国家公認の文学でしかありえない。

朝鮮文学の翻訳者の安宇植は、朝鮮大学校の教員時代は、黄健の『ケマ高原』など北朝鮮のものを翻訳していたが、朝鮮大学校、総連を離れてからは、韓国の現代文学の翻訳にシフトして、精力的な活動を示した。その後の韓国文学ブームを牽引したのである。

『朝鮮文学――紹介と研究』誌を基に、『現代朝鮮文学選』一巻、二巻が創土社から出された。二巻のコンテンツは、次の通りだ。

（I巻）
南廷賢（一九三三〜二〇二〇）――「司会棒」「糞地」
尹正奎（一九三七〜二〇〇一）――「恨水伝」
宋炳洙（一九三二〜二〇〇九）――「失証」
崔明翊（不詳）――「摩天嶺」

リュ・トヒ（不詳）――「幸せな日に」
鮮于煇（ソヌフィ）（一九二二～八六）――「黙示」
河槿燦（ハグンチャン）（一九三一～二〇〇七）――「いたち」
趙廷來（チョジョンネ）（一九四三～）――「青山宅」
崔海君（チェヘグン）（一九二六～）――「俗縁」
徐基源（ソギウォン）（一九三〇～二〇〇五）――「馬鹿列伝」
朴順女（パクスンニョ）（一九二八～）――「或るパリ」
崔仁勲（チェインフン）（一九三六～二〇一八）――「総督の声」

（II巻）
李泰俊（イテジュン）（一九〇四～七〇）――「解放前後」
朴泰遠（パクテウォン）（一九〇九～八六）――「春甫」
金学鉄（キムハクチョル）（一九一六～二〇〇一）――「たばこスープ」
安懐南（アンフェナム）（一九〇九～?）――「牛」
李根栄（イグンヨン）（一九〇九～?）――「濁流の中をゆく朴教授」
朴栄濬（パクヨンジュン）（一九一一～九一）――「水あらそい」
金東里（キムドンニ）（一九一三～九五）――「穴居部族」
黄順元（ファンスノン）（一九一五～二〇〇〇）――「曲芸師」
金声翰（キムソンハン）（一九一九～?）――「パビド」
朴淵禧（パクヨンヒ）（一九一八～?）――「彷徨」

尹世重（ユンセジュン）（一九一二～六五）――「象牙のパイプ」
蔡萬植（チェマンシク）（一九〇二～五〇）――「ミスター方」
李箕永（リギヨン）（一八九五～?）――「開闢」
金南天（キムナムチョン）（一九一一～五三）――「三・一運動」

『朝鮮文学――紹介と研究』に紹介された作品が、衣装も新たに（ハードカバー、箱入り）選集として刊行されたということだろう。終刊号の裏表紙裏（表三）の広告では、全三巻となっているが、実際に出されたのは（Ⅰ）と（Ⅱ）の二巻だけである。一、二巻合わせて作ったのは七百五十部で、そのほとんどが売れずに断裁されたというから、出版社としては大赤字だったのだろう。朝鮮文学に手を出す出版社が少なかったことも無理はなかったのである。一巻目はともかく、二巻目は稀覯本である。「朝鮮文学の会」として、第一巻の巻末に尹学準が全体の「解説」を書いている。その中で、『朝鮮文学――紹介と研究』の創刊同人の一人である田中明の「朝鮮文学への日本人のかかわり方」（『文学』一九七〇年十一月号）を引いて、こんなことを書いた。

一時期、朝鮮および朝鮮文学に対する一種のブームみたいな現象が起きたとしても、それはしょせんは「政治情勢、または情勢論に便乗したもの」であり、「主観的な情勢論や運動に役立つ道具」としてのみ関心があって、それが過ぎれば当然霧消してしまうものに他ならないといいながら、その原因を「朝鮮を文化の総体としてその価値を客体視する目が抜け落ちていた」からだと指摘した。そして彼（田中明――引用者註）は「朝鮮を文化の総体として独立した歴史の所有者と見ること」ができるのには、朝鮮文学に対して主体的に取りくむことがなによりもまず必要であろう。あたかも主人が下僕に「みつくろいで訳して見せてくれ――」というのではなく、言葉の体得によって「日本人による作品の選択、日本人による翻訳」なくしては真の意味での連帯はあり得ない。田中明はつづけてこうもいっている。「言葉の体得によって、その国の人びとの生の営みのうちへ楔を打ちこむ者がいなくては、ある民族の真の姿に近寄ることは不可能である。その異域に対する関心がいかに善意であるにせよ、その楔なくしては、外的条件によっていかようにも改変・歪曲を蒙る脆さを抱きつづけるのである」――と。

尹学準と、『朝鮮文学――紹介と研究』の同人たちとが、よく共鳴していた例証として引いてよい文章だろう。日本人のために在日朝鮮人が朝鮮文学を紹介、翻訳する例はそれまでもありえたのだが、それは結果的には日本人の主体的な朝鮮文学との関わりを奪うものではなかったのか。本当に自分たちに必要なものを、自分たちによって翻訳して読もうとすることこそ、その異国語による文学に対する敬意であり、異文化に対する体得的な理解であるはずだ。そうした主体的な努力や接近なしに、「朝鮮文学」と関わろうとすることは、そうした日本人自身の意志の真摯さを疑わせるものであり、そこに介在する在日朝鮮人たちの真剣な作業を蔑ろにすることでしかない。尹学準は、『民主朝鮮』や『鶏林』などの、主に朝鮮総連系の雑誌を通じて、プロパガンダと本当の文学紹介との差違に気がつかずにはいられなかったのである。

このアンソロジーの中には、朝鮮文学の初めての紹介という意味だけではなく、まさに日本の読者に読まれるべき作品として、重要な意味を持つ作品も少なくない。その一つが、崔仁勲の「総督の声」だ。「忠勇なる帝国臣民の皆さん。帝国が再起し、半島に再び栄光をかがやかすその日を期しつつ、隠忍自重、おのおの苦難の抗争を重ねているすべての帝国軍人、警察官、密偵、浪人の皆さん」と呼びかけているのは、地下放送局から流れてくる、旧朝鮮総督府の〝総督の声〟にほかならない。一九四五年八月に瓦解したはずの朝鮮総督府は、地下に潜り、幽霊放送局としてプロパガンダ放送を継続している。そうした設定のもとに書かれたこの小説は、悪夢のような植民地支配がいまだ継続していることや、その再起、復活を虎視眈々と窺っている勢力があることを、生々しく伝えているのである。

もちろん、〝光復〟後の韓国に、戦後の日本にそうした具体的な政治勢力があるということではない。しかし、かつての大日本帝国や朝鮮総督府の政治権力を懐かしむ、植民地主義の亡者たちは確実に存在しているのであり、機会さえあれば、再び頭をもたげようとしていることは明らかなのだ（戦後の日本において、昭和天皇の地位は護持され、岸信介の〝戦犯〟内閣は成立した。〝逆コース〟は明らかに実現された）。日本の読者は、そうした陰謀的策動に気がつくべきなのである。

また、国連軍と称した米軍側や韓国軍側からだけ伝えられた朝鮮戦争の実態を、金学鉄の「たばこスープ」や宋炳洙の「失証」は、時にはユーモラスに、時にはリアルに伝えている（金学鉄は、在中朝鮮人（族）の小説家として代表的な存在となった）。当時の日本の知識人層では、南側が北へ軍事侵入したのが、朝鮮戦争の始まりだと信じられ、人民民主主義の共和国が先に南側を武力攻撃するはずはないと声高に主張されていたのである（現在では、北朝鮮側の攻撃によって戦争の火蓋が切られたと結論づけられている）。南進した北朝鮮の人民軍は、韓国軍・国連軍を、三十八度線の遥か南方、釜山近くまで追い詰めた。米軍は仁川上陸の起死回生の戦法によって戦況を挽回し、逆に北朝鮮軍を中朝国境の鴨緑江まで追い詰めた。そこに中国義勇軍が参戦し、陣地取りの激戦のうち、三十八度線近辺で膠着状態に陥った。「たばこスープ」は、まさに魯迅の阿Q的人物の兵士がいて、志願兵といいながら、大きな国家的意志による「戦争」に巻き込まれた庶民兵士の滑稽さ（と悲哀感）を表現している。

朝鮮戦争によって生み出された避難民たちの生活の苦難は、黄順元の「曲芸師」や金東里の「穴居部族」によってヴィヴィッドに描かれている。李泰俊の「解放前後」、金南天の戯曲「三・一運動」によって、私たちは日本が朝鮮の近代をどのようにスポイルしたのかをはっきりと認識すべきである。それらは南北の朝鮮の実情、実態を知るということより、日本のことを知るために、日本人の主体性によって選ばれた作品群なのであり、南北朝鮮のプロパガンダ的な文学作品の紹介とは一線を画したものだ。それまでは（悪く言えば）、南北朝鮮の政治権力が、日本人向けに〝見繕った〟ものだけしか日本には紹介されなかったのだ。

だから、尹正奎の「恨水伝（ハンス）」のような小説は、こうした企画でなければ、日本に紹介されることはなかったかもしれない。光復後の韓国において、まだ日本への憧れがあり、生命の危険を冒してまで日本へ密航しようとする韓国人がいることとは、独立国としての韓国の恥辱であり、とりわけ日本には知られたくないことであるのに相違ないからだ。実際に、光復後に、韓国の建国後にも、韓国から日本への密航者は後を絶たなかった。この「恨水伝」の解説を書いている尹学準自身が、密航者として日本へ留学（？）してきたのだから（その体験を基に金達寿が書いた小説が『密航者』である）。小さな漁船の船底に隠れた密航者たちが事故に遭い、死亡することも珍しくなく、また、韓国の海岸沖の巨済島で「日本に着いた」と船から下ろすような悪徳業者に出会ってしまった不運な船客もいたのである。

ただ、北朝鮮の作品、リュ・トヒの「幸せな日に」や、李箕永の「開闢」などは、特に日本に紹介するだけの意味を持った作品かというと疑問である。北朝鮮作品を少なくとも何作か入れなければならないというバランス感覚だけで収録されたとしか思えないのだ。実際の土地改革や人民委員会の構成が、こんなレベルで行われていたのかという驚きはあっても、小説としての価値はそれほど高いものとは思われないのである。

『朝鮮文学――紹介と研究』創刊号―終刊号までの十二冊は、前記のように、直接的には『現代朝鮮文学選（Ⅰ、Ⅱ）』という翻訳作品集と、長璋吉の『ソウル遊学記――私の朝鮮語小辞典』、『普段着の朝鮮語――続・私の朝鮮語小辞典』の二冊のエッセイ集を生み出したが、朝鮮文学の「研究」や「評論」ということでは、それほど大きな成果を残したということはできないかもしれない。大村益夫、梶井陟による資料紹介、資料案内のほかには、長璋吉の論文「お母さん子は告発する――一九五〇年代の韓国文学について」や、同じ作者の『韓国小説を読む』（草思社、一九七七年）などが、批評、研究という名に価するもので、誌名にある「紹介と研究」のうち、「紹介」はともかくとして「研究」のほうは疎かにされていたといっても過言ではないだろう（翻訳の方は、泰流社から出された『韓国文学名作選』として、李清俊の『書かれざる自叙伝』（長璋吉訳）と崔仁勲の『広場』（田中明訳）がある）。

しかし、そうした研究、批評の手薄さは、日本における朝鮮文学の「研究」や「批評」の土台となる、ほかならぬ日本人の「朝鮮文学」へのかかわり方への真剣な検討という作業の緊急さに、より多くの場所と時間を割かなければならないためだったと思われる。それまでの日本人による朝鮮文学の研究史（そう言えるものがあったとすれば、だが）の検証、日本における朝鮮文学の紹介・翻訳・評論・研究の現状の把握と問題点。もちろん、朝鮮文学を南北に限定しないだけではなく、朝鮮文化としての総体の価値観の中で客体視する視点の醸成などが、もっとも緊急に追求されるべきテーマとしてあったのだ。梶井陟が「日本の中の朝鮮文学」というエッセイを終刊号に書き、後にその研究を深めていったのも、田中明が「朝鮮文学の会」を離れた後も、『ソウル実感録』や『常識的朝鮮論のすすめ』で、日本人と朝鮮（文化、文学）とのかかわり方を追求していったのも、『朝鮮文学――紹介と研究』によって種が播かれ、それが芽吹いた結果といえる。

大村益夫は、その初期の翻訳、尹世重（ユンセジュン）（一九一二〜六五）の児童文学『赤い信号弾』（新日本出版社、一九六七年）の「あとがき」においてこそ、朝鮮戦争の始まりを韓国軍・米軍の北侵としていたり、北朝鮮側の立場からの戦争観を披瀝していたこと以外は、南北の政治的な見方に囚われない中立的な立場を堅持しており、昔は耽羅の国として独立国的な立場にあった済州島の文化や文学、中国の朝鮮族自治区の朝鮮族の文学の研究を先駆的に行い、また公文書の調査や映像文献による実証的な作家研究、作品研究の基礎を朝鮮文学研究の世界に築いた。

『朝鮮文学――翻訳と紹介』には直接に関わらなかったが、大村益夫、長璋吉たちといっしょに韓国文学の紹介に尽力したのが、三枝寿勝だった。世代的には長璋吉と同世代の彼は、東京外国語大学の韓国の近現代文学の担当者として、より下の世代の文学研究者、翻訳者を育てた。

しかし、現在改めて、朝鮮文学研究の芽吹きがどのように変質し、朝鮮文学の紹介と研究とが日本においてどのような段階にあるのかを考えれば、時間はただいたずらに流れたとしかいえないかもしれない。現在においても、日本人によって書かれた一冊の朝鮮文学史も、その本格的な解説も、完全な個人全集（李光洙や李箱や金東仁についても）の翻訳も、私たちは持ち得ずにいるのだから。ただ、個々の文学者についての散発的で、部分的な研究や評論が書かれているだけだ。[4] その数少ない成果が、大村益夫の金龍済論（『愛する大陸よ――詩人金竜済研究』大和書房、一九九二年）や大村益夫・布袋敏博編の『金鍾漢全集』（緑蔭書房、二〇〇五年）、白川豊の朝鮮近代文学研究（『朝鮮近代の知日派作家、苦闘の軌跡――廉想渉、張赫宙とその文学』勉誠出版）、波田野節子の李光洙研究（『李光洙――韓国近代文学の祖と「親日」の烙印』中公新書、二〇一五年）、和田とも美の『李光洙長篇小説研究』『韓国近代文学研究――李光洙・洪命熹・金東仁』白帝社、二〇一三年）、

（御茶の水書房、二〇一二年）、青柳優子の『韓国女性文学研究1』（御茶の水書房、一九九七年）などだろう。

『朝鮮文学——紹介と研究』誌につながる翻訳として主たるものは、大村益夫・長璋吉・三枝寿勝編訳『朝鮮短篇小説選』（上下二巻、岩波文庫）、同じ訳者三人による『韓国短篇小説選』（岩波書店）、平凡社の『朝鮮近代文学選集』全八巻が、目立っている。『朝鮮短篇小説選』は、主に朝鮮近代文学（解放前）の古典的な短篇小説を集めたものであり、『韓国短篇小説選』は、それ以降の（解放後）の、黄晳暎（一九四三〜）や李文求（一九四一〜二〇〇三）などの韓国の現代文学の名品を集めたものだ。

さらに、近年になって特徴的なのは、朝鮮文学の会の〝残党〟といえば失礼な言い方になるかもしれないが、その志を受け継いだ世代が登場してきたことだろう。[5] 韓国の若い作家たち（現在、三十代、四十代中心の文学者たち）の作品が、やはり同世代に近い日本人の翻訳家たちによって翻訳、出版されているのだ。「K文学」といった言い方には、反撥する向きもあるが、象徴的にいえば、申京淑（一九六三〜）の登場以来、彼女より若い世代の作家たちが続々と抬頭してきた。それにつれて、日本人の翻訳者も斎藤真理子や吉川凪、清水知佐子などを筆頭に精力的に活動を始め、キム・エラン（金愛爛、一九八〇〜）やハン・ガン（韓江、一九七〇〜）、キム・オンス（金彦洙、一九七二〜）などの新世代の文学を訳出するようになった。韓国翻訳院による、韓国文学作品の翻訳・出版のための助成金や、「チェッコリ」や「クオン」のような専門的なブックカフェや出版社の登場も、こうした動きを助ける力強い背景となっている。

五人＋一人による『朝鮮文学——紹介と研究』が礎石となって築いた、日本人による朝鮮文学研究。それが半世紀後の現在に、どのような展開と発展を見せているのかは、それらの第一世代を後継する第二、第三世代の現代の私たちが注視し、見守り、再検証すべきものといえるだろう。

註

(1) 一九六八年二月二十日、暴力団との手形の問題で団員二人をライフル銃で殺害した金嬉老は、銃やダイナマイトを携帯して逃亡し、翌日、寸又峡温泉の「ふじみや旅館」に、経営者、旅客十三人を人質にして立て籠った。籠城中、金はマスコミに対して、この事件は日本における民族差別問題が背景にあると喧伝し、それに呼応する文化人、メディアもいた。金は八十八時間の籠城後に拘束され、その間テレビやラジオで実況中継された。日本の裁判で無期懲役が確定したが、日本に再入国しないことを条件に仮釈放され、韓国に強制送還された。だが、韓国で殺人未遂、放火、監禁罪で逮捕され、服役したが、病没した。本人の手記として『われ生きたり』(新潮社、一九九九年)がある。

(2) キム・ジハ(日本では、金芝河という表記が定着しているが、もともとは金地下(キムジハ)だったという)は、『五賊』『蜚語』などの長篇詩で筆禍事件を起こし、逮捕され、反共法違反で死刑判決を受けた。日本などで釈放運動が高まり、一躍、韓国の民主化運動の象徴的存在となった。無期懲役に減刑されてのち釈放、隠遁に近い生活を送った。後年は民主化・民衆運動から離れ、独自の宗教的活動を行った。『金芝河詩集』『五賊黄土蜚語』『不帰』『苦行』『飯・活人』など多くの著作が邦語訳されている。

(3) 外国文出版社刊の『短篇小説集』には、邊熙根の「かがやかしき展望」、金晌教「ピョクタグ将軍」、朴泰栄の「また逢う日まで」、権正龍の「渡河」、李貞淑の「永ちゃん」、河貞熙の「新任教員」、李秉儀の「二人の経理員」の七編が収録されている。解放前から作家活動を行っていた韓雪野や李箕永とは違って、解放後、北朝鮮成立後に文壇に登場してきた世代で、北から見た朝鮮戦争の戦闘場面や、農事組合、生産組合、教育現場などの社会的リアリズムによる小説が多い。人民共和国のプロパガンダを創作の第一目的としているようだ。

（4）朝鮮関係のミニコミ誌的な存在は、戦後直後の『民主朝鮮』など、連綿として続いていたが、北朝鮮と総連系、韓国と民団系、在日朝鮮人系と色分けされるものが多く、日本人主体のものはきわめて少ない（なかったといってよい）。『朝鮮文学』、『韓国文化』、『ちゃんそり』、『三千里』、『青丘』、『シアレヒム』、『韓國文藝』、『民涛』など、文学関係に重点を置くものもあったが、いずれも在日コリアン主体のものである。ただし、『韓國文藝』は、全玉淑という韓国人女性実業家が主宰し、韓国の現代文学を日本に紹介するために創刊された文芸誌だった。しかし前述したように、翻訳者が勝手に作品を選択し、訳のチェックもなされないようなルーズな編集体制だった。そこで紹介された作品の一部は改訳され、『韓国現代文学13人集』、『韓国現代文学』（いずれも安宇植（アンウシク）訳、新潮社）として刊行された。

（5）梶井陟は富山大で、大村益夫は早稲田大で、長璋吉は東京外大、および神田外大で、田中明は拓殖大でそれぞれ朝鮮語、朝鮮文学の教鞭を執った。そこから次代の研究者、翻訳者が輩出した。彼らが教職に就く以前には天理大と東京外大に朝鮮語の講座があるだけだった。

民間の組織としては金嬉老事件をきっかけに作られた現代語学塾があり、大村益夫や梶村秀樹、高柳俊男（一九五六〜）などが講師として勤め、牧瀬暁子、渡辺直紀（一九六五〜）などを輩出した。

第13章　長璋吉のいる風景

1　風の来る道

この章の標題は、一九二〇年代の〝京城〟に住む人々をスケッチした中島敦の小説『巡査の居る風景』から、勝手に借用させてもらったものだ。石川淳の文章に『安吾の居る風景』というのもあるから、そちらからの無断借用と考えていただいてもいいが、いずれにしても中島敦、石川淳などの名文家のヒソミに倣おうというのは烏滸がましい限りかもしれない。

しかし、長璋吉のことを思い浮かべたら、標題のような言葉がふわっと胸の中に浮かんできて、すわりよく、原稿用紙の上に（本当はパソコンのワードの画面の上に、だが）納まってくれるような気がしたのだ。チャンジャンギリ　インヌン　プンギョン（장장길이 있는 풍경＝長璋吉のいる風景。「チャンジャンギル」というのは、長璋吉という漢字名を、戯れに朝鮮語読みしたものである）。

もちろん、それはアスファルトで固められた道と、鉄骨コンクリートづくりのビルディングのひしめく東京の都心でも、おもちゃのように軽い、木と紙とモルタルとで組み立てられた東京郊外に広がる住宅地

の風景でもない。やはり、風にいくらかのマヌル 마늘（ニンニク）の匂いがこもり、練炭の灰のほこりがまじるようなソウルの街角や、ポドゥナム 버드나무（柳）の枝が悠然と垂れ、その下に白衣の老人たちの坐り込む韓国の田舎道の風景ということになるだろう。

長璋吉は、こう書いている。

> 日常、飯をたべたり、歩いたりするとき以外、私は風景ばかりみてくらした。
>
> パンドホテルとサムソン（三星）ビルの間の広い道路のとば口がお気に入りだった。サムソンビルと市庁の間をチョンノ（鍾路）の方へおちる小路から、この広い道路へ風が吹き抜けてくると私の胸はふるえた。ほんとは、風はこの小路からやってくるのではない。市庁前の広場から、アメリカの宇宙飛行士を迎えた広場からやってくるのだ。小路からくるとすれば、風はサムソンビルの角で左に直角に曲がらなければならないのだから。しかし、私の頭のなかではこの風はいつも小路から吹いてくる。広い道路をゼリー状の風が移動するのがみえる。書きながら胸がふるえる。全く変哲もない通りにすぎないのだが。

『私の朝鮮語小辞典』街頭編にある「パラム」という文章だ。ついつい一節の大半を引いてしまったが、長璋吉と〝風景〟との関わりは、本人の言葉で、見事に書きとめられているのである。だが、パンドホテルとサムソンビルの間の、この広い道路のとば口には、長璋吉はいない。彼は、たぶん、この乙支路一街（ウルチロイルガ）の入口を、市庁前広場に寄った側の歩道か、航空会社の支社のあるソウル・プラジャ（ママ）ホテルの側の道の端に佇んで見ている。

だから、私たちが長璋吉を含めた、もっと高角度の風景を見ようとするなら、徳寿宮(トクスグン)の塀に沿った舗道から、乙支路(ウルチロ)と小公路(ソゴンノ)へと分岐してゆく道を眺めてみなくてはならない。風景を眺めている長璋吉。その彼の姿をも風景の中のものとして見ようとする私たち。そうした遠近法を無視して、長璋吉について語ろうとすれば、彼はぷいと横を向いて、口をもぐもぐさせ、「ヤー　ニガ　チェーゴニャ　イ　ノマ」(やい、てめえがナニサマだってんだ、このやろう)などと、人に聞こえない小さな声で呟くのは間違いないことなのである。(1)

長璋吉は、自分を韓国の風景の中に溶け込ませることを、ほとんど考えていなかっただろう。彼は、明らかにこうした風景の観察者ではあっても、風景の中の登場人物ではありえなかったのだから。

彼は、早い時期の定住観察者だった。関川夏央(一九四九〜)は、長璋吉はその後に増えた韓国定住のフィールドワーカーのパイオニアだったと言っている(『韓国読本』福武文庫)(2)。黒田勝弘(一九四一〜)や平井久志(一九五二〜)をはじめとして、斎藤真理子(一九六〇〜)まで、韓国に語学留学した韓国研究家は数多い。一過性のナグネ(旅人)の観察も、またその風土、人間、風景に対する新鮮な情報を提供するが、定住者、生活者のそれは、観察の対象になったものだけでなく、その対象物が存在する風景なら風景をも、丸ごとにとらえる。そこには、対象だけに焦点を絞るという意味でいうならば、余計なさまざまなもの、オマケにもフロクにもならないような雑多なものが、おもちゃ箱のように詰まっているのである。

長璋吉は、一つ一つそれを確かめ、分類し、そして見出し語を見つけて、〝単語カード〟に書きつける。それらのものは、ナグネや定住者ではなく、〝贖罪を言い募る日本人〟や〝統一を語る同士〟や〝連帯を叫ぶ仲間〟たちから見れば、いかにもノンポリで、不要不急のどうでもいいものばかりのように思われるだろう。映画（ヨンファ）や茶房（タバン）や下宿（ハスク）の食母（シンモ）や占い（チョム）や花札（ファトゥ）の話。彼はせっせとそんな日常の些事をコレクションするのである（そうした作業のごく一部が、『私の朝鮮語小辞典――ソウル遊学記』『普段着の朝鮮語――私の朝鮮語小辞典②』となって残されているだけだ）。

彼はソウルや韓国の街並み、田舎の風景をこよなく愛していたのだが、そこから自分の姿はおろか、影までも排除しようとしていたことは確かである。彼は自分の好きな風景を、まるで内気な中学生のように一歩も二歩も離れて、モジモジとして見ているだけだったのだ。

見ていること、風（パラム）の移動を感じながら、その風景の前に佇んでいること。長璋吉の文章は、そうしたソウルの風を、さまざまな食べ物の匂い、人の汗の匂いや自動車の排気ガスの匂いとともに運んでくる、ユニークで貴重な報告書だった。それは、ほとんど初めてといっていいほど、韓国の風景、〝普段着〟のままの風景を現代の日本人に見せようとするものだったのである。長璋吉は、そうした風景に対しての〝気はずかしさ（쑥스러움 スクスロウム）〟を語っている。

> とおりの風景であれ、ひとびとの挙動であれ、喫茶店内の対話であれ、あたりに陣どる下宿屋の風俗であれ、気はずかしくないものはなにひとつない。

これは、長璋吉氏が訳した李清俊の『書かれざる自叙伝』（北洋社）の中の一節だが、彼はこの作家の言葉に我が意を得たりとして、こう続ける。

李清俊氏は、よくぞいいあててくれました。わたしにとっては、梨大付近にかぎらず、韓国と朝鮮語にまつわるすべてが、まさに気はずかしいものでした。韓国の生活が、はだかのままでそこにあることのスクスロウム（気はずかしさ）。それを異邦人であるわたしがミテイルことのスクスロウム。スクスロウムずくめのソウルでの生活。

ソウルのまちとわたしとをむすびつけるものが、なぜスクスロウムであるのか、わたしにはなおわかりませんが、原稿をかきながらどうしてもうまく表現をあたえられず、こころにわだかまっていたものをスクスロウムとなづけえたことに満足して、ふでをおくことにいたします。

『私の朝鮮語小辞典』の初版のあとがきとして書かれた文章だが、長璋吉とソウル（韓国）の風景とのつながりの〝秘密〟が、ここでは「気はずかしさ（スクスロウム）」というキーワードで語られている。

ここで、朝鮮語の生半可な知識を振り回すことは、まさにスクスロウムを感じざるをえないことだが、普通の〝はずかしい〟はプクロプタ（名詞形 부끄러움 プクロウム）であり、スクスロプタ（形容詞の原形）は、てれくさい、きまりが悪い、そぐわない、きまずいといったほかに、愚かしい、ばかげたという意味もある（『朝鮮語大辞典』で調べたので、間違いはないだろう）。

長璋吉がソウルの風景の中で感じたスクスロウムは、面罵され、満面に朱を注ぐような恥ずかしさでもなく、彼の地をゲタか土足かで蹂躙した嘗ての蛮行を慚愧することでもなく、下を向き（숙다（スッタ）——うなだれる）、はじらうことそのことさえをもはじらうようなものであることは間違いないだろう。つまり、彼は自分の「はずかしさ」さえ〝気はずかしく〟〝愚かしく〟思っていたのであり、そうした気はずかしさは、彼をソウルのどんな風景の中にでも、自分を登場させることをためらわせたのである。

おそらく、長璋吉は、人間がナマの感情や欲望をむきだしにすることを「気はずかしく」思うタイプの人間だったのだろう。「韓国の生活が、はだかのままでそこにあること」の気はずかしさ。これは普通日本では、韓国の庶民のバイタリティーとか、韓国民衆のエネルギーとか称されるものだが、それを庶民、民衆の力といって持ち上げることも「気はずかしい」の人だったからこそ、ことさらに庶民、民衆、人民を持ち上げることに抵抗感を抱いていたのだ。だが、彼はまたそうした「気はずかしさ」をたやすく手放そうとするタイプの人間でもなかった。「異邦人であるわたしがミテイルこと」の気はずかしさ。そこにはいわゆる外国語、外国人に関わることの、もっともナイーブな感性と、倫理感といってよいものがあるように感じられるのだ。それは、彼が嘗てこの国を侵略し、三十数年間、植民地支配した宗主国・日本の国民であることの倫理感でもあるし、そのことに過剰にのめり込むことによって、〝侵略的贖罪！〟すら犯しかねない日本人の〝無恥〟（無知でもある）に対する人間的なはずかしさでもあった（私は吉田清治（一九一三〜二〇〇〇）なる人物のことをつい思い起こしてしまう[3]）。

もちろん、韓国の生活がそこに「はだかのまま」あることを気はずかしく思うのは、彼がその風景に半ば入り込んでいるからだ。半身は風景の中にいて、あとの半身は風景のこちら側でミテイル。そのような長璋吉の韓国の風景に対するスタンスさえも、それを遠景として見ようとする私たちには、まさに〝長璋吉のいる韓国（またはソウル）風景〟と見えてしまうことは無理からぬことなのだ。気はずかしがり、風景の外側で〝見る〟ことに徹しようとしながら、そのこと自体が韓国という風景の中に、それほどの違和感もなく、入り込んでゆく。

実際、「長璋吉下宿跡」の看板はソウル市内にまだ立っていないものの、長璋吉の見た視線、視角によってソウル（韓国）の風景を見てみようとする後発者は少なくないのであり、私もまたその一人に数えられることを希望する者だ。長璋吉の見た韓国風景。それは、少々大げさに言えば、柳宗悦（一八八九〜一九六二）が「悲哀の美」というタームで、朝鮮風景を日本人の目の前に広げて見せてくれたことに匹敵するような文化史的な出来事なのだ。

風景など、ただ目を開けていれば、自ずと目に映るものではないかと言うことなかれ。何人もの訓練を積んだ新聞記者やジャーナリストが行っても、「独裁」や「抵抗」や「学生運動」は目に映っても、その裏の小路でクズ屋のおじさんのハサミの音が鳴り、エントツ掃除屋のドラがたたかれていることを、誰も見も聞きもしなかったことは明らかなことではなかったか。

そうした風景を見るためにも、人は見る方法と、見るための視力を必要とする。もちろん、この時の視力とはミテイルことの気はずかしさを持ちながら、その気はずかしさを踏み越えてゆくことだ。

そもそも近代の日本人は、柳宗悦の、あのあまり評判のよくない「悲哀の美」以外の自前の〝朝鮮観〟（私に言わせれば、朝鮮の風景を見ること）を持ったためしなどないのである。風の移動に〝胸をふるわせる〟長璋吉の感性は、だから韓国という風景を見るための一つの視角を呈示したのであり、それはさまざまな立場、視点、位置から報道され、論じられ、研究されてきた〝韓国・朝鮮論〟の中で、決して比重の軽いものではなかったのである。

2　サーラム国のサーラムたち

もちろん、長璋吉の見ている風景の中には人間がいる。いや、ある意味では人間たちだけで作り出されているのがソウルの、あるいは韓国の風景なのだ。だから、この国は長璋吉によって〝サーラム国〟と名

付けられる。サーラムはいうまでもなく、朝鮮語で「人」という意味で、インガン 인간、すなわち「人間」よりはもっと具体的で、やや低級な種族と考えておいていいだろう（ヒトもサルの一種であるという言い方をする）。つまり、インガンが普遍的な理性や抽象性を持った存在だとしたら、サーラム、すなわちヒトは、地に足をつけて、怒りもし、泣きもし、笑いも悪さも喧嘩もするようなイキモノにほかならないのである。

サラミ　サラムル　サランハムニダ（사람이 사람을 사랑합니다＝人は人を愛します）。朝鮮語教室の初級で教えられるこんな文句は、サーラムとサールダ（생きる）とサラン（愛）とが、きわめて関連の深い言葉であることを学習者に教える（サーラムとサランが本当に同系統の言葉なのか、よくわからない）。サーラム国は、まさにサーラム本位の国である。それは、さほど豊かな天然資源にも、自然環境にも、歴史的遺産にも恵まれていない国が、まさにサーラムを資源として、サーラムの、サーラムによる、サーラムのための社会を作ろうとすることだ。

もちろん、それは綺麗事だけではない。サーラムとサーラムの対立、対決はこの国のむしろ原理ともいえるものなのであって、口角泡をとばす言い争い、つかみ合いなどは、サーラム国においてはむろん日常茶飯事だ。ただ、そこがサーラム国であるゆえんは、〝サーラム〟というものが一体どんなものであるのか、もっとも原型的なところに立ち戻って、みんなが理解しているということであり、「サラミ　クロル　スインナ」（사람이 그럴 수 있나＝人がそんなことできるか）という声が、社会的規範以前にあげられるのである。

サラミ　サルゴ　インヌン　ナラ（사람이 살고 있는 나라＝人が生きている＝暮らしている国）。韓国という国の風景の魅力は、こうしたサーラムたちの魅力にほかならない。人のいない野や山や河、建物、街角、

通りに、それほど人を惹きつける力があるだろうか。

初めて韓国を訪れた日本人の旅行者は、街角に氾濫するハングル文字の看板、標識、広告を見て、〝ハングル酔い〟にかかるという（平壌ならば、「党が決めればわれらは行う！」といった没主体的なスローガンの書かれた横断幕など）。ある人にいわせれば、輪投げの輪と棒のようであり、また別の人によれば軍隊の規則正しい行進のようでもある。記号的で規則的なハングルよりも、むしろ、しどけなく膝をくずした芸者が酌でもしているようなひらがなの方が、知らない人にとっては〝酔い〟やすい文字であるように思われる。

長璋吉が韓国へ行ってかかったのは、もちろんハングル酔いなどではない。サーラム国へ行ったのにふさわしく、彼は〝사람 멀미 サーラム モルミ〟すなわち〝人酔い〟にかかってしまったのだ。

> 韓国のキーワードとなれば、私はなんといってもやはり사람 멀미をまずあげなければなるまい。なにしろはじめて韓国の土を踏んで以来十八年、いまだに酔い心地醒めやらぬのだから相当に強烈な代物である。

ハングク・サーラム（韓国人）は、その刺激度においてハングルよりも強烈である。もちろん、これは人出の多い通りや街へ行き、人に〝アタったり〟、人いきれに気分を悪くした程度のものとはいささか違う。船酔いや車酔いをするように、人に〝酔う〟。しかし、単なる乗り物酔いと違うところは、これはまた酒に酔った時のような、心地良い酩酊状態でもありうることだ。

それは単に人が多いということだけではない。人の多さからいえば、韓国よりも中国、日本の方が断然多いし、人種、民族的なものにいたっては、韓国は日本以上に単一民族国家幻想に蔽われており、その志向がきわめて強い国だといえるだろう。人数、種族、部族などではなく、サーラムのサーラムたるゆえん、すなわちその人間性の本質、原型的な〝質〟の面において、韓国は〝人酔い〟にかかるほど、多彩、多色、そして原色的なのである。

韓国へ行ってみれば、いささか거짓말(コジンマル) 보태서(ボッテソ) 말하면(マーラミョン)（嘘を補っていえば、誇張していえば）性善説そのままとしか思えない人物、喜怒哀楽・妬みそねみ・欲望その他人間的なあらゆる感情の生地が、生地そのままに露呈しているような人物に出会うことができるだろう。人間の質の露天掘り現場にでも入り込んだ気分になれる。透きとおったような稟質をそこここに見て喜ぶこともできれば、肌の戦慄——粗い生地にこすられてゾゾッと鳥肌になりそうな不快感、肌が平静でいられる境界から平静でいられなくなる境界へ移行する狭間の戦慄——を楽しむこともできる。原色的なひとといったのはこういうひとたちである。こういうひとたちに会って、私は멀미を起こさざるをえなくなる。ひとりのうちにこういった喜びと楽しみが交互に起こってくるとき、멀미はいっそうひどくならざるをえないのである。

サーラム国の観察者として、面目躍如たる文章というべきだろう。「人間の質の露天掘り現場」という比喩に至っては、ただただ脱帽せざるをえない。田舎者というのでもない、素朴ともいいがたく、無邪気で、ナイーヴだとも評しがたい人物たち。それでいて人間の「感情の生地」を剝き出しにする人々。それは狡猾さや意地悪さやあくどさそのものにおいてもそうなのであり、まさに〝原型的〟〝原色的〟と評さざるをえない人間たちなのである。

そこでは人と人とが皮膚接触し、肌と肌とが擦れ合うことが、サーラム同士のつきあい方というわけだ。もちろん、そうした皮膚接触（事実、同性の大人同士でも手を握りあって歩いたり、体のそこかしこを触ることはよくあることなのだ）、スキンシップの嫌いな人間にとっては、そこは耐え難く、いたたまれない思いをしなければならぬ国ということになるだろう。

しかし、そうしたいたたまれなさ、肌に鳥肌の立つ不快感が、いつしか快感に変わる瞬間もあるのであって、その時、〝サーラム　モルミ〟は、まさに一種の中毒症状となって「ひと」をとらえてしまうのだ。長璋吉も、こうしたサーラム国のサーラム・モルミ中毒患者であったことは、疑うべき余地もないことなのである。

しかし、サーラム国のサーラムの集団の中にいて、長璋吉は、自分があくまでも「ひと」であることを意識せざるをえなかったはずだ。彼はサーラムのように、カーッと痰を地面にはくことも、自分の飲んだビールのコップを相手に押しつけることも、レストランや食堂でアガッシ！（娘っ子！）と大声でどなることも、たぶん、できなかった。それは生まれ育ちや習慣の相違といったことだけでなく、「サーラム」と「ひと」との差異といってもよいほどのものだ。

つまり、そこでは人と人との距離のとり方が微妙に違っているのであり、また人と人とが作っているセサン（世上＝世間）の成り立ちの違いがあるのである。長璋吉は「サーラム国のジレンマ」という表題の文章の中で、「この国のひとびとは、サーラムどうしの直接的な人間関係の円滑を至上とする」と書いている。「直接的なふれあいを最高の価値とする、直接的なふれあいの円滑さを失わない限り、ひとびとは情厚く、きわめて快適な国である。しかし、その円滑さを失わないためには、多少の苦行は覚悟しなければならない」とも。

たとえば、それはこのようなものだ。

誰かと待ち合わせている場所へ行く途中で、別の知り合いの誰かと出会う。直接に顔を合わせて、どうして〝ふれあい〟の機会を逃して、あいさつだけで別れられようか。茶房（タバン）に入って久闊を叙する。もっと懐かしい間柄ならば、麦酒（メッチュ）や焼酎（ソジュ）をハンジャン 한잔（一杯）ということになる。

歓談し、旧交を温めてから時計を見ると、約束していた時間にかなり遅れている（一、二時間ほどか）。先約があるので、どうしても失礼しなければならぬと立ち上がると、まあまあと引きとめられる。あれやこれやで。結局一時間半、二時間半と遅れて、最初の待ち合わせの場所にたどりつく。

いやあ、途中で珍しい人と会ってね、と相手の知らない知人の近況を磊落に語ると、相手は、それは良かったですねと、いっしょに喜んでくれる……。

もちろん、これには長璋吉流にいえば、だいぶ〝嘘を補って〟いる（誇張している）。だが、ここで〈直接的なふれあい〉が至上価値とされるということの意味が、ある程度わかってくるだろう。待たされた側が、一、二時間の〝正当な理由〟のある遅刻を咎めたとしたら、それは人間関係の円滑さを欠こうとする振る舞いにほかならない。現金なのでも、現実主義なのでもない。顔を突き合わせての〈直接的なふれあい〉がすべてを優先するのであって、それはサーラム国において、至上の原理なのであり、世間的な約束や契約などの、間接的な、温もりのない人間関係を超えたものであることは、当然なのである。

ある詩人の詩を真似て言えば、日本語では「ひとり」の中に、もともとの「ひと」がいる。だが、朝鮮語では、「ハン・サーラム」は、あくまでも「サーラム」の特殊なあり方にほかならないのである。

3　パラムの行方

サーラムとパラム（사람과 바람）、長璋吉のとりわけ愛した二つのの朝鮮語は、最初の子音だけを別にして（しかし、これもカナタラ＝朝鮮語のアルファベットでは隣り合った音だ）、後の二音は同一だ。[4] 人と風。この二つに共通するものは何だろう。私はそれは〝移動すること〟だと思う。長璋吉は、その鋭い言葉の感性で、朝鮮語のパラムの特質を、こんな風にとらえてみせる。

ところで、朝鮮語のパラムはこの両者の間にあって、その音の群を、それが担う質量と艶とともに、擬似的にではあろうが了解しうると感じる。パラムには例の空気の移動を「とらえている」という感覚がともなっている。

この感覚がなければ、私は朝鮮語を読もうとは思わないだろう。朝鮮語を習いはじめてはじめてしばらくしたころから、このことに薄薄気づいたように思う。

空気が移動する。その動きがパラムという音にはとらえられている。長璋吉が朝鮮語の研究へと向かったのは、こうした〝風が動いている〟という音の感覚と、口腔的な運動の快楽が根本的な動機といえるものだった。唇が離れ、舌が上口蓋をかすかにかすり、唇がもう一度閉じられる。パラム。その時に私たち脳裏には目には見えない〝風の動き〟が、白い航跡のようなイメージとして浮かびあがる。言語には官能的なこころよさがあり、人が母語ではない言葉に惹きつけられてゆくには、好奇心や必要性よりも、まず官能的、感覚的な喜びがそのモチーフの源泉にあるのだ。

もっとも、パラムという言葉は意味的にいえば、さほど〝良い感じ〟を持った単語ということではない。チマ・パラム、すなわちスカートの巻き起す風は、教育ママの鼻息の荒らさを表現する言葉だし、〝風が出る（パラミ ナダ）〟とは、〝浮気心が起こる〟という意味だ。韓国人たちは〝移動する風〟、動いてゆき、移り去ってゆくものにそれほど好い感情を持っていないのではないかとさえ、疑われるのである。

もう一つの動くもの、サーラムについてもそうかもしれない。移動するサーラム、すなわちナグネ（旅人）や行商人（ポプサン）や旅芸人（クァンデやナムサダン）が、朝鮮社会において常に下積みの、日の当たらない存在であったことは、少しでも朝鮮の社会史的なものを繙ってみればすぐにわかることだ。定住社会の中で〝移動すること〟ことへの白眼視。しかし、そんな韓国の社会が、また高度なイサ（이사＝引っ越し）社会であり、転職や会社間で飲む職場移動の激しい社会であるということは、なかなか一筋縄では解き得ないサーラム国の〝謎〟なのである。

パラム、サーラムといった言葉そのもの。それから風景としての「人（サーラム）」そのものへの、あくことなき関心を抱いた長璋吉が、最初の韓国遊学の目的を少し軌道修正して、韓国の現代文学を専攻するようになったことは、その〝移動〟の仕方としては、とりたてて意表をつくようなものではない。少なくとも、今まで日本語を勉強していた学生が、急に鍼灸師の資格をとりたいと言い出したり、機械工学科を出た人間が、観光ガイドの公認試験を受けるために日本語を習いたいと言い出したりする（いずれも筆者、川村が実際に見聞した例である）のよりは、はるかにまともで納得のゆくものである。

言葉への関心が、それを使う人々への関心となり、それらの人々の心の中をのぞくために文学を読んでみる。ややセオリー通りの言い方となってしまいそうだが、確かに韓国の近現代文学は、この魅惑的なサーラム国の〝謎〟を解き明かすための格好のキーになると思われるのである。

だが、実際にはどうだろうか。日本でわずか数人しかいない韓国現代文学の専門家であり、紹介者だった長璋吉が、ことあるごとに引き受けた「韓国現代文学」の案内、ススメ、概観、解説が、彼の遺作集『朝鮮・言葉・人間』という著作には細大漏らさず網羅されているが、それらにはどこか〝身内〟のものを〝気はずかしい〟思いで紹介しているといった趣がある。

それはたぶん、韓国文学紹介者としての長璋吉が、パラム 바람 という音に風（大気、空気）の移動を聞きつけるような〝文学者〟としての感覚に対して、正直で誠実であるということだ。ヒイキのヒキ倒しではなく、冷静に客観的に現代の韓国で書かれた文学を見る時、あの胸をふるわせるパラムの響きや、人間の質の露鉱のようなサーラムの多様で多彩な姿が描かれているといえただろうか。

おそらく、長璋吉は不満なのである。それは、『朝鮮・言葉・人間』（河出書房新社）に収められた「文学史をめぐって」の章の中の論文題を見ることだけによっても、薄々気づいてしまうことではないだろうか。「お母さん子は告発する――一九五〇年代の韓国文学について」「解放後の模索から質的向上期へ」「文学批評と創作のズレ」「「誰かを待ち望む史観」の克服へ」「平面性の文学の課題」「産業化時代の文学的診断」……。

そこに書かれているのは、長璋吉が、一九五〇年代から七〇年代までの同時代の韓国現代文学についての違和感や否定的評価を胸の内に抱えたままの批評的言語だ。

もちろん、「サーラム」と「ひと」とが違うように、韓国の現代文学と日本の現代文学とは違う。日本的な文学観、文学についての価値観によって現代の韓国文学を裁断したとしたら、それはむろん二重、三重の間違いをしでかすことになるだろう。だが、〝文学〟がまず「胸をふるわせる」ものだということを文学作品と称するものに求めたとしても、それは特別に不当な要求といわれることはないはずだ。

大ざっぱに「誰かを待ち望む史観」（＝英雄主義）「平面性の文学」といってしまえば、独断的で偏見のある批評というそしりを受けるかもしれない。しかし、「人間の質の露天掘り現場」であるサーラム国において、そうした魅惑的なサーラムの姿があまりにもわずかしか書かれていないとしたら、いくらかの非を鳴らすことは当然というべきことではないだろうか。

「平面性の文学の課題」という文章の中で、長璋吉は、こんなことを書いている（もともとは講演で、話し言葉となっている）。

> 実は、私が韓国の小説なぞを読み始めたのは、文学にいかれた、ということではなかったのです。文法の一素材として、助詞について勉強していたのですが、その助詞の使い方の資料を集めるため、韓国文学をやりだした。要するに、根っからの文学への興味ではなかった。そういう個人的な理由もあるのだけれども、それにしても、韓国の文学には、共感しにくい部分があります。それで最近では、文学よりも、政治学とか社会学のほうが面白いのではないか、という気さえしております。というのも、内容がきわめて平板というか、平面的に思えるのです。貧困を扱うとか、不正腐敗の糾弾とか、あるいは反日なり反共、権力に対する抵抗とか……。しかし、そうしたテーマが、いわばデッサンの段階のままで終わっている。そんな作品があまりに多すぎる。単に社会状況の素描にすぎないのならば、むしろ社会学や政治学のほうが、有効な手段たりうるのではないか。あるいは、民俗学というものも考えられるわ

けです。

ここで、長璋吉が具体的にどんな文学作品、作家たちを対象にこんなことを書いているのか詳かではないが、彼の年代別の文学史的素描を見れば、それをある程度、推察することは可能だ。「現代韓国の文学」という文章の中で、一九四〇〜五〇年代のものとして挙げられているのは、金東里の「密茶苑事件」「興南撤収」、孫昌渉の「血書」、張龍鶴の「ヨハネ詩集」、呉尚源の「猶予」、徐基源の「暗射地図」、鮮于煇の「火花」などである。もちろん、これらの作品は評価に値するものとして挙げられているのであり、批判的な対象として見られているわけではない。ただ、「これらの作家・作品には当時紹介された実存主義の限界状況ということや戦後派の抵抗意識が関係している」という言葉は、対象を必ずしも全面的に肯定するものではなさそうだ。

一九六〇年代に挙げられているのは、崔仁勲の「広場」を筆頭に、金承鈺、李清俊、徐廷仁、朴泰洵の名前が挙げられ、金廷漢の「砂浜の話」、李浩哲の「一期卒業生」、朴淵禧の「沈黙」、柳周鉉の「六人共和国」、朴敬洙の「愛国者」、鄭乙炳の「犬畜生ども」、劉賢鍾の「蟾津江」、辛相雄の「ヒポクラテス胸像」、南廷賢の「糞地」などで、「ただ残念ながら、この種の作品の告発も風刺もやや薄手で荒っぽい感じを免れない」と述べている。

一九七〇年代は、崔仁浩を筆頭として「他人の部屋」「星たちの故郷」「馬鹿たちの行進」という映画化されて話題となった作品を挙げ、さらに黄皙暎の「客地」や『闇の群像』、趙世煕の「こびと連作」を挙げている。[5]

近現代の朝鮮文学の研究者として、長璋吉が共感し、愛読していたと思われる作家は、李泰俊や朴泰遠、李清俊のような人々であったようだ。『普段着の朝鮮語』に収録された、「「五月の薫風」を歩こうと思ったが」と「今度は「夕陽」をあるいてみようか」という二編の、ちょっと長めのエッセイは、それぞれ朴泰遠の短編「五月の薫風」と、李泰俊の「夕陽」という短篇小説の舞台となった風景の中を散策するという文学散歩の文章である。「五月の薫風」は、京城の中心地、鍾路から市電に乗って、漢江までぶらつこうというチョルス（朴泰遠と重ね合わせられる）という遊民が主人公で、長璋吉もそれに倣って、和信百貨店や鍾閣を過ぎ、地下鉄を乗り継いで漢江近くまでほっつき歩く散歩の過程を描いている（途中でホテルに入り、コーヒーを飲むことで街歩きは中断となる）。

「夕陽」は、作者の朴泰遠とおぼしき梅軒（メホン）という作家が、新羅の古都・慶州を歩き回るというストーリーである。慶州は遺跡の多い観光地で、梅軒が、博物館や骨董品屋をぶらつくほか、瞻星台、石氷庫、半月城、鶏林、五稜などの名所、遺跡、史跡を巡る文学的散歩（旅行）なのである。京城と慶州という都風景のなかを、さしたる目的を持たない遊歩者がぶらつくということで、二つの短編小説の世界には共通項がある。季節感、風や雨や日差しのような気候に対する鋭敏な感覚、物音や匂いや寒暖の感覚など、日本の私小説に近い短篇小説の世界が描かれており、長璋吉が共感したのは、そうした社会性や政治性、主題や思想的テーマ、イデオロギーなどとはほとんど無縁な「感受性」に重きを置いた感覚性の世界であり、風景画的な世界なのである。

だが、それは天然自然の山水や風水を描いたような静謐で、単純なものではない。「五月の薫風」でも「夕陽」でも、その風景のなかには、必ず印象的な人物が出てくる。それは、小さな子どもを連れた幼馴染の彼女であったり、骨董品屋の娘であったりする。彼女たちは、風景のなかの一点であるというより、もっと大きな存在感を持つものであり、作家の描く風景は、こうした人物を登場させることによって完成するものなのだ。それは風景画と人物図とが融合した風俗画といってよい作品世界なのだ（それは、金弘道（一七四五〜一八〇六?）や申潤福（一七五八〜?）による李朝の風俗画につながってゆくようなものだ）。つまり、長璋吉の描く風景（パラム）のなかには人間（サーラム）がいて、風景と人間とは、彼の世界では切っても切れない関係にあるといわざるをえないのである。

本来的には、朴泰遠の「川辺の風景」のような、目の前にパラムが吹き、サーラムが生きているという何気ない風景と登場人物たちとを、「軽い水彩で描かれた風景画」のように、色彩と運動の感覚に溢れた文章で描いた作品がお好みだった長璋吉が、趙世熙の『こびと連作』や黄皙暎の『闇の群像』といった〝七〇年代の参与派〟の代表のような小説を他の作品との比較の上であれ持ち上げているのも、こうした作品に、確かに韓国の現代を生きているサーラムのサルム（生）がしっかりと描かれているからである。[6]

だが、そこにも不満はある。『闇の群像』の主人公がその作品の終わりのほうにおいて、「更生し、主張をはじめると、とたんに緊迫感が失せ、作品のヴォルテージが低下するという韓国文学の通弊におちいって」いるというのだ（「苦悩の文学者たち」）。

『闇の群像』は、ソウルの周縁部のターミナル駅、清涼里の駅前で家出娘などをかどわかし、売春窟に売り飛ばしていたポン引き、女衒のトンチョルという男の一人称による語りの物語だが、そうした〝暗闇の世界〟に生きる男女をリアリスティックに描く部分と、彼が更生して、物書きとなり、ついには国会議員となるまでの部分との落差が激しすぎるというのである。

サーラム国の暗黒の部分におけるサーラムの群像とサシル 사실（事実）を豊富に抱えた文学環境は、むしろうらやむべきものと思われるほどだ。しかし、こうした「事実のもつ感動させる力」を韓国の近代文

学は必ずしも十分には活用してこなかった。それがどんなことによるものであるかは、ここで軽々にいえることでもなく、またそのこと自体がもっと論議にさらされるべきことであると思うが、ただ一つ、サーラムもサシルも、長璋吉の好むパラムという空気の移動のように、見ようとしなければ見えないものであり、何気ないサーラムのいる風景は、それを見慣れれば、見えなくなってしまうという逆説のあることだ。風を見る人。しかし、長璋吉はそうした風景の中の、水やガラスや鏡の面に映った自分自身の姿をも見ずにはいられなかった。張龍鶴の小説『傷痕』を論じながら(「張龍鶴『傷痕』」)、そこに登場する三つのタイプの日本人をあげて、第一は「「内鮮一体」の推進者からなんの抵抗もなく「日韓親善」の推薦者に変貌しうる柴田老人のタイプ」、これは「内鮮一体」の精神を鼓吹する植民地主義世代、そして戦後は一転して「日韓親善」を目指す民主主義世代へと華麗に変貌する人士を示し、第二は「無国籍な表情で知性不毛と日本不在の試合を見物していられる静枝のタイプ」、つまり、「民族主義」にはきわめて冷淡な顔を示し、観念的な「インターナショナリズム」を既得権のように身にまとった世代、そして第三は「冷笑的な敏夫のタイプ」であるとし、この第三の「敏夫のタイプ」について、次のように書いている。

敏夫のタイプは、いままでの韓国小説にはほとんど描かれていないのではないか。金允植のいう「知的興味」をもって「見学」に訪れ、韓国人の傷痕のまえをすっと横切っていくタイプである。自分自身で判断するところ、私もこのタイプに近いようだ。敏夫のタイプのまさった、静枝のタイプとの混合型のように感じる。自分の国籍にシラを切りながら内立の日本批判を聴き、ああ、無理をしているな、この無理はなるほど国籍はあきらかにしてはいるがおれを動かさないな、とおもいつつ、この笑いは自分にとってでも愉快なものではないが、消すことができない。

「敏夫とすこしちがうところがあるとすれば、私がこの笑いを残して立ち去ることができないでいるということだろうか」と、長璋吉はひかえ目に書く。韓国を〝観光〟する日本人は多く、その風景に立ち止まるヒトも少なくはないだろう。しかし、その風景に半ば入り込みながら、しかも没入したと思い込むことからも距離を保っていられる人間は実はあまり多くはない。

それは「サーラム」と「ひと」とが、似ていながら異なり、異なっていながら似ているという往復の機微をよく知っているか知らないかということであり、むろん長璋吉は自分の「ひと」性をよく承知しているのである。

「知的興味」と「見物」（もちろん、金允植は韓国についての日本人のこれらを否定している）。風景を眺めようとする人間にこそ、そうした動機と方法とはいかにもふさわしい。しかし、「知的興味」ではなく、〝情的興味〟を持つ人間がその情に流されたり、「見物」ならぬ〝見学〟にやって来る人々が、そこに「ひと」と同じような「サーラム」を見て不審な顔をするのは、大して不思議なことではないのである。

「胸のうちのにやにや笑い」が人間として高潔なものであるとは思えないが、少なくとも「怒り」や「泣き」といった感情に押し流されることよりは、とるべき道をあやまたない方法であるだろうし、それにそうした〝笑い〟は常に自分自身をも含めて〝笑〟っているのである。それは自分ひとりだけが正しく、他の人はあやまっているという独断的な〝笑い〟ではない。長璋吉の文章にあらわれている上質のユーモア（時々は落語風に〝落ちる〟こともあるが）のように、それは他者を傷つけることなく、「サーラム」にも「ひと」にも共通する人間的美質の時と場合におけるくい違いやズレを〝笑〟っているのであって、それを冷笑や嘲笑ととることは不当なことなのである。こうした付かず離れずのタイプが、韓国人にとっては日本人のシニシズムや、時にはニヒリズムに見えようとも、贖罪感や友好心の旺盛な〝良き日本人〟や、勝手に国家や民族を超越した（つもりの）「ヒューマニズム」満載の、民族的にはのっぺらぼうの〝良心的日本人〟よりは、まだ間違いは少ないと思われるのだ。

長璋吉以降、韓国や韓国人を「知的興味」の対象として見る、「客観的」な韓国ウォッチャー（たとえば、関川夏央や黒田勝弘など八〇年代の〝韓国ブーム〟の牽引者）が日本人側に増えてくるのだが、そのハシリが、長璋吉と、小説家の中上健次であったことは、現時点において十分に吟味されるべきことであると思われる。

長璋吉の心の中にあった格言は、こんなものだ。「イツノ日カトモニ咲カン」。ともに泣くことも、ともに怒ることも、またともに〝繁栄〟することもあるのかもしれないが、おそらくそこに一番欠けているのは、互いが互いの姿を見ながら腹蔵なく笑いあうことなのではないか。

日本語の諺には、〈目糞が鼻糞を笑う〉という秀逸なものがある。目糞が鼻糞を笑い、鼻糞が耳糞を笑い、耳糞が目糞を笑いあうような世界。いささか長璋吉流の〝普段着の朝鮮語〟の糞尿編、あるいは〝朝鮮語解体新書〟に引きずられた例になってしまったかもしれないが、こうした罪のない笑いが「サーラム」と「ひと」との間に交わされる時、「にやにや笑い」は哄笑となって、まさにパラムの移動となって、互いの口から吐き出されるのである。

声も笑も〝風の移ろい〟にしかすぎない。しかし、それは鍾路の小路から乙支路の広い道路へと吹いてきて、長璋吉の心をふるわせる。そして私たちは、風の中に佇む彼の後姿を見つめながら、そんな風の行方を見定めようとしている。〝縮地〟の術を心得た神出鬼没のチャンギルサン（張吉山）のように、もはや伝説となってしまったチャンジャンギル（長璋吉）という〝風(パラム)〟の行方を。

（1）　長璋吉の著書、『私の朝鮮語小辞典——ソウル遊学記』『普段着の朝鮮語——私の朝鮮語小辞典②』の二冊は語学書という建て前で書かれているので、ハングル文が多く、引用にもハングルそのままの語句や文が多くなる。

なお、長璋吉は東京生まれの日本人だが、その一字姓の印象から、朝鮮系、中国系と受け止められることが多いが（妻は韓国人）、そうした事実はない（長の苗字は福岡県、大分県、栃木県などに多い。長宗我部や長谷部などの省略した形といわれる）。朝鮮、中国にも「長」姓は存在するが、それほど多くはない。読み方は両方とも「チャン」。

（2）　一九八〇年代以降、〝韓国ブーム〟とでも呼ぶべき現象があり、ソウルや韓国での居住体験、旅行体験を書いたノンフィクション作品が叢出した。黒田勝弘（一九四一〜）の『韓国社会をみつめて——似て非なるもの』（亜紀書房、一九八三年）、関川夏央（一九四九〜）の『ソウルの練習問題』（情報センター出版局、一九八三年）などを筆頭として、田中明（一九二六〜二〇一〇）の『常識的朝鮮論のすすめ』（朝日新聞社、一九八一年）、吉岡忠雄（一九二三〜九七）の『韓国有情』（皓星社、一九九一年）、四方田犬彦（一九五三〜）の『われらが〈他者〉なる韓国』（PARCO出版局、一九八七年）、黒田福美（一九五六〜）の、『ソウル・マイハート』（草風館、一九九五年）、戸田郁子（一九五九〜）の『ふだん着のソウル案内』（晶文社、一九八八年）、筒井真樹子の『ソウルのチョッパリ——私の遊学記』（亜紀書房、一九九一年）、古田博司（一九五三〜）の『悲しさに笑う韓国人』（人間の科学社、一九八六年）、滝沢秀樹の『ソウル賛歌　ある韓国留学記』（田畑書店、一九八四年）、ソウル以外の都市での生活体験は、筆者（川村）の『私の釜山』（風媒社、一九八六年）、『ソウルの憂愁』（草風館、一九八八年）、川村亜子（一九五一〜二〇一七）の『隣の国の女たち』（三交社、一九八七年）、『韓国ダウンタウン物語』（風媒社、一九八八年）、神谷丹路（一九五八〜）の『韓国の小さな村で——近い昔の記憶』（凱風社、一九九七年）など。

（3）吉田清治は、その著書『朝鮮人慰安婦と日本人』（新人物往来社）と『私の戦争犯罪』（三一書房）において、労務報国会の職員として、下関や済州島においていわゆる朝鮮労働者の〝強制徴用〟〝慰安婦狩り〟を行ったと証言し、韓国で謝罪・贖罪の全国行脚を行った。これを朝日新聞など日本のマスメディアが大きく報じ、徴用工、慰安婦の問題は、日韓関係の悪化の要因となった。だが、この吉田証言は、ほとんどが虚偽であり、捏造されたものであることが、秦郁彦などの論文によって判明し、朝日新聞は異例の全面的な記事取り消しと謝罪を迫られた。この一件は、極右の安倍政権下でのヘイトクライムの一因となった。

（4）カナタラ順で、サーラムとパラムの語頭の子音である「サ사」と「パ바」は、隣り合っていることを意味している（カ・ナ・タ・ラ・マ・パ・サ 가나다라마바사……）。

（5）『闇の群像』と訳されている作品は、『暗闇の子供たち』とも『暗がりの倅たち』、『闇のやつら』などとも訳されていて、定訳がない（原題『어둠의 자식들』）。本邦未訳であり、訳出予定もない（黄晳暎は、聞書きということで、著作権を聞書きの相手に渡したので、彼の著作とはされていない――黄晳暎の『囚人　黄晳暎自伝　境界を越えて』（中野宣子・舘野晳訳、明石書店、二〇二〇年）の記述による。
趙世熙の『こびと連作』は通称で、訳題『こびとが打ち上げた小さなボール』として、斎藤真理子の訳で河出書房新社から邦訳が刊行されている。

（6）すでに指摘したように、朴泰遠は、解放直後にはソウルで朝鮮文学家同盟の中央執行委員となったが、朝鮮戦争で、ソウルが韓国の国民軍、北朝鮮の人民軍に交互に占領されるたびに、生命を危険に晒さざるをえなかった。米軍の仁川上陸後、かろうじて北朝鮮へ向かった朴泰遠は、今度は北で、南労党の党員の粛清に伴い、南労党系の文学者として農村に追放された。平壌に戻った彼は、友人だった小説家の鄭人澤（戦争で爆死）の妻だった権ヨンヒの家族と同居し、失明した彼の執筆活動を彼女たちが助けたが、一九八六年に死去した。北朝鮮では、『鶏鳴山川は夜が明けたか』、『甲午農民戦争』などの長篇小説を書いた。韓国で彼の作品が解禁されたのは、一九八八年のことだった。――黄晳暎『囚人　黄晳暎自伝I』の記述による。

第14章　「親日文学」の再審

1　出発点としての『親日文学論』

日朝（韓）の百年の近代史を考えるうえで、喉に突き刺さった小骨のように、いつまでも小さな痛みや違和感を感じさせる問題が残っているのが、「親日派（チニルパ）」の朝鮮人に関わる問題である（親日派問題は、決して〝小骨〟ではない、という反論も聞こえてきそうだが）。文学者であれば、朝鮮近代文学史上で〝近代文学の開拓者〟といわれる小説家の李光洙（イグァンス）や、彼とならんで近代文学の先祖、とりわけ新体詩の創始者ともいわれる崔南善（チェナムソン）、日本で日本語の小説を書いて、朝鮮人による植民地文学の代表者となった張赫宙（チャンヒョクチュ）、近代批評の創始者とされる文芸評論家の崔載瑞（チェジェソ）、日帝時代の最後の総合的文学雑誌である『国民文学』の編集者でもあった詩人の金鍾漢（キムジョンハン）などの朝鮮人文学者が、長らく親日派の文学者として糾弾される歴史が続いてきたのである。

日本語との、日本文化との、日本人との関わりは、その多寡、濃淡の別はあっても、日本帝国主義支配下の朝鮮の現実社会に生きる朝鮮人にとって不可避のものだった。一八八二年生まれの李光洙、一八九〇年生まれの崔南善、一九〇五年生まれの張赫宙、一九〇八年生まれの崔載瑞、一九一六年生まれの金鍾漢、彼らはいずれも日帝時代（イルチェシデ）と呼ばれる〝三十五年（一九一〇〜一九四五）〟の間に日本に留学したり、日本語で高等教育を受けたり、日本語で著述活動を行ったりしたのであり、「日本」との関わりのなかで表現行為を行ってきた文学者である。

彼らは「親日文学者」といわれ、「親日派」と称された。これは単に〝日本と（に）親しい〟人たちという意味ではない。日本の帝国主義、軍国主義の支配に協力し、朝鮮民族の独立と解放の邪魔をし妨害して、〝民族を裏切った〟とされる者たちに対する最大級の悪罵と侮蔑を込めた名称である。現在にいたっても、親日派と決めつけることは、政敵に対するもっとも刺激的、かつ屈辱的な罵りの言葉にほかならない。「親日」に対する「抗日」あるいは「反日」が、英雄（抗日の英雄）や闘士（反日の闘士）といった名誉称号の冠の言葉になるのとは正反対に、「親日」はいつでもどこでも、不名誉と敵視と嫌悪の対象だった。

ましてや、〝代表的な〟という冠を呈してもよいこれらの親日文学者について、韓国の歴史は、決してそのことを許容も忘却もしていないと思われる。解放後、李光洙と崔南善は民族反逆者として収監され（ほどなく釈放されるが）、李光洙は朝鮮戦争中に北朝鮮の人民軍に連行され、病状の悪化にも手当を受けることなく病死したと伝えられている。崔南善は、解放後の本格的な活動再開もなく、一九五七年に病死している。崔載瑞は文芸評論の筆を折り、英文学の学究者としての道をたどり、金鍾漢は〝緩慢な自殺〟といわれるような生活態度を続け、解放前の一九四四年に病死している。張赫宙だけが、戦後（解放後）日本へ帰化し、日本人・野口赫宙として、〝民族の裏切り者〟の生涯を全うし、九十歳代で日本で大往生を果たしたのである。崔載瑞と金鍾漢については、韓国でその作品集、全集が編まれることなく、「親日文学」の資料的文献として、その「親日派」としての文章が収録され、刊行されている（『親日文学作品選集[1]』)。

韓国の文学批評家・林鍾国(イムジョングク)(一九二九~八九)が一九六六年に刊行した『親日文学論』(平和出版社、日本語訳は大村益夫によって一九七六年、高麗書林から刊行された)は、こうした「親日文学」に対して、綿密な資料調査と明確な問題意識のもとに書かれた研究書であって、現在に至るまで「親日文学研究」の基盤であり、礎石でありながら、それ以後の研究の成果によって乗り超えられていない頂上的な位置を占める著作として評価されている。だが、刊行当時からこの書物は「韓国の社会ではひややかに扱われてきた」と、日本語訳を担当した大村益夫は書いている。

> 解放時には中学生であった林氏の著作が公刊されて、四〇代・五〇代の一部の節を守った人たちは誇りに思ったであろうが、韓国に現存している多くの先輩文学者たちからは、ほぼ完全に無視されたといっても過言ではない。あるいは無視でなかったかもしれないが、ひとしく口をつぐみ、反応はきわめて小さかったといえる。ちなみに『親日文学論』は一九六六年七月に初版を出していらい一度も版を重ねていない。
>
> (大村益夫「訳者解説」日本語訳『親日文学論』)

二〇一〇年代には、『親日文学論』は版も新たに〝古典的著作〟として刊行されているが、初版刊行当時と、その後の十年、二十年の間には、はっきりとした断絶がある。『親日文学論』が出版された当時、大韓民国は朴正熙(パクチョンヒ)(一九一七~七九)大統領の執権下にあり、「反共・反日」が、軍事独裁政権と批判されていた当政権のスローガンとされていた。だが、当の朴正熙大統領自身が日本の陸軍学校の出身であり、「満洲国軍」に所属していたという来歴からも明らかなように、政財界、官僚、教育界、文化人などの韓国社会のエスタブリッシュメントに属する人々は、（日本語で、日本式の高等教育を受けたということからも）多かれ少なかれ「親日派」的な要素を持っていたのであり、いわば「反日」を〝隠れ蓑〟として、解放後（戦後）の韓国社会の各面に影響力を持ち続けてきたのである。

こうした親日派への弾劾が不徹底だったとして、韓国社会ではしばしば親日派糾弾や、彼らの社会的影響力の排除という〝運動〟が引き起こされた。それは、日本社会で、朝鮮の植民地支配を肯定するような〝妄言〟が、重要な政治的ポストにある人物からしばしば吐かれ、それに対する取り消しや謝罪が求められるという政治的シーンが繰り返されることとパラレルのように思われる（この論点については、加藤典洋（一九四八～二〇一九）の『敗戦後論』［講談社、一九九七年］を参照のこと）。つまり、大韓民国の建国そのものが、親日派の完全な排除という形では行われず、むしろそれが韓国という「近代国家」の成立の際の〝汚れ〟〝汚点〟として意識されてきたからこそ、間歇的に親日派の弾劾、糾弾、非難の〝ブーム〟が湧きあがってくるのだと考えられる。

林鍾国の『親日文学論』が、一九六五年六月に結ばれた「日韓基本条約」、およびそれの発効による日韓国交正常化の動きに対する怒りの下に執筆され、刊行されたと考えることに不都合はないだろう（ただし、林鍾国は、日韓関係の正常化は「必然的」であり、「不可避的」なものであると認識していた）。日本で「日韓基本条約」反対の学生・労働者デモがあったように、韓国側でも、朴軍事政権による、経済援助を最大目的とする道義と道理に欠けた国交再開の基礎となる「日韓基本条約」の批准に対する学生たちのデモが行われた（八月に批准された）。日韓両国の独裁的な政権は、こうした国内の異論を武力や暴力で抑えることによって、〝血塗られた〟歴史を封殺し、〝黒い癒着〟の構造と呼ばれた日韓関係を樹立することに成功したのである。(2)

日韓の学生闘争は、両国において敗北を喫した。それはもちろん、韓国では「親日派」が、日本では「戦争犯罪人」ともいえる人々が政治や官僚の中枢にいて、その戦争責任や植民地責任をないがしろにしたまま、再び執権勢力として組織化することを許してしまったということと同義なのだが、日韓の学生たちが同じ「日韓基本条約」に反対しながらも、共闘どころか、相手側の存在すらまったく意識していなかったという、双方の〝国内〟の問題としてしか外交条約の成立というすぐれて国際的な問題をとらえ切れなかった近視眼的な視野の狭さに、その禍根を感じざるをえない。韓国側の「日韓基本条約」への反対運動には「反日」と、国交再開を画策する朴政権の正統性への批判とがあり、日本側には、李承晩ラインにまつわる「反韓」的な感情と、北朝鮮（朝鮮民主主義人民共和国）を無視した〝片肺飛行〟的な国交正常化に対する反対論があった。[3] これには、社会党、共産党などの野党勢力に代表される「全面講和」論者たちの「平和（民主）勢力」が実質的に敗退したことからのリベンジ的な機縁もあったと思われる。

林鍾国の「親日派」への批判は、「反日」「反共」を国是としておきながら、実質的には日本の資金援助と産業技術の移転を喉から手が出るほどに欲しがっていた韓国政府の「親日」的な体質そのものに向けられていた。韓国内の親日派の清算も済まないうちに、その親日派たちの手によって日本との国交回復が図られる。林鍾国の、孤独ではあったが、きわめて先駆的な「親日文学」への全面的な批判は、〝解放後〟二十年の月日が経ってから、本格的に始められたのである。

2 「親日文学」の否定面と肯定面

林鍾国が、本来的に〝政治的〟な傾向を帯びた文学者であったとは思われない。元来、詩人であった彼の主要な文学研究、文芸批評的な仕事を見ても、『李箱全集』の単独編集や、『韓国文学の社会史』（『ソウル城下に漢江は流れる　朝鮮風俗史夜話』〔朴海錫・姜徳相訳、平凡社、一九八七年〕という訳題で日本語訳がある）など、むしろ「政治」的主張とは一歩以上距離を置いた純文芸的な仕事が多い。『親日文学論』や『親日派』といった仕事は、誰もやらないことについての、あえて火中の栗を拾うという、彼一流の使命感や義務感によるものといってよい。

彼の『親日文学論』は単に売れなかった（十年間以上、重版されることがなかった）だけでなく、彼の生活に不利益をもたらしたようだ。高麗大学校の政治学科を、長い中断の末に卒業した彼には、『李箱全集』の編纂や、『きらめき去りし星たち』のような韓国文学についての良質な文学研究の業績がありながら、大学教授等の研究職や教職に就くことはなかった。当時の学界、文芸界は、彼が『親日文学論』で批判したような文学者自身か、その弟子や関係者によって、ほぼ牛耳られていたからである。

私は一度、ソウル近郊の農村地帯にあった林鍾国の自宅を訪ねたことがあるが、その時、近所の多くの住宅のなかで、彼の家一軒だけが電気が引かれずに、ランプ生活をしていたことを実見している。電線の架設工事に対する当局とのトラブルが原因であると説明されたが、あくまでも筋を曲げずに、己れを貫く林鍾国の剛直で一本気な性格が、そこに現われていると思ったものである。帰りの田圃のなかの暗い畔道をバスの停留所まで、林家の子息の少年が懐中電灯で暗い道を照らして送ってくれたのだが、寡黙で折り目正しいその少年は、父親のそうした背中を見て育ったのだろうなという感慨と、不便な生活を強いられる少年の悲哀さに対する同情とを、私は持ったのである。

ただ、『親日文学論』には、親日派の文学者を糾弾、弾劾することに急なあまり、文芸批評としては、硬直的で、イデオロギー的な裁断批評であると思わざるをえない面が少なくなかった。『親日文学論』の

第五章には、「親日作家」として二十八人（あとは「新人作家その他」として名前があがっている人もいる）の作家、詩人、評論家の「親日活動」および、その親日的な作品が挙げられているが、作品の引用も含めて一人あたり、短くて五ページから、長くても二十ページに満たない程度の紙数では、どだい、その全体像を浮き上がらせることは不可能というべきだろう。ましてや、個々のそうした親日活動や親日作品について、文字面や表面的な文脈の印象や解釈だけではない、まさに複眼的な文芸批評としての分析や解釈を求めるのは、木をもって魚を得ようとすることに近いのかもしれない。

また、韓国文学の世界の二十八人の個性ある小説家、詩人、評論家を一堂に集め、その「親日行為」を断罪してゆくという叙述の進み方自体、文学的な〝繊細さ〟を放棄して、非文学的な「親日文学」に対し同様な非文学性の批評を貫いたものとしか思えないのである。

もちろん、それは時代的な制約であったと同時に、隠蔽されていた事実を検証するためのやむを得ない〝蛮勇〟であり、積極的に選び取られた〝非文学性〟であったということもできる。しつこいほどに、当時の「親日作家」の文章を引き、詩を引用し、小説の梗概を書き、評論を要約し、親日的文章のリストを作るというその叙述の仕方は、捏造や歪曲という反論や非難を防ぐために、ガードをあまりにも堅く固め過ぎているという印象を受けなくもない。つまり、文芸批評的な側面よりも、資史料の発掘による作家への断罪という側面が、強く現れているということだ。

金史良や金鍾漢などの項においては、彼の筆鋒は、彼らの親日行為、活動、作品を鋭くとらえながら、そこに一掬の同情のようなものが見え隠れしていると感じられる。たとえば金史良について「きくところによれば、終戦直前延安に脱出し、抗日思想団体に関係し、解放後帰国したという」と書いているが、もちろんこれは金史良が解放の直前に中国の延安にあった中国共産党の解放区（朝鮮からの亡命者も多かった）に脱出し、北朝鮮に〝帰国〟し、そこで人民芸術家として活動したことを踏まえて書いていると思われる。当時、韓国ではそうした〝北〟へ越境していった文学者たちの動静を公的に表現することができなかったのであり、林鍾国の筆は、むしろ金史良のそうした解放後の彼の行動を読者に伝えようとしているかのようだ。

また、金鍾漢の場合は「さいごに金鍾漢は一九四三年七月号を発刊したのち、国民文学誌をはなれ、以後は客員といった形になったこと、かれの創氏名月田茂が、タルバッチプ〔月の農地の家〕というかれの故郷の家の呼び名に由来するということ、それに一九四四年九月二十七日、三一歳の若さで夭折して、国民文学をふくむかれのすべての文学活動が終わりを告げたことを附記しておく」と書き、その追悼文のような文章が、まるで彼をその「死」によって免罪するかのようなトーンで終わっているのである。

これらの文章によって、林鍾国は、本来、当時の韓国の文学史では名前をあげることさえ禁じられていた〝越北作家〟の金史良を、「親日作家」として断罪することによって、逆にその消息を韓国の読者に伝えたり、金鍾漢のように〝良心的親日派〟（こんな言葉づかいが許されるならば、だが）の存在を、わずかな読者にであっても伝えようという思いがあったのではないか。むろん、親日文学を断罪するというこの本の目的は揺るがないのだが。

林鍾国は、最後にこうした親日文学者が犯したあやまちを四つの項目に列挙している。第一は、半島民衆を総力戦に動員して、生命と財産をおびやかしたこと。第二は、朝鮮語を迫害することによって、植民地下の文化ではあれ、その正常な発展を阻害したこと。第三は、民族の正気をくもらせ、歴史に汚点を残したこと。第四に、事大主義の弊風を継承し、歴史上最高に爛熟した事大主義文化を建設したこと。「そしてなによりも、かれらが半島皇民化運動に同調したことは、反民族売国行為として千秋に容認しがたい罪悪である」としている。

しかし、彼はこうした〝四つの大罪〟をあげつつ、「しかしながら、こうした誤ちは誤ちとして、われわれはいくつかの注目すべき点をみいだすことができる」として、その一つに「国家主義文学理論を主張したこと」と、もう一つには「東洋への復帰を主張し、東洋固有のイデオロギーの発見を模索したという事実である」とした。さらに、もう一つとして「自由主義的西欧文明に批判を加えつつ、文学を大衆化しようとした事実である」としている。

ここに、当時の林鍾国の思想的立場を見ることが可能なのかもしれない。彼は、「国家観念は、文学においても個性・社会意識・時代意識と同じように、強調されなければならないのではないか。にもかかわらず、文学は長い間国家を忘却してきた。かれらが仕えた国家がたとえ日本国であったにせよ、文学に国家観念を導入したという事実だけは、理論自体としてみるとき、注目しなければならない点であろう」と書いている。国民国家の樹立によるナショナリズムの主張として読んでいいだろう。

第二点は「東洋人のための、東洋人による、東洋人の東洋を建設しようという主張」は、「それ自体としてはなんの矛盾もない」と肯定的に論じている。広い意味でのアジア主義といってよいだろう。第三点は、西欧近代文学を高踏的な個人主義的なものとして見て、「芸術はやはり万人のものでなければならない」という普遍主義、あるいは人民芸術的な考えを吐露していると考えてよいだろう。

つまり、親日文学には、「国民国家」をイメージしたナショナリズム、アジア主義、人民性(大衆性)の萌芽が含まれており、それは〝理論的〟には肯定できるという林鍾国の思想(主張)が露わとなっているのである。

3　二十一世紀の「親日派」批判

もちろん、私は林鍾国の『親日文学論』を、「国民国家」中心のナショナリズムを結果的に鼓吹するもの（親日批判＝反日＝韓国ナショナリズム）として批判しようとしているのではない。悠遠の昔から中華帝国の属国、朝貢国として事大主義を貫き、近代に至っては大日本帝国に併呑されてしまうという屈辱の下に生まれ育った林鍾国と、その同時代の朝鮮人とが、「国民国家」の建国を渇望し、文学における国家意識を強調しようとするのは、ようやく植民地からの解放をみた一朝鮮人の文学者の考えとして理解できないことではない。

だが、亡国の民は哀れであり、失郷民は国民国家の建設を目指すべきだといったシオニズムに近い国民国家や民族国家の建国の翹望を、そのまま手放しで肯定することは、現在の世界情勢のなかでは可能なことではないだろう。単一民族国家であれ、多民族国家であれ、国民国家を理念とする国家主義（ナショナリズム）は、その国家体制や国家権力を維持しようとする勢力によって常に利用され続けてきたからである。

解放後の韓国において、親日派の問題は、時の政権の政争の道具とされてきた。解放直後、それまでの日本の総督府政治に媚び、へつらい、同じ民族の朝鮮人を弾圧し、抑圧していた植民地朝鮮の政治家や官僚、軍人や警察官、地主や産業主、教育者や文化人、メディアの関係者や芸能人などは、「親日＝反民族行為」の張本人として、当然、弾劾されるべき立場にあった。一九四八年には「反民族行為処罰法」が公布され、「反民族行為特別調査委員会（反特委）」が組織されて、悪質だった親日派分子が摘発され、裁かれ、処罰されることになった。しかし、摘発し、裁き、処罰する側自体が、親日行為をしていなかったという確証もなく、また、左右両翼の政治勢力の激突の激しさは、そうした親日派の清算を逆に遠ざけることとなり、処罰されるべき多くの親日派が、解放後の韓国社会において実質的に免罪されるという結果を生み出したのである（「反特委」は、実行部隊の特警隊が解散させられ、委員全員が一九四九年に辞職した）。

それは、たとえてみれば、日本社会における「戦争犯罪」に対する追究と似ている。ただし、日本ではアメリカ占領軍主体による東京裁判などにおいて、最低限の「戦争犯罪」「戦争責任」に関する訴追が行われ、死刑を含む処罰が実際に下されたのだが、それが、最大の「戦争責任」を負っていた昭和天皇を免責するなどきわめて不十分なものであったことは、戦後以降の日本社会を呪縛するものとなった。こうした戦争責任の未清算には、親日派に対する韓国の処遇と類似するものがある。つまり、それは清算されずに先送りされたことで、〝いつでも蒸し返す〟ことが可能なのであり、常に〝政争の具〟として使用可能なものとしてあるということだ（日本では、東京裁判論争や靖国論争のような、「戦争犯罪」「戦争責任」を無化することを主張する象徴的な論争として発現する）。

韓国では、盧武鉉（ノムヒョン）（一九四六〜二〇〇九）政権下の二〇〇〇年代前半に、親日派の糾弾が盛り上がり、二〇〇四年には、「親日反民族特別法」が成立し、翌年には「親日反民族行為者財産の国家帰属に関する特別法」が成立し、日帝時代に親日行為、反民族行為によって不正に手に入れた財産を国家が没収するという法律ができた。もちろん、六十年以上前の親日派の人士が存命しているケースは皆無であり、その財産を受け継いだ子孫をターゲットにしていることは明らかだった。日帝時代に、日本の兵学校に入学し、満洲国軍にいた故・朴正熙大統領の娘である朴槿恵（パククネ）（一九五二〜）が、野党ハンナラ党の大統領候補となり、盧武鉉大統領の有力な対抗馬となったため、その勢力を削ぐために、大統領派の与党議員がこれらの「親日派」関連の法案を成立させたと、巷間には噂されている（これにはかなりの信憑性があると考えられる[4]）。

この親日派の糾弾のための資料として使われたのが、林鍾国の『親日文学論』や『親日派』などの執筆のために集められた植民地時代の資史料であり、彼の遺志を受け継いだとされる民間団体の「民族問題研究所」は、大部な『親日人名辞典』を刊行し、三千人に及ぶ「親日派」のリストを公開し、政治勢力の親日派の糾弾の動きに寄与した。だが、このことは、本当に林鍾国の〝遺志〟を活かしたことになるだろうか。彼は『親日文学論』の「緒論」のなかで、こう書いている。

> すべてではないにしても、日帝末期の親日附逆者のなかには、かつての独立運動の闘士も、ままはいっている。かつての愛国者が、三一独立運動当時の闘士が、なぜ一朝にして親日反民族行為者に堕してしまったのか。これは結局、当時の社会実状と総督政治、ひいては日本中央政府の対朝鮮政策、それに朝鮮人自身の思想動向等、いろいろな面に関連する問題であるために、かるがるしく断定できない問題であり、したがって、政治・経済・社会の各面から多角的な検討を試みなければならない。したがって、筆者は筆者自身の独断的判断よりは、むしろ後学のための資料紹介に重点をおかざるをえなかった。

こうした林鍾国の考え方から、親日派の財産没収という発想が生まれてくることはないだろう。ましてや、政敵を貶めるために、その親の「親日行為」を暴き立て、〝親の因果が子に報〟うような、近代社会以前の法律の成立を彼が認めるとは思えない。もちろん、こうした近代法の理念に悖るような政策を実行したのが、金大中（一九二五～二〇〇九）政権を引き継いだ左翼政権といわれ、「親北派」といわれた盧武鉉政権であることをことさらに強調するつもりはない。李明博(イミョンバク)(一九四一〜)大統領にしても、自党内の大統領候補の対抗馬について、その父親がいわゆる「親日派」であることを逆宣伝して、候補選を勝ち抜き、大統領選に出馬する権利を獲得したのだから。(5)

つまり、こうした親日派への攻撃は、日本社会での「戦争犯罪」「戦争責任」と同じく、きちんと清算されたとは国民の多くが思っておらず、常に政争や論争の火種として〝守られている〟ことから来る問題だろう。それは、私には林鍾国の『親日文学論』を正当に継承してこなかった韓国の文芸評論、文学研究の一つの大きな落とし穴であったように思われる。ほとんど弁護の余地のない典型的な「親日文学者」である金文輯や金龍済についても、「多角的な検討」が試みられなければならないと私は考える。しかし、現在まで、単なる資料的な発掘以外に彼らの文学作品や文学活動について、林鍾国の『親日文学論』を踏まえ、それを発展させ拡大する形で論じられたものを、管見の限りでは見ることができないのである。

二〇〇〇年代、韓国の文学批評の世界では、〝暗黒期〟批判が活発となった。これは、白鉄のような旧世代の批評家、文学研究家が、一九四〇年代前半の韓国文学の世界を〝暗黒期〟と称し、何らの目ぼしい文学作品も、新しい作家も、新しい文学思潮も生み出さなかった、文学不在の不毛な時期であったと規定したことに対する批判、反論として生まれてきた。李石薫や金龍済、朴英熙や鄭人澤などが「国語」(日本語)で創作を行い、皇軍慰問や聖地巡礼(伊勢神宮などを参拝すること)など、活発に活動していた時期である。いわゆる「親日文学」が盛んになった分だけ、朝鮮語による民族文学は、〝暗黒〟といわれざるをえなかったのである。しかし、「一九四一年から四五年までの約五年間は、朝鮮文学史上にあって、羞恥に満ちた暗黒期であり、文学史としては白紙とみなすべきブランクの時代」(『朝鮮新文学思潮史』、一九四八年)として、この時期の文学作品を〝暗黒期の文学〟としてあえて封印した白鉄自身が、白矢哲世という創氏名で親日的文章を書いていたことが明らかになっている。彼らの〝暗黒期〟論は、そうした自らの〝親日行為〟の隠蔽とさえ思われるのだ。

金在湧（キムジェヨン）（一九六〇〜）などの新しい世代の親日文学についての論者は、こうした隠蔽工作を明らかにすると同時に、韓国の戦後（解放後）の文学批評や文学研究の世界が、どんな制約とタブーの下に形成されてきたのかを思想的、構造的な問題として問い詰めようとした。しかし、韓国の文学研究の通弊として、新資料の発掘や発見には熱心だが、文学作品の内在的な分析や解釈については手薄なところが多く、イデオロギー的な裁断批評の圏域を抜け出すことは難しかった。暗黒期という封印によって、親日文学、あるいは親日的行為を内在的に批評し、克服するという困難な道から逃避したと言わざるをえないのである。

4　「親日」と「抗日」

『親日文学論』の日本語版訳者の大村益夫は、その「訳者解説」に、こんなことを書いていた。

> 「親日文学論」の翻訳の企画は三年前にたてられた。本書と対になる「抗日文学論」は金（ＫＩＭ）学兄によって訳されすでに原稿化されているが、事情によって予定と異り、「親日文学論」のほうが先に活字化されることとなった。本来、日本人であるわたしが「抗日文学論」を訳し、金学兄が「親日文学論」を訳すべきであったかもしれない。それでもわたしが課せられた「親日文学論」を担当したのは、この時期の文学を、日本人としてもやはり避けて通ることができないと思ったからである。

ここで語られている『抗日文学論』の原稿がどうなったのか（出版されたのか、されなかったのか）、またその著書は林鍾国とは異なった人物であると考えられるが、誰なのか。また「金学兄」とは誰なのか、これだけの文章ではあまりに分からないことが多すぎる。しかし、「親日文学論」が、「抗日文学論」と〝対になる〟ものであると訳者に考えられているということは、よく分かるのである。「親日」は、「抗日」あるいは「反日」と対になる言葉である。本来ならば、「親日文学」の糾弾と、「抗日文学」の顕彰とは、まさに一対の車輪のように両立しなければならないものであるだろう。だが、韓国の近代史において、「抗日文学」の顕彰は、李陸史（イユクサ）（一九〇四～四四）や尹東柱（ユンドンジュ）（一九一七～四五）などの、圧倒的な人気を誇る一部の文学者以外には、ブームや運動として間歇的に発現するということはありえないようだ。少なくとも、親日派批判が何度でも〝蒸し返〟されるようには。

これは、簡単な理由に基づいている。親日派の正統的（？）な後継者は韓国には多いが、「抗日派（？）」の正統的な後継者は、北朝鮮に多いという事実である。たとえば、『親日文学論』でも俎上に載せられている金史良は、日帝時代に日本語で小説を書き、その末期には朝鮮総督府の御用雑誌『国民文学』に『太白山脈』や「ムルオリ島」、御用新聞『毎日新報』に「海の歌」などの作品を書いたことで「親日派」のレッテルを林鍾国によって貼られているのだが、その評言として「この作家はかれがもっているローカリズムの強さにくらべて、時局的扇動力は弱い作家であった」と書いて、密かに彼を親日派から救抜しようとしているフシがうかがわれるのだ。

もちろん、すでに述べたように金史良は、〝強占〟された朝鮮半島から中国の延安地区に脱出（亡命）し、朝鮮民主主義人民共和国の建国後は、そこに〝帰国〟し、人民芸術家として朝鮮語の創作活動を行い、朝鮮戦争勃発時には「北」の人民軍の従軍作家として「海が見える」などのルポルタージュを残したのである。つまり、彼の「親日行為」は、面従腹背の偽装的なものであり、むしろ彼を「抗日文学者」の側に分類しても不思議ではない。しかし、林鍾国が『親日文学論』を書いた当時には、「北」の文学者を「抗日派」として顕彰し称賛することは、まさに大韓民国の国是としての「反共法」に違反することであり、不可能なことだった。韓雪野（ハンソリャ）（一九〇〇〜七六?）や李箕永（リギヨン）（一八九五〜一九八四）のように、日帝時代下では筆を折り、北朝鮮へ渡ってから朝鮮文学の代表的な作家として活動した文学者たちについては、韓国ではその名前を文学史上にあげることさえ禁じられていたのである（どうしても名前をあげなければならない場合は、「韓×野」とか「李××」といった表記が行われた）。

だから、韓国では「抗日文学者」として顕彰できるのは、日本で解放前に獄死した尹東柱、北京でやはり解放前に獄死した李陸史などに限られるのであり、「親日派」批判の対となるべきはずの「抗日派」賛美も、『親日文学論』が刊行された当時の韓国では、自由に行えることではなかったのだ。

だからこそ、林鍾国の『親日文学論』を踏まえた形での「親日文学論」の新たな展開が望まれるのであり、それは政治状況のなかで、「親日派」糾弾と「反日」感情を煽ることによって政治的な優位性を保とうとする政闘や政争の具としてはならないのである。

もちろん、こうした言葉は、ブーメランのように、日本人としての私のところへ返ってくる。日本の文学者たちについての「戦争責任」や「植民地責任」の問題は、まだ完全には清算されておらず、その追究は終止符を打たれていない。そのことを自覚したうえで、私たちは、韓国の親日派の再審を見届けなければならないのである。

註

（1）『親日文学作品選集（1、2）』は、金炳傑（キムビョンゴル）・金奎東（キムギュドン）の共編で実践新書として、実践文学社（ソウル）から一九八六年に刊行された。李光洙から崔南善、崔載瑞、張赫宙などの主だった親日文学者の代表的な作品が、原文の日本語からすべて韓国語訳されている。金東里、徐廷柱（ソジョンジュ）（一九一五～二〇〇〇）などの当時の若手文学者の作品も収録されている。

（2）日本の敗戦後、米国からの要請もあって、日韓関係の正常化が図られた。ただし、交渉は難航し、約一五年にわたる交渉の結果、朴正熙、佐藤栄作（一九〇一～七五）の両首脳の命を受けた金鍾泌（キムジョンピル）（一九二六～二〇一八）と大平正芳（一九一〇～八〇）の両代表が、日本側が韓国に多額の経済援助（約一一億ドル）を行うことで問題を妥結へと導いた。これによって戦前の（日韓）併合条約などすべての条約等は無効となり、日韓の国交が樹立された（一九六五年六月）。ただし、調印と批准をめぐって日韓双方の側に激しい反対運動が起きた。なお、この条約が、個人の請求権まで否定しないと解釈できることから、従軍慰安婦、強制徴用工の賠償問題が生起している。

（3）韓国の初代大統領・李承晩は、日本と朝鮮半島の間の玄界灘に、韓国の軍事境界線として一方的に李承晩ラインを引き（日本は承認していない）、越境した日本漁船を臨検し、拿捕した。また漁船への銃撃事件も起き、日本人漁船員が被弾した。日本側はこれに抗議し、保守層だけではなく進歩派層も含めて大々的な〝反・李ライン〟キャンペーンが巻き起こった。一九六一年に公開された今井正（一九一二～九一）監督の映画『あれが港の灯だ』は、その一例。

（4）朴槿恵は、第十八代韓国大統領となったが、崔順実（チェスンシル）ゲート事件などで国民からの弾劾を受け失脚、大統領職を罷免され、財閥からの収賄罪によって二十二年の刑が確定したが、二〇二一年末に恩赦で釈放された。朴大統領弾劾のロウソク運動を主導した文在寅（ムンジェイン）（一九五三～）が、第十九代大統領に就任した。

（5）李明博は、ソウル市長などを歴任したあと、第十七代大統領となったが、退任後、収賄罪などで告発され、収監された。全斗煥（一九三一～二〇二一）、盧泰愚（一九三二～二〇二一）、金大中（一九二五～二〇〇九）、金泳三（一九二七～二〇一五）、盧武鉉（一九四六～二〇〇八）などの歴代大統領の轍を踏んだのである。二〇二二年、文在寅の後を継いで尹錫悦が第二十代大統領となったが、この検事総長上がりの大統領がこれまでの悪弊とされる〝政治的報復〟をいかにするかが注目される。

第15章 〝北〟の同級生――後藤明生と李浩哲

1　二人の中学生

一九四五年、一人の日本人学生と一人の朝鮮人学生が、元山中学校に入学した。一九三二年生まれの後藤明正と国本浩哲である。後藤明正は、祖父の代に渡ってきた朝鮮の咸鏡南道の永興郡で生まれた。祖父は永興神社などを作った宮大工の棟梁だったが、父の代では、永興市内に後藤規矩治商店（石油などを小売りしていた）を営んでいた。だから、彼は植民地朝鮮で商売をしていた日本人商家の息子だったのだ。

国本浩哲という日本名を名乗っていた朝鮮人学生は、本名・李浩哲（一九三二～二〇一六）、一九三二年に元山で生まれた。二人は咸鏡南道の中心都市である旧制の元山中学校に進学し、同学年で、同じクラスにいたのだが、あまり交流はなかったらしい。日本人中心の旧制中学校で朝鮮人学生は少数派であり、日本人学生と〝半島人〟学生との間には、はっきりとした一線が引かれていたといってよいのである（日本の敗戦による学校の閉鎖で、二人の在学期間もきわめて短かった）。

のちに、この二人の同級生は、韓国のソウルや日本の東京で何度か出会うことになるのだが、それぞれが、その母国で小説家として重要な位置にあることを知って驚くということがあったのだ。後藤明生（一九三二〜九九）は、一九七〇年代に登場し活躍した「内向の世代」の作家として、日本の文芸ジャーナリズムの世界で有名人となっていたし、李浩哲は、韓国の文壇で、北から南へと〝越南〟してきた小説家として、その存在感を鮮明にしていた。一九七〇年代には、民主化運動という実践運動の先頭に立ち、何度か投獄されたことも、〝社会参与派〟の文学者としてむしろ名誉といってよいものだった。(1)

韓国の著名な作家・李浩哲、「り・こうてつ」が、元山中学校で同級生だった国本浩哲であることを後藤明生が知ったのがいつで、また、「内向の世代」の後藤明生が「ごとう・あきまさ」であることを李浩哲が知ったのが何時であるかは、両名ともに鬼籍に入った今となっては知るよしもない。しかし、三十年以上も隔てて、同級生の二人が、玄界灘を越えて再び出会うことになったのは確かである。ソウルで、東京で、二人は旧交を温め合うこととなった（私、川村は何度かその現場に立ち会っている）。

きっかけは、李浩哲が一九七二年に東京で開催されたペンクラブ日本文化研究国際大会に参加するため来日した時に、元山中学で同級だった「後藤明正」君に会ってみたいということを仲介者に話したことからのようだ。その人物が後藤明生に連絡を取り、三十年ほどぶりの再会が実現したのである。しかし、その時に、李浩哲（国本浩哲）は後藤明生（後藤明正）のことをよく記憶していたが（彼が「内向の世代」の作家として文学の世界で活動していたなどの文壇事情も把握していた）、後藤の方は李についての記憶はあやふやだった。同級生に創氏改名した朝鮮人学生がいたといった程度のものだった。それはたんなるもの忘れというより、〝コロン（植民者）の子〟として植民地の記憶を封殺しようと、むしろ努力してきた結果といえるのではないだろうか。戦後の日本に「戦争責任」の論議はあっても、「植民地責任」の加害性に関する論議がきわめて希薄だったのも、忘却のための忘却という力が働いていたと考えることができる。

文学的にはほとんど接点のない日本と韓国の二人の小説家だが、共通点が一つある。それは、李浩哲の小説も、後藤明生の小説も、ともに〝故郷を失った文学〟であるということだ。もっとも、小林秀雄が日本の近代小説を論じて〝故郷を失った文学〟と定義したことはよく知られており、そういう意味では、近代文学そのものがすべて帰るべき〝故郷〟を見失った文学といえるわけで、ことさらに李浩哲や後藤明生の作品について、そのように言挙げすることに意味はない。

だが、私がここでいう〝故郷〟を失ったという意味は、もっと具体的で現実的な意味合いだ。つまり、後藤明生は一九四五年の大日本帝国の敗北によって、植民地であった朝鮮からの引き揚げを余儀なくされた、元宗主国の敗戦国民であり、生活していた元山という〝故郷〟を離れなければならなかった。この経験は、初期・中期の『夢かたり』や『行き帰り』などの作品にデフォルメされた形でだが、描かれている。

一方、李浩哲は、朝鮮民主主義人民共和国（北朝鮮）と大韓民国（韓国）という二つの国家の並立という南北分断のあおりで、〝北の故郷〟を離れ、「以北民」として南、韓国の地に生きる場所を見出さなければならなかった。分断文学の象徴的な作品ともいえる「板門店」などが、彼の〝故郷を失った〟文学性をはっきりと示している。日本語に翻訳された李浩哲の小説作品として、いずれも姜尚求訳による『南風北風』、『南のひと北のひと』、『板門店』があるが[2]、題名からも推測がつくように、朝鮮半島の〝南北分断〟が、彼の作品世界の後景となっていることは明らかだろう。

もちろん、同じように〝故郷を失った〟ということをテーマとして作品を書いていたからということで、後藤明生と李浩哲をいっしょくたに考えることはできない。日本による朝鮮の植民地支配という歴史から生み出された二人の〝失郷民〟の立場、在り方はまったく逆の位置にあるからだ。つまり、一方は植民地主義の加害者側の当然の帰結であり、一方は、被害者側でありながら、その歴史的帰結、展開によって、より大きな被害を受けなければならなかった立場にあった。

2 〝夢かたり〟の方法

後藤明生の『夢かたり』は、夏目漱石の『夢十夜』について語ることから始まる。それは、これから「わたし」(=作者、後藤明生)が語るのが、実際に見た夢を語るものではなく、〝夢のように〟とりとめもなく、現実との照応とも曖昧で、不条理ともいえるような、起承転結も何もない、思いついたままの饒舌にしかすぎないという言い訳のようなものだ。

だが、もちろんこれは十分に割り引いて考えなければならないものだ。いわば、これは後藤明生の小説の書き方、『夢かたり』という作品を貫いている方法論を予め宣言したものにほかならない。

つまり、それは、これから作者が語ることは、首尾一貫した、起承転結のはっきりした「物語」として形成されるものではなく、断片的で、思いつくまま無造作に〝語られる〟という、後藤明生独特の小説の方法を明示したものなのである。

団地に住んでいる四十歳の中年男性作家(作者とほぼ等身大)が、日常生活を送るうちに、彼が幼少年時代を過ごした北朝鮮の永興という町のことを切れ切れに思い出す。実際に、語られている対象は、小学生時代の彼が体験した永興の〝忘れえぬ人々〟のことだ。家族や友人、町の人々――日本人も朝鮮人もいる。しかし、そのなかでも中心的に描かれている(思い出されている)のは「天狗鼻のアボヂ 아버지」であり、「ナオナラ 나오나라」と呼ばれていた、朝鮮人の〝気違い女〟のことだ。「天狗鼻のアボヂ」は、「コドくん」とか「フドゥン・ミョンジョンくん」という〝後藤明正〟の朝鮮語の漢字読みで「わたし」のこ

とを呼ぶ、帽子屋の店先にいつもしゃがみこんでいる、少し知恵の足りないような朝鮮人の男で、あばたのある大きな鼻が特徴だった。「ナオナラ」とは、「出ておいで」という意味の朝鮮語で、子どもを水死させた彼女は、つねに「ナオナラ（出ておいで）」といいながら、町をふらついて、子どもたちにからかわれている存在なのだ。

後藤明生の幼い頃の記憶にある二人の朝鮮人は、まさに国木田独歩がいうような意味で〝忘れえぬ人々〟だ。[3] これといった理由もないのに、深く記憶に残っている人。親密な関係にあったわけでもなく、深い関わりを持ったわけでもなく、どちらかといえば、通りすがりの、無縁で無関係だった人物が妙に忘れられない存在であるという〝忘れえぬ人々〟。植民地朝鮮の植民者の子どもとしての後藤明生の記憶の底に残っている朝鮮人がその二人なのだ。

もちろん、沢山の朝鮮人が彼の子ども時代の記憶の底には残っている。それを彼は、あみだくじのように思いつくまま、あてずっぽうのように記憶のなかから引き出してくる。その登場の順序は連想ゲームのように恣意的で無秩序のように思える。

だが、そこには、本当は一貫したものがあるように思える。それは、本当に重要な、深刻で深い体験や記憶を避けて、あるいは迂回して、その周囲のことだけを語っているということだ。たとえば、敗戦後、永興に住んでいた日本人は、引揚者として収容され、北から南へと難民として逃げ帰らなければならなかった。その過程で、後藤明生は父を亡くし、血族や友人を失うという深刻な体験をしている。しかし、『夢かたり』のなかでもそれは〝夢のように〟、断片的で、切れ切れの記憶としてしか語られない。むしろ、そのことを深刻に、重大なこととして受け止められないために、どうでもいいような記憶の断片や〝忘れえぬ人々〟のことが中心的に語られているようなのだ。

独立運動に関わり、逮捕され、収監され、拷問を受けた朝鮮人や、彼らに毎日弁当を差し入れた日本人女性のことが描かれている。解放後、日本人が断罪されるなかで、彼女とその家族は朝鮮人に保護されたという。ただ、そうした人物たちよりも、「天狗鼻のアボヂ」や「ナオナラ」が小説のなかでは正面に登場させられている。それは植民地下の日本人と朝鮮人という関係性を、脱政治性として語ろうとする作家的意志のように思える。

つまり、日本と朝鮮との間に横たわる糾弾と贖罪といった政治的、歴史的な関係性には筆を進めないという、戦略的なものと考えられるのだ。植民地下の朝鮮に生きていた日本人には、生まれ故郷としての朝鮮に対する〝懐郷〟や〝郷愁〟は禁じられている。朝鮮に対する加害の意識や贖罪感なしに、生まれ故郷への感傷や〝懐かしさ〟を語ることは恥知らずなことだという声がある。後藤明生は、もちろん、そうしたことを知っている。だからこそ、〝懐郷〟でも〝贖罪〟でも、〝夢かたり〟という方法を選んだのだ。それは、記憶のなかでも、もっとも意味を持たない、取るに足りないものとして「天狗鼻のアボヂ」や「ナオナラ」を語るということだったのである。

『行き帰り』では、永興から日本に引き揚げた後、大学に進んで銀行に勤めたが、その後二十年以上、自宅の一室に引きこもり、正座して習字をしている「高鍋」という男が出てくる。一方で、永興のことは、些細なことまで知りたいとする「高田」という人物もいる。

もちろん、この二人の人物は、対極的で極端な植民地人として、作者のなかの二つの傾向を表している。すべてを忘却しようとするのと、すべてを覚えておこうとする極端さを示すのだ。

後藤明生は、生まれ故郷である永興を〝懐かしい〟と語ることはない。といって、それが今の彼（作家としての後藤明生）にとってまったく無縁であるのでも、思い出すことも苦痛であるような限界体験がないというのでもない。後藤明生と同じように北朝鮮－平壌から引き揚げてきた五木寛之（一九三二〜）は、引き揚げ体験の記憶を苦痛なものとして、長い間封印していた。彼が、平壌での母親の死という悲惨で、筆舌に尽くせない少年時の体験を文章化したのは、半世紀以上も経ってからのことだったのである。(4)

後藤明生も、本当は記憶の底に沈めたままで、思い出すのもおぞましい体験を経験している。敗戦の年の十一月、病没した父親の亡骸を、固い、凍りついた地面をツルハシで掘って埋めたという体験があるからだ。そこで彼は祖母をも失って、一家は、翌四六年に日本に引き揚げて来ている。しかし、小説家の後藤明生は、そうした体験の記憶を抑圧して、思い出の表面には決して浮かび上がらせようとしていない。彼にとっての「朝鮮」は、「天狗鼻のアボヂ」や「ナオナラ」によって代表され、象徴化されている。父親や祖母の「死」は抑制され、「永興もの」の小説の中でも断片的にしか触れられることはない。それは無意識の〝語り〟の中でしか表れることのない、喪失の記憶なのである。

3　二人の〝コロンの子〟

『朝鮮文学――翻訳と紹介』の創刊同人だった田中明は、自らを〝コロン（植民者）の子〟と規定している。小学校は〝京城〟の三坂小学校、中学校は龍山中学校を卒業した彼は、まさに日本植民地支配下の朝鮮で育った〝植民地人〟にほかならない。田中明は、一九二六年に名古屋市で生まれたが、小中学校の十一年間を京城で過ごした。彼の半生を賭けた朝鮮研究の初発の動機に、そうした個人的な事情がかかわっていることは、彼の仕事を微妙なトーンによって特徴づけていると考えられる。

そうした特徴の一つとして、彼の文章の中に、コロンの息子としての解放前の京城の思い出や回想を書いたものが、ほとんどないということがある。例外的なのは、『常識的朝鮮論のすすめ』(朝日新聞社)に収められた「わたしと朝鮮とのあいだ」という文章だが、これはもともとある研究会に呼ばれてしゃべったものを活字化したもので、そこで彼は少年時代の〝京城〟の思い出をややノスタルジックに語っている。しかし、これはあくまでも講演の折に、感興の赴くままに語られたものであって、彼自身はそうした手放しの〝ノスタルジック〟を自らに禁じているようにさえ思えるのである。

もちろん、多感な思春期を過ごした土地や風土が、人にとって懐かしくないわけはないだろう。田中明は前記の「わたしと朝鮮とのあいだ」の中で、セキを切ったように、凍りついた漢江の光景や、女性のチマ・チョゴリの美しさや、小山の上の大砲についての思い出を語っている。この講演記録は、ある在日朝鮮人の知人から「書いたものよりおもしろかった」という賛辞を呈されたそうだが、それは彼がそこで日頃の文章を書く際の禁を破っているからだともいえるだろう。言い難いことを言うことと同時に、語るべきこと以外をむやみと語らないこと。田中明の文章のすみずみにまで貫かれているのは、こうしたストイックな表現の倫理的な緊張感なのであり、それがはからずも肉声のままに抒情として吐露されたとき、「書くよりおもしろ」く思われたのだろう。それは森崎和江(一九二七〜二〇二二)の『慶州は母の呼び声』(新潮社、一九八四年)に真っ直ぐにつながってゆくものである。植民地の町・慶州を故郷とも古里ともいえない「コロンの娘」の森崎和江が、ねじれた郷愁を自らに禁じながらも、懐郷の思いを胸深くに沈めておかなければならなかったのと、それは同形なのだ。

だが、田中明の朝鮮論の〝おもしろさ〟は、そこにあるのではない。いや、むしろそうした〝おもしろさ〟を排することが、彼の朝鮮研究の背骨をなしていると思われるのだ。柳絮の舞い飛ぶ古都を懐かしみ、オンドルの温もりや、嫋嫋たる白衣の民族の物売りの声に郷愁を馳せる。あるいは、ソウルの近代都市ぶりに驚き、地下鉄や高層建築に〝中進国〟韓国の印象を一転させ、ソウル賛歌に和する、といった人々の、朝鮮に寄せる〝想い〟と一線を劃するものが、その文章には歴然とうかがわれるのであり、それが彼の朝鮮研究を貫くもっとも内奥のレベルでの倫理なのである。

それをあえていえば、彼と同世代の朝鮮人たちが、いわゆる「皇国臣民」世代として、〝過去の喪失〟を体験せざるをえなかったことに対しての、彼なりの応え方というべきであるだろう。彼は「朝鮮文学への日本人のかかわり方」(『ソウル実感録』三修社文庫 所収)という文章の中で、日本植民地支配下に育った〝皇国臣民世代〟の一人である崔禎鎬(チェジョンホ)(一九三三〜)のこんな文章を引用している。

どんな人間にとっても彼らの「幼き日」は無垢の美しさの中で追憶される最も貴重な一時期であり、またそうあってしかるべきである(中略)対日関係において「皇国臣民の世代」の不幸は、彼らが日本帝国主義により彼らの幼き日を侵略されたところにある、と先にいった。

しかし、彼らの幼き日がいずれも不幸だったというところにあるのではない。かえって、まさしく日帝時代でもあったにもかかわらず、彼らの幼き日が、すべての時代、すべての社会の幼き日と同様に幸福だったという事実にあるといえる。

田中明のような〝コロンの子〟の世代と対応するのは、こうした朝鮮の〝皇国臣民の世代〟なのであり、彼らがその〝無垢で貴重な〟過去を喪失しているように、コロンの子の側も、ポドゥナム(柳)の緑や、ケナリ(連翹)のカナリア色に彩られた美しい〝故郷〟を失っているのである。そうしたコロンの子にとって、自分の幼き日の〝京城〟をノスタルジックに追憶することが許されないことであると、彼は思っているようなのだ。もちろん、それをコロンの子の側の勝手な倫理主義だと一蹴することも容易だろう。しかし、こうした秘められた内奥の〝倫理〟（あるいは廉恥）こそが、田中明（や森崎和江など）の朝鮮研究の礎石となっていることに、たとえば私のような戦後世代の、〝倫理〟の背骨を持たない世代は、粛然と気がつかざるをえないのである。

彼がその朝鮮論の中で、「敬」の感情を持って朝鮮に向かい合うことを語ったのも、日本人がともすれば相手側の「喪失」や「傷」に気がつかずに、建前としての〝正義〟や〝民主〟を語ってしまうことを戒めた（自らをも含めて）ものにほかならない。それはまた、コロンの子という植民地時代の〝日本人の子〟であった彼の〝失われた時〟を求めるモチーフとどこかでつながったものであるだろう。彼の明解で、あいまいさのない文章の底に流れている、朝鮮に対する「情」の奥深さは、そうした立場の日本人の廉恥と含羞とによって際立たせられているのであり、彼と彼の仲間たちの朝鮮研究、朝鮮論を何よりも人間の生というところに根を下ろしたものとしているのである。

『朝鮮断想』（『韓国の「民族」と「反日」』朝日文庫）に所収の「韓国の「反日」における文化的優越意識」の論文に見られるように、田中明の著作に韓国における「反日」を批判的に論じたものが多いことは、著者自身が単行本版の「あとがき」に書いてあるとおりだが、これを韓国における「反日」へのアンチととらえることは、著者の意図をあえて曲解しようとすることでしかないだろう。「敬」と「情」とによって朝鮮に関わろうとするからこそ、その歪み、屈折して堆積してきた「反日」の民族心理を俎上に載せざるをえないのである。あえていってみれば、彼は〝正しい反日〟のあり方を、韓国の文化人たちに求めてやまないのだ。それは日本人の〝朝鮮蔑視〟と平仄をあわせたような「反日」感情と、それを論理化しただけの言説ではなく、「敬」の感情を持って朝鮮に接しようとする日本人を恥じ入らせ、なお一層の「敬」の心をかきたてずにはおかないようなものであるはずなのだ。

親日、反日、克日といった日本との距離の保ち方を基準とした韓国の言論にあらわれる思潮は、裏返された〝事大主義〞にほかならないだろう。なぜなら、それは自らの側のマイナスを、他との比較や責任転嫁によって解消しようとする発想にしかすぎないからだ。そうした「反日」と、日本の側に根強くはびこっている〝朝鮮蔑視〞とは卍巴となって、これまでの日朝（日韓）の関係を規定してきたのである。

そういう中で、「敬」の精神による関わりを説き、李氏朝鮮や高麗時代にまでさかのぼって、その文化史的な源流を問う田中明の方法は、やや迂遠なものと見えてしまうかもしれない。しかし、一見〝正義〞であり、隣国に対する友好と連帯の証であるような日本の進歩派と保守派の「日朝」「日韓」双方の関わりが、互いに相手を外国として見ない〝癒着〞や、蔑視とほとんど隣り合わせにある盲目的な〝思い込み〞と〝事大思想〞、さらに無意識層での偏見や無知や無関心にさらされていることを思えば、相手を正当に、正確に認識しようという努力は、そうした迂遠さや複雑な手続きを必要としないわけにはゆかないのである。それらの煩わしさや回りくどさを引き受けてこそ、隣の国とその人々について、初めてまっとうな認識を持つことができるはずなのである。そして、そこにまで彼を導いて来たのは、コロンの子としての〝ノスタルジー〞を断念することにほかならなかったと思えるのだ。

それは単なる贖罪感や加害者としての反省意識ということではない。朝鮮に対する特殊な、個人的な感情やイデオロギーからいったん離れたところに立って、隣国とそれに関わる自分の国とを見つめること。言葉にしてみれば当たり前のことだが、これまでの日本の朝鮮論が、個人的な、あるいは党派的な願望と当為とがそのまま隣国の存在そのものに投影され、〝癒着〞的に語られてきたという事実を考えてみれば、彼の〝常識的朝鮮論〟の提唱がいかに深部での自己批判と自己否定のモチーフによって鍛えられていたかがわかるはずだ。そういう意味では、『朝鮮断想』という表題は、朝鮮に対する〝折々の断片的な想い〟ということだけでなく、まさに朝鮮に対するノスタルジックで感傷的な〝想いを断つ〟ということにほかならないのである。

では、コロンの子の世代としての田中明の朝鮮論の根源にあるものは、たとえば、その後の世代である〝植民地を知らない子供たち〟である私たちの世代にとって、終局的には共有できるものではないのだろうか。むろん、そんなことはない。先にも述べたように、彼のノスタルジーの否定は、朝鮮への明視を妨げるさまざまな個人的、党派的感情から〝いったん離れる〟ことの謂であって、そこからもう一度個人のモチーフやテーマに沿ったかたちで語られるときに、初めて日本人による本格的な〝朝鮮論〟ができあがるのだ。田中明の著作は、そうした道筋を灯火高く掲げ、照らし出している。

後藤明生の場合も、田中明の場合も、植民地朝鮮のコロンの子として、その故郷へのノスタルジーを断念したところから、彼らの文学活動は始まっている。そうした後藤明生や田中明の態度が、歴史性や政治性を文学から捨象する、まさに「内面」に拘る「内向性」を表していると、朝鮮人の李浩哲には見えていたのだろうと推測することができる。

同じように〝故郷を失った文学〟としても、李浩哲の小説は、現実を〝夢のように〟語ろうとする方法論とは背馳して、現実性や政治性は否応もなく際立ってくる。それは、〝故郷を失った〟後の二人の体験の差が、その小説の本質を規定しているともいえるだろう。

李浩哲から見れば、後藤明生の小説の方法論は、植民者の子としての罪悪感や贖罪感を曖昧に回避する文学的詐術のように思えたであろうし、朝鮮での体験を忘却することができるということ自体が、植民地人の特権として働いていると見えたかもしれない。田中明の場合も、手放しの感傷的なノスタルジーは厳しく拒否されている。しかし、その客観的な、ニュートラルな政治的立場こそが、「反日」的な分子（鄭敬謨のような）からは、「親日」に媚びた言説と映ったのかもしれない。

私はここでもう一人の日本人作家を思い出さざるをえない。小林勝（一九二七〜七一）である。彼は慶尚南道の晋州で、農林学校の生物科の教師を父親として生まれた。まさに〝コロンの子〟であり、〝植民地人二世〟である。彼は一九四四年に大邱中学校四年終了の時点で陸軍予科士官学校に入学、さらに翌年は特攻要員として航空士官学校に入ったが、そこで敗戦を迎え、戦後はそうした経歴とは真逆と思える共産主義者となり、日本共産党に入党した。武装共産党の時代で、火炎瓶闘争などを果敢に行った。植民地朝鮮に生まれ育った体験、日本の士官学校体験などの反動が、小林勝をそうした左翼の過激主義に走らせたものと考えられる。

のちに、彼は「一九二七年のフォード」をはじめとする、朝鮮での成長体験を反映させた短篇小説を発表し、さらに「目なし頭」「チョッパリ」といった、〝朝鮮（人）関係〟の中篇小説を書くのだが、その作品の雰囲気は、自己嫌悪と朝鮮への贖罪感に満ちた暗いトーンのものが多い。そこでは、幼少年期を過ごした朝鮮への郷愁はまったく禁じられている。(5) 宗主国人の日本人として、被植民地人としての朝鮮人に対する負い目、羞恥心、自責感、贖罪意識が正面に立ち、幼少年時代の〝懐かしさ〟に泥むような感覚は一切封じ込められているのである。

もちろん、小林勝の〝朝鮮関連〟の小説作品が、最初からすべて、そうした暗く陰鬱で罪深いトーンで一貫していたわけではない。「一九二七年のフォード」では、朝鮮の田舎（晋州の近郊）にもたらされたフォード製自動車（と、その自動車の所有者のトルコ人）の物珍しさに感嘆する子どもたちが出てきて、植民地的風景への批判的な色合いをまといながらも、懐郷や望郷の雰囲気を必ずしも否定してはいない。

贖罪的な陰鬱さが増してくるのは、むしろ戦後社会において、在日朝鮮人との交流や付き合いが多く生じてからの傾向のように思われる。「蹄の割れたもの」「目なし頭」「チョッパリ」などの短篇中篇小説で描かれているのは、息苦しいまでの罪悪感、贖罪感であって、幼少年時代を朝鮮で過ごしたことへの強い拘りだった。医者として、在日朝鮮人の患者に対して不誠実な対応をしたのではないかと懊悩する主人公が出てくるのが「目なし頭」であり、少年時に家事手伝いに来ていた朝鮮人の娘エイコに性的いたずらを仕掛けたことをいつまでも思い悩んでいるのが「蹄の割れたもの」の主人公だ。いずれも、彼らは子供の時代に親に連れられて朝鮮に移住した。彼らは自ら進んで、植民者として植民地・朝鮮に赴いたわけではない。だから、彼らは植民地二世（植民地一世の親から、植民地で生まれた）、あるいは植民地一・五世（植民地に子供の頃に連れてこられた）として、その「罪悪」は割り引かれてしかるべきものだろう。しかし、小林勝の場合は、彼が成長して日本に帰国した後でこそ、植民地朝鮮で、宗主国の日本人として居住していたことに〝贖罪感〟を抱かざるをえなくなったようなのだ。そこに彼の武装共産党における暴力革命の挫折感が大きく影を落としていると思われる。

後藤明生が自分の幼少年期の〝朝鮮体験〟を、そこに中心点がないような夢中の体験として描いている（あるいは中心点を複数にして、楕円形的な円周を彷徨している）ようには、小林勝は決してせずに、自らの〝朝鮮体験〟の原点（中心点）を、少年時代の羞恥心や恥辱感、贖罪感のうちに置いていることは明らかである。この差が、後藤明生と小林勝との〝五歳〟の年齢差から来るものと見ることは、あまり有効であるとは思われない。もちろん、同じ〝朝鮮体験〟であっても、その生活していた時期、とりわけ日本の敗戦の時期に、彼らがどこでどうして過ごしていたかということは決定的に重要なことだ。前述したように、五木寛之は後藤明生と同年生まれ、幼少年期を朝鮮で過ごしたという点ではほとんど同様だが（早稲田大学露文科でも——小林勝も——同窓だった）、平壌で迎えた敗戦の時期のことについては長らく緘黙を守っていたが、『運命の足音』において、ようやくその禁を破り、ロシア兵の蛮行による母親の死について語った。彼の〝朝鮮体験〟の原点は、悲惨な母の死ということにあったのだ。

小林勝の文学の原点は、むしろ戦後の革命運動の挫折にあったというべきだろう。それはまた変形した敗戦体験といえるかもしれない。兵学校を出て、特攻隊要員となり、復員して武装共産党に入り、火炎瓶闘争などに従事する。そうした戦争や戦後革命をめぐる度重なる挫折や蹉跌の体験が、小林勝に彼の文学の原点としての羞恥心や恥辱感、罪悪感、贖罪感をもたらし、作品を書き続ける原動力としたと思われるのである。とすれば、彼の〝朝鮮体験〟は、エピソードとしては重要なものであっても、彼の文学作品（とりわけ後期、晩年期の）を基礎づける〝原点〟の意味を本当に持つかどうかということには疑問符を付けざるをえない。たとえば、小林勝は「私の「朝鮮」」という文章の中で、こんなことを書いている。

> 私の遥か前方には、未来の一つのイメージがあるのです。それは自らを完全に解放した日本人と朝鮮人が、かけねなしの真の平等対等な国家を祖国にもつ日本人朝鮮人として（あいまじわり）お互いの国へ自由に行き来する姿であります。（中略）
> そのイメージが単なるイメージではなくて、現実のものとなるためには、二つの国の人間が自らを解き放つ革命（朝鮮にあっては統一）が必要でありますが、私は、この二つの革命は相互に切っても切り離せない緊密な関係を持っていると思うのです。一方の側における革命的状況の進行は、もう一方の側

の革命にとってほとんど決定的に重要な意味を持つ、と私は考えております。

揚げ足取りをするつもりはないが、これでは日本と朝鮮（韓国）は、永久に「平等対等」に交流することも、往来することもできない。なぜなら、日本の人間解放のための革命も、朝鮮半島の完全な統一も、今の段階においては予想することもできないほど遠い未来のものでしかないからだ（ほとんど不可能といってよい。もし、可能だったとしても、それは小林勝が望まない形での革命であり、統一であるはずだ）。こうした小林勝の日本－朝鮮観は、中野重治が言った「日本プロレタリアートの後だて前だて」と同じような発想だろう。両国の革命が相互依存的であるというのは、結局はどちらかが従属的であるか、滅私的に吸収されるような形になってしまうからだ。戦前の日本共産党が、朝鮮人党員に、日本革命への〝滅私奉公〟を強いたことと、それは全く変わるところのない事態なのだ。

つまり、小林勝の限界は、日本の共産主義勢力、左翼党派の限界なのであり、日本革命の挫折、絶望の感覚が、そのまま彼の〝朝鮮体験〟にも反映されているのであって、その朝鮮観を、暗く、陰鬱なものとしている原因となっているのである。

彼の後期の小説に登場する朝鮮人、および朝鮮に関わる日本人は、一様に暗鬱で、憂鬱である。それは富島健夫（一九三一～九八）の『黒い河』や、井上光晴（一九二六～九二）の『地の群れ』などが持つ暗さと同質のものだ。彼らは、自らの〝暗さ〟を作品の中の朝鮮人たちの世界の暗さへと投射し、作品世界全体を、暗く陰鬱な影で覆っているのである。(6)

小林勝は、自分の郷愁に唾を吐きかけ、植民地での幼い体験をまるで原罪かのように思い詰め、植民地朝鮮へのノスタルジーの想いを徹底的に破壊しようとする。彼はそうしたコロニーでの記憶を抹殺し、完璧に湮滅させようとするのだ。彼は、単に〝豚足〟に過ぎないものを、〝蹄の割れたもの〟と言い換えて、重厚な差別（四つ足！）の油に塗れたものとして粉飾する。井上光晴や野間宏や小田実たちの小説が、重苦しい雰囲気の中で、戦争体験、差別－被差別体験を描いているように、小林勝にとって植民地体験は、重苦しく、暗い体験にほかならず、それは原罪として小説の主人公と作者とをがんじがらめに縛り付けずにはいられないものなのだ。もちろん、それが大げさなものであることはいうを俟たない。親に連れられて植民地に行った一・五世であれ、植民地生まれの二世であれ、最初からそうした原罪－贖罪を背負う必要はない。贖罪感とは、その後の生き方による〝記憶〟の想起の仕方による。それは口に出すこと、言葉にすることによって、確定される結果にほかならないのである。

4 〝分断の時代〟と文学

李浩哲の場合、祖国の〝統一〟ということは、「理想の果て」にあるものではない。もちろん、それがすぐに実現されると思っているわけではない。ただ、彼が生きているのが、南北の民族の統一が果たされていない〝分断時代〟であり、それが歴史的に永続するものではないことを知っているだけだ。新羅・百済・高句麗の三国時代があり、統一新羅、高麗、朝鮮の〝一国時代〟が続き、また二つの南北に分かれた〝二国時代〟が現在まで続いているということなのだ。この〝二国時代〟の象徴として存在しているのが、三十八度線であり、その結集点が「板門店」なのである。

李浩哲の代表作として、『南風北風』や『南のひと北のひと』という長篇小説がある。題名から分かる通り、『南風北風』は朝鮮戦争以後十七年経った時期での、北朝鮮出身者たちのソウルでの生活ぶりを描いたもので、地縁、血縁のネットワークの強い韓国社会では、そうした地域的、血縁的なものから切り離されて〝南〟へ来てしまった者たちにとって、その生活をしっかりと韓国の地に根付かすことはなかなか難しいのだ。この小説の登場人物は、〝以北〟（北朝鮮）出身者だが、それらの人物はだましたりだまされたり、互いの間で乏しいお金や財産をやりとりするというような生活を続けている。結婚相手を紹介するという言葉に、ころりとだまされてしまう独身男。北出身者には、社会的ネットワークがないために、結婚相手に関しても著しく不自由になっているのだ。

北出身者たちの、〝南〟の地での滑稽な、浮草のような根のない生活。こうした社会風俗を描いた『南風北風』は、朝鮮民族の悲願としての統一や民族和解を鼓吹するものではない。むしろ、卑小なマネーゲーム的なドタバタ喜劇的な場面は、南北分断という、民族にとっての最重要事で切実な問題から読者の目を逸らしてしまう働きを持ってしまうといえるかもしれない。しかし、〝以北〟の現実の生活者にとって、統一や分断状況の解消は、今ここで自分が根のないところに根を下ろそうとする努力とは無縁のものであり、彼らにとってはまず自分の生きてゆく場所が必要だったのだ。自らが北出身者である李浩哲は、南の地で根を持たない小市民の生活実感を描き出した。それは強圧的なイデオロギー社会から逃れてきた人々が、資本主義という、拝金主義的なもう一つの別な〝イデオロギー〟の中にくるみこまれてしまうことだ。もちろん、これは南北の統一、民族の和解という〝悲願〟が達成されたところで容易に解決される問題として拡大されてゆくようなものかもしれない。生活実感から南北のいずれの〝イデオロギー〟に対しても批判的なスタンスを取り続けること。『南風北風』は、そんな文学の姿勢を鮮明に印象づけるのである。

〝分断時代〟とは統一までの過渡期という意味だろう。だが、その過渡期においても人々は生きている。あるいは、その間に生を完結させてしまう人もいるかもしれない。住んでいる〝南〟の地という場所に根を下ろして生きていることのできない生活。しかし、そうした根こぎにされた生活そのものが、その場所で生活を根付かせている。そうした逆説が、〝以北民〟としての李浩哲のような失郷民の生き方に働いている。

　統一を目指しながら、その最終到達点を見通すことのできない生き方は、生の目的を見失った生き方であり、目的を達成できない生は不完全な、無駄なものとなるのだろうか。そんなことはないだろう。朝鮮の統一や、日本の社会革命が成就されなくても、日本（人）と朝鮮（人）との友好的で、平等で、互恵的な関係は成就されるべきだということと同じように、統一や革命の〝悲願〟が悲願のままに終わったとしても、それで個人の生が否定されることはないはずだ。

　それは、革命や統一のためには生命を賭けてもよい（あるいは、賭けるべきだ）とする小林勝のような考え方とは背馳するものだろう。〝分断時代〟という過渡期に根を下ろした、李浩哲の小説世界の人物たちの生活のリアリティが、文学作品としても否定できないように、たとえ、李浩哲が、〝懐かしい〟北の故郷の地を再び踏むことができなかったとしても、そのナグネ（旅人）としての失郷の生き方は、強固なリアリズムによって彩色されることになるのである。

　李浩哲や金源一（一九四二〜）や李文烈（一九四八〜）、李清俊（一九三九〜二〇〇八）や尹興吉（一九四二〜）や黄晳暎（一九四三〜）、林哲佑（一九五四〜）のような〝分断時代〟の主要な作家たちは、同時代の北朝鮮の〝人民文学者〟たちと同じように、「時代」が過ぎてしまったら、たちまちに忘れ去られてしまうだろうか（統一後の東ドイツの文学者たちのように）。いや、そんなことはありえないだろう。それは「時代」がどんなに有為転変しようとも、「転向文学」や「親日文学」（の一部）が、「時代」の証言者としての歴史記録の意味を持っていたように、時代の社会の底に、立派に根ざしていたことが分かるようになるからだ。〝遠い北の故郷〟は、今度は距離という空間的な問題ではなく、歴史、時代という時間的な距離を隔てて、〝遠く〟〝懐かしく〟表現されることになる。その時に彼らの文学は時代の波に洗い出されて、その真価を問いただされることになるのである。

後藤明生は、引き揚げからほぼ三十年後に、朝鮮半島に関わる小説を改めて書いた。『すばる』に連載された『使者連作』(集英社、一九八六年)である。これはソウルで開かれた文学の国際会議に参加するために、久しぶりに(三十年ぶりに)朝鮮の地に足を踏み入れた紀行文的私小説であり、「ブトールを知っていますか?」「三千院の絵葉書から」「最後の「朝食」」「そして彼等の言葉を乱し」「不思議な星条旗」「猪八戒の首」「ムーダンの家」「使者」「ナムサン、コーサン」といった九篇の短篇連作として書かれている。小説の内容は、焦点を二つも三つも持つ、一見とりとめのない、饒舌体の小説だ。『使者連作』というのが標題だから、「使者」というところにこの作品のテーマが絞られているようだが、この「使者」は、あの世からこの世への使者、シャーマニズムのシャーマンのように、彼岸と此岸とを結びつけ、その両岸を橋渡しするものとして、この小説の主題となっている。

韓国に出かけた「ぼく」は、朴氏に案内されて清涼里にある「ムーダンの家」に行くことになる。「ぼく」は、崔吉城(チェギルソン)(一九四〇~二〇二二)という社会人類学者の『韓国のシャーマン』(福留範昭訳、国文社、一九八四年)と『韓国のシャーマニズム——社会人類学的研究』(弘文堂、一九八四年)を読んで、ムーダンの「クッ굿」と呼ばれる巫女の儀式を予め学んだうえ、それを実地に見学に行ったのである。そこで行われていたのは「死霊祭(チノギクッ)」で、それはあの世からの使者が、死者をあの世に連れて行くというストーリーとなっている。祭の部屋を、色布や神花や巫神図で飾り立て、果物、肉、魚、菓子などの供物を供えた祭壇の前で、

巫女であるムーダンが、歌ったり、踊ったり、語ったりする。

その一部として必ず「パリ公主神話」を語る。これはシャーマンであるムーダン（巫堂）の巫祖神話であり、一連のムーダンの儀式のなかで、必ず演じられるものだ。娘ばかり生まれた王様夫婦の七番目の姫は、城の奥の森に捨てられる。そこから「捨姫＝パリ公主」と呼ばれた姫は、国王の病気治しのための養命の薬草を採りに苦難の旅に出て、辛苦のすえに薬草を手に入れて両親のもとに帰ってくるのだった。姫は、万人の為に「万神」と呼ばれるムーダンの始祖となったのだった。

親を救うために、地獄巡りの旅を体験する「捨姫」。「あの世」から「この世」に救いをもたらすものとしての使者。パリ公主神話は、こんな文章（語り文句）から始まる。

> 国の本は寺であり、寺の本は南西である。李朝の王様の本は咸鏡道永興端川である。酒燭、火、哭声などで神が降臨する日である。

ここに後藤明生は、そっと付け加える。「あ、それから傍点をつけた永興は、たまたまぼくが生まれた場所です」と。つまり、この使者は、後藤明生の生まれ故郷である北朝鮮の咸鏡道永興からの使者であり、後藤明生の父や祖母（祖先）の眠っている彼岸からの「使者」なのである。

だから、本来ならば、後藤明生にとって重要な意味を持つ「使者」ということを、作家は決して重要視しない。「パリ公主神話」に出てくる「永興」も、「たまたまぼくが生まれた場所です」とさらっと付け加えるだけなのである。祖先の眠る地、「ぼくが生まれた場所」、彼岸と此岸を渡る「使者」の往還する道。それが〝失われた故郷〟の北朝鮮にあるというだけの理由で、後藤明生は、その重要性をはぐらかし、気にもとめず、そこから逃避しようとする。自ら〝行き帰り〟の迷路に入り込むことによって、故郷という感覚そのものを、記憶から抹消し、饒舌な語りの内側に潜めようとしたのである。李浩哲にとって、それが不誠実な宗主国の子どもの曖昧さに見えたことは否定しがたいことだろう。自分たちが〝北〟と真剣に向き合わなければならないように、彼らも〝北〟あるいは〝南〟と真っ当に向き合わなければならない。その時、二人の同級生は、同じ居酒屋のなかで酒を酌み交わしながら、極地から極地まで離れた遠い場所で、通じ合わない言葉を交わし合う、孤独な酔客としてしか私の目には映らなかった。なお、「ナムサン、コーサン」の章に出てくるK君というのは、私、川村のことである。

註

（1）後藤明生は、平凡出版（マガジンハウス）の編集者として『平凡パンチ』の編集長として活躍した。小説家としてデビューした後は、「内向の世代」の一人として、アミダクジ式私小説の書き手としてユニークな存在となった。代表作に『壁の中』『首塚の上のアドバルーン』など。韓国旅行に取材した『使者連作』などもある。近畿大学文芸学部の初代学部長も務めた。

（2）李浩哲の小説の邦訳は、『南風北風』（柏書房）、『南のひと北のひと』（新潮社）、『板門店』（作品社）などがある。短編では「擦り減る膚」（『現代韓国文学選集3』冬樹社）、「脱郷」「南から来た人々」（『王陵と駐屯軍』凱風社）などがある。

（3）国木田独歩の「忘れえぬ人々」は、旅の途中で出会った人々のことを書いた私小説風の作品。主人公と親しく交わった人よりも、背景にいたような人々のほうこそ、旅の記憶に印象深く残っていることを書いている。

柄谷行人の『日本近代文学の起源』（講談社文芸文庫）の「風景の発見」で論及された。ここでの指摘は、柄谷の論を踏まえている。

（4）五木寛之は、父親の勤務先の関係で、韓国の京城、平壌などに居住した。日本の敗戦を平壌で迎え、進駐してきたソ連兵に病床の母親が暴行され、死ぬのを目撃する。しかし、その体験は自伝的文章でも一切触れられていなかった。後述するように、『運命の足音』（幻冬舎、一九九八年）ではじめて書かれることになる。また、『私の親鸞』では、平壌からの引き揚げ前後のことが語られており、その引揚げ体験は、フィクションとしては「私刑の夏」で描かれた。

（5）原佑介『禁じられた郷愁——小林勝の戦後文学と朝鮮』（新幹社、二〇一九年）が、小林勝と朝鮮との関係を包括的に論じている。

（6）戦後の日本で書かれた在日朝鮮人の社会・人間は、貧困と差別に苦しむ、少数民族の悲劇の主人公という色合いが強く、安本末子『にあんちゃん』（カッパブックス）などのノンフィクションでも、金達寿や李恢成、金石範の小説でもそのトーンは一貫していた。

終章　「私」の中に生きる他者

1　「私」と「他者」

二人の女性作家、津島佑子（一九四七～二〇二〇）と申京淑（シンギョンスク）（一九六三～）の交わした往復書簡集がある。『山のある家　井戸のある家』と名付けられた、二〇〇六年六月から二〇〇七年七月までの一年間にわたって交わされた手紙は、本来は、一方は日本語で、一方は朝鮮語（韓国語）で書かれたものだ。ほぼバイリンガルである翻訳者のきむふな（一九六三～）によって日本語↔朝鮮語（韓国語）に移し替えられた文章は、それぞれ日本と韓国の文芸雑誌（『すばる』と『現代文学』）に掲載され、やがて単行本としてまとめられた。その日本語版が『山のある家　井戸のある家』（集英社、二〇〇七年）である。

二人の作家の取り上げる話題は、まるで井戸端で洗濯棒を使ったり、洗い物をしている女性たちのように、話題は豊富で、節度のあるおしゃべりだが、それはいつまでも尽きることがなさそうだ。住居のこと、家庭のこと、自分の体の調子から、家族のこと、親兄弟のこと、仕事のこと、体験したこと、耳にした話、相手に聞きたいこと、聞かせたいこと、読んだこと、読みたいもの、悲しいこと、嬉しいこと、怒りたいこと、怒ったこと……だが、ここで注意をしておきたいのは、二人ともお互いの原文（原語）の言葉や文字をほとんど知らないということだ。同じように、互いの小説の文学史的背景や、個人的、社会的な後背地としての風景や環境もあまり知らないのではないか。それは、日本において韓国文学が、韓国において日本文学が、外国語文学として、きちんと評価されるような立場になかったことも影響していると思われる。

日本で韓国文学が（日本人主体で）正当に評価され、研究されるようになったのは、第8章で書いたように一九七〇年代以降のことであり、翻訳文学として出版され、流通するようになったのは近年のことといえる。韓国（朝鮮）における日本文学の翻訳や紹介も、解放前（戦前）からの蓄積があったとはいえ、本格的に取り組まれたのはやはり近年のことだった。三浦綾子（一九二二～九九）の『氷点』や、山岡荘八（一九〇七～七八）の『徳川家康』（『大望（テマン）』という訳題になっていた）がロングセラーとなっていたように（現代では東野圭吾や村上春樹、江國香織などが翻訳でよく読まれている）、日本の文学はやや高級な（やや上品な）娯楽作品と思われていたのであって、研究や学問の対象としては扱われていなかった。例外的に夏目漱石や太宰治の作品が純文学として、日本語を知っている世代を中心に読まれていた以外は、「近代文学史」がきちんと紹介、研究されることは少なかった（私は、日本語は大学で教育や研究に価する学問的な言語ではない、と断じる韓国人の大学教員に会ったことがある）。これは日本側の韓国文学についても同じようなことがいえる。

つまり、韓国にとって日本文学は、日帝時代を経験している日本語世代からすると外国文学ではなく、ほとんど〝身内〟に近い〝自分たち（우리ウリ）の文学〟であり、解放後の、日本語や日本文化から遠ざかっていた世代からすると、〝他人〟のものというより、もっと冷淡な関係、〝無縁〟のものといわざるをえないのだ（無縁でいたい、無関係でありたいという隠れた願望もあったかもしれない）。

二人の作家は、お互いに、乏しい翻訳作品だけを手掛かりに、相手の文学を知ろうと努める。幸いなことに、二人が関わっていた「日韓文学シンポジウム」[1]では、互いの作品を翻訳し、出版して、討議の材料に提供するというルールがあった。また、こうした会議をきっかけに、個別に、日本、韓国の両国の出版社で翻訳出版の企画があり、作品が刊行されることになった。日韓双方の文学に詳しく、一人で韓国現代文学の紹介を担っていた安宇植が、シンポジウムの日本側委員会の中心にいたことも重要な意味を持っていた。安宇植の訳によって、どれだけ現代文学の名作が日本に広まったことか。申京淑の『離れ部屋』（集英社、二〇〇五年）もそうしたものの一つである。

また、津島佑子の作品の韓国への紹介も遅まきながら始まっていた。短篇連作集『「私」』の韓国語訳（文学と知性社）が出版されたのは、二〇〇三年のことだった。申京淑は早速この本を購い、読んでいたようで、こんな感想を津島佑子宛ての書簡に書きつける。

> 私の作品の中に「いま、私たちの隣りに誰がいるのか」という短編小説があります。あ、原州（ウォンジュ）であった韓日文学シンポジウムの際に私のテキストとして翻訳された作品だったので、津島さんも読まれたかも知れません。
>
> 右の脇の下に耳のような形の翼がついた体で、免疫を欠いた体質に生まれついた娘を亡くした後、互いに言葉を失ったまま生きてゆく夫婦がいます。吹雪くある冬の夜に、亡くなった子どもが夫婦を訪ねて来ます。最初はドアを叩く音で、次は風呂場で水遊びをする音で、その後は冷蔵庫の前でつぶやく音になって死んだ子どもが生まれ変わります。妻は夫に、夫は妻に素振りさえ見せず一人で抱えようとした苦痛と悲しみを、夫婦は死んだ子どもの訪れによって一緒に見つめるようになります。この作品を書

きながら覚えた感情を津島さんの「山火事」を読みながらそのまま感じました。私たちは国籍も育った環境も、成長過程に聞いた話も、世代も、経験した文化も歴史も異なっているのに、どうしてこんなに似たことを考えることができるのでしょう。不思議で仕方ありません。

ここで言及されている津島佑子の短篇作品「山火事」は、作品集『「私」』の中に収録されているもので、語り手の「私」が山の中で、山火事に遭う話である。森の中に山火事の火は走り、「私」はその火に追いつかれ、包まれ、燃え上がってしまう。その最後の時に、読者はその「私」が、山火事に出会って炎上してしまった「茶色のシカ」であったことに気がつくのだ。

前出の文章に続けて、申京淑はこんな風に書いている。

この世に生まれてきても、全うすることのできなかった命について考えるときがあります。時々思いがけない訃報に接したときは、なおさら考え込んでしまいます。命を全うすることなく逝った死と私たちは人生で何回か出会うことになります。私だけに限ったことかと思うと、実は誰の人生にもそんな経験があることが分かります。まだ死に対する認識のなかった十代の時、そして二十代と三十代の時に二回……こうやって四十代になるともっとその数が増えてきます。もしかしたら生きているひとびとは既に亡くなったひとの分を一緒に生きているのかも知れません。死について考えていると、むしろどうやって生きていけばいいのか、微かながら分かるような気がするからです。

これは、津島佑子が自己の体験として、父親の死、兄の死、そして自らの長男の死を語ったことを踏まえたもので、申京淑は、「私たちは国籍も育った環境も、成長過程に聞いた話も、世代も、経験した文化も歴史も異なっているのに、どうしてこんなに似たことを考えることができるのでしょう」と、自分が津島佑子の存在と作品に惹かれることのわけを述べているのである。

津島佑子の『「私」』という作品集は、アイヌの神謡であり、語り物であるユーカラやウェペケレの語り口を私小説の形の中に採り入れた、短篇小説の連作集だ。シマフクロウやエゾキツネやウサギやシャチや沼貝などが、「私」として語り出すカムイ・ユーカラは、知里幸恵（一九〇三〜二二）の『アイヌ神謡集』（岩波文庫）でよく知られている。[2] アイヌのエカシ（翁）やフチ（媼）は、動物神だけではなく、時には道具神であったりする「私」として、自分の身に起きた（降りかかった）出来事について物語るのである。ジャン＝マリ・ギュスターヴ・ル・クレジオ（一九四〇〜）の勧めで、アイヌ神謡集のフランス語訳をパリのガリマール書店から出版した経験のある津島佑子は、宇梶静江（一九三三〜）の布絵に文をつけた絵本『トーキナ・ト　ふくろうのかみのいもうとのおはなし』（福音館書店、二〇〇八年）と『「私」』を、カムイ・ユーカラの世界の語り口を借りて、様々な生き物に（時には生き物以外にも）憑依して「私は……」と語り出す物語世界として編み出してみせたのである。その時に気がつくのは、「私」とは、「私（フクロウやキツネやウサギやシャチや沼貝）の耳と耳の間にいる」死者としての「私」であるということだ（もちろん、死者ではない場合もある）。

動物と人間が入り混じる変幻自在な世界。生物と無生物とが交響する自由闊達な世界。「死者たち」の物語が多い割には、その世界は暗くもなく、無色で無音の世界でもない。そうした賑わいや、明るさや、楽しさが津島佑子の小説の本当の世界であり、それは常に生について肯定的で、暗闇の中でも一途に光を求める向日性に富んだものだった。その時、「私」という一人称は宇宙に散乱する。「私」はあらゆるもの

の「私＝他者」に憑依し、「私」は生きるものの連環をなして、宇宙大に拡散してゆくのである。そこで

「私は他者だ」というアルチュール・ランボー（一八五四〜九一）の言葉を理解する地平に立つことができるのである。

生きている「私」は、死者としての「私」を同居させている。それが津島佑子や申京淑の文学の根にあるものであり、それは必ずしも死者でなくても、「私」の中に「他者」として存在しているものなのだ。ちょうど、一九八二年生まれのキム・ジヨンが、実母や祖母の存在をその自我の底に潜めていたように。

それは自分の中に、「私」という鏡と、「他者という鏡」を合わせ鏡として、互いに照らし合わせて見ていることと喩えられる。そこに映り込む肖像は、常に「他者の顔をした私」であり、「私」という一人称で語られる「他者」だ。

津島佑子と申京淑という二人の女性作家は、互いの中に、「私」と「他者」との両方を見ている。それを「日本文学」と「朝鮮文学（韓国文学）」の眺め合いにしようとすることは、我田引水の誹りを招きかねないものだろうか。私にはそれが日本文学と朝鮮文学との間に橋を架けるものであると思われるのだ。

2　重ねられる「私」

申京淑は、津島佑子との往復書簡の中で、自分の文学の先達として朴婉緒（パクワンソ）（一九三一〜二〇一一）の存在が大きいことを語っている。ちょうど申京淑の母親の世代にあたる小説家で、もう少し年長の朴景利（パクキョンリ）（一九二六〜二〇〇八）などとともに、現代の韓国文学を代表する女性作家である。ここで韓国の女性作家の流れのようなものを少し見ておけば、近代文学の初期の姜敬愛（カンギョンエ）（一九〇六〜四四）から、朴景利を経て、呉貞姫（オジョンヒ）

（一九四七〜）、姜石景（一九五一〜）、梁貴子（一九五五〜）、殷熙耕（一九五九〜）、金仁淑（一九六三〜）、孔枝泳（一九六三〜）などの現在活躍中の作家まで多士済々というべき女性作家たちを挙げることができる。彼女らの登場以前の「社会現象や政治的な問題が文学の中心をなした時代には女性や子ども、老弱者を中心とする文学的テーマは影が薄く、ご指摘の通り「女」はあっちに行ってろ、といった感じがあったかも知れません」と申京淑は、津島佑子宛ての書簡に書いている。しかし、「十数年前までは女性作家が少なかったのですが、今は若い女性が文壇に進出し韓国文学の中枢的な役目を果たしていて、そのあとに軽快さと溌剌さを武器にした世代が登場し、一群を成していたりします」と続けている。申京淑が、そうした若い世代のグループに連なる小説家であることはいうまでもない。

だが、たとえば彼女の代表作ともいえる『離れ部屋』を読めば、この小説が、朝鮮文学史上の〝女の物語〟（『春香伝』や『沈清伝』などの伝統的な物語から引き続く、女性が社会の圧政下に苦しむ、悲哀と苦難の物語）とはやや異なった趣きを持つものと思わざるをえないのだ。全羅北道の田舎の村から出てきて、ステレオ組み立ての製造ラインで工場労働に就きながら、工場街の社宅の離れ部屋に住んで、夜間の定時制高校に通う女子学生の物語。それは、作者としての申京淑の自叙伝といっても全くおかしくはないもので、一九七〇年代末から八〇年代初めのソウルを作品の舞台としている。

これは、朴正熙政権が凶弾によって倒れ、光州事件を経て、全斗煥政権が確立する時期に当たり、〝漢江の奇蹟〟と呼ばれる経済の高度成長の真っ只中に当たる。ソウルの周辺部といえる地域に「九老工業団地」が作られ、中小企業の工場や労働者の宿舎が密集する地帯が出現したのである。そこで働く男性労働者は「工乭 공돌이」、女性労働者は「工順 공순이」（「〜乭」、「〜順」は、下層の庶民階級の男女に多い名前）と蔑称され、公害とともに、非人間的な劣悪な労働環境が社会問題となったのである。『離れ部屋』は、まさに

そうした時代や社会を作品世界の背景として、いわばネオ・プロレタリア文学として受け止められたのである。十六歳から十九歳までの〈わたし〉＝申京淑が工場労働をしていた時期はまた、労働争議が活発に行われていた時代だった。だが、韓国の資本主義社会における労働紛争は、財閥（大企業）―下請け工場（中小企業）―労働組合（労働者）との対立という、基本的なブルジョア階級―プロレタリア階級という図式とはちょっと違ったものがあった。それは下層の零細企業の数の多さによるものであり、また、海外（とりわけ日本）に本拠を持つ工場の合弁や支社的な企業、工場が多く、いわば海外の本社が支配する植民地的工業の体制が作られていたからである。

つまり、待遇改善や労働環境の改正を労働者側が訴えても、韓国内ではどうすることもできず、「宗主国」の経営者の意向に左右されるということだ。業績が悪化すれば、経営者、資本家たちはすぐさま韓国からの撤退を決める。労働紛争などもっての他で、早々と工場閉鎖を決めた日本の親会社に対して労働者側が抗議、抵抗のアッピールをするという形の労働争議が頻出せざるをえなかった。

もちろん、国家的な面子もあって、韓国政府はそうした労働者側に対して、より過酷な弾圧を加えた。海外からの資本導入を目的とする産業政策は、労働者の人権や、劣悪な待遇を改善することより、紛争の鎮圧、争議の弾圧に専ら力を注ぐのだった。

そうした状況の中で、韓国のネオ・プロレタリア文学が成立するのだが、その代表的な作品として、パク・ノへ（朴労解、一九五七〜）の詩を挙げることができる。

シタのころ
すらっとしてハンサムな

目元とうしろ姿が鹿のように寂しい
検査班のチンスが好きだった
秋の夜の更けるまで一緒に歩いたけれど
日が経つにつれ落ち葉のように
あたしの心は枯れしぼんじゃった

ミシン工になり
勉強したくなって
家主の息子の大学生に思いを寄せた
疲れた体で夜の明けるまで本を読んだけど
二人のあいだには越えられぬ
深い江（かわ）が流れていた

（中略）

ミシンを踏んで八年
百人余りだつた社員が千五百人の
大会社にふくれ上がったけど
あたしに残ったのは権利金五〇万ウォンの間借り一部屋
月賦のカセットが一台
それに、疲れはてた二十五歳になる肉体（からだ）

（「男性遍歴記」）

「シタ（発音的にはシダ）」とは「下働き」のことで、日本語がそのまま職人の世界で隠語のように残った例である。日帝時代から遠く隔たった現代においても、下働きを示す「シタ」や、助手的な役割の手伝いを意味する「テモト」、土工としての「ノガタ（土方）」、リヤカーなどの「クルマ」など、古い日本語が生きていたのである。[3] パク・ノヘのこの詩は、南大門や東大門市場の近くにある零細の縫製工場（家内制工業）の、まだ一人前のミシン工にもなれない「シタ」の辛さを謳ったものだ（『労働の夜明け』創作と批評社［ソウル］。邦訳は『いまは輝かなくとも――朴ノヘ詩集』康宗憲・福井祐二訳、影書房、一九九二年）。

こうしたパク・ノヘの詩や、申京淑の『離れ部屋』の世界に大きく影を落としているのは、細井和喜蔵（一八九七～一九二五）の『女工哀史』（一九二五年、改造社）のような初期資本主義の労働世界であり、プレ・プロレタリア文学の世界である、といったら的外れな評言として批判されるだろうか。日本の資本主義の黎明期ともいえる一九二〇年代に書かれた労働現場のルポルタージュ作品が、半世紀以上も後の韓国の現代資本主義社会の状況から生み出された作品と似通った面がある、といえば当然である（資本主義体制下の人権抑圧の例として）と同時に、時代の隔たりや変化を顧みない暴論と取られるかもしれない。

しかし、紡績工場で、低賃金、劣悪な工場環境の中で体を壊し、肺病で次々と倒れていった若い女工（女子労働者）たちの悲劇を描いた細井和喜蔵の『女工哀史』の世界と、一九七〇年代の「平和市場（ピョンファシジャン）」や「九老工業団地」の「シタ」や「工順」の状況とが重なって見えてくることは、私にとってはそれほど不思議でも、奇妙なことでもないと思われるのだ。

たとえば、『離れ部屋』の工場労働の場面だけを切り取ってみれば、日本のプロレタリア文学の草分け的作品である、佐多稲子(一九〇四〜九八)の『キャラメル工場から』(『佐多稲子作品集1』筑摩書房、一九五九年)と本質的に異なるところはないように思われる。主人公の十三歳の「ひろ子」は、家族のために学校へ通うのを辞め、キャラメル工場へ女工として働きにゆくことになる。立ちっぱなしで、男工たちの作ったキャラメルを小さな紙切れに包み、それを缶に詰めてゆくという仕事なのだ。ひろ子と同年輩の少女たちは、さかんにおしゃべりをしながらも、一瞬も休むことなく、出来上がってきたキャラメルを包装する。他の女工たちと競争して、少しでも多くの出来高払いの賃金を得ようとするからだ。あるいは、当面の仕事がなくなれば、工場の地下室で、化粧品の壜洗いをさせられるのだ。

立ち詰めで、手を動かし続ける工場での単純作業。それは、東京の下町のキャラメル工場でも、ソウルの大きなベルトコンベアの流れる電器機工場でも同じことだ。賃金の安い「女工」=工順を使いながら、その幼い労働力からさえも搾取しようとする過酷な労働現場。明日の希望のない日々の労働は続き、その労苦が、生活の安定という形で、いつの日か報われる保証はどこにもない。「資本」という他者に支配され、搾取される彼女たちは、「私」という個人的な欲望や希望も持てずに、「私」的な時間や自由を奪われている。その意味では、佐多稲子や中本たか子(一九〇三〜九一)などの日本のプロレタリア文学が描いた「女工」たちの哀史と、九老工業団地の工場で働く「工順」たちの哀史とは重ね合わされるものだ。一九七〇年代の東一紡績の女子労働者による労働運動や争議は、それを象徴するものだったのである。

植民地的労働とは、「他者」によって「私」が支配され、占拠される労働のことだ。その意味では、韓国の工業地帯の「女工」たちは、海外資本や国際資本に支配され、搾取され、労働者としての主体性も、人権そのものも蹂躙される、きわめて弱い立場にいたといってよい。もちろん、外国=国際資本が、韓国内の「財閥資本」であっても同じことだ。

つまり、佐多稲子の『キャラメル工場から』も、申京淑の『離れ部屋』も、世界の工場としての東アジア（中国、韓国、台湾、日本など）の女性労働者たちの悲惨な状況を描いたものとして、『女工哀史』の世界に収斂されるような文学作品として、文学史上で重ね合わすことが可能なのである。

しかし、『離れ部屋』はネオ・プロレタリア文学的であっても、それがこの作品の本質であるとはいえない。この作品が、申京淑の自伝小説であるといわれる所以は、十六歳から十九歳の〈わたし〉が作家になろうという夢を幼い頃から持ち、それを実現させるために、夜学に通うという〝今〟を送っているからだ。離れ部屋で同居する従姉も、兄も、工場の仲間たちも、彼女のそうした希望を励まし、惜しみなく協力してくれているようだ。しかし、独裁的な軍事政権や、強圧的な社会浄化運動、労働争議の過激化や頻発、経済不況などの社会の事象や大変動は、若い〈わたし〉の夢ある生活を脅かす。

作家になろうという夢を実現させるためには決してしてはならないこと――〈わたし〉は、仲間の作業服のポケットにあった一万ウォン札を抜き取ってしまう――そんな些細な犯罪が、彼女の未来をそれだけで崩壊させてしまうわけではない。ただ、そうしたちっぽけな〝悪〟が、小説を書く者になりたいという、彼女の夢そのものを色褪せたものにしてしまうのだ――一時の〝欲望〟に身を任せることによって。この時は、僚友の寛大さによって〈わたし〉は救われるのだが、生活の困難や絶望感が、いつ何時、彼女の夢自体を虚しいものと思わせるようにし向けるか、幼い心は揺れ動くのである――従姉は写真を撮る者になりたいという夢を棄てる。彼女の夢を潰すのは、彼女自身なのだ。それはほんのちょっとの出来心から始まる……。

とりわけ、〝離れ部屋〟といっしょの家屋の別の部屋に住むヒジェ・オンニの死は、〈わたし〉が離れ部屋から離れる決定的な要因となる。それは癒すことのできない心の傷となって〈わたし〉を失語させるのだ。

作家としての〈わたし〉が本当の意味で実現するのは、十六歳、十七歳、十八歳、十九歳の〈わたし〉の生活実感を『離れ部屋』という小説として書き続けることによってだ。その意味ではこの作品は、メタ小説であり、小説家以前の過去と、小説家となった以後の現在とをフラッシュバックさせる実験的な小説技法を試みている。

小説家となった〈わたし〉は、過去に出会った様々な「他者」の記憶を自分の中に住まわせている。ヒジェ・オンニがそうであり、カメラマンを志望した従姉、長兄として弟や妹たちのために尽くす「大きな兄」や、民主化運動に参加する「三番目の兄」もそうであり、ベルトコンベアに立ち尽くす「工順(コンスニ)」の同僚たち、恋人の「ファン」、そして街角ですれ違った人々の幾人かも、〈わたし〉の中の「他者」としてそれぞれの物語を展開するのである。

申京淑が目指した『離れ部屋』という小説は、「私」が、「私」ならざる「他者」――資本であれ、家族制度であれ、社会制度であれ――に支配されることを拒否する文学作品である。「他者」が「私」を支配する、あるいは「私」が「他者」を支配するのではなく、「他者」の中に「私」を、「私」の中に「他者」を見出すことの意味を深く考えなければならない。日本のポスト・コロニアリズムは、「植民地」が「私」で、「宗主国」が「他者」であるという視線を持たなければならない。「他者（宗主国）」が「私（植民地）」を、精神的に、経済的に、文化的に搾取し、簒奪し、支配する。こうした関係をさまざまな場面と次元において組み替えていかない限り、日本文学でも、朝鮮（韓国）文学でも、古い〝女の物語〟は、ただ、積み重なってゆくばかりなのだ。『離れ部屋』では、〈わたし〉は、最後に〝離れ部屋〟から離れて、独立した〈私〉として、兄や従姉たちといっしょに住んでいた部屋から巣立ってゆく。そこで彼女はようやく

〈私〉を摑み取ることができた。もちろん、それは単純な〈わたし〉などではなく、変幻自在な、複数の「私」という現象にほかならない。

日本語版の『離れ部屋』の出版に当たって、作家自身は、こんな言葉を日本の読者に寄せている。

小説というのは、互いに知らぬ者同士の間をたゆたいながら流されていく、帆船のようなものだと思います。その帆船に乗っているのは人間の物語です。帆船に乗っているさまざまな物語は、見ず知らずの人々の心の中をたゆたいながら、誰かを愛する心を抱かせたり、過ぎ去ったことを懐かしく思わせたり、忘れていたことを思い出させたりしたうえで、これからどのように生きていくべきかを、朧気ながらも悟らせてくれる。そういうものだと思っています。（中略）

みなさんがこの作品をお読みになって何を感じ、どのように考えようとそれはみなさんの自由ですけれど、この作品の中の愛と労働と希望と心の傷などが、みなさんの気持ちをいささかなりとも揺り動かすことができたらうれしく思います。揺り動かされることによって、自分ではない他人の人生、自分の世界ばかりではない他人の世界に向けて心が開かれるならば、作家としてそれにも増して幸せなことはないでしょう。

「私」の中の「他者」ということとは、この申京淑の言葉に尽きていると思う（私としては「他人の物語」を、「他者の物語」と言い換えることが必要だが）。「私」の物語でありながら、「他者」の物語でもあるものを、申京淑は『離れ部屋』で書き尽くそうとしたのである。それは「私」と「他者」との間を架橋することであり、言葉、文学こそがそれを可能とする唯一のものだと考えることは私の偏見ではありえないはずだ。

註

（1）韓日文学者会議（日韓文学シンポジウム）は、第一回は一九九二年十一月に東京で、第二回は一九九三年九月に済州島で、第三回は一九九五年十一月に松江市で、第四回は一九九七年十一月に慶州で、第五回は二〇〇〇年五月に青森市で、第六回は二〇〇二年十一月に原州で、それぞれ日韓の文学者（詩人、小説家、評論家）二〇名程度が参加して開催された。津島佑子と申京淑は、第三回の松江市のシンポジウムに参加し知り合った。開催のたびに、参加者の作品を日韓相互の言語に翻訳し、作品集を刊行した。

（2）知里幸恵（一九〇三〜二二）の『アイヌ神謡集』は、柳田國男が主管する炉辺叢書の一冊として刊行された。のち、岩波文庫に収録された。アイヌ語の原文をアルファベット表記し、日本語の対訳とした。伝承されてきたカムイ・ユーカラを書物化したのは、この本がはじめて。ユーカラは、UKAR と表記し、ユーカラとも表記する。

（3）〝日帝時代〟には日本語の語彙が朝鮮語のなかに入り込んだ。「オデン」「ウドン」「タクワン」のようにモノといっしょに入り込んだ例や、「ヒヤカシ」「アッサリ」「気合（キハップ）」のように対応する朝鮮語が考えられないような場合も多かった。解放後は、こうした〝倭色（ウェセク）〟用語を排除し、朝鮮語に置き換える〝国語醇化運動〟が何度か試みられた。ただし、近代化の過程で造語された多数の漢字語——科学、近代、合理性、主体などの学術用語、芸術用語など——や、「手続（スソク）（き）」「引（イン）（き）渡（ド）（し）」などの日本語由来の漢字熟語、「パン」や「サイダー」などの外来語は、その対象にはならなかった。また、〝いい（タシ）かえれば（マラジャミョン） 다시 말하자면〟とか〝ほか（タルミ）ならない（アニダ） 다름이 아니다〟といった言い回しにも日本語の影響が見られる。日本語が朝鮮語の近代的散文に与えた影響の例である。

引用・参考文献

序章　架橋としての文学

金允植『韓日文学の関連様相』一志社（ソウル）、一九七四年（『傷痕と克服――韓国の文学者と日本』大村益夫訳、朝日新聞社、一九七五年）

鶴見俊輔「朝鮮人の登場する文学」『身ぶりとしての抵抗　鶴見俊輔コレクション2』河出文庫、河出書房新社、二〇一二年

朴春日『近代日本文学における朝鮮像』未來社、一九八五年

磯貝治良『戦後日本文学のなかの朝鮮韓国』大和書房、一九九二年

村上春樹『喪失の時代』ユ・ユジョン訳、文学思想社（ソウル）

チョ・ナムジュ『82年生まれ、キム・ジヨン』斎藤真理子訳、筑摩書房、二〇一八年

ハンガン『菜食主義者』きむふな訳、クオン、二〇一一年

トニ・モリスン『「他者」の起源――ノーベル賞作家のハーバード連続公演講演録』荒このみ訳、集英社新書、二〇一九年

鄭百秀『コロニアリズムの超克』草風館、二〇〇七年

鄭百秀『日韓近代文学の交差と断絶』明石書店、二〇一三年

第1章　移植文学から始まる

李光洙『無情』波田野節子訳、平凡社ライブラリー、二〇二〇年

波田野節子「東アジアの近代文学と日本語小説」、日本植民地研究会編『日本植民地研究の論点』岩波書店、二〇一八年

波田野節子『李光洙――韓国近代文学の祖と「親日」の烙印』中公新書、二〇一五年

波田野節子『韓国近代文学研究――李光洙・洪命憙・金

東仁』白帝社、二〇一三年
和田とも美『李光洙長篇小説研究』御茶の水書房、二〇一二年
井上角五郎「福澤先生の朝鮮御経営と現代朝鮮の文化とに就いて」『韓国学文献研究所編・旧韓末日帝侵略史叢書 Ⅶ』亜細亜文化社［ソウル］、一九八四年
稲葉継雄「井上角五郎と『漢城旬報』『漢城周報』」『文藝言語研究・言語篇』筑波大学文藝・言語学系、一九八七年
金台俊『朝鮮小説史』安宇植訳、東洋文庫、平凡社、一九七五年
金宇鍾『韓国現代小説史』長璋吉訳、龍溪書舎、一九七五年

第2章 歪んだ鏡——李光洙と日本語

李光洙「愛か」、黒川創編『〈外地〉の日本語文学選 朝鮮』新宿書房、一九九六年
山崎俊夫「耶蘇聖誕祭前夜」『美童 山崎俊夫作品集 上巻』奢灞都館、一九八六年
山崎俊夫『古き手帖より 山崎俊夫作品集 補巻2』奢灞都館、一九九八年
宮崎清太郎『さらば京城』栄光出版社、一九七五年
宮崎清太郎『猿蟹合戦』栄光出版社、一九八二年
田中英光「朝鮮の作家」『田中英光全集2』芳賀書店、一九六五年
麗羅『山河哀号』集英社文庫、一九七九年
浜田隼雄「大会の印象」『台湾文藝』一九四二年二月号
『半島作家短篇集』朝鮮図書出版、一九四四年

第3章 崔載瑞と近代批評の誕生

佐藤清『佐藤清全集』詩声社、一九六四年
高木市之助『国文学五十年』岩波新書、一九六七年
佐藤清『愛蘭文学研究』（『英文学研究』別冊第一）研究社、一九二二年
崔載瑞『文学と知性』人文社（ソウル）、一九三八年
崔載瑞『転換期の朝鮮文学』人文社（ソウル）、一九四三年
石田耕三「まつろふ文学」『国民文学』一九四四年四月号
石田耕造「報道演習班」『国民文学』一九四三年七月号
「燧石」『国民文学』一九四四年一月号
「非時の花」『国民文学』同年五月号～八月号
「民族の結婚」『国民文学』一九四五年一月号～二月号
以上の作品は、『日本植民地文化運動資料11 人文

社編　国民文学』全十二巻、緑蔭書房、一九九八年に依る
趙容萬『京城夜話』図書出版窓（ソウル）、一九九二年
木村一信監修・外村彰編『外地の人々』龜鳴屋、二〇〇一年

第4章　抵抗と屈従——金史良と張赫宙

『金史良全集I〜IV』河出書房新社、一九七三〜一九七四年
金允植『韓国近代作家論攷』一志社（ソウル）、一九八五年
安宇植『評伝 金史良』草風館、一九八三年
安宇植『金史良』岩波書店、一九七二年
金文輯『ありらん峠』第二書房、一九五八年
金文輯『批評文学』青色紙社（京城）、一九三八年
金文輯「朝鮮民族の発展的解消論序説——上古への帰還」『朝光』一九三九年九月号
ナヨン・エィミー・クォン『親密なる帝国——朝鮮と日本の協力、そして植民地近代性』永岡崇監訳、人文書院、二〇二二年
林浩治『在日朝鮮人日本語文学論』新幹社、一九九一年
任展慧「張赫宙論」『文学』一九六五年一月号、岩波書店
金石範「金史良について——ことばの側面から」『文学』一九七二年二月号、岩波書店
竹内実「恐れの対象としての金史良」『金史良全集』月報4、一九七四年
張赫宙『加藤清正』改造社、一九三九年
張赫宙『浮き沈み』河出書房、一九四三年
張赫宙『和戦何れも辞せず』大観堂、一九四二年
張赫宙『七年の嵐』洛陽書院、一九四一年

第5章　山梨と林檎——金鍾漢と中野重治

大村益夫『朝鮮近代文学と日本』緑蔭書房、二〇〇三年
大村益夫・布袋敏博編『金鍾漢全集』緑蔭書房、二〇〇五年
白川豊『朝鮮近代の知日派作家、苦闘の軌跡——廉想渉、張赫宙とその文学』勉誠出版、二〇〇八年
金鍾漢『たらちねのうた』人文社（ソウル）、一九四三年四月
『日本現代詩大系　第八巻』河出書房新社、一九七五年
大江満雄・小田切秀雄監修『新井徹の全仕事』創樹社、一九八二年
鄭勝云『中野重治と朝鮮』新幹社、二〇〇二年
小平麻衣子編『『文藝首都』——公器としての同人誌』

翰林書房、二〇二〇年一月
廣瀬陽一『中野重治と朝鮮問題――連帯の神話を超えて』青弓社、二〇二一年

第6章　異邦人の〝モダン日本〟

洪善英「雑誌「モダン日本」と「朝鮮版」の組み合わせ、その齟齬」『植民地朝鮮と帝国日本――民族・都市・文化』勉誠出版、二〇一〇年
吉川凪『京城のダダ、東京のダダ――高漢容と仲間たち』平凡社、二〇一四年
『モダン日本・朝鮮特集版』モダン日本社、一九三九年
『モダン日本・朝鮮特集版』モダン日本社、一九四〇年
曺恩美『張赫宙の日本語文学』明石書店、二〇二一年
猪瀬直樹『こころの王国――菊池寛と文藝春秋の誕生』文藝春秋、二〇〇四年
菊池寛「暴徒の子」『菊池寛全集　第三巻』（戯曲集　現代篇）平凡社、一九二九年
保高徳藏『道』東方社、一九五八年

第7章　金史良の「生死」と文学

金史良『光の中に　金史良作品集』講談社文芸文庫、一九九九年
金史良『駑馬万里』朝日新聞社、一九七二年

第8章　金素雲と李箱の日本語詩

金素雲『天の涯に生くるとも』上垣外憲一・崔博光訳、講談社文庫、一九八九年
林容澤『金素雲「朝鮮詩集」の世界』中公新書、二〇〇〇年
長谷川郁夫『美酒と革嚢――第一書房・長谷川巳之吉』河出書房新社、二〇〇六年
北原綴『詩人・その虚像と実像――父・金素雲の場合』創林社、一九八六年
金纓『チマチョゴリの日本人』草風館、一九八五年
青柳優子『朝鮮文学の知性　金起林』新幹社、二〇〇九年

第9章　李箱の京城

李箱「翼」長璋吉訳、大村益夫・長璋吉・三枝寿勝編訳『朝鮮短篇小説選』下、岩波文庫、一九八四年
『李箱作品集成』崔真碩訳、作品社、二〇〇六年
孫禎睦『日帝強占期都市化過程研究』一志社（ソウル）、一九九六年
『失花　韓国文学の源流　短編選3』書肆侃侃房、二〇二〇年

萩森茂編著『京城と仁川』大陸情報社(京城)、一九三一年
長野末喜『京城の面影』内外事情社(京城)、一九三二年
小野清編『朝鮮風土記』民論時代社(京城)、一九三五年
『京城物語』京城府庁(京城)、一九四一年
玄徳『ノマと愉快な仲間たち 玄徳童話集』新倉朗子訳、作品社、二〇二二年
白恵俊「1980年代植民地都市京城のモダン」『文京学院大学外国語学部文京学院短期大学紀要(5)』文京学院大学総合研究所、二〇〇六年二月

第10章 列島に住む朝鮮

鄭然圭『生の悶え』宣伝社、一九二三年
鄭然圭「血戦の前夜」『中西伊之助編・芸術戦線』自然社、一九二三年
鄭然圭『さすらひの空』宣伝社、一九二二年
鄭然圭『魂』四月号、皇学会、一九四六年
鄭然圭「朝鮮産米増殖計画」『我等』一月号、我等社、一九二九年
鄭大均『在日の耐えられない軽さ』中公新書、二〇〇六年
下村作次郎『台湾文学の発掘と探求』田畑書店、二〇一九年

第11章 満洲国の朝鮮人——三つの祖国

『日本植民地文学精選集 今村栄治・野川隆・塙英夫集』ゆまに書房、二〇〇一年
許南麒編訳『現代朝鮮詩選』朝鮮文化社、一九六〇年
竹内正一「哈爾濱・新京——引揚者の手記」『作文』第67集、作文社、一九六七年
多田茂治『満洲・重い鎖——牛島春子の昭和史』弦書房、二〇〇九年
西田勝『「満洲文学」の発掘』法政大学出版局、二〇二二年
姜敬愛『人間問題』大村益夫・布袋敏博訳、平凡社、二〇〇六年
呉養鎬『韓国文学と間島』文芸出版社(ソウル)、一九八八年四月。
呉養鎬『日帝強占期満洲朝鮮人文學研究』文芸出版社(ソウル)、一九九六年
蔡壎『日帝強占期在満韓国人文学研究』キプンセム(ソウル)、一九九〇年十一月
金達鎮『詩集 慕わしい世界があるから——月下 金達鎮詩人の詩と生涯』佐川亜紀訳、土曜美術社出版販売、二〇一五年
『金東仁作品集 朝鮮近代文学選集5』平凡社、二〇一

一年
尹東柱『空と風と星と詩』金時鐘訳、岩波文庫、二〇一二年
金晶晶「『満鮮日報』の朝鮮語モダニズム詩――李琇聲の詩を中心に」『九大日文』九州大学日本語文学会、二〇一五年三月
『世界革命文学選　鴨緑江　朝鮮小説集』安宇植訳、新日本出版社、一九六三年

第12章　『朝鮮文学』の五人の日本人と一人の在日朝鮮人

『朝鮮文学　紹介と研究』創刊号、二号、三号、四号、五号、終刊号、朝鮮文学友の会
大村益夫「朝鮮文学研究を志して五〇年」『植民地文化研究』18号、二〇一九年、植民地文化学会
長璋吉『ソウル遊学記――私の朝鮮語小辞典』北洋社、一九七八年
長璋吉『普段着の朝鮮語――私の朝鮮語小辞典②』河出書房新社、一九八八年
長璋吉『朝鮮・言語・人間』河出書房新社、一九八九年
田中明『ソウル実感録』北洋社、一九七九年
梶井陟『朝鮮人学校の日本人教師』亜紀書房、一九七四年
大村益夫『愛する大陸よ――詩人金竜済研究』大和書房、一九九二年
尹世重『赤い信号弾』大村益夫訳、新日本出版社、一九六七年
金素雲等編『現代韓国文学選集』全五巻、冬樹社、一九七四～七六年
姜尚求等編『韓国の現代文学』全六巻、柏書房、一九九二年
朝鮮文学の会訳編『現代朝鮮文学選1』創土社、一九七三年
朝鮮文学の会訳編『現代朝鮮文学選2』創土社、一九七四年
大村益夫・長璋吉・三枝寿勝編訳『朝鮮短篇小説選』上下二巻、岩波文庫
金学鉄『金学鉄文学選集I　たばこスープ』大村益夫編訳、新幹社、二〇二〇年
大村益夫・長璋吉・三枝寿勝編訳『韓国短篇小説選』岩波書店、一九八八年
『朝鮮近代文学選集』全八巻、平凡社、二〇〇五～一七年
『短篇小説集』外国文出版社（平壌）、一九五七年

第13章　長璋吉のいる風景

長璋吉『朝鮮・言葉・人間』河出書房新社、一九八九年

李清俊『書かれざる自叙伝』長璋吉訳、泰流社、一九七八年
長璋吉『韓国小説を読む』草思社、一九七七年
長璋吉「平面性の文学の課題」、金三奎他著『朝鮮と日本のあいだ』朝日新聞社、一九八〇年
黄晳暎『囚人　黄晳暎自伝I　境界を越えて』舘野晳・中野宣子訳、明石書店、二〇二〇年
黄晳暎『囚人　黄晳暎II　火焔のなかへ』舘野晳・中野宣子訳、明石書店、二〇二〇年

第14章　「親日文学」の再審

林鍾國『親日文学論』平和出版社（ソウル）、一九六六年（『親日文学論』大村益夫訳、高麗書林、一九七六年）

第15章　〝北〟の同級生——後藤明生と李浩哲

後藤明生『夢かたり』中公文庫、一九七六年
後藤明生『行き帰り』中公文庫、一九八〇年
後藤明生『使者連作』集英社、一九八六年
李浩哲『板門店』作品社、二〇〇九年
李浩哲「南風北風」姜尚求訳、『韓国の現代文学1　長編小説』柏書房、一九九二年
李浩哲『南のひと北のひと』姜尚求訳、新潮社、二〇〇〇年
田中明『韓国の「民族」と「反日」』朝日文庫、一九八八年
小林勝『小林勝作品集1〜5』白川書院、一九七五〜七六年
原佑介『禁じられた郷愁——小林勝の戦後文学と朝鮮』新幹社、二〇一九年
斎藤真理子「二人の同級生——後藤明生と李浩哲」『図書』二〇二二年二月号、岩波書店
朴裕河『引き揚げ文学論序説——新たなポストコロニアルへ』人文書院、二〇一六年

終章　「私」の中に生きる他者

津島佑子・申京淑『山のある家　井戸のある家——東京ソウル往復書簡』きむふな訳、集英社、二〇〇七年
申京淑『離れ部屋』安宇植訳、集英社、二〇〇五年
朴ノへ『労働の夜明け』図書出版 풀빛（ソウル）、一九八四年
朴ノへ『いまは輝かなくとも』康宗憲・福井祐二訳、影書房、一九九二年
波田野節子・斎藤真理子・きむふな編著『韓国文学を旅する60章』明石書店、二〇二〇年

あとがき

この本の成り立ちは、少し複雑である。最初は、別々の時期に、別々の発表媒体に、個別の論文として書かれたものを、章の主たる柱とした。それを大体の時間軸に沿って並べ、文学史的な通史としても通るように補遺などを付け加え、論文と論文との隙間にあるテーマについては、書き下ろしの論文によって補充した。いずれも、論文の本文そのものに盛り込めなかったものは、註として補った。文体も、論文体のものとエッセイ体のものとの両方があったが、特に統一させることはなかった。極力、堅苦しい学術的な論文体一辺倒とならないようには工夫したつもりではあるが。

書いた時期は、私が〝物書き〟として文章を書き始めた時期からそう遠くないものや、最近のものまで長い時間にわたっている。その間、少しは勉強したし、本も多く参照したので、あと知恵で補った部分も、訂正した部分も少なくない。ただ、おおまかなところは、発表時期当時のものとそれほど大きく違ったところはないはずだ（考えが変わったところは、書き直した）。基本的なテーマや考え方などは、時間が経ってもあまり変わらないものだと感慨を覚えざるをえない。幼い子ども二人と妻を連れて、隣国の韓国へ出稼ぎに渡ったことから、この本のテーマは定まった。それまで携わってきた日本近代文学と、朝鮮近代文学の関係を解き明かすこと、これが無意識的に私が自分のうちに抱え込んだ問題だったのである。

私と朝鮮（韓国、北朝鮮）との関係は四十年以上に及ぶ。その時々に、日本文学と朝鮮文学との関係性を基本に考えた評論文を書いてきた。貧しい成果だと言われるかもしれないが、その時々で、精一杯の努力を払ったということだけは評価してもらいたいと思っている。

はじめて韓国の地に足を踏み入れたのは、一九七六年三月のことだった。二十五歳の時である。七十一歳の今も、金浦空港のあの青い空が思い出される。ソウルの街に踏み込んだ一歩が、私をこんなにまで「朝鮮」に関わらせようとは思わなかった。釜山、ソウルには長期間滞在し、その他の韓国、北朝鮮の街をうろつき回った。中国の朝鮮人自治区、ヨーロッパ、北米、南米、東南アジアのコリアン・タウンを巡る旅もした。そのたびに見知らぬ「外国」の朝鮮が、見知らぬ「外国人」としての朝鮮人が身近に感じられるような気がした。それが錯覚だったとは思わない。韓国での生活が一年以上に亘ったとき、人間の体の細胞は一年で全部置き換わると知って、自分が韓国産の身体になったのだとしみじみと感じたものだった。

この本をまとめることを思い立ったのは、身近な人たちが次から次へとみまかっていったことがきっかけだ。私とともに韓国で生活し、「朝鮮」を学ぶ同志でもあった妻の川村亜子をはじめとして、古くは長璋吉、内川千裕、後藤明生、田中明、中上健次、李良枝、安宇植、尹学準、津島佑子、崔吉城といった人々だ。師とも仰ぎ、友人とも親しみ、朋輩とも思えるこれらの人々を亡くし、私の「朝鮮学」への道は細く、狭まったような気がする。

本書の原稿を読み、朝鮮語などの校閲をしてくれた櫻井信栄氏は、金鶴泳の小説を読むことによって日本文学・韓国語の研究者となった私の教え子で、そんな私の孤立感を癒してくれた。また、編集の郷間雅俊氏も同じように、そうした孤立感を癒してくれるような助言とフォローとを惜しまなかった。このお二人とともに、本書の刊行に携わった編集、印刷、製本、販売の関係者に深く感謝したい。一冊の単著を出すことを念願としていた（母校であり、元の職場である）法政大学（の）出版局から本書を出版することができたのは、幸運だというほかない。

二〇二二年八月一日　　亡妻の五回忌の祥月命日の前に

川村　湊

初出一覧

序　章　書き下ろし
第1章　書き下ろし
第2章　「歪んだ鏡　日本のなかの李光洙」、明治学院大学教養教育センター編『李光洙とはだれか？』かんよう、二〇一四年（改稿・加筆）
第3章　「朝鮮近代批評の成立と蹉跌――崔載瑞を中心に」『「帝国」日本の学知　第5巻　東アジアの文学・言語空間』岩波書店、二〇〇六年
第4章　「金史良と張赫宙――植民地人の精神構造」『岩波講座　近代日本と植民地6　抵抗と屈従』一九九三年五月、岩波書店。のち、改稿して『生まれたらそこがふるさと』（平凡社、一九九九年）に収録
第5章　書き下ろし
第6章　「馬海松と『モダン日本』」『文学史を読みかえる2　「大衆」の登場』インパクト出版会、一九九八年（加筆・改稿）
第7章　金史良『光の中に』講談社文芸文庫、一九九九年（加筆・改稿）
第8章　書き下ろし
第9章　「李箱の京城――1930年代の〝文学都市〟ソウル」『朝鮮史研究会論文集』一九九二年。のち、加筆して『ソウル都市物語』（平凡社新書）に収録
第10章　「プロレタリア文学のなかの民族問題」『国文学解釈と鑑賞』至文堂、二〇一〇年四月号（改稿・加筆）
第11章　「脱・植民地化への苦悩　ポスト・コロニアリズムへの道」『シリーズ言語態　間文化の言語態』東京大学出版会、二〇〇二年（加筆・改稿）
第12章　「日本人による朝鮮文学研究（五人＋一人）の始まり」『異文化・論文編』法政大学国際文化学部、二〇〇四年（加筆・改稿）
第13章　「長璋吉のいる風景」、長璋吉『朝鮮・言葉・人間』解説、河出書房新社、一九八九年
第14章　「「親日文学」の再審」『国立歴史民俗博物館編「韓国併合」100年を問う』岩波書店、二〇一一年
第15章　書き下ろし
終　章　書き下ろし

「満洲文学」の発掘
西田 勝 著 …… 5800円

田岡嶺雲論集成
西田勝 著 …… 2800円

黄春明選集　溺死した老猫
黄春明／西田勝 訳 …… 2600円

台湾男子簡阿淘（チェンアタオ）
葉石涛／西田勝 訳 …… 2800円

丘蟻一族
鄭清文 著／西田勝 訳 …… 2500円

越境・離散・女性　境にさまよう中国語圏文学
張欣 著 …… 4000円

東アジアの尊厳概念
加藤泰史・小倉紀蔵・小島毅 編 …… 5600円

東アジアにおける哲学の生成と発展
廖欽彬・伊東貴之・河合一樹・山村奨 編著 …… 9000円

歴史としての日韓国交正常化 I　東アジア冷戦編
李鍾元・木宮正史・浅野豊美 編著 …… 5000円

歴史としての日韓国交正常化 II　脱植民地化編
李鍾元・木宮正史・浅野豊美 編著 …… 5000円

表示価格は税別です

著 者

川村 湊（かわむら みなと）

1951 年 2 月，網走市に生まれる。文芸評論家。1981 年「異様なるものをめぐって——徒然草論」で群像新人文学賞（評論部門）優秀作受賞。1993 年から 2009 年まで，17 年間にわたり毎日新聞で文芸時評を担当。木山捷平文学賞はじめ多くの文学賞の選考委員を務める。2017 年から法政大学名誉教授。

『川村湊自撰集』全五巻（作品社，2015–16 年。第 1 巻 古典・近世文学編，第 2 巻 近代文学編，第 3 巻 現代文学編，第 4 巻 アジア・植民地文学編，第 5 巻 民俗・信仰・紀行編）。

金承鈺画
1988 年 2 月 8 日

架橋としての文学

日本・朝鮮文学の交叉路

2022 年 8 月 15 日　初版第 1 刷発行

著　者　川村　湊

発行所　一般財団法人　法政大学出版局

〒102-0071 東京都千代田区富士見 2-17-1

電話 03(5214)5540　振替 00160-6-95814

組版：HUP　印刷：日経印刷　製本：積信堂

Printed in Japan

ISBN 978-4-588-46019-7

人名索引

あ行

か行

さ行

た行

な 行

は 行

ま 行

や 行

ら 行

わ 行